THERESE ANNE FOWLER

GUTE NACHBARN

ROMAN

Aus dem amerikanischen Englisch
von Nicole Seifert

DROEMER

Die amerikanische Originalausgabe erschien 2020 unter dem Titel
»A Good Neighborhood« bei St. Martin's Press, New York.

Besuchen Sie uns im Internet:
www.droemer.de

Aus Verantwortung für die Umwelt hat sich die Verlagsgruppe Droemer Knaur zu einer nachhaltigen Buchproduktion verpflichtet. Der bewusste Umgang mit unseren Ressourcen, der Schutz unseres Klimas und der Natur gehören zu unseren obersten Unternehmenszielen. Gemeinsam mit unseren Partnern und Lieferanten setzen wir uns für eine klimaneutrale Buchproduktion ein, die den Erwerb von Klimazertifikaten zur Kompensation des CO_2-Ausstoßes einschließt. Weitere Informationen finden Sie unter: www.klimaneutralerverlag.de

FSC
www.fsc.org
MIX
Papier aus verantwortungsvollen Quellen
FSC® C019821

Vollständige Taschenbuchausgabe
Januar 2023
Droemer Taschenbuch

Covergestaltung: Carola Bambach nach einem Entwurf
von ZERO Werbeagentur, München
Coverabbildung: IP Galanternik D.U., Tetra Images / Getty Images
Eichenblatt im Innenteil von David G. Boal / Shutterstock.com
Satz: Adobe InDesign im Verlag
Druck und Bindung: C.H. Beck, Nördlingen
Printed in Germany
ISBN 978-3-426-30807-3

2 4 5 3 1

Für Wendy und John,
die mir immer beistehen

DANKSAGUNG

Diese Geschichte nahm in meinem Kopf Gestalt an, lange bevor ich bereit war, ein Wort davon aufzuschreiben. *Gute Nachbarn* ist ganz anders als die historischen Romane, für die ich bekannt bin, und den Kurs zu ändern war durchaus ein berufliches Risiko. Doch hatten diese Figuren und ihre miteinander verflochtenen Schicksale, die Geschichte von ihren Konflikten und deren Auswirkungen für mich etwas Dringliches. Ihre Geschichte aufzuschreiben war nötig, eine Art Aktivismus in unseren bewegten und beunruhigenden Zeiten.

Und dann war da noch der Punkt, dass ich als weiße Autorin die Perspektive zweier afroamerikanischer Figuren einnehmen musste, die für die Geschichte von zentraler Bedeutung sind. Ich näherte mich dem Projekt mit Respekt und dem Ziel einer genauen Darstellung, in dem vollen Bewusstsein, dass das weißen Autor*innen auch schon misslungen ist. Ungefähr zu dieser Zeit hörte ich einen Vortrag von Zadie Smith. Auf die Publikumsfrage, ob weiße Autor*innen überhaupt aus der Perspektive schwarzer Figuren schreiben sollten, sagte Smith, im Grunde könne und dürfe man schreiben, worüber man wolle. Sie sagte, wenn die eigenen Figuren anders seien als man selbst, müsse man eben seine Hausaufgaben machen. Das bestätigte meine Überzeugung. Ich recherchierte intensiv (zu diesem Thema und zu allen anderen, die relevant waren) und schrieb diesen Roman mit all dem im Hinterkopf, was ich dadurch gelernt habe.

Ich sehe auf diesen Seiten meine Freunde und Nachbarn, die Gesichter meiner Umgebung und meines Landes und unserer vernetzten Welt. Es ist eine Geschichte, die Leser*innen hoffentlich dazu bringen wird, darüber nachzudenken, wie leicht gute Menschen schlechte Entscheidungen treffen, nicht aus Bosheit, sondern meistens aus Gewohnheit oder Konvention, aus Unachtsamkeit oder Angst. Es ist aber auch eine Geschichte, die zugesteht, dass es Bosheit gibt und dass wir das Bollwerk werden müssen, das ihren Sieg verhindert.

Ich möchte denen meinen Dank ausdrücken, deren Rat, Hilfe, Überprüfung, Beistand, Unterstützung und/oder Freundschaft mir geholfen haben, dieses Buch zu veröffentlichen: Wendy Sherman, Sarah Cantin, Sally Richardson, Jen Enderlin, Lisa Senz, George Witte, Dori Weintraub, Rachel Diebel, Jessica Zimmerman, Lucy Stille, Jenny Meyer, Cherise Fisher, Trina Allen. Besonders danken möchte ich Olga Grlic für den Entwurf eines weiteren umwerfenden Covers, dem gesamten Marketing-Team der St. Martin's Press und den Buchhändler* innen und Autor* innen, die *sehr* früh gelesen und begeistert kommentiert haben.

An der Heimatfront werde ich ewig dankbar sein Sharon Kurtzman, die alles hört und nichts erzählt. Und den hiesigen Schreibmädels, deren Kameradschaft mein Autorinnenleben in Myriaden Weisen bereichert. Genau wie meine weiter entfernten Kolleg* innen. Ihr rockt und seid meine Felsen in der Brandung.

Grüße gehen raus an meine Söhne; ihre Mutter zu sein hat mir so viele Erkenntnisse verschafft, die diesem Roman zugutegekommen sind – außerdem sind sie einfach großartige Kerle. Und *last but not least,* an den anderen großartigen Kerl in meinem Leben, den unfassbar erfolgreichen Autor John Kessel, der mich endlos unterstützt, wertvolle Vorschläge und Mitgefühl für mich hat, der für mein Wohl sorgt und nichts dagegen hat, wenn ich den ganzen Tag im Bademantel arbeite, weil er das oft genauso macht.

TEIL I

1

Ein hochpreisiges neues Haus in einem einfachen, alten Viertel. Auf einer Liege neben einem Swimmingpool ein Mädchen, das in Ruhe gelassen werden will. Wir beginnen unsere Geschichte hier, in den Minuten vor dem kleinen Ereignis, das alles verändern wird. Ein Sonntagnachmittag im Mai, an dem unser Viertel noch seinen prekären Frieden wahrt, das ungefähre Gleichgewicht von *alt* und *neu, uns* und *denen*. Später in diesem Sommer, bei der Beerdigung, werden die Medien vollmundig spekulieren, wer Schuld hat. Sie werden die Anwesenden auffordern, vor der Kamera zu sagen, auf wessen Seite sie stehen.

Fürs Protokoll: Partei zu ergreifen war nichts, was wir *wollten*.

***

Juniper Whitman, das Mädchen am Pool, war siebzehn. Ein schwieriges Alter, ohne Frage, selbst wenn alles gut läuft – was in diesem Fall wohl so war, schien uns. Es wäre abgedroschen zu sagen, der Anschein kann täuschen, deshalb sagen wir das nicht. Wir sagen, man kennt niemanden je wirklich, wenn man nur nach dem äußerlich Sichtbaren geht. Wir sagen, die meisten von uns verbergen, was uns umtreibt und irritiert, und stellen stattdessen die Seiten zur Schau, die den anderen hoffentlich gefallen, das, was andere hoffentlich mögen. Juniper verbarg etwas, und sie wusste nicht, ob sie sich schämen oder wütend sein sollte oder was genau sonst.

Der Garten dieses neuen Hauses war deutlich kleiner als Junipers alter – gerade mal tausend Quadratmeter, der alte war zehnmal so groß gewesen. Wo sollte sie denn hin, wenn sie mal raus wollte, aber nicht weg durfte? Es gab kaum einen Flecken, der nicht vom Haus und vom Pool eingenommen wurde, und was es gab, war nicht überdacht. Es gab überhaupt keine Privatsphäre. Bei der vorigen Adresse saß Juniper gern zwischen den hohen Sumpfkiefern hinten auf dem Grundstück, weit genug vom Haus entfernt, wo sie das Gefühl hatte, atmen und denken zu können. Sie mochte die *Biota,* wie es wissenschaftlich hieß. Dort ging es ihr besser. Schon immer.

Aber wer dieses große, glänzende weiße Haus erbaut hatte, hatte das Grundstück von den stattlichen Laubbäumen befreit, die das kleine Haus beschatteten, das hier gestanden hatte, das Haus, das umstandslos abgerissen worden war wie Bauschutt nach Stürmen oder Erdbeben. Nur dass es keinen Sturm gegeben hatte, kein Erdbeben. Da waren einfach nur ein attraktives Viertel mitten in einer attraktiven Stadt in North Carolina und Käufer, die bereit waren, Geld auszugeben. So einfach war das, und jetzt war hier dieses tolle große Haus mit seinem kleinen, aber teuren, kahlen Garten und seinem Pool und seiner Liege und seinem Mädchen mit seinem Buch.

Juniper dachte, das Rascheln, das sie im angrenzenden Garten hörte, käme von Eichhörnchen – ein Garten, in dem es noch einen kleinen Wald aus Hartriegel, Walnuss-, Pekannussbäumen und Kastanien gab, Kiefern und eine gewaltige Eiche, die dort schon länger stand, als irgendjemand im Viertel lebte. Sie mochte keine Eichhörnchen. Klar, sie waren süß, aber man musste immer damit rechnen, dass sie einem direkt unters Auto liefen, wenn sie einen kommen sahen. Und sie klauten immer die Kerne aus den Vogelhäuschen. Juniper versuchte sich wieder auf den Roman in ihrem Schoß zu konzentrieren. Die Geschichte war gut, und sie war mittlerweile richtig gut darin, sich in Geschichten zu flüchten.

»Hey«, sagte eine Stimme, die keinem Eichhörnchen gehörte. Juniper blickte auf und sah einen Jungen in ihrem Alter am Rand ihres Gartens stehen, in der einen Hand eine Harke, die andere zum Gruß erhoben. »Du musst unsere neue Nachbarin sein«, sagte er. »Ich war gerade dabei, ein paar Blätter wegzumachen und hab dich gesehen, da dachte ich, ich sag mal Hallo.«

Sein Auftauchen war in zweierlei Hinsicht überraschend. Zum einen hatte Juniper nicht gewusst, dass jemand in der Nähe war. Und selbst wenn sie vermutet hätte, dass da jemand war, ein Junge, ein Teenager wie sie, hätte sie angenommen, er sähe aus wie sie – also, weiß. In ihrem alten Viertel waren alle weiß. Aber er war schwarz, da war sie ziemlich sicher. Mit ziemlich heller Haut und Korkenzieherlocken im denkbar dunkelsten Goldton.

»Hey«, sagte sie. »Ja. Wir sind gestern eingezogen – meine kleine Schwester, meine Eltern und ich.«

»Seid ihr von woanders hergezogen?«

»Nein, nur vom Stadtrand.«

Er lächelte. »Cool. Na ja, ich wollt nicht stören. Nur, du weißt schon, herzlich willkommen.«

»Kein Problem. Danke.«

Wenn es dabei geblieben wäre, wenn sie sich einfach begrüßt und es dabei bewenden lassen hätten – alles wäre sehr viel einfacher gewesen, für alle. Um das Mindeste zu sagen.

2

North Carolina hat ein gemäßigtes Klima, was entscheidend zu seiner Attraktivität beiträgt. Die Winter sind mild. Der Frühling kommt zeitig. Ja, die Sommer sind heiß, aber der Herbst bringt Erleichterung und hält lange an. Die Eichen behalten ihre Blätter bis weit in den Dezember, und manchmal, wenn der Winter besonders freundlich ist, behalten manche Arten – die Lebenseiche ist eine davon, mit ihren schmalen, federförmigen, zart wirkenden Blättern – ihr Laub den ganzen Winter über.

Der Junge, der Juniper an jenem ersten Tag begrüßt hatte, Xavier Alston-Holt, wusste eine Menge über Bäume. Sie waren aber nicht von besonderer Bedeutung für ihn; Musik interessierte ihn weit mehr, vor allem Musik, für die man Akustikgitarren brauchte. Gitarren waren allerdings aus Holz, wenn seine Mutter ihm also endlos was über alle möglichen Bäume erzählte, ihre Standorte, ihre Bewohner, ihre Eigenschaften, ihre Feinde (diese Liste wurde angeführt von gierigen Bauherren), passte er meistens auf. Als seine Mutter weinend im Garten stand und filmte, an dem Tag, als das angrenzende Grundstück geräumt wurde, an dem Tag, an dem Männer mit Kettensägen und Schleifsteinen bei Sonnenaufgang anfingen und bis Sonnenuntergang weitermachten, rauschten ihm noch die ganze Nacht die Ohren, und er blieb im Garten, den Arm und ihre Schultern gelegt, weil es das war, was er für sie tun konnte. Sie hatte so viel für ihn getan.

Xavier war also nicht überrascht, und wir auch nicht, dass seine Mutter nicht besonders erpicht darauf war, die Nachbarn kennenzulernen, die das neu gebaute Haus hinter ihrem gekauft hatten. Valerie Alston-Holt wusste nicht genau, wie sie freundlich sein sollte zu der Art Leute, die ihr Geld sparten, um davon ein altes Haus abzureißen und Bäume zu fällen. *Alle* Bäume. »Solche Leute«, sagte sie mehr als einmal – denn so etwas passierte in Oak Knoll mittlerweile in verschiedenen Abstufungen immer wieder –, »solche Leute haben kein Gewissen. Es ist, als würden sie die Natur vergewaltigen. Ermorden. Bäume sind Leben. Nicht nur *mein* Leben«, fügte sie hinzu, denn Forstwirtschaft und Ökologie waren ihre Fachgebiete, »sondern einfach Leben, Punkt. Sie stellen buchstäblich Sauerstoff her. Wir müssen mindestens sieben Bäume pro Mensch auf diesem Planeten behalten, sonst wird die Menschheit ersticken. Überleg dir das mal.«

Xavier ging in den bewaldeten vorderen Teil des Gartens, wo seine Mutter Pfingstrosen für den Nachttisch einer kranken Nachbarin schnitt. Die Blumenbeete rund um ihr bescheidenes Backsteinhaus, das 1952 erbaut und seitdem kaum renoviert worden war, waren Valeries Lieblinge, direkt nach ihrem Sohn und einem Baum: der massiven alten, fünfundzwanzig Meter hohen Eiche, die ihren Garten dominierte. Man sollte nicht meinen, dass ein Baum einem Menschen so viel bedeuten kann. Dieser Baum jedoch war mehr als ein prächtiges Stück arboreale Geschichte; für Valerie Alston-Holt war er ein Zeitzeuge und ein Begleiter. Sein dicker Stamm war das Erste, was sie sah, jedes Mal, wenn sie aus dem Fenster in den Garten blickte. Er erinnerte sie an so viele Augenblicke in all den Jahren, die sie hier lebten, nicht zuletzt an die Sommernacht, in der sie dort gestanden, ihre Stirn an die schrundige graubraune Borke gepresst und geweint hatte, während Xavier in seinem Bettchen schlief, noch zu klein, um zu verstehen, dass Gott ihnen gerade das Wichtigste genommen hatte.

Sechs Sorten Iris. Pfingstrosen in vier verschiedenen Farben. Azaleen, Phlox, Schneeglöckchen, Kamelien, Rhododendren, Klematis, Geißblatt, Jasmin – welche Pflanze Ihnen auch einfallen mag: Sofern sie in diesem Staat wuchs, hatte Valerie Holt sie irgendwo auf dem Grundstück. Sich um ihre Pflanzen zu kümmern, war ihre Therapie, sagte sie gern, ihre Art, den Stress abzubauen, den es mit sich brachte, Studenten im Grundstudium zu unterrichten – oder den Stress, den es mit sich brachte, sich mit dem Institutsleiter und dem Dekan auseinanderzusetzen. Die jungen Leute waren eigentlich ganz toll. Neugierig. Klug. Politisch auf eine Weise, die ihr gefiel – auf eine nutzbringende Weise, die half, natürliche Lebensräume zu schützen. Oder zumindest versuchten sie das, und das war schon eine Menge wert. Junge Leute würden die Welt vor sich selbst retten. Und sie würde sie dazu ermuntern, auf jede erdenkliche Weise.

»Es ist so weit«, sagte Xavier jetzt zu ihr.

»Was ist so weit? Gehst du irgendwo hin?« Sie legte die Blumen und die Schere in den Korb und richtete sich auf. »Ich dachte, du würdest das alte Laub für mich entsorgen.«

»Tue ich auch. Wir haben neue Nachbarn.«

»Ach, das. Ich weiß. Das war unvermeidlich. Wie der Tod«, fügte Valerie mit einem kläglichen Lächeln hinzu.

»Eine habe ich gerade kennengelernt«, sagte Xavier. »Sie sagt, es sind sie, ihre Schwester und ihre Eltern.«

»Nur vier Leute in dem großen Haus?«

Xavier zuckte mit den Schultern. »Schätze schon.«

»Wie alt?«

»Das Mädchen? So alt wie ich, ungefähr. Und eine kleine Schwester, hat sie gesagt. Ich hab nicht weiter gefragt.«

Seine Mutter nickte. »Okay. Danke für die Info.«

»Soll ich dir Bescheid sagen, falls die Eltern rauskommen?«

»Nein. Ja. Natürlich. Ich werde eine gute Nachbarin sein.«

»Bist du immer.«

»Danke, Zay.«

»Ich sag nur, wie es ist.«

»Das müssen wir auch, soweit wir können.«

Xavier kehrte in den hinteren Teil des Gartens zurück und begann, die Blätter dort zusammenzurechen, wo seine Mutter vorhatte, einen Karpfenteich anzulegen. Da er bald nach San Francisco gehen würde, aufs Konservatorium, brauchte sie, wie sie sagte, neue Wesen, die sie beschäftigt hielten, schon damit sie ihn nicht jeden Tag anrief, um zu hören, ob er ohne sie am anderen Ende des Landes auch überlebte. Er wusste, sie machte Witze; sie würde so oder so nicht jeden Tag anrufen. Sie würde es wollen, aber sie würde es nicht tun. Er verstand das. Sie waren lange Zeit ein ziemlich exklusives Duo gewesen.

Er hatte gesagt: »Leg den Teich an, und vielleicht gehst du mal aus, mit jemandem von *hier*.«

»Ach, ausgerechnet du redest vom Ausgehen?«

Er schenkte ihr das schiefe Lächeln, das ihn bei den älteren Damen in Oak Knoll so beliebt machte, und bei den Mädchen an seiner Schule bestimmt auch, da waren wir sicher. Er sagte: »Ich bin zu beschäftigt für eine Freundin.«

»Wohl eher zu wählerisch.«

»Das bist du, aber ich?«, sagte er.

Tatsache ist, Xavier war sowohl sehr beschäftigt als auch wählerisch – aber in erster Linie wählerisch. Er hatte noch keine kennengelernt, die ihm das Gefühl gab, seine Prioritäten überdenken zu müssen. Er hatte massig Freundinnen, darunter auch Mädchen, die mit ihm ausgegangen wären, wenn er sich auf diese Weise für sie interessiert hätte. Das tat er aber nicht, denn er kannte sich selbst gut genug, um zu wissen, dass er ein Typ für alles oder nichts war. Schon immer gewesen war. Er hatte sich im letzten Jahr mit ein paar Mädchen getroffen, nach Lust und Gelegenheit, aber eine Beziehung kam für ihn im Moment nicht infrage. Seine Liebe galt der Musik.

Er sah zu dem Mädchen am Pool hinüber, der neuen Nachbarin, dem Mädchen, das er gerade kennengelernt hatte. *Wie heißt sie?*, dachte er. *Warum willst du das wissen?*, dachte er gleich darauf. *Mach einfach deine Arbeit.*

Xavier war sechs Jahre alt gewesen, als er zum ersten Mal auf einer Gitarre geschrammelt hatte, bei einer Geburtstagsparty der Tochter von einer Kollegin seiner Mom. Mehrere Erwachsene hatten Instrumente mitgebracht – Gitarren, Mandolinen, Bongos, eine Mundharmonika –, und nach dem Kuchen und den Geschenken versammelten sich alle auf den Plastikstühlen auf der unebenen Terrasse, um zu musizieren und zu singen.

Erst waren es Kinderlieder, dann viel von Neil Young und den Beatles und ein bisschen was von James Taylor. Xavier fand die Musik schön, aber eine bestimmte Gitarre machte ihn richtig neugierig. Ihm gefiel, wie sie aussah, genau wie ihr klarer, hoher Klang. Er fragte den Besitzer, einen Geschichtsprofessor namens Sean, ob er mal probieren dürfe. Sean drückte ihn auf einen Stuhl und legte ihm die Gitarre in den Schoß. Das Instrument war riesig, verglichen mit dem dünnen kleinen Jungen. Xavier hielt das Instrument am Hals, griff einmal darüber, strich über die Saiten, und das war's, es war um ihn geschehen. Eine Woche später nahm er seine erste Stunde. Mit zehn war er auf klassische Musik festgelegt; nur Klassik ließ ihn Schönheit *fühlen,* und er brauchte dieses Gefühl, um das ganze emotionale Rauschen seiner Welt durchzustehen. Zu Beginn dieses Jahres, inzwischen achtzehn, hatte er sich dann um einen der begehrten Plätze am Konservatorium in San Francisco beworben und ihn bekommen.

Xavier rechte die Blätter zu einem Haufen und fing an, sie in die biologisch abbaubaren Säcke zu stopfen, die Valerie in einem Laden gekauft hatte, in dem alles viermal so viel kostete wie seine günstigere, meist aber (auf die ein oder andere Weise) giftige Alternative. Der Großteil ihrer Putzmittel, Hygieneprodukte, Lebensmittel und Klamotten stammte von dort. In Anbetracht dieser Ausgaben und des Gartens und Xaviers Musikstunden war es kein Wunder, dass kein Geld für eine Renovierung da war, wäre Valerie überhaupt daran gelegen. Wir machen uns manchmal über sie lustig – so, wie wir uns über unseren Freund lustig machten, der die Paleo-Diät so weit trieb, dass er nicht mal mehr Körner essen wollte, wenn diese Körner nicht von Hand mit einem Stein gemahlen worden waren. Valerie erwiderte unsere Neckerei, wie sie gemeint war: mit Zuneigung. Denn wir konnten gar nicht anders, als eine Frau zu lieben, die derart fürsorglich war und ihrer Sache so treu blieb.

Die neue Nachbarin lag noch auf der Liege neben dem blau glitzernden, in den Boden eingelassenen Pool und las. Xavier gefiel der Anblick (des Mädchens, in erster Linie, obwohl der Pool wirklich einladend aussah). Er hatte zwar noch keine Gelegenheit gehabt, ihre Züge eingehend zu studieren, aber sein erster Eindruck war wohlwollend. Weißes Mädchen. Richtig lange braune Haare. Hübsches Gesicht. Kariertes Hemd, in der Taille gebunden, hochgekrempelte Ärmel. Abgeschnittene Jeansshorts. Keine Schuhe. Dunkler Nagellack auf den Zehennägeln – grün? Er behielt sie, während er arbeitete, im Auge und hatte das seltsame, aber angenehme Gefühl, dass sie sich seiner sehr bewusst war, während sie las.

»Sonnencreme, Juniper«, sagte eine Frauenstimme. Xavier blickte auf und sah durch die hohe französische Flügeltür eine Frau auf die überdachte Veranda kommen, in der Hand eine Tube Sonnencreme.

Juniper.

Die Frau hatte blonde Haare, lang, aber nicht so lang wie die von Juniper. Sie trug sie zu einem hohen Pferdeschwanz gebunden über goldenen Kreolen, die Xaviers Meinung nach nicht zu dem engen Fitnessoberteil, den Shorts und Tennisschuhen passten, alles in modischen Farben und Mustern, die, wie ihm aufgefallen wäre, hätte er sich mit Fitnessmode ausgekannt, aus der Frühjahrskollektion von Ultracor stammten. Sie sah aus wie dem Katalog entsprungen.

Xavier betrachtete die Frau und dachte, *gepflegt,* ein Ausdruck, den die Freundinnen seiner Mutter manchmal benutzten, wenn sie zum Buchklub kamen. Jedes Mal begann der Abend mit Klatsch und Tratsch, bevor sie dann dazu übergingen, über das Buch zu sprechen, welches auch immer es gerade war. In letzter Zeit war der Ausdruck *gepflegt* im Klatsch-und-Tratsch-Teil ziemlich häufig gefallen, und immer im Zusammenhang mit der zunehmenden Zahl hochwertiger Immobilien in ihrer Nähe. Die Frauen versuchten es wie eine reine Beobachtung wirken zu lassen, aber Xavier merkte, dass es ein Urteil war. Diese Frauen waren alle berufstätig: Einige waren Lehrerinnen oder Professorinnen, wie seine Mutter; andere arbeiteten im Gesundheitswesen, leisteten soziale Arbeit oder führten kleine Unternehmen. Keine von ihnen ließ sich von ihrem Mann aushalten.

Xavier gesellte sich gern ein bisschen zu ihnen, nicht um zu tratschen (das war deren Sache), sondern um von dem Fingerfood und den Salaten zu profitieren, die sie mitbrachten. Wein brachten sie auch mit. Viel Wein. Er war jetzt achtzehn, alt genug, um für dieses Land zu sterben, also auch alt genug, um ein Glas Wein zu Hummus und Oliven zu trinken, zu mit Ziegenkäse gefüllten Feigen, zu Linsen-Spargel-Salat und so weiter, das sagten sie jedenfalls gern. Xavier mochte Wein gar nicht so gern, aber zu dem heißen, angemachten Frischkäse mit Rotel-Tomaten und scharfer Wurst würde er nie Nein sagen. Er wollte sich für sein Wohnheimzimmer einen Schmortopf kaufen, um das Zeug selbst zubereiten und davon leben zu können.

»*Juniper*«, sagte die gepflegte Frau wieder, diesmal ziemlich verärgert.

»Juniper«, sagte Xavier leise vor sich hin, um es auszuprobieren. Dann dachte er, *Idiot. Für so was hast du keine Zeit.*

»Im Ernst, Mom?«, sagte Juniper.

»Im Gesicht? Natürlich. Arme und Beine auch. Du musst jetzt auf deine Haut achten, sonst gibst du später viel zu viel Geld aus, um die Hautschäden zu reparieren. Willst du mal aussehen wie Grandma Lottie? Ich wünschte, *meine* Mutter wäre so klug gewesen wie ich.«

»Wenn du das schon selber meinst«, sagte Juniper und nahm die Sonnencreme entgegen.

»Du sagst Grandma aber *nicht,* dass ich das gesagt hab.«

Als Nächstes kam ein braun gebrannter Mann nach draußen, mit nacktem Oberkörper und geblümten korallenfarbenen Shorts unter einem vorstehenden Bäuchlein, wie es so viele Männer mittleren Alters hatten. Er ließ die hohe Tür hinter sich offen. »Ist das ein Leben, oder?«, sagte er. Er hatte in einer Hand eine Flasche Bier und in der anderen einen Krug mit irgendwas

Rosafarbenem. Er stellte den Krug auf den großen Teakholztisch und fragte: »Wer schwimmt eine Runde mit?«

»Ich!«, rief ein kleines Mädchen, das hinter ihm nach draußen gehüpft war.

»Meinst du, das Wasser ist schon warm genug?«, fragte die Frau. »Sie haben es gestern erst einlaufen lassen.«

Das kleine Mädchen, vielleicht sieben Jahre alt, im pinkfarbenen Bikini, mit großer gelber Sonnenbrille, stemmte die Hände in die Taille und sagte: »Mami, bist du ein Mann oder eine Maus?«

Xavier, dem bewusst wurde, dass er starrte, machte den Sack voll, legte die Harke hin und ging seine Mutter suchen. Sie konnten die Vorstellungsrunde auch direkt hinter sich bringen. Er hatte erst ein paar Schritte gemacht, da rief der Mann: »Hey, Junge.«

Xavier drehte sich um. Der Mann winkte und kam auf ihn zu.

»Hör mal«, sagte er und kam in den Garten, »kannst du vielleicht auch für *mich* arbeiten, wenn du hier fertig bist? Wir sind gerade eingezogen und ich muss noch Kartons rumschleppen und auspacken, ein paar Möbel umstellen – meine Frau konnte sich nicht entscheiden, solange die Umzugsleute da waren, deshalb …« Er kicherte. »Fünfzig Doller, okay? Ich bräuchte dich nur eine Stunde oder so – ist doch ’n ziemlich guter Stundenlohn, oder?«

»Also, ich … ich helfe eigentlich nur meiner Mutter.« Xavier deutete aufs Haus. »Ich bin Xavier Alston-Holt. Die meisten nennen mich Zay«, sagte er und streckte die Hand aus.

»Ah«, sagte der Mann und schüttelte Xavier die Hand. »Brad Whitman, Whitman HLK, Heizung, Lüftung und Klimatisierung. Du kennst bestimmt meine Werbespots.«

»Kann sein«, sagte Xavier. »Wir haben keinen Fernseher.«

»Ich bin auch im Internet und im Radio.«

»Okay, na dann.«

Brad Whitman beugte sich vor, drückte Xavier die Faust auf

die Schulter und sagte: »Und ich dachte, du würdest für die alte Dame *arbeiten,* die hier lebt.«

Xavier lächelte höflich. »Ich glaube nicht, dass meine Mom gern als *alte Dame* bezeichnet werden würde.«

»Nein, vermutlich nicht. Welche Frau mag das schon?«

»Sie ist erst achtundvierzig.«

»Wirklich? Dann hat mein Makler wohl was falsch verstanden«, sagte Brad Whitman. »Aber es gibt hier im Viertel viele alte Damen, das ist doch so?«

Xavier nickte. »Und ein paar alte Männer. Eigentlich alles.«

»Klar«, sagte Brad. »So will man es doch, oder?«

Xavier nickte. »Also, ich wollte meine Mom gerade holen. Sie wollte sich vorstellen.«

»Klar, gut. Hol sie her.« Brad deutete auf sein Haus. »Julia hat gerade rosa Limo gemacht. Die Mädchen lieben sie. Ich gebe dir auch ein Bier, wenn in deinem Ausweis steht, dass du einundzwanzig bist.«

»Noch nicht, aber danke. Bin gleich wieder da.«

Xavier war schon fast beim Haus, als Brad Whitman rief: »Bring deinen Dad auch mit, wenn er zu Hause ist. Für den hab ich auf jeden Fall was Kühles.«

Xavier hob die Hand, um ihm zu bedeuten, dass er es gehört hatte.

Seinen Vater holen? Er wünschte, das wäre möglich. Das hatte er sich schon immer gewünscht.

3

Bevor wir die erste Begegnung der anderen wichtigen Akteure unserer Geschichte schildern, müssen wir mehr über die Kulisse sagen, in der sich diese langsame Tragödie entfaltete. Wie der ortsansässige Englischprofessor sagen würde, der *Ort* der Handlung ist genauso eine Figur wie alle Menschen, insbesondere in Geschichten aus den Südstaaten, und von der Handlung nicht zu trennen – in diesem Fall sogar notwendig dafür.

***

Valerie Alston-Holt hatte sich in unser Viertel, Oak Knoll, verliebt, als sie zum ersten Mal auf einem seiner Gehwege stand. Sie war in Michigan geboren, hatte zwei Jahre zuvor ihre Promotion abgeschlossen, seit zwanzig Monaten eine Stelle an der Universität, war seit einem Jahr verheiratet und im siebten Monat schwanger. Sie und ihr Mann, Tom Holt-Alston, ein junger Soziologieprofessor, hatten eine gemütliche Wohnung in der Nähe des Campus gemietet. Aber nun war es an der Zeit, ein Haus zu kaufen – und dies war das Viertel, das ihren Kollegen am besten gefiel. Damit konnten Tom und Val nichts falsch machen, das sagte jeder.

Wie so viele amerikanische Vororte eines gewissen Charakters war Oak Knoll in den Aufschwungjahren nach dem Zweiten Weltkrieg angelegt worden. Breite Straßen, Gehwege und – weil wir hier in North Carolina sind, wo es viele Bäume gibt und viel Lehm – Ranchhäuser aus Backstein auf weitläufigen Grundstücken voller Bäume, mit einer Grundausstattung von drei Zimmern und einem Bad, klein, aber funktional.

Der Frühling war für Oak Knoll die Zeit zum Prahlen: weißer und rosa Hartriegel blühte zeitgleich mit Kastanien, Birnbäumen, Schneebällen und Kamelien, Kirschen, Persimonen,

Weißdorn, Stechpalmen. Nicht zu vergessen die Tulpenbäume, diese Vorboten, die manchmal ungeduldig bereits rosa wurden, nur um dann von einem späten Frost abgestraft zu werden. Das Viertel war besonders für seine Hartriegel bekannt, empfindliche, langsam wachsende Pflanzen, die zwei Jahrzehnte brauchten, um so groß zu werden wie ein sechsjähriger Ahorn. Valerie kam mit Tom für einen Spaziergang her, damit er selbst sehen konnte, wie schön es hier war, wie perfekt es wäre für sie beide und das Kind, das in ihr heranwuchs. Einige von uns erinnern sich noch, die beiden an jenem Tag gesehen zu haben, Valerie so schwanger, so dunkelhäutig, so ein Kontrast zu ihrem großen, blonden Ehemann. Wir werden nicht so tun, als hätte dieser Kontrast keine Aufmerksamkeit erregt. Natürlich fiel es uns auf. Vor allem hatten wir das Gefühl, dass es ihnen etwas Exotisches verlieh, eine Art Promistatus in einem Viertel, das sich zwar für fortschrittlich hielt, aber nicht viel dafür tat. Das Äußerste, was man sagen konnte, war, dass einige Anwohner weiß waren und andere nicht, einige hatten ein festes Einkommen und andere waren Berufsanfänger in Branchen, in denen schlecht bezahlt wurde, und wir behandelten einander mit Freundlichkeit und Respekt. Was konnte man schließlich sonst tun?

Niemand hielt Oak Knoll für ein besonders angesehenes Viertel, jedenfalls bis vor Kurzem nicht. Leute, die richtig Geld hatten, lebten im benachbarten Hillside. In Hillside wohnten die Blaublüter, Politiker, Chirurgen, die Gründer der Firmen und großen Einzelhandelsketten, viele von ihnen in gigantischen Häusern aus Stein und Backstein, Märchenschlösser mit Toren und Efeu und langen Auffahrten und Säulen und Büschen, die aussahen wie Skulpturen, und natürlich mit gewaltigen Eichen. Valerie bewunderte diese Villen wie auch die weniger aufwendigen Versionen auf den kleineren Grundstücken – auch sie waren schön, auch diese Gärten saftig grün. Wer hätte sie nicht bewundert? Aber für sie gab es keine Möglichkeit, nicht in diesem Leben, Hillside zu ihrem Zuhause zu machen (es sei denn, sie knackte einen Lotto-Jackpot mit mehreren Millionen Dollar). Aber selbst wenn sie Millionen gehabt hätte, hätten viele, die in Hillside lebten, gefunden, dass eine schwarze Frau mit einem weißen Mann weniger Recht hatte, dort zu sein, als die schwarze Haushaltshilfe, denn *die* wusste wenigstens, wo sie hingehörte.

Die Zeit verging und die Stadt wuchs, und die Art Leute, die man damals Yuppies nannte, kaufte reizlose Häuser auf neuen, abgelegenen Parzellen von einem halben Hektar und mehr, wo man Grundbesitz »Land« nannte und viele Familien neben drei oder vier Autos noch ein Golfmobil in der Garage stehen hatten. Die Whitmans hatten in so einem Viertel gelebt, denn, wenn man mal ehrlich ist, bekam man da draußen sehr viel mehr Haus für sein Geld, und die Nachbarn sind nicht so nah, dass sie einem in die Karten gucken könnten. Außerdem war Whitman HLK eine wachsende Firma, keine alteingesessene, und um die Art Haus zu bekommen, die er wollte, für eine Hypothek, die er sich leisten konnte, wenn er weiter seinen BMW fahren und Julia einen neuen Lexus SUV schenken und die Privatschulen der Mädchen bezahlen wollte, musste Brad Whitman, der sich heimlich nach dem Prestige von Hillside sehnte, Zugeständnisse machen.

Dann erfand er irgendein Gerät oder ein Teil eines Heizungssystems (ganz klar ist uns das nicht), ließ es patentieren, verkaufte es einem großen Hersteller und strich einen Reingewinn von zwei Millionen Dollar ein. Das bedeutete, dass er es sich leisten konnte, mit Julia und den Mädchen in ein Haus in Hillside zu ziehen. In eins der kleineren Häuser, stimmt; keine vierhundert Quadratmeter, nicht sechs- oder achthundert. Aber Brad gefiel sein Plan; er würde weniger Grundsteuer zahlen als bei einer großen Villa, und trotzdem hätte er eine dieser beneidenswerten Hillside-Adressen.

Der Plan der Whitmans war gewesen, dort hinzuziehen, nur dass sehr gute Freunde, die Jamisons (Jimmy war in der Pharmaindustrie, ihm ging es gerade bestens) dann Oak Knoll entdeckten mit seinen alternden Häusern und, in vielen Fällen, alternden Bewohnern. Alternde Bewohner, die sich einer nach dem anderen für betreutes Wohnen entschieden und ihre Häuser abstießen. Oder sie starben, und ihre Kinder hatten kein Interesse daran, wieder in die engen Häuser ihrer Kindheit mit nur einem Badezimmer zu ziehen, Häuser, die inzwischen nach Mottenkugeln und Hämorrhoidencreme rochen und Nikotinflecken an Decken und Wänden hatten. Also wurde der Nippes verscheuert und die Häuser verkauft, wie sie waren.

Anders als in Hillside, wo die Häuser mindestens genauso alt, wenn nicht älter waren (allerdings rochen sie besser – manchmal – und waren besser erhalten), musste man in Oak Knoll nicht so tief in die Tasche greifen, um das Haus zu kaufen, und dann noch mal, um alles zu modernisieren. Die Häuser in Oak Knoll waren so billig, dass man sie abreißen und eine funkelnagelneue Sehenswürdigkeit errichten konnte, mit den besten Materialien, der besten Technologie, großartiger Dämmung und Niedrigenergieglas; man würde niedrigere Unterhalts-, Energie- und Steuerrechnungen haben und eine höhere Rendite, wenn man wieder verkaufte – Oak Knoll war der Ort der Stunde, sagte Jimmy Jamison zu Brad. Er hatte sich seinen Bauunternehmer schon gesucht, und Brad würde *niemals* glauben, was der für ein Mediensystem geplant hatte. Jimmy nahm Brad mit, um ihm eins der Häuser zu zeigen, die der Bauunternehmer gerade fertiggestellt hatte (es gehörte jetzt Mark und Lisa Wertheimer). Die Männer standen in der Küche mit der drei Meter hohen Decke und der Marmorarbeitsplatte, der Kühl-Gefrier-Kombination und dem teuren Herd, und Brad sagte: »Scheiße. Schätze, so eins sollte ich für Julia und mich auch kaufen.«

***

Aus der sehr viel einfacheren Alston-Holt-Küche sah Valerie, während sie die Pfingstrosen in Vasen arrangierte, Xavier mit dem neuen Nachbarn sprechen. Optisch entsprach der Mann genau den Erwartungen, die sie an die Bewohner dieses Hauses gehabt hatte: weiß, Ende vierzig, modische Markenbadehose passend zum Pool und dem riesigen Edelstahl-Gasgrill auf der Terrasse. Er trug Flipflops und eine Baseballkappe mit dem Schirm nach hinten. Ein Kind mit Geld.

Von denen gab es heutzutage viele. Sie hatte sich mit ein paar von ihnen getroffen, arrangiert von einem Freund an der Technischen Hochschule, der regelmäßig mit Männern aus hiesigen Firmen zu tun hatte. Vielleicht eher so was wie eine Vor-Verabredung: Man traf sich irgendwo zur Happy Hour und guckte, ob die Chemie stimmte; sie versuchte abzuschätzen, ob die Gründe, die der Typ dafür hatte, eine schwarze Frau zu treffen, einem ehrenhaften Platz seiner Seele entsprangen. Valerie Alston-Holt war keine exotische, sexbesessene Tussi, die nur darauf wartete, die Sexsklavenfantasien eines weißen Mannes zu befriedigen – und ja, es gab wirklich Männer, denen diese Vorstellung gefiel und die davon ausgingen, dass sie ihr auch gefallen würde.

Xavier gegenüber erwähnte Valerie nichts davon. Sogar wenn es mit einem Mann ernst wurde, ging sie zurückhaltend damit um. Genauer gesagt, ging es um einen Mann, den sie bei einer Konferenz in Virginia vor fast drei Jahren kennengelernt, den Xavier aber erst zwei Mal gesehen hatte. Sein Name war Chris Johnson – der nichtssagendste Name überhaupt, fanden wir. Aber was er machte, klang großartig, als unkündbarer Professor an der Universität von Virginia am Frank-Batten-Institut für Staatswissenschaften. Außerdem sang er als Bariton in einem preisgekrönten Quartett. Bisher bestand ihre »Beziehung« aus regelmäßigen FaceTime-Gesprächen und gelegentlichen Wochenendtrips, jetzt, wo Xavier allein zu Hause bleiben konnte.

Valerie lud Chris nicht ein herzukommen, von den bereits erwähnten beiden Malen abgesehen, und sie sprach auch nicht viel über ihn. Wie alle alleinstehenden Elternteile wissen, ist eine Romanze kein einfaches Unterfangen, wenn man gleichzeitig ein oder mehrere Kinder aufzieht. Valerie wollte Xavier nicht mit etwas beunruhigen, das vielleicht passieren würde, vielleicht aber auch nicht. Wenn der Junge sich einmal an etwas festbiss, fiel es ihm schwer, wieder loszulassen. Das war ihr früh an ihm aufgefallen: eine Lieblingsdecke, Lieblingsessen, ein Spielzeug, ein Buch, ein Autor – einen Sommer lang hatte er mal nichts anderes gelesen als die Redwall-Romane von Brian Jacques, sämtliche zweiundzwanzig. Er hatte zwei enge Freunde, die er seit der Vorschule kannte. Und natürlich waren da seine Musik und seine Gitarren.

Ein weiteres Beispiel für die Intensität des Jungen: Die Möglichkeit, dass das College, das Xaviers erste Wahl war, ihn nicht nehmen könnte, hatte ihn nächtelang wach gehalten. Dabei war er genauso geeignet und talentiert wie die, mit denen er über die Jahre konkurriert hatte. Zur Freude aller, die nahe genug lebten, um ihn bei mildem Wetter und offen stehenden Fenstern spielen zu hören, übte Xavier täglich eine Stunde vor der Schule und zwei am Abend, wenn er von seinem Job im Lebensmittelgroßmarkt nach Hause kam. Dann machte er Hausaufgaben. Zwei Tage vor und einen Tag nach seinem Vorspiel am Konservatorium im Januar konnte er kaum was essen, was einiges heißen will. Und obwohl er nach ihrer Rückkehr aus San Francisco zu einer normaleren Routine zurückfand, blieb er angespannt, bis Mitte März die Zusage kam. Diese Art junger Mann war er. Valerie hatte versucht ihm beizubringen, wie er diese Intensität für sich nutzen konnte. Gute Noten, gute Arbeitsmoral, gute Zeugnisse von seinen Lehrern und seinem Chef – und es hatte sich gelohnt.

Aber es konnte genauso gut gegen ihn arbeiten, und das konnte es immer noch. An wie vielen Abenden hatte Valerie in den letzten Jahren auf ihren Sohn gewartet und gebetet, dass er und seine Freunde nicht von der Polizei angehalten wurden? Gebetet, dass er nicht in eine Situation geriet, in der er sich ungerecht behandelt fühlte, sich verteidigen wollte und diese Intensität gegen die Polizisten richtete? Er war groß. Er war schwarz. Valerie hatte ihm *so oft* gesagt: »Wenn sie Angst vor dir bekommen, schießen sie.« Sie hasste es, dass es überhaupt nötig war, das zu sagen, hasste es, dass das Hinarbeiten auf eine postrassistische Gesellschaft, das sie und ihr Mann und andere so leidenschaftlich betrieben hatten, nun umgekehrt wurde. Warum konnten wir uns gegenseitig nicht einfach als Menschen betrachten und am selben Strang ziehen, verdammt? Der Planet lag im Sterben, und die Menschen stritten sich darum, wer am amerikanischsten war – oder wer überhaupt amerikanisch war.

Sie beobachtete, wie Xavier das Kind mit Geld stehen ließ und aufs Haus zuging. »Jetzt sind alle draußen«, sagte er, als er zu ihr in die Küche kam.

»Ich hab's gesehen. Ich mach das hier nur fertig und wasche ab.«

Xavier lehnte sich an die Theke, nahm einen Apfel aus einer Schale und putzte ihn mit seinem T-Shirt ab. Dann legte er ihn zurück, machte dasselbe mit einem anderen und sagte: »Er dachte, ich würde für dich arbeiten.«

»Wundert uns das?«

»Er dachte auch, du wärst eine alte Dame. Also, nicht du speziell. Er dachte, hier würde eine alte Dame leben. Hat ihm wohl sein Makler erzählt.«

»Da hat er sich wohl getäuscht.« Sie trocknete sich die Hände an einem Küchenhandtuch ab. »Weißt du, wie er heißt?«

»Brad irgendwas. Heizung, Lüftung und Klimatisierung. Das macht seine Firma. Er sagt, er macht Werbespots, als müsste ich ihn kennen.«

»Ach, alles klar. Ellen hat gesagt, dass eine lokale Berühmtheit hier baut. Sie konnte sich nur nicht mehr erinnern, wer genau oder welches Haus es war. Mit Heizung, Lüftung und Klimatisierung kann man natürlich gut verdienen.«

Valerie überlegte kurz und entschied sich dagegen, ihr verschwitztes T-Shirt und die ausgefransten Shorts zu wechseln. Sollten sie sie nehmen, wie sie war – oder auch nicht. Sie setzte eine Sonnenbrille und einen Hut auf, dann gingen sie und Xavier zusammen zu den Whitmans, von ihrem Paradies aus Holz zu den abgezirkelten Rasen- und Mulchstreifen, die Terrasse und Pool der Whitmans umgaben.

»Guten Tag«, rief sie, als sie auf die Steinplatten trat. Wenigstens hatten die Whitmans Naturstein gewählt und nicht Beton ausgegossen. Bedachte man die Auswirkungen exzessiver Versiegelung der Erdoberfläche auf die Umwelt, war allerdings auch dieser Stein keine tolle Entscheidung. Der Bauunternehmer musste beim Pool und bei der Terrasse von den Auflagen abgewichen sein, beim Haus vermutlich auch, oder wie hätte er sonst so viel Bodenfläche bebauen können? Immerhin hatten Steinplatten eine etwas höhere Durchlässigkeit als Beton und wirkten viel natürlicher.

Riskant war das vor allem für die Bäume, die in der Nähe standen. Große Bäume, wie die alte Eiche in Valeries Garten, hatten eine flache Wurzelstruktur, die sich seitlich ausbreitete, manchmal mehr als hundert Meter um den Stamm herum. Valerie, die (unter anderem) Kurse zum Thema nachhaltige Waldbewirtschaftung unterrichtete, wusste das besser als irgendjemand von uns. Sie überprüfte die Eiche auf Anzeichen von Stress, seit der Abriss auf dem Grundstück der Whitmans begonnen hatte.

Dieser Baum bedeutete ihr eine Menge. Sie konnte ihn nicht anschauen, ohne ihr Baby in der leuchtend roten Segeltuchschaukel vor sich zu sehen, die sie an einen der unteren Äste gehängt hatten; den vierjährigen Xavier auf der Holzschaukel »für große Jungs«, die sie als Nächstes hatten; wie er zum ersten Mal die Beine vor und zurück schleuderte, um Schwung zu kriegen; den zehnjährigen Zay und seinen Onkel Kyle, wie sie das Baumhaus bauten, in dem Zay und seine besten Freunde, Dashawn und Joseph, in den nächsten Jahren ungezählte Stunden mit ihren Comics und Videospielen und massenweise Snacks verbrachten. Beides gab es noch, das Baumhaus und die Schaukel. Xavier und seine Freunde benutzten es immer noch manchmal, als wollten sie diese Bande mit ihrer Kindheit genauso wenig zerreißen, wie Valerie ihnen dabei zusehen wollte.

Julia Whitman war die Erste, die Valeries Gruß erwiderte. Sie erhob sich aus ihrem gepolsterten Teakstuhl auf der Terrasse. »Hi, kommen Sie her. Ich bin Julia. Ich gieße Ihnen beiden gleich mal Limonade ein.«

»Hi. Valerie Alston-Holt.« Sie richtete ihre Worte an Julia, ging aber geradewegs auf Brad Whitman zu, mit ausgestreckter Hand. Sie wusste aus Erfahrung, dass es nötig war, von Anfang an den Ton zu setzen. »Sie müssen Brad sein.«

»Brad Whitman, Whitman HLK, Heizung, Lüftung und Klimatisierung. Schön, Sie kennenzulernen. Danke, dass Sie vorbeigekommen sind.«

Valerie schüttelte Julias Hand und nahm ein volles Glas entgegen, dann setzte sie sich auf den Stuhl, der Brad am nächsten stand. »Wir warten schon seit Ewigkeiten, dass dieses Haus fertig wird«, sagte sie.

»Wir auch«, sagte Julia so fröhlich wie der orangefarbene Stempeldruck auf ihren Shorts.

»*Acht Monate* lang Lärm und Unruhe«, sagte Valerie, ohne die Absicht gehabt zu haben, das Thema anzuschneiden, aber irgendwie mit dem Wunsch. »Die Druckluftkompressoren und Nagelpistolen und Sägen und die laute Musik der Trockenbauleute den ganzen Tag … Wirklich, jeder freie Tag, den ich seit September hatte, wurde von diesem Lärm verdorben.«

»Oh«, sagte Julia. »Das tut mir so leid.«

»Jetzt ist es ja vorbei«, sagte Brad. »Ende gut, alles gut.«

»Es sei denn, man geht nach nebenan oder guckt nach gegenüber. Da werden Sie es ja selbst erleben«, sagte Valerie. »Meinen Sohn Xavier haben Sie schon kennengelernt?«

»Brad ja. Hi«, sagte Julia. »Limonade?«

Xavier setzte sich auf den Stuhl neben seiner Mutter. »Nein, danke.«

»Das im Pool ist Lily«, sagte Julia, »und das ist Juniper.« Sie deutete auf ihre ältere Tochter, die ihr Buch zur Seite gelegt hatte und aufgestanden war, um zu den anderen auf die Terrasse zu kommen.

Lily hängte sich an den Rand des Pools und sagte: »Hallo, Frau Nachbarin. Tut mir leid, ich hab Ihren Namen nicht mitbekommen.«

»Das ist Mrs. Alston-Holt«, sagte Julia. »Das habe ich doch richtig verstanden?«

»*Ms.* Alston-Holt«, berichtigte Valerie. Ihr persönlich machte es zwar nichts, wenn die Kinder ihren Vornamen benutzten, aber viele Eltern in den Südstaaten bestanden auf der formal richtigen Anrede. Und wenn die Leute nun mal so tickten, sollte wenigstens die Anrede stimmen.

»Die Namen Ihrer Mädchen gefallen mir«, fügte sie hinzu. »Wacholder und Lilie. Pflanzen sind mein Ding.« Dann sagte sie: »Brad, Sie sagten, Sie haben beruflich mit Heizungen zu tun? Vielleicht könnten Sie sich meinen Kompressor mal ansehen. Der macht so ein komisches Geräusch.«

Sie warf Xavier einen Blick zu. Der unterdrückte ein Lachen. Er wusste, dass das keine ernst gemeinte Frage war, dass es kein komisches Geräusch gab. Valerie nervte Brad Whitman, weil er Xavier für ihre Gartenhilfe gehalten hatte.

»Aber gern«, sagte Brad. Er stellte sein Bier auf den Tisch. »Ich hol nur ein Hemd und Schuhe und –«

»Oh. Ich meinte nicht sofort.« Sie hatte nicht erwartet, dass er bereit wäre, es selbst zu machen. »Aber danke. Er macht das Geräusch auch gar nicht die ganze Zeit. Heute habe ich es noch gar nicht gehört. Du, Zay?«

»Heute nicht«, sagte Xavier.

»Es kann warten. Außerdem würde ich Sie nie an einem Sonntag damit behelligen.«

»Der Tag Gottes«, sagte Juniper, die sich neben Julia gesetzt hatte. »Nur dass wir gar nicht mehr in die Kirche gehen.«

»Manchmal schon«, sagte Julia.

Lily sagte: »Gott ist überall, sogar direkt hier im Pool.«

»So ist es, Zuckerschnute«, sagte ihr Vater. Und an Valerie

gewandt: »Ich gestehe: Sonntagvormittags gehe ich gerne Golf spielen. Beste Zeit dafür.«

»Er würde am liebsten *jeden* Tag Golf spielen«, sagte Julia. »Aber er geht nur samstags und sonntags.«

Valerie sagte: »Wir gehen auch nicht regelmäßig in die Kirche. Schon gar nicht zu dieser Jahreszeit. Ich arbeite sonntagvormittags gern im Garten.« Auch das war eine kleine Spitze. Diese Leute hatten kaum einen Garten, und was sie hatten, war professionell so angelegt worden, dass darin fast nichts lebte. Arbeit mit dem Garten würden sie nicht haben, da war Valerie sicher, nur Gartenarbeiter.

Brad sagte: »Sie werden denken, *Was für ein aufdringlicher Kerl,* aber ich gehöre nun mal zu den Leuten, die Dinge gern wissen, deshalb frage ich einfach: Gibt es einen Mr. Alston-Holt?«

Valerie sagte: »Nein. Es gibt nur uns zwei.«

»Klar«, sagte Brad. »Kein Problem.«

»Ich bin Witwe«, stellte sie klar.

Brad und Julia reagierten, wie neue Bekannte immer reagierten: ein schneller überraschter Blick, gefolgt von *Ach, das tut mir aber leid* und schwelender Neugier, der sie zu höflich waren nachzugeben.

Julia sagte: »Juniper ist in der zwölften Klasse der Blakely Academy. Gehst du aufs College, Xavier?«

»Ich mache in ein paar Wochen meinen Abschluss am Franklin Magnet.«

»Ach, Highschool. Ich dachte, du wärst älter. Gratuliere!«, sagte Julia zu ihm. »Das ist bestimmt ein gutes Gefühl. Gehst du dann ab Herbst aufs College?«

Valerie antwortete. »Er hat ein Stipendium für das Musikkonservatorium in San Francisco. Ich bin sehr stolz auf ihn.«

»Ein Teilstipendium«, sagte Xavier. »Aber, ja. Ich spiele Gitarre.«

»Hey, wie Jimi Hendrix!«, rief Brad.

Xavier schüttelte den Kopf. »Akustik. Klassisch. Keine Sorge, das sagt niemandem etwas.«

Juniper wandte sich an ihn. »Stimmt es, dass ihr am Franklin Pistolen dabeihabt, weil es dort Bandenkriege gibt? Und dass es nur deshalb keine Schießereien gibt, weil Wachmänner die Waffen konfiszieren?«

»Was?«, sagte Xavier. »Nein. Wo hast du das denn gehört?«

Juniper sah Brad an. »Hast du das nicht erzählt?«

Brad warf ihr einen scharfen Blick zu, wie Valerie fand. Diese Reaktion (wenn sie sie richtig verstand) legte nahe, dass seine fröhliche Jungenhaftigkeit nur Fassade war. Wundern würde es sie nicht. Ihrer Erfahrung nach waren manche Männer – vor allem gut betuchte, weiße Männer – so an ihre Autorität und ihre Privilegien gewöhnt, dass sie sie für ihr Recht hielten.

Juniper schien ihr trotz des botanischen Namens ein ganz normaler Teenager zu sein. Vielleicht ein kleines bisschen feindselig, aber das war nicht überraschend, wenn man bedachte, dass sie kurz vor Ende des Schuljahrs, wo sie sicher Arbeiten schreiben und Projekte abgeben musste, mit ihren Eltern in ein neues Haus ziehen musste. Wenigstens würde sie für ihr letztes Schuljahr nicht die Schule wechseln müssen. Ein Vorteil von Privatschulen.

»Da verwechselst du was, Schatz«, sagte Brad jetzt in freundlichem Ton zu Juniper, und Valerie beschloss, dass sie sich verhört und ihn falsch eingeschätzt hatte. Sie war voreingenommen gewesen wegen des Kahlschlags. *Mach dich mal locker,* sagte sie sich. *Gib dem Mann eine Chance.*

Brad fuhr fort: »Vielleicht habe ich etwas über irgendeine andere Schule gesagt. Oder vielleicht hast du von deinen Freunden was gehört.«

»Vielleicht«, sagte Juniper. »Wahrscheinlich.«

»Fürs Protokoll«, sagte Valerie, »Franklin ist eine der leistungsstärksten Schulen im ganzen Staat.«

»Gut, klar«, sagte Brad. »Guckt euch Zay hier doch an. Klassische Gitarre. Ich weiß nicht genau, was das ist, aber wenn du ein Stipendium dafür bekommen hast, musst du gut sein. Juniper nimmt Klavierunterricht – ich glaube allerdings nicht, dass sie für ihr Spiel irgendein Stipendium bekommen wird.«

Julia sagte: »Sie müsste mehr üben. Aber sie ist sehr gut im Crosslauf. In der neunten Klasse war sie in der Auswahlmannschaft.«

»Super«, sagte Xavier zu Juniper. »Willst du das dann auch auf dem College machen?«

»Du meinst als Fach?«, fragte Juniper. »Nein, ich glaube, ich will Zoologie oder Botanik studieren. Ich hoffe, dass ich in Washington State in so ein Programm komme.«

»Seit wann das denn?«, fragte Julia.

»Ich überlege das seit einer Weile.«

»Wir werden sehen«, sagte Brad. »Deine Mutter wird es sicher nicht so toll finden, wenn du zum Studieren so weit weggehst.«

»Dass sie überhaupt weggeht«, sagte Julia schulterzuckend. »Was soll ich machen? Sie ist mein erstes Baby. Ich will nicht, dass sie groß wird.«

Valerie wollte Julia gerade beipflichten, als ein halbes Dutzend Latino-Männer in identischen leuchtend gelben T-Shirts um das Haus der Whitmans herum an die hintere Grundstücksgrenze kam. Einer der Männer trug einen Spaten, ein anderer einen gasbetriebenen Pfahlbohrer.

»Da *sind* sie ja«, sagte Brad und stand auf. »Die Zaunleute. Das sollte eigentlich längst gemacht sein – sind wohl in Verzug geraten, weil es letzte Woche so geregnet hat. Aber die Baugenehmigung haben wir ja; ich kenne einen Typen bei der Genehmigungsstelle. Der war mir schon mehrfach nützlich«, sagte er zwinkernd. Dann ging er zu dem Trupp.

»Sie bauen einen Zaun«, sagte Valerie zu Julia. »Natürlich. Die Regelung hatte ich ganz vergessen. Bis vor Kurzem hat sich in Oak Knoll niemand einen Pool leisten können.«

Julia sagte: »Aber ein schöner, aus Holz, keine Sorge. Kein Maschendraht.«

Es war nicht das Material, das Valerie Sorgen machte. Es war die zusätzliche Störung, dem das Wurzelsystem ihrer Bäume ausgesetzt sein würde. Und was konnte sie dagegen machen? Nichts. Der Pool war schon da. Da war ein Zaun erforderlich.

Brad wandte sich der Terrasse zu. »Die brauchen nur ein paar Tage dafür«, sagte er. »Ich entschuldige mich jetzt schon für den Lärm. Aber ist doch gut, oder nicht? Mehr Privatsphäre für alle.«

»Sicher«, sagte Valerie.

Sie wünschte sich aufrichtig, dass der Lärm das größte Problem sein würde. Und abgesehen von dem Wurzelschaden war ihr sehr recht, dass zwischen ihrem und deren Garten ein Zaun sein würde. Sie hatte nicht das Bedürfnis, jedes Mal, wenn sie aus dem Fenster guckte, diesen Pool und die Terrasse zu sehen, die allein mehr gekostet haben mussten, als sie und Tom für das Haus bezahlt hatten. Sie war auch nicht besonders erpicht darauf, den ganzen Sommer über die junge, hübsche Julia Whitman am Pool liegen zu sehen – am besten noch im Bikini –, wie sie ihren Fünf-mal-die-Woche-Fitnesstraining-Körper zur Schau stellte, während Valerie zehn Pfund zu viel hatte, die sie seit ebenso vielen Jahren nicht loswurde.

Sie sagte: »Sie wissen ja, was Frost sagt: *Ein guter Zaun schafft gute Nachbarn.*«

»Was für ein Frost?«, fragte Lily.

Juniper sagte: »Robert Frost. Das war ein Dichter.«

Valerie nickte anerkennend. Ja, die Jugend würde sie noch alle retten.

Und so saßen die Whitmans und die Alston-Holts noch ein Weilchen im Schatten der überdachten Terrasse und sprachen über belanglose Dinge, bis die Zaunleute nach zwanzig Minuten in die Gänge kamen und sie aufstanden – Brad und Valerie zufrieden, dass sie sich nun so gut kannten, wie sie sich kennen sollten. Es war ein vielversprechender Auftakt ihrer Beziehung, so vielversprechend, wie man nur hoffen konnte. Niemand von uns dachte weiter über die drei und ihre Kinder nach.

4

Zwei Tage später stand Xavier in der Küche, um sich zum frühen Abendessen ein Sandwich mit Schinken und Käse zu machen, als seine Mutter hereinkam.

»Wie war's in der Schule?«, fragte sie, kam zu ihm und legte ihm den Arm um die Taille. Er war fast dreißig Zentimeter größer als sie, was ihm immer noch komisch vorkam. Den Großteil seines Lebens hatte er sich gewünscht, größer, länger, erwachsen zu sein – und jetzt sah er auf die meisten Erwachsenen herab, nicht zu ihnen auf. Jetzt konnte er seiner Mutter auf den Kopf gucken und war mit 1,92 Meter drei Zentimeter größer als sein Vater gewesen war. Er wünschte, er hätte jedes Mal einen Dollar – nein, besser zehn – bekommen, wenn jemand vermutete, dass er Basketball spielte.

»Wir haben für die Klausuren geübt«, sagte er zu Valerie, »ziemlich öde.« Er zündete eine Herdplatte an und stellte eine Pfanne darauf.

»Die Ziellinie ist ja in Sicht.« Sie drückte ihn und ließ ihn dann los. »Hey, also, ich hab darüber nachgedacht und wollte dich auch fragen: Was denkst du über unsern berühmten neuen Nachbarn, Brad Whitman?«

»Wie meinst du das?«

»Ich fand ihn … undurchsichtig. Ich konnte nicht sagen, ob er so gut ist, wie er scheint.«

»Ich fand ihn in Ordnung«, sagte Xavier. Er bestrich zwei Brote mit Butter und legte sie in die Pfanne. »Soll ich dir auch welche machen? Ich muss dann zur Arbeit.«

»Gern, danke.« Sie nahm sich eine Tomate, ein Messer und ein Brett und setzte sich an den Küchentisch. »Vielleicht bin ich zu empfindlich. Ich will nicht das Schlechteste annehmen, wo ich die Leute kaum kenne. Vorurteile sind hässlich. Am liebsten wäre ich gar nicht in der Lage, welche zu haben.«

»Ich sag es dir ungern, aber du bist nun mal menschlich«, sagte Xavier und machte ihr Sandwich fertig. »Außerdem sind es keine Vorurteile, wenn du die Leute bereits kennengelernt hast, oder?«

»Ich habe praktisch in der Sekunde angefangen, mir ein Urteil über sie zu bilden, als die Kettensäge zum ersten Mal zu hören war, und das ärgert mich. Ich versuche, jedem eine Chance zu geben, wie soll ich mich sonst beklagen, wenn Leute mich vorverurteilen?«

Xavier legte drei Sandwiches in die Pfanne. Sie zischten, die heiße Butter schickte Lipidmoleküle in die Luft. Duft war Chemie. Atmen war Chemie. Verdauung war Chemie. Pflanzenwachstum und die Sauerstoffproduktion dieser Pflanzen waren auch Chemie. Seine Mom hatte ihm insbesondere über Pflanzen alles beigebracht, vielleicht in der Hoffnung, dass er ihre Leidenschaft für Ökologie teilen würde. Er hatte sich viel damit beschäftigt, ein paar Monate lang, dann war sein Interesse befriedigt.

Das geschah oft. Xavier hatte die Erfahrung gemacht, dass es viele verschiedene Gebiete gab, die ihn interessierten, aber nur wenige, die er liebte. Trotzdem ermunterte seine Mom ihn jedes Mal, wenn er sich in etwas Neues stürzte, und sagte ihm, er solle es so lange weiter verfolgen, wie er wollte. Sie sagte, das gehöre zu dem, was die Bürgerrechtler erkämpft hätten, dass er als Kind eines weißen Mannes und einer studierten schwarzen Frau in einem Mittelklassehaushalt in einem Land aufwachse, wo man ausprobieren könne, was man wolle. Alles. »Und du bist einfach ein Kind, kein *schwarzes* Kind. Das muss man auch mal anerkennen, Zay, und nicht für selbstverständlich halten.«

Er wusste, dass das nicht ganz stimmte, diese Behauptung *einfach ein Kind, kein* schwarzes *Kind*. Er wusste, dass auch sie das nicht glaubte. Es gab heutzutage mehr Leute, die versuchten, ihr Verhalten gegenüber anderen Menschen nicht an deren Hautfarbe auszurichten, ja. Es gab aber auch die Menschen – überwiegend ältere Weiße –, die ihn mit finsterem Blick ansahen oder ihn in Geschäften mit Adleraugen beobachteten, als würde er sich gleich die Taschen vollstopfen oder eine Pistole ziehen. Einmal hatte er seine Mom gefragt: »Warum ist halbweiß nicht weiß, so wie halbschwarz schwarz ist?« Ihre Antwort, eine kurze Geschichte der Ein-Tropfen-Regel, ergab Sinn, stellte ihn aber nicht zufrieden. Faktisch war er genauso weiß wie schwarz.

Jetzt sagte er: »Du hast ein Problem damit, was die Whitmans getan haben, nicht damit, wer sie sind. Eine Beschwerde sollte in der Sache selbst begründet sein, Punkt.« Auch das hatte sie ihm beigebracht. Denk logisch. Bleib fair. Zeig deine Humanität und Integrität, so wie Dr. und Mrs. King es immer getan haben, so wie John Lewis es immer noch tut.

»Ja, aber ich muss dir sagen, Zay, diese Art Antipathie ist neu für mich. Ich habe schon so oft vorgefasste Meinungen über Menschen und Dinge gehabt – das geht schließlich kaum anders, oder? Aber mir fällt kein Fall ein, wo ich so anfällig dafür war, etwas oder jemanden derart zu *verachten.*« Sie schüttelte den Kopf. »Es muss wohl an der Situation liegen – daran, dass es mich so persönlich trifft.«

Er sah sie an und sagte: »Sei nicht zu streng mit meiner Mom. Sie ist ein guter Mensch.«

Das entlockte ihr ein Lächeln. »Danke, Süßer«, sagte sie. »Wie ist es mit dir?«

»Wie ist was mit mir?«

»Was hältst du von ihnen? Den Whitmans.«

»Wenn man mal außen vor lässt, dass sie diesen Kahlschlag und alles okay fanden ... wie gesagt, sie schienen mir eigentlich in Ordnung zu sein. Nachbarschaftlich, jedenfalls. Ich kann nicht behaupten, dass ich seit neulich viel drüber nachgedacht hätte.«

»Nein, natürlich nicht. Du hast auch wirklich Wichtigeres im Kopf.«

»So ist es«, sagte er. Er hatte – zu viel, wie ihm bereits klar war – immer nur über eine Whitman nachgedacht. Juniper.

5

Obwohl es in Oak Knoll noch andere neue große Häuser und Neuzugezogene gab, weckten die Whitmans unsere Neugier besonders. Ihr Haus war das größte, hatte am meisten gekostet und verfügte über hochpreisige Details, die die meisten von uns bisher nur in Häusern in Hillside oder in Filmen oder im Fernsehen gesehen hatten. Zum Beispiel: Regenrinnen und Fallrohre aus Kupfer, Gartenbeleuchtung, einen doppelseitigen Kamin zwischen dem Wohnzimmer und der überdachten Terrasse. Einen Hauswirtschaftsraum. Eine Dampfdusche. Und natürlich über Brad Whitman, der, wie er Xavier gegenüber angedeutet hatte, in der Region eine ziemliche Berühmtheit war. In den Werbespots für Whitman HLK trat er persönlich auf, viele von uns hatten ihn also zu Hause auf dem Bildschirm gesehen. Wir hatten ihn im Radio gehört. Es gab keinen charmanteren Mann weit und breit. Warmherzig. Freundlich. In jedem Fernsehspot sah er direkt in die Kamera und sagte: »*Sie* sind mein Lieblingskunde, so viel ist klar.«

Wir beauftragten seine Firma damit, unsere alternden Heizungs- und Kühlsysteme zu warten und zu reparieren und zu ersetzen. Wir fühlten uns privilegiert – einige von uns jedenfalls –, dass er für sein neues Zuhause unser Viertel auserwählt hatte. Wir wollten ihn und seine hübsche Familie kennenlernen, von Nahem sehen, wie die andere Hälfte wirklich lebte. Besonders interessierte uns seine Frau, Julia. Sie wirkte so reizend, so jung, so glücksverwöhnt.

* * *

»Was steht bei dir heut auf dem Plan?«, fragte Julia Whitman ihren Mann, als er das Bett verließ und sich auf den Weg zur Dusche machte.

»Das Übliche«, sagte er, drehte das Wasser in der Dusche auf und trat aus den Seidenshorts, in denen er geschlafen hatte. »Bei dir?«

»Dasselbe. Bis auf heute Abend.«

Ihr Abend versprach eine nette Abwechslung: Sie war zum Buchklub von Oak Knoll eingeladen worden. Heute Abend würde sie nur als Gast kommen, weil sie das Buch des Monats nicht gelesen hatte, einen historischen Roman. Für gewöhnlich las sie Romane, die heute spielten, über Frauen in Gefahr oder Gerichtsthriller oder englische Kriminalromane. Aber wenn die Gruppe sie mochte und das Gespräch interessant war, würde sie sich das Buch von heute vielleicht kaufen, und das für das nächste Treffen auch, »Strandlektüre«, wie ihre Nachbarin Kelli Hanes gesagt hatte, als sie Julia einlud. Im Juni lasen sie immer ein Strandbuch, und alle sollten sich entsprechend anziehen. Das würde lustig werden.

Julia sagte: »Ich geh zu Valerie – der Nachbarin hinter uns? – zu einem Buchklub. Du bist doch zu Hause, oder?«

»Jap«, sagte er und betrat die Dusche. »Ich bin mit Lily zum Spieleabend verabredet.«

Julia betrachtete ihn eine Weile. Er war noch immer ein attraktiver Mann, das sagten alle. Das strohblonde Haar und das verschmitzte Grinsen, diese verblüffend blauen Augen. Aber er hatte fünfzehn Pfund zugenommen, seit sie ihn zum ersten Mal nackt gesehen hatte. Er war schwammig und überall, wo die Sonne nicht hinkam, blass. Sein Haar war am Hinterkopf dünn geworden, auch wenn er es so kämmte, dass man es kaum sah. Das mittlere Alter forderte Zugeständnisse, auch wenn er versuchte, keine zu machen – ein anschauliches Beispiel für seinen Widerstand war sein neuestes Auto. Blieben Männer denn für immer Teenager?

Sie ging zu ihrem Schrank. »Omelett?«, rief sie ihm zu.

»Rührei. Und tu ein paar Würstchen rein. Danke.«

Die Morgenroutine der Whitmans war durchorganisiert: Julia und Brad standen um sechs auf; er duschte, während sie sich für ihren jeweiligen Frühsport anzog, sei es die Ballettstange oder Pilates, Tennis oder Spinning; um 6:20 Uhr hatte sie für Brad ein warmes Frühstück auf dem Tisch, direkt danach weckte sie die Mädchen; dann kamen die Mädchen runter und frühstückte mit ihnen – für sie selbst immer etwas Leichtes, Joghurt oder ein hart gekochtes Ei, und Juniper ermunterte sie ebenfalls, leicht zu essen; sie räumte die Küche auf, während die Mädchen sich anzogen (Uniformen erleichterten das Ganze); Brad brach um 6:35 Uhr zur Arbeit auf, und um sieben saß sie mit den Mädchen im Auto. Diese Routine brauchten sie auch im neuen Haus nicht zu ändern, weil sie genauso nah an der Schule lebten wie bisher, nur in der anderen Richtung. Obwohl sie die Aufbruchszeit vielleicht ein bisschen nach vorn verlegen musste, je nach Verkehrslage bei dem Weg in die Stadt. Alles wenig bemerkenswert? Genau das gefiel ihr daran so gut.

Jetzt war es 7:05 Uhr an ihrem ersten Montagmorgen hier, und Julia wartete immer noch auf Juniper. »Jetzt komm schon, wir sind spät dran«, rief sie aus der Schmutzschleuse, dem Raum am Fuß der Hintertreppe, den jetzt Lily betrat. Das Haus roch nach Holzbeize und frischer Farbe und Kitt, aber sie liebte das, liebte jeden makellosen, massiven Zentimeter dieses Hauses. Aufgearbeitete Eichenböden. Fünfzehn Zentimeter hohe Fußleisten. Marmorarbeitsflächen, Marmorfliesen darüber. Eine Speisekammer so groß wie Junipers erstes Kinderzimmer. Fußbodenheizung in den Bädern. In ihrem Bad eine Badewanne, die so tief war, dass man beinahe darin schwimmen konnte. Ihr voriges Haus war groß gewesen und schöner als jedes Haus, in dem sie vorher gewohnt hatte, aber was Qualität und Luxus anging, kam es an dieses nicht heran. *Wenn ich das hier nur träume, kneift mich bitte nicht,* dachte sie nicht zum ersten Mal.

Zu Lily sagte sie: »Wofür braucht deine Schwester denn so lange?«

»Teenager sind so lahm wie alte Schildkröten. Nur beim Crosslauf nicht. Da ist Juniper so schnell. Vielleicht ist sie deshalb jetzt so langsam. Sie verbraucht ihre gesamte Schnelligkeit bei den Wettkämpfen.«

Julia lächelte Lily an und schrie dann: »Juniper, jetzt komm!«

»Ich *komme* ja schon«, rief Juniper.

Das Geräusch von Schritten versicherte Julia, dass ihre Tochter tatsächlich kam – wenn auch langsam. Juniper ließ sich Zeit, zur Treppe und dann die Stufen hinunter zu laufen. Julia taxierte sie: Sie war offensichtlich müde, und da war noch etwas, das sie schon seit Monaten beobachtete. Traurigkeit? Wut? Was es auch war, es schmerzte Julia zu sehen, dass es auch hier nicht wegging. Sie hatten doch ein so gutes Leben!

Sosehr sie Antworten von Juniper wollte (die bisher nicht besonders mitteilsam war), jetzt war nicht der richtige Zeitpunkt. Und vielleicht sollte sie auch nicht noch mehr in sie dringen als bisher schon. Vielleicht sollte sie ihr einfach weiterhin Raum lassen und darauf vertrauen, dass sich schon alles finden würde. Julia erinnerte sich gut daran, als sie in ihrem Alter war. Sie hatte es gehasst, dass ihre Mutter sie ständig wegen jeder Kleinigkeit nervte. Ihre Mutter nervte sie immer noch ständig wegen jeder Kleinigkeit.

Als sie im Auto saßen, fragte Julia Juniper: »Was hat denn so lange gedauert?« Sie achtete darauf, es möglichst leichthin zu sagen.

Juniper sagte: »Ich hab meine Schuhe nicht gefunden.«

»Deine Schuhe waren doch alle im selben Karton.«

»Diese nicht.«

»Ich hab den Umzugsleuten extra gesagt, sie sollen so packen.«

»Tja, haben sie aber nicht«, sagte Juniper.

»Und wo waren sie dann?«

»In einem anderen Karton.«

Julia versuchte zurückzurudern. »Na gut«, sagte sie. »Okay. Ich werde heute sicher mit deinem Zimmer fertig, dann müssen wir nichts mehr suchen und haben solche Probleme nicht mehr.«

Wobei es mindestens genauso um sie ging wie um Juniper. Auf diese Weise hätte sie am Nachmittag was zu tun, und je eher das Haus völlig in Ordnung wäre, desto besser. Unordnung störte Julia inzwischen sehr viel mehr als früher. Es war wie rückfällig werden.

Vor Brad war Unordnung fester Bestandteil ihrer oft verzweifelten Existenz gewesen, während Ordnung, so wünschenswert sie sein mochte, ein unerreichbarer Luxus war. Und da sie nicht zu haben war, dachte sie auch nicht darüber nach – nur so kam man zurecht, wenn man von Gehalt zu Gehalt lebte, so überlebte man von Tag zu Tag, ohne sich verrückt zu machen. Auch wenn sie gern eine geräumige, saubere Wohnung gehabt *hätte,* eine abtrennbare Einheit in einem gut organisierten Haus, wo man die Tür verriegeln konnte, wo man genug Stauraum hatte, wo die Toilettenspülung funktionierte, statt die ganze Zeit zu laufen, wo diese gigantischen hässlichen Höhlenschrecken nicht in allen Ecken lauerten. Und eigentlich hätte sie auch gern ein ganzes Wochenende freigehabt, um zu waschen und die Wäsche wegzuräumen und Lebensmittel einzukaufen und Staub zu saugen und das Altglas wegzubringen und mit ihrer Tochter auf den Spielplatz oder ins Kino zu gehen. Sie hätte eine ganze Menge gewollt, was sie nicht haben konnte, weil sie schon zwei Jobs brauchte, um sich Lebensmittel und die Miete leisten zu können und die Tagesbetreuung und den Babysitter, also was hätte es genützt, sich all das zu wünschen? Sie hätte sich nur noch unzulänglicher gefühlt als ohnehin schon, und das Gefühl hasste sie. Sie verachtete es geradezu.

An dieser Stelle sollten wir erwähnen, dass wir, nachdem wir über Julias Vergangenheit im Bilde waren, sie nicht für unzulänglich hielten; sie hatte Pech gehabt. Das war die Wahrheit, an die sie sich selbst immer wieder erinnern musste. Manche Leute wurden mit Privilegien geboren und bekamen alles geschenkt; manche gehörten zur weißen Unterschicht und mussten sich abrackern, um auch nur ein Tausendstel von dem zu bekommen, was die Privilegierten hatten. Manche Leute hatten Sex, ohne zu verhüten, und wurden nie schwanger; manche waren schon schwanger, bevor sie den Nachnamen des Typen kannten. Es gab schwangere Frauen, die abtrieben, um ihr Pech abzuwenden, und welche, die entschieden, dass ein Kind ihr leidvolles Leben retten würde, ein Mensch ganz für sich, der einen lieben musste, egal was geschah.

Ob Juniper sie noch liebte? Julia sah ihre Tochter auf dem Sitz neben sich an. Vielleicht war das eine dumme Frage. Aber an manchen Tagen war es für sie schwer zu sagen. Sie war so dankbar, Lily zu haben, *»silly Lily«*, die nicht nur ein Sonnenstrahl in ihrem Leben war, sondern eine ganze Sonne. Das Kind war praktisch mit einem Kichern zur Welt gekommen.

Julia fühlte sich schuldig wegen der krassen Unterschiede im frühen Leben ihrer Töchter. Aber wie Reverend Matthews ihr in New Hope in Erinnerung gerufen hatte, als sie frisch verheiratet und schwanger mit Lily war und ihm ihre Sorgen anvertraute: Sie hatte für Juniper getan, was sie konnte, sie hatte ihr Bestes gegeben. Betonung auf *Bestes* und *konnte*.

»Klopf, klopf«, sagte Lily jetzt vom Rücksitz.

»Wer da?«, fragte Julia.

»Nein, Juniper. Klopf, klopf, Juniper.«

»Wer da?«, fragte Juniper und ließ das Mathebuch sinken, in dem sie las.

»Hatsch.«

»Hatsch wie?«

»Gesundheit!«, sagte Lily. »Kapiert?«

Julia lächelte ihr im Rückspiegel zu. »Ein Nieser.«

»Klopf, klopf.«

»Wer da?«, fragte Julia.

»Nein, *Juniper.*«

»Wer da?«, fragte Juniper. »Ich versuche zu lernen. Ich schreibe in der zweiten Stunde einen Test.«

»Hast du nicht gestern Abend gelernt?«, fragte Julia.

»Mann, Mami«, rief Lily. »Du hast uns unterbrochen. Noch mal von vorn. Klopf, klopf, Juniper.«

»Wer da?«

»Wahnsinnig.«

»Wie, wahnsinnig?«

»Warnsienich eben schon an der Tür? Ha!«

»Du spinnst«, sagte Juniper lächelnd.

»Jetzt du.«

»Mir fällt nichts ein.«

Lily sagte: »Mir fallen Hunderte ein.«

»Ja, aber kannst du auch Trigonometrie?«

»Vielleicht, wenn du es mir beibringst.«

Juniper sagte: »Frag mich in zehn Jahren, wenn du in der Oberstufe bist.«

»Dann bist du bestimmt irgendwo im Regenwald oder so.«

»Kann sein. Dann bring ich es dir über FaceTime bei.«

»Abgemacht!«, sagte Lily. »Lass uns schwören.«

Juniper streckte die Hand nach hinten, und die Mädchen hakten ihre kleinen Finger ineinander. »Ich schwöre«, sagte Juniper.

Die Mädchen so verspielt zu erleben, machte Julia Mut. Juniper war in letzter Zeit oft missmutig und verschlossen gewesen, sogar Lily gegenüber. Sie hatte nicht umziehen wollen, und es interessierte sie nicht im Geringsten, dass sie ein wunderbares Haus in einer angesehenen Gegend haben würden, näher am Stadtzentrum, was es für Julia, die ihrem Gefühl nach den Großteil ihrer wachen Zeit hinter dem Lenkrad verbrachte, viel leichter machte, ihre Töchter zu ihren außerschulischen Aktivitäten zu fahren.

»Sie ist so launisch«, hatte Julia eines Abends zu Brad gesagt, nachdem sie mit den Mädchen den Rohbau des Hauses besichtigt und sich vorgestellt hatten, wie es einmal aussehen würde. Juniper war mit ihnen durch das Innere des Hauses gegangen, ohne ein Wort zu sagen.

»Sei nicht zu hart mit ihr«, hatte Brad gesagt. »Sie ist ein Teenager. Die sind hormongesteuert.«

»Ich will nur nicht, dass sie undankbar ist für all das, was du für uns getan hast – was du *ständig* für uns tust, für *sie*. Sie muss doch noch wissen, wie es für uns war, vorher.«

***

Wir sagen es ganz direkt: Julias Geschichte war völlig anders, als wir vermutet hatten – was mal wieder beweist, dass sogar erfahrene, wohlmeinende Menschen etwas falsch verstehen können. In ihrem *Vorher* hatte sie den Job verloren, der alles hatte einfacher machen sollen, einen Bürojob bei einer Kette von Matratzenläden. Sie war gefeuert worden, nachdem sie sich geweigert hatte – vier Mal –, mit dem Filialleiter zu schlafen, einem kleinen, drahtigen, schmuddeligen Mann, der sich die Fingernägel genauso lang wachsen ließ wie sie – das war zwar nicht besonders lang, trotzdem stieß Julia daran irgendetwas ab. Wobei er sie generell abstieß. Außerdem hatte sie nicht vor, ihr privates und ihr berufliches Leben zu vermischen, weil sie bereits verstanden hatte, dass das alles nur unangenehm machte und durcheinanderbrachte. Nichts davon sagte sie dem Filialleiter. Als er sie anmachte, sagte sie schlicht: »Ich glaube wirklich, lieber nicht« und »Das schmeichelt mir, aber das ist keine gute Idee« und zwei andere Sätze dieser Art. Dann war sie eines besonders schwierigen Morgens zu spät zur Arbeit gekommen – nachdem die neunjährige Juniper sich die halbe Nacht übergeben und offenbar eine Streptokokkeninfektion zugezogen hatte, und die Babysitterin zwar bereit war, sie zu nehmen, aber doppelt so viel dafür haben wollte und Julia erschöpft und mit den Nerven fertig war, weil sie auf die Schnelle umdisponieren musste – und fand einen Umschlag im Fach ihrer Zeitkarte vor, der ihr in sachlichem Firmensprech mitteilte, dass sie entlassen war.

Nachdem sie vielleicht zehn Minuten weinend im Auto gesessen hatte, putzte sich Julia die Nase, frischte im Rückspiegel ihr Make-up auf und fuhr zum zuständigen Arbeitsamt, das ihr geholfen hatte, den Job zu finden. Sie hatte vor, sich zu beschweren. Nachdem sie jedoch angekommen war, eine Nummer gezogen und gewartet und gewartet und gewartet hatte, dachte sie, es wäre besser, es dabei bewenden zu lassen und die Gelegenheit zu nutzen, sich etwas Neues zu suchen. Sie hatte weder die Zeit noch die Energie, irgendein Arschloch von Matratzenladenfilialleiter zu bekämpfen, um – was? Den Job wiederzubekommen? Vermutlich.

Der Sachbearbeiter nahm auf, dass Julia wegen Zuspätkommens gekündigt worden war, und schlug dann einen ähnlichen Job vor, der am Tag zuvor bei Whitman HLK frei geworden war. Pflichtschuldig fuhr Julia quer durch die Stadt zum Sitz der Firma, einem niedrigen, quadratischen Gebäude in einem abgelegenen Industriegebiet. Sie sah zwei fröhlich lackierte Transporter mit dem noch nicht vertrauten blau-gelben Logo neben einem funkelnden roten BMW Sedan parken. Wenn der dem Chef gehörte, dachte sie, konnte sie gleich wieder umkehren und Juniper abholen. Das Letzte, was sie brauchte, war der nächste Typ, der sich für einen Teufelskerl hielt und versuchte, sie anzumachen.

Aber sie würde es nicht rausfinden, wenn sie nicht reinging.

Der Wagen gehörte dem Chef. Der Chef war allerdings überhaupt nicht, wie sie befürchtet hatte. Tatsächlich war er der wahrscheinlich wunderbarste Mann, den sie je kennengelernt hatte.

Brad Whitman nahm sich persönlich Zeit für sie und dankte ihr für ihr Interesse an der Stelle. Beim folgenden Gespräch akzeptierte er ohne weitere Nachfragen ihre Erklärung, warum sie zu spät gekommen und gefeuert worden war. Als sie den Job bekommen hatte, nahm er sich jeden Morgen die Zeit, ihr einen guten Morgen zu wünschen und zu fragen, wie es lief. Er lobte ihre Arbeitsmoral. Er kam vorbei, wenn nicht viel los war, sprach darüber, wie er aufgewachsen war, und fragte, wie es bei ihr gewesen war. Manchmal bestellte er Mittagessen für sie und die anderen Angestellten. Er erkundigte sich häufig nach Juniper. Als Julia Juniper ein paar Monate später zu einem Firmenpicknick mitbrachte, spielte er mit ihr und den anderen Kindern Fangen, brachte Juniper und Julia Eiscremesandwiches, trug Juniper bei einem Staffellauf auf dem Rücken und fragte – respektvoll –, ob er Julia am nächsten Wochenende zum Essen einladen dürfe. Bezaubert von alldem und allem, was ihm vorausgegangen war, beschloss sie, ihre Regel zu vergessen und Ja zu sagen.

Beim Abendessen am folgenden Wochenende in einem hippen Restaurant in der Innenstadt sagte er: »Ich möchte eigentlich nicht dein Chef sein. Ich möchte dein Mann sein«, und präsentierte ihr einen Diamantsolitärring im Prinzessschliff, der ihn sechs- bis achttausend Dollar gekostet haben musste. Es war irrsinnig romantisch. Julias Mutter mahnte später am Abend am Telefon zur Vorsicht, sie solle es langsam angehen und ihn auf ihre Antwort warten lassen, abwarten, ob er wirklich so gut war, wie er schien. Julia trug den Ring bereits.

***

Jetzt hielt Julia auf dem Seitenstreifen vor der Blakely Academy und sagte: »Habt einen schönen Tag, Mädchen. Juniper, viel Glück bei dem Mathetest. Vielleicht haben wir nach der Schule ja Zeit für einen Frozen Yogurt, vorm Crosslauf und Tanzen, ja?«

Lily hatte sich abgeschnallt, legte die Arme um Julias Sitz und umarmte sie von hinten. »Toller Plan, Mami!«, sagte sie. »Ich will Streusel *und* eine Kirsche, bitte.«

»Natürlich.« Julia sah zu Juniper. »Klingt das gut?«

»Du weißt doch, dass ich nicht so gern was esse vorm Laufen«, sagte Juniper und stieg aus dem Auto.

»Deine Schwester ist ein Muffel«, sagte Julia zu Lily.

»Das hat Daddy auch gesagt, von dem hat sie sich auch nicht aufmuntern lassen. Ich will kein Teenager werden«, sagte Lily und steckte die Arme in die Träger ihres Rucksacks. »Das ist mir zu viel Drama. Ich lasse das einfach aus.«

»Guter Plan.«

Julia wartete, bis Lily ausgestiegen war, und fuhr dann vom Seitenstreifen, in Gedanken bei Juniper – deren Ton so anders war, wenn sie mit ihrer Mutter sprach, verglichen mit der Wärme, die Juniper für Lily hatte. Irgendwas stimmte da doch nicht. Es hatte keinen Zweck, ihr endlos Raum und Zeit zu lassen; das war etwas, das angesprochen werden musste. Sie würde noch ein oder zwei Wochen warten, ob sich etwas besserte, und wenn nicht, dann war es vielleicht – auch wenn sie nicht mehr so oft zur Kirche gingen – an der Zeit vorzuschlagen, sich mal von Reverend Matthews beraten zu lassen, als Familie, damit Juniper nicht das Gefühl bekam, es ginge nur um sie.

Aber so schnell, wie Julia der Gedanke gekommen war, wurde sie wieder unsicher: Brad würde es nicht gefallen, wenn sie ihre Angelegenheiten »nach draußen trug«. Er glaubte an Selbstdisziplin, daran, seine Probleme selber zu lösen, das war schon mal schwierig. Er glaubte auch daran, man sollte über Privatangelegenheiten nicht sprechen. Und das war etwas Privates. Er war gewissermaßen eine öffentliche Figur, und auch wenn sie Reverend Matthews vollkommen vertraute, Brad fand ihn »ein bisschen zu verliebt in seine eigenen Ansichten, die er gern weit verbreitete – was für einen Pfarrer natürlich ideal ist«, hatte er mal gesagt, »aber erzähl dem Mann nicht jede Kleinigkeit über dich, die Mädchen und mich«.

Vielleicht würde Juniper auch ganz von allein sagen, was los war, und Julia konnte ein schwieriges Gespräch mit Brad vermeiden. Er war so gut zu ihr, aber er hatte auch sehr klare Vorstellungen. Er würde nicht gern zugeben, dass Juniper möglicherweise tatsächlich ein Problem hatte, dass nicht alles in bester Ordnung war, dass seine Kontrolle über sein Herrschaftsgebiet nicht vollkommen war.

Und Juniper *war* belastbar, dachte Julia und fuhr auf den

Parkplatz der Tennishalle. Wahrscheinlich machte sie sich viel zu viele Sorgen. Sie hatten schon Schlimmeres durchgemacht als das. Schlimmeres? Was dachte sie denn da? Das hier, ihr Umzug, war ein wunderbares Geschenk und kein Problem! Sie sollte sich entspannen. Juniper war einfach ein ganz normaler Teenager und Julia eine ganz normale überfürsorgliche Mutti. Es würde schon alles gut werden.

6

Juniper wartete vor dem Eingang der Blakely Academy, bis Lily zu ihr aufgeschlossen hatte, dann ging sie mit ihr rein.

»Klopf, klopf«, sagte Juniper, als sie in den Korridor einbogen.

»Wer da?«

»Buch Stabier.«

»Buch Stabier wie?«

»Kein Problem: W – I – E«, sagte Juniper, und Lily prustete auf ihre ungenierte Weise mit ihrem ganzen Körper los. Juniper beneidete sie. Für Lily war alles so einfach, so klar und leicht.

»Jetzt hast du mich erwischt«, sagte Lily und sah Juniper grinsend an. »Ich kann's kaum glauben.«

»Den hab ich mir aufgespart. Bis später, Blumenmädchen«, sagte Juniper und sah Lily hinterher, wie sie in Richtung ihres Klassenzimmers ging.

Wieder im Haupttrakt, sahen ein paar Mädchen in ihrem Alter Juniper kommen und traten ihr in den Weg.

»Na, wenn das nicht Juni*pur* Whitman ist«, sagte die Erste, ein Mädchen namens Meghan, die Juniper mehr oder weniger quälte, seit sie in Blakely angefangen hatte. Und seit sie vor drei Jahren gehört hatte, dass Juniper in der Kirche ein Reinheitsgelübde abgelegt hatte, war es noch schlimmer geworden. »Na, wie läuft dein Tag bisher so, Prinzessin Junipur?«

»Schau mal, wie sie guckt«, sagte das andere Mädchen, Kathi, wie immer Meghans Sidekick. »So total *Fick dich doch selber.*«

»Was sie aber natürlich niemals aussprechen würde, weil sie dafür viel zu rein ist.«

»Ich wünschte, ich wäre so rein«, sagte Kathi. »Nein, warte, tu ich nicht.«

»So öde«, sagte Meghan. »Du gehörst eigentlich in die christliche Schule zu den andern Jesusfreaks.«

»Im Ernst«, sagte Kathi, »warum gehst du nicht *da* hin?«

»Ausgewogenheit«, das war der Grund. Als Julia Brad heiratete und ihr Leben umkrempelte, wollte sie, dass Juniper auf eine Privatschule ging, um dem schlechten Einfluss der Kinder entzogen zu sein, die ihr so viele Probleme gemacht hatten. New Hope war eine kleine Schule von der ersten bis zur zwölften Klasse, aber Julia fand, dass eine weltliche Ausbildung unter der Woche und eine religiöse an Sonntagen die beste Formel war, um die Einflüsse, denen Juniper ausgesetzt war, ausgewogen zu gestalten, so ausgewogen wie die Mahlzeiten, die sie sich jetzt für sie leisten konnte.

Blakely war die bestmögliche Schulumgebung, die man mit Geld kaufen konnte – jedenfalls in diesem Teil von North Carolina. Die besten Kinder aus den besten Familien. Das beste Lehrpersonal und die beste technische Ausstattung. Das beste warme Mittagsmenü, zusammengestellt von kulinarischen Göttinnen – so verkaufte die Schule es zumindest den Eltern, und die Eltern liebten es. Eine Boutiqueerziehung, vergleichbar mit Boutiquehotels. Aktuell wurde überlegt, Mittel für ein schuleigenes Spa zu beschaffen.

Soweit Juniper beurteilen konnte, fand Julia das alles großartig. Zwischen Blakely und New Hope sorgte sie dafür, dass ihre Töchter die reinsten Engel auf Erden wurden. Sie sorgte dafür, dass sie an den »richtigen« Freizeitaktivitäten teilnahmen, und ermunterte sie, die »richtige« Art Freunde zu suchen. Julia war keine Helikoptermutter; nein, sie war schlimmer. Sie war die Atmosphäre, die die Körper ihrer Töchter umgab, sie kontrollierte ihr Leben.

Juniper hatte Julia nicht immer in einem so schlechten Licht gesehen. In den ersten Jahren, nachdem sie mit Brad zusammengekommen war, hatte sie es als Erleichterung empfunden, dass ihr Leben plötzlich so geordnet war. Es hatte sie geradezu selig gemacht. Aber in letzter Zeit war es vor allem unangenehm, als würde sie ersticken – als würde Julia sie ersticken. Brad war ein Fall für sich. Für ihre Mom zählte nur die Fassade:

Mehr denn je mussten sie das perfekte Haus haben, und Juniper musste das ideale Kind sein, sichtbarer Beweis dafür, dass das Pech und die Fehler ihres früheren Lebens behoben worden waren, ohne Schäden hinterlassen zu haben. Juniper lehnte das ab, und sie lehnte das hier ab, diese Mädchen mit ihrem tatsächlich idealen Leben und ihrer Überlegenheitsattitüde. Sie konnte es kaum erwarten, all das hinter sich zu lassen, die Verantwortung für ihr Schicksal selbst zu übernehmen.

Juniper gab den Mädchen keine Antwort.

Meghan sagte: »Wahrscheinlich ist sie sogar für die Jesusfreaks zu freakig.«

»*Möglich* ist es«, sagte Kathi. »Da hast du wahrscheinlich recht.«

»Ich *habe* recht. Sie will ja gar nicht mal normal sein, nicht mal christlich normal.«

»Seid ihr fertig?«, fragte Juniper.

»Sind wir fertig?«, entgegnete Kathi.

Meghan legte den Kopf schief. »Ich glaub schon. Ich muss noch üben – wie man so heilig ist.«

»Ich auch«, sagte Kathi.

»Wahrscheinlich kostet das unheimlich viel Zeit und ist total anstrengend – deshalb sehen wir Junipur auch nie bei den guten Partys. Entweder das, oder sie wird nie eingeladen. Hab einen *wunder*schönen Tag, Prinzessin«, sagte Meghan. Dann umrundeten die beiden Juniper und machten sich auf den Weg zu ihren Kursen.

Sotto voce, sagte Juniper »Fickt euch doch«, dann ging sie weiter, den Flur hinunter. *Junipur*. Meghan hielt sich für so schlau. Sollte sie doch. Sollte sie doch denken, es wäre besser, sich jedes Wochenende zu besaufen. Sollte sie doch denken, es wäre besser, jemand zu sein, der für jeden Jungen jederzeit das Höschen auszog, als jemand, der lieber diskret war. Mädchen wie Meghan hatten am Ende entweder eine Abtreibung oder ein Baby. Wer wüsste das besser als Juniper, die selbst so ein Baby gewesen war?

Die Jungfräulichkeit einer jungen Frau, ihre Unberührtheit, war ihre Superkraft – das hatte Brad gesagt, und die Kirche lehrte mehr oder weniger dasselbe, und genau in dieser Minute spürte Juniper, dass das stimmte, schließlich machten Meghans und Kathis Schikanen ihr kaum etwas aus.

Außerdem wurde Juniper von vielen Erwachsenen respektiert und bewundert, auf deren Meinung sie etwas gab. Während Mädchen wie Meghan und Kathi nicht mal wissen konnten, ob ihre eigenen Freunde sie respektierten oder ob sie nur mit ihnen zusammen waren, weil sie jederzeit mit ihnen ins Bett gingen.

Das sagte sie sich jedenfalls, denn es trug dazu bei, dass es ihr nichts ausmachte.

Ein keusches christliches Mädchen zu sein, bedeutete nicht, dass sie total naiv war. Es bedeutete nicht, dass sie keine Bedürfnisse hatte und nie in Versuchung geriet oder dass Dinge, die jedes andere Mädchen aufregten, sie nicht aufregten. »Rein« zu sein versetzte sie nicht auf magische Weise in die Lage, all ihre Probleme zu lösen. *Schön wär's,* dachte sie und ging in ihren Englischraum, wo sie über Klassiker der englischen Literatur sprechen würden. In britischem Englisch klang alles besser.

Ihr Freund Pepper winkte sie zu sich. »Ich muss dir was *Riesiges* erzählen«, sagte Pepper.

Juniper lächelte. »Erzähl.«

7

Der Buchklub von Oak Knoll traf sich an jedem dritten Donnerstag im Monat im Haus von Valerie Alston-Holt. In den ersten Jahren hatten sich die Teilnehmerinnen als Gastgeberinnen abgewechselt. Aber weil es immer so schwierig war, sich auf einen Termin zu einigen, bot Valerie, die versuchte sich ans Witwendasein zu gewöhnen und liebend gern das Haus voll hatte, an, dass sie sich immer bei ihr trafen. Niemand hatte Einwände. Ihren häuslichen Pflichten für einen Abend zu entkommen, gefiel den anderen, und auf diese Weise konnte sich kein Ehemann über gackerndes (Belinda) oder johlendes (Lisa) Gelächter beschweren oder über die Anzahl der leeren Weinflaschen, die am Ende des Abends auf dem Tisch standen. Außerdem liebten es alle, Xavier im Hintergrund Gitarre üben zu hören, wenn er zu Hause war.

Zum Maitreffen kamen fast alle. Die anderen wünschten, sie könnten, denn es war die erste *öffentliche* Kontaktaufnahme von Valerie und Julia, und wir waren alle neugierig, wie Valerie sich verhalten würde. Wir erwarteten keinen Ärger – Valerie war nicht der Typ, der absichtlich dafür sorgte, dass sich jemand unwohl fühlte. Sie war, wie Xavier gesagt hatte, stets eine gute Nachbarin, die sich sofort um kranke Freunde oder junge Eltern kümmerte und gut darin war, Geburtstagspartys oder Beerdigungskomitees zu organisieren. Aber alle wussten, dass der Kahlschlag vom letzten Sommer ihr körperliche Schmerzen bereitet hatte und dass Julia Whitman für diese Schmerzen verantwortlich war.

»Hallo? Bin ich zu spät? Ich bin durch den Garten gekommen«, sagte Julia und klopfte an den Rahmen von Valeries Hintertür. Valerie bedeutete ihr mit einem Winken hereinzukommen. Sie und zwei andere Frauen standen am Küchentisch und beluden ihn mit Platten voller Essen. Julia sagte: »Ich hoffe, das war okay.«

»Dafür sind Pforten ja da«, sagte Valerie und nahm den Korb entgegen, den Julia ihr hinhielt.

In dem Korb war eine Dose mit Foie gras und verschiedene Gourmetcracker, außerdem eine Flasche Pinot Noir, die der Weinhändler auf dem Markt empfohlen hatte. Julia hatte nicht geizig sein wollen, aber jetzt in Valeries Küche hatte sie das Gefühl, es übertrieben zu haben. Was keine Kritik an Valeries Haus war, es war winzig, aber charmant und viel schöner als das, in dem Julia aufgewachsen war (ein Wohnwagen). Es war auch schöner als so ungefähr alle Wohnungen, in denen sie gelebt hatte, bevor sie Brad heiratete. Aber Julia hatte plötzlich das Gefühl, protzig zu sein. Foie gras? Mein Gott. Sie hatte unbedingt gewollt, dass diese Frauen sie mochten, und jetzt würden alle sie für ein Arschloch halten.

Als Valerie den Korb leerte und seinen Inhalt zu dem anderen Essen auf dem Küchentisch stellte, sagte Julia: »Ich hab, ehrlich gesagt, nicht verstanden, warum da eine Pforte hin muss, aber die von der Zaunfirma haben gesagt, wir würden uns noch freuen, wenn man auch von hinten gut ans Grundstück rankommt, wenn mal was ist …«

»Also, wenn mein Geißblatt und mein Feuerdorn rüberwuchern«, scherzte Valerie.

»Ich liebe Geißblatt«, sagte Julia.

»Als würdest du zulassen, dass eine deiner Pflanzen außer Kontrolle gerät«, sagte eine der anderen Frauen und stellte sich dann vor. »Sie müssen Julia sein. Ich bin Lisa Orlean. Ich wohne in Mimosa Court. Kelli sagt, Sie sind gerade erst hergezogen?«

»Gleich nebenan.« Julia deutete mit dem Messer, das sie zum Käseschneiden benutzt hatte, in die entsprechende Richtung.

Lisa nickte. »Beeindruckendes Haus. Ich war mal drin, als es gebaut wurde. Wie so ungefähr jeder, glaube ich.«

»Danke«, sagte Julia. »Wir sind auch sehr glücklich damit.«

»Ich nicht«, sagte Valerie. »Ich meine, ich war nicht drin, als es gebaut wurde.«

»Du natürlich nicht«, sagte Lisa und fragte Julia: »Was machen Sie denn?«

»Was ich mache?«

»Beruflich.«

»Ach so.« Das war Julia länger nicht mehr gefragt worden. Ihre Freunde aus dem alten Viertel und die Frauen, die sie vom Tennis und aus dem Fitnessstudio kannte, waren alle einfach Mütter. »Also, ich war Verwaltungsangestellte« – eine grobe Übertreibung der Jobs, die sie gemacht hatte. »Jetzt mache ich sehr viel Freiwilligenarbeit an den Schulen meiner Töchter.«

»Großartig«, sagte Lisa. Sie war eine zierliche schwarze Frau, die ungefähr dreißig zu sein schien.

»Und Sie?«, fragte Julia.

»Ich habe eine gemeinnützige Firma gegründet und leite sie jetzt. Wir liefern Medikamente und medizinische Ausrüstung nach Mittelamerika, in erster Linie, aber wir versuchen auch zu helfen, wenn woanders eine Krise ausbricht – durch Orkane, Erdbeben, so was. Wir arbeiten mit dem Roten Kreuz zusammen, mit Ärzten ohne Grenzen und so.«

»Wow«, sagte Julia. Ein Hilfswerk. Lisa hatte es *gegründet.* Julia war so überrascht wie gedemütigt.

Lisa sagte: »Wenn Sie Ihre Freiwilligenarbeit erweitern wollen, brauchen Sie mir nur Bescheid zu sagen. Wir könnten Ihre Hilfe gebrauchen.«

Julia achtete genau darauf, ob da eine Wertung oder Kritik herauszuhören war, aber dem war nicht so. »Das mache ich. Danke«, sagte sie.

Xavier erschien in der Küche und nahm sich einen Teller. »Oh, hey, Ms. Whitman.«

»Hi, Xavier«, sagte Julia, die nicht erwartet hatte, ihn zu sehen. »Bist du auch im Buchklub?«

»Nein«, sagte er und füllte seinen Teller, mied aber die Foie gras. »Ich klau nur was zu essen.«

Valerie sagte: »Er hat gleich nach der Schule was gegessen, und jetzt isst er wieder was, und nachdem er seine Hausaufgaben gemacht hat, wird er noch einen kleinen Imbiss zu sich nehmen.«

»Allerdings hab ich in diesem Jahr gar keine Hausaufgaben mehr«, sagte er. »Nur noch Examensvorbereitung. Für die man aber ebenfalls kleine Imbisse braucht. War nett, Sie wiederzusehen«, sagte er zu Julia und verließ die Küche.

Julia sagte zu Valerie: »Er ist so … ich weiß nicht genau, wie ich es nennen soll. Erwachsen?«

»Beherrscht«, sagte Lisa.

»Ja, das ist es. Beeindruckend. Das haben Sie gut gemacht, Valerie.«

»Danke«, sagte Valerie. »Freut mich sehr, dass Sie das sagen.«

Das Trio gesellte sich zu den anderen acht Frauen, die sich im Wohnzimmer versammelt hatten und mit Tellern im Schoß und Getränken in den Händen auf dem Sofa saßen und sich über die jüngsten Vorkommnisse in ihrem Leben unterrichteten. Es war eine in jeder Hinsicht gemischte Gruppe: Hautfarbe, Ethnie, Alter, Bildungsgrad, und jetzt, da Julia dazugehörte, auch Klasse (wenn auch nur durch Heirat und Glück). Was für eine Kehrtwende, dachte Julia, ausgerechnet sie, die ihr halbes Leben lang in einem maroden Wohnwagen verbracht und die Schule abgebrochen hatte, wurde jetzt vermutlich als Snob wahrgenommen.

Valerie hatte sechs Klappstühle aus Metall hinzugefügt zu ihrem Mobiliar, das aus einer langen grauen Couch bestand, aus einem grün gestreiften kleinen Sofa, einem Beistelltisch, einem Couchtisch, einem hohen schmalen Bücherregal und einem dreistufigen schmiedeeisernen Pflanzengestell, das unter einer Vielzahl üppiger Zimmerpflanzen kaum zu sehen war. Einen Fernseher gab es nicht. Das beeindruckte Julia mehr als alles andere; in ihrem neuen Haus gab es … (sie zählte kurz nach) … sechs Fernseher, jeder einzelne davon »smart« und internetfähig. Außerdem hatte Brad die Installation eines Audio- und Sicherheitssystems angeordnet, beide bediente man mit Apps auf seinem Handy. Sie hatten eine automatische Außenbeleuchtung und auch ein Bewässerungssystem. Brad liebte alles Technische. Er hatte Julia vorgeschlagen, die Lebensmittel online zu bestellen und alles liefern zu lassen – wodurch sie tagsüber mehr Zeit hatte, um … was zu tun? Sie *genoss* es, den Einkaufswagen durch die Gänge zu schieben und sich Zeit zu nehmen, all die Produkte und Proteine genau anzusehen, die Suppen und Gewürze, die Kaffee- und Pastasorten, das Gebäck … Wenn irgendwas in diesem umgemodelten Leben ihr das Gefühl vermittelte, eine Königin zu sein, dann war es, die Zeit zu haben und in der Lage zu sein, sämtliche Lebensmittel zu kaufen, auf die sie Lust hatte. Sie kaufte immer noch manchmal Dosenravioli, einfach so, und aß sie heimlich, wenn niemand zu Hause war.

Kelli Hanes, die weiße OP-Schwester, die im Haus gegenüber von Julia lebte und sie hierher eingeladen hatte, sagte: »Ihr Lieben, das ist Julia Whitman, frisch zugezogen in Oak Knoll. Sie hat mir erzählt, dass sie eine begeisterte Leserin ist, und ich habe gesagt: *Dann habe ich einen Buchklub für Sie!* Das ist ihr allererstes Buchklubtreffen, also seid nett zu ihr.«

»Wann waren wir je nicht nett?«, fragte Belinda Johnson und fing gackernd an zu lachen.

Kelli sagte: »Wir erinnern uns alle an letzten Monat, als du und Esther darüber gestritten habt, ob Lolita mit schuld ist daran, wie Humbert sie behandelt.«

»Also, das war eine *groteske* Behauptung.«

»Wo ist Esther eigentlich?«, fragte Lisa.

Valerie antwortete: »Wahrscheinlich sitzt sie zu Hause und steckt Nadeln in eine Puppe, die aussieht wie Belinda. Nein, ich mache nur Spaß. Sie hat mich angerufen, Hank geht es nicht gut. Sie hat gesagt, sie hofft, sie kann kommen, aber nur, wenn es ihm besser geht, also …«

»Hank ist krank? Was hat er denn?«

Valerie sagte: »Husten, Schwäche – es laufen Untersuchungen. Esther sagt, wahrscheinlich Herzinsuffizienz. Er wird bald achtzig«, sagte sie zu Julia. »Er ist schon seit einer Weile nicht bei guter Gesundheit.«

Julia hörte zu, wie die Frauen planten, dem Paar, Esther und Hank, zu helfen und Besuche abzustatten. *So ist es,* dachte sie, *wenn man Teil einer Gemeinschaft ist.* Diese Frauen kannten sich alle und kümmerten sich umeinander – es machte sie schon glücklich, nur mit ihnen in einem Raum zu sein. Auch wenn ihr der kränkelnde Hank leidtat, wer auch immer das war.

In ihrem alten Viertel war das nicht so gewesen. Die Familien waren locker miteinander bekannt, aber jeder kümmerte sich um seinen eigenen Kram. Die einzigen Frauen, mit denen Julia etwas enger gewesen war, waren die drei, deren Kinder auch auf die Blakely gingen, und eine, die im selben Tennisklub war wie sie. Klar, jeder winkte im Vorbeigehen jedem zu. Aber es machte niemand einen Plan, Essen vorbeizubringen und nach dem kranken, alten Nachbarn zu sehen. Vielleicht, weil es keine kranken, alten Nachbarn gab – es waren alle einigermaßen jung. Wäre einer von den einigermaßen Jungen krank gewesen, hätte es niemand gesagt. Hätte es einen Buchklub gegeben, hätte sie es gar nicht mitbekommen.

Irgendwann kamen die Frauen hier in Valeries Wohnzimmer zum Buch des Abends. Es gab eine lebhafte Diskussion mit unterschiedlichen Meinungen, aber ohne Streit. Julia gefiel es, wie etwas so Persönliches wie das Lesen eines Romans zu einer gemeinsamen Aktivität wurde. Sie mochte es, diese intelligenten Frauen nachdenklich darüber sprechen zu hören, was sie gelesen hatten. Aber ihr fiel auch auf, dass die meisten während der Diskussion zwar aufstanden, um sich ein zweites und sogar drittes Mal etwas zu essen zu holen, dass die Foie gras jedoch unangetastet blieb, abgesehen von ihrer eigenen Portion.

Später, als die anderen gegangen waren und Julia Valerie beim Aufräumen half, ließ Julia die Dose in eine Papiertüte gleiten und sagte in dem Versuch, unbeschwert zu klingen: »Das war wohl kein so großer Erfolg wie das Buch.«

»Machen Sie sich keine Gedanken. Die Geschmäcker sind verschieden.«

»Jetzt halten mich alle für großkotzig, oder? Sie können es mir ruhig sagen.«

»Ja?«, sagte Valerie und sah Julia an, um herauszufinden, ob sie meinte, was sie sagte. »Okay. Also, es geht nicht unbedingt um großkotzig, obwohl es schon sein kann, dass einige das denken. Marta – die ganz links auf dem Sofa saß? Sie ist komplett antibürgerlich eingestellt, sie wird Sie also niemals mögen, das muss Ihnen aber nichts ausmachen, weil es nichts Persönliches ist. Bei den meisten anderen geht es wohl darum, wie Foie gras hergestellt wird. Dass die Vögel zwangsernährt werden, damit ihre Leber fett wird. Ihnen werden Schläuche in den Hals gesteckt. Es ist ziemlich schrecklich.«

Julia stellte sich das vor und war entsetzt. »Ich … Gott, das wusste ich nicht. Wie … woher wissen Sie alle das?«

»Es gab vor einer Weile einen Bericht im Radio. Wir haben damals darüber gesprochen.«

»Irgendwie wünschte ich fast, Sie hätten es mir nicht erzählt«, sagte Julia. »Brad liebt das Zeug.« Sie warf die Dose in den Müll – und wünschte dann genauso schnell, sie hätte es nicht getan, weil es doppelte Verschwendung zu sein schien und Brad sie essen *würde,* wenn sie sie mit nach Hause brächte. Aber dann müsste sie sagen, warum es hier niemand gegessen hatte, und dann würde er die Frauen vielleicht für Heulsusen halten und das Thema vielleicht sogar bei der Einweihungsparty ansprechen, die sie machen wollten …

Sie ließ die Dose im Müll.

Valerie holte die Dose wieder raus, kratzte den Inhalt in den Kompostmüll und sagte: »Unwissenheit ist zwar ein Segen, hilft aber den Gänsen und Enten nicht. Wissen hilft aber vielleicht auch nicht so viel. Ich meine, viele Leute kaufen immer noch Foie gras und all das andere abstoßende, gefährliche Zeug, das ich boykottiere. Plastik, zum Beispiel, aber damit fange ich jetzt besser gar nicht an! Ich tue, was ich kann, damit ich noch in den Spiegel gucken kann. *Na ja*«, sagte sie, »das war doch ein schöner Abend, oder? Hat es Ihnen gefallen?«

Julia nickte. »Ist das bei jedem Buch so?«

»Bei manchen wird mehr gestritten. *Lolita,* zum Beispiel, haben Sie ja gehört. Haben Sie's mal gelesen?«

Julia schüttelte den Kopf. »Ich hab natürlich davon gehört. Das ist das über die junge Frau und sie verführt …«

»Keine Frau und keine Verführung«, sagte Valerie. »Sie ist zwölf, als sie entführt und korrumpiert wird. Vergewaltigt, im Grunde.«

»Ach. Das war mir nicht klar. Und Esther – über die Sie gesprochen haben, sie glaubt, das Mädchen wäre selbst schuld?«

»Esther ist einundachtzig und kommt aus einer sehr konservativen Familie. Sie meint, wenn ein Mädchen vor der Ehe Sex hat, selbst wenn sie dazu gezwungen wird, dann weil sie es auf die ein oder andere Weise herausgefordert hat. Das Mädchen hätte sich nicht auf diese Weise anziehen oder den Mann ansehen sollen oder mit ihm allein sein oder überhaupt allein sein – was auch immer, so erklärt sie sich das. Belinda hat das wirklich wütend gemacht. Mich auch, ehrlich gesagt. Es sind einfach zu viele junge Frauen von Männern und durch so eine Einstellung wie die von Esther traumatisiert worden! Kein Wunder, dass die meisten das Verbrechen nie zur Anzeige bringen – oder auch nur darüber sprechen.«

»Stimmt.« Julia nickte. Sie zögerte kurz, dann sagte sie: »Das war ich, vor langer Zeit. Ich war dreizehn und es war der Chef meiner Mom. Also, einer ihrer Chefs.«

Sie schaute zu Valerie und sah – was? Verständnis? Ja. Frauen waren so, zwar nicht unbedingt Julias Erfahrung nach, aber sie wusste, dass es das gab, eine Schwesterlichkeit. Vielleicht auch für sie, wenn sie es schaffte, über ihre Vergangenheit zu sprechen. Der Wein hatte ihr die Zunge gelockert, und das machte ihr rein gar nichts. Sie wollte Teil dieser Schwesterlichkeit sein. Sie wollte eine neue Freundin, *diese* Freundin, Valerie, die Kelli zufolge hier in Oak Knoll diejenige war, die alle zusammenbrachte. Strahlende dunkle Haut, Augen, die vor Intelligenz und Humor funkelten, ein Lächeln, das jeden willkommen hieß. »Sie ist eine Erdmutter«, hatte Kelli gesagt. »Sie kümmert sich gern um alle, gleichzeitig übertreibt sie es nicht.« Anders als Julias Mutter, deren Spezialität es war zu übertreiben.

Julia fuhr fort: »Meine Mutter hat bei mehreren Familien geputzt, und manchmal sollte ich mitkommen und ihr helfen. Ich habe das Badezimmer oben gemacht und sie die Küche, und dieser Mann kam einfach rein, hat die Tür abgeschlossen und …« Bei der Erinnerung an die schrecklichen, quälenden Minuten, die auf die nächsten Jahre überdimensionale Auswirkungen hatten, hielt sie inne. »Er hat gesagt: Du bist *heiß*. Ich brauche nur ein, zwei Minuten.« Ich habe mich so geschämt und hatte solche Angst, dass meine Mom gefeuert werden würde, wenn ich mich wehrte oder schrie. Wir hatten überhaupt kein Geld«, sagte sie. »Ich meine, wir hatten kaum die Miete für den abgeranzten Wohnwagen, in dem wir lebten.«

»Das tut mir leid«, sagte Valerie und drückte Julias Hand.

»Danke.« Julia zuckte die Schultern. »Ist lange her.«

»Wie alt sind Sie? Dreißig …?«

»Vierunddreißig. Ich habe Juniper mit siebzehn bekommen.«

Valerie drückte ihre Hand nochmals und begann dann die Weingläser abzuwaschen. »So etwas Schlimmes ist mir nicht passiert«, sagte sie, »aber es gab da diesen Typen – wir nannten ihn Onkel Ray –, der in Michigan, wo wir lebten, als ich ein Kind war, über uns wohnte. Onkel Ray war ein Widerling. Er kam gern mit nichts als seinem Bademantel an runter, um seine Zeitung zu holen, und wenn meine Familie weg und nur ich zu Hause war, machte er seinen Bademantel auf, damit ich ihn mir anguckte. Möglicherweise hat er das auch mit meinen kleinen Schwestern gemacht. Ich habe nie jemandem etwas erzählt, und sie haben nie etwas erwähnt. Wir machen alle dieselbe Scheiße durch, nicht wahr? Und wir erziehen unsere Söhne, wenn wir welche haben, zu anständigen Männern.«

»Und schützen unsere Töchter vor solchen Situationen«, sagte Julia. »Ich versuche es jedenfalls. Brad ist ein toller Dad – viel strenger als meiner, bevor er abgehauen ist. Er hat ein großes Herz, wissen Sie? Unsere Regeln sind ziemlich altmodisch, aber gerecht und gut für die Mädchen. Ich gebe zu, es war eine Erleichterung, ihn zu heiraten und jemanden zu haben, mit dem ich die Anstrengungen des Elternseins teilen kann. Juniper war kein schwieriges Kind, aber wenn man alleinerziehend ist …«

»Dann ist Brad gar nicht Junipers Vater?«

»Nein. Sie war zehn, als wir geheiratet haben. Lily ist von ihm. Er liebt Juniper aber wie sein eigenes Kind. Es gibt auch gute Männer auf der Welt.«

Valerie nickte. »Ich war auch mit so einem verheiratet.«

»Und vielleicht werden Sie das ja auch wieder sein.«

»Mal sehen. Ich treffe mich mit jemandem«, sagte Valerie. »Er ist ziemlich toll.«

»Unser Haus«, sagte Julia und deutete in die Richtung, »war komplett Brads Idee. Er hatte unheimliches Glück mit einer seiner Erfindungen, und er wollte, dass die Mädchen und ich etwas davon haben.«

»Sehr großzügig.«

»Ist es«, sagte Julia und entschied, das Ferienhaus, das er außerdem gekauft hatte, nicht zu erwähnen. Sich mitzuteilen war das eine, angeben etwas anderes – so hätte es klingen können, und sie wollte diesen vielversprechenden Beginn nicht ruinieren.

»Na ja«, sagte sie, »ich geh dann mal besser. Lily bekommt abends gern von mir vorgelesen. Es war *wirklich* schön, mit Ihnen zu reden. Ich bin so froh, dass wir Nachbarinnen sind.«

»Kommen Sie zu unserem nächsten Treffen?«, fragte Valerie und machte das Außenlicht über der Hintertür an.

»Ja, gerne.«

»Gut. Wir sehen uns ja bestimmt vorher noch – ich bin viel im Garten, ich lege einen Karpfenteich an. Zay macht schon Witze, dass ich ihn durch Fische ersetze.«

»Unsere Pforte steht gewissermaßen immer offen«, sagte Julia. »Wenn Sie es planschen hören, kommen Sie rüber.«

»Vielleicht mache ich das.«

Julia sagte Gute Nacht, ging durch Valeries waldartigen Garten und sah dabei zu den ausgreifenden Ästen der großen Eiche auf. Es war ein bemerkenswerter Baum, und sie war froh, ihn aus ihren Küchenfenstern sehen zu können.

Sie öffnete die Tür zu ihrem Haus mit einem warmen, angeregten Gefühl, zufrieden mit dem Abend, vor allem mit dem Gespräch mit Valerie – wenn ihr das mit der Foie gras auch Kummer bereitete. Es war so schwer, sich heute in der Welt zurechtzufinden. Unwissenheit war tatsächlich ein Segen, besonders wenn man mit einer Gruppe informierter Menschen zusammen war, die angewidert waren von dem, was man ohne Absicht getan hatte, und zu höflich, einen darauf anzusprechen.

* * *

Auch konnte Julia nicht wissen, wie vage Valeries *vielleicht mache ich das* gewesen war, was gut war, denn sie hätte es persönlich genommen, obwohl es kein Urteil über sie persönlich war. Jetzt, wo Valerie Julia ein bisschen kennengelernt hatte, mochte sie sie durchaus. Das Problem war Brad, er war der Grund, dass Valerie es vorzog, auf ihrer Seite des Zauns zu bleiben.

Julia schien ihr nur eine ahnungslose Komplizin (vielleicht könnten wir sogar sagen: ein hilfsbereites Opfer) der Ambitionen und Begierden ihres Mannes.

8

Obwohl eine Zeit kommen sollte, zu der wir alle wissen würden, warum Juniper Whitman manchmal so ein dringendes Bedürfnis hatte, allein zu sein – an diesem Abend, fast zwei Wochen nachdem die Familie nach Oak Knoll gezogen war, wussten wir nur, was Xavier Alston-Holt wusste: Sie war attraktiv. Sie wirkte still. Wir hätten sie vielleicht als *Bücherwurm* bezeichnet und es als Kompliment gemeint.

Abenddämmerung, Ende Mai. Eine Zeit, zu der viele Leute rausgehen, um nach Glühwürmchen Ausschau zu halten und die Kakofonie des Vogelgezwitschers zu genießen, Finken und Kardinäle und Drosseln und Meisen, die den Sonnenuntergang begleiteten. Für Juniper bedeutete die Dämmerung eine Art Schutz. Sie fühlte sich, wenn sie neben den Gehwegen entlanglief, nicht so ausgesetzt wie tagsüber. *Junipur, der Freak.* Wenn auch nicht aus den Gründen, die ihre Mitschülerinnen vermuteten.

»Um diese Zeit gehst du nicht laufen«, sagte Brad, und sie erschrak. Sie hatte sich gerade im Eingangsbereich hingesetzt, um ihre Schuhe anzuziehen. Er war im Vorzimmer, oder »Empfangszimmer«, wie Julia und der Dekorateur es nannten. In dem Raum befanden sich vier große Sessel, beleuchtete Kunst an den Wänden und auf dem Boden ein falsches Zebrafell – und Brad, der dort allein gesessen und sich wahrscheinlich den Sonnenuntergang angesehen hatte. Juniper hatte ihn nicht gesehen, bevor er sie ansprach.

»Ich geh nur spazieren«, sagte sie.

Die Laufsaison war vorbei, deshalb hatte sie ihr Pensum von sechs auf vier Mal die Woche reduziert, wofür sie sich von Julia am Mehrzweckpfad beim Naturschutzgebiet absetzen ließ. Sie liebte es, im Wald zu sein, wo die Luft kühler war und alles andere in weiter Ferne: der Verkehr, die Schule, ihr Zuhause, ihr

Leben. Auch Vögel und Rehe mochte sie und wie die Sonnenstrahlen aus dem Wald ein üppiges grünes Zauberland machten. Sie mochte die Baumstämme, die wie Tausende Wachposten am Weg standen, aufrecht und beschützend. Sie mochte die Vielfalt der Büsche – Pflanzen, deren Namen sie noch nicht kannte, deren Formen und Strukturen aber dazu einluden, sie nach dem Laufen, wenn sie abkühlte, genauer zu betrachten, vielleicht ein Foto zu machen – das ein normaler Teenager auf Instagram teilen würde, das Juniper, die keine sozialen Medien benutzen durfte, aber in einem Album auf ihrem Handy speicherte, später ausdruckte und in ihrem Zimmer an die Wand heftete. Julia checkte ihr Handy gelegentlich, damit sie ehrlich blieb.

Brad sagte: »Ich will, dass du um neun zurück bist.«

»Okay«, sagte Juniper und stand auf. »Du weißt aber, dass ich bald achtzehn bin. Ich darf nach Einbruch der Dunkelheit noch draußen sein.«

»Sorry. Ich meinte, das ist ein gutes Viertel hier, aber wir kennen nicht jeden. Ich will nur, dass dir nichts passiert.«

Wenn sie im Naturschutzgebiet lief, machte er sich nie Sorgen, aber hier? »Mir passiert schon nichts.«

»Hast du dein Handy dabei?«

»Ja.« Sie nahm es aus der Tasche und zeigte es ihm.

»Dann mal los. Viel Spaß.«

Juniper schloss die Tür hinter sich und ging über den kurzen Plattenweg zum Bürgersteig. Die warme Luft war schwer, feucht, der Himmel am Horizont blutrot, darüber kobaltblau. Ein paar Sterne waren zu sehen.

Was, fragte sie sich, machte ein Viertel zu einem *guten* Viertel? Für ihre Eltern schien das zu heißen, dass die anderen Leute so waren wie sie: weiß, privilegiert, *sehr* bedacht auf Äußerlichkeiten (ihre Mom) oder Ansichten (Brad). Obwohl – um fair zu bleiben – dieses neue Viertel war gemischt, und Brad hatte, wie ihre Mom, hart gearbeitet und sich seine Privilegien verdient. Beiden war nichts geschenkt worden – auch wenn es eine Art Geschenk war, dass Brad ihre Mom geheiratet hatte. Denn auf jeden Fall hatte er sie zu sich nach oben gezogen. Und Juniper würde lügen, wenn sie behauptete, sie wäre damals nicht genauso froh gewesen wie Julia, genauso erleichtert, dem Chaos und dem Morast ihrer frühen Kindheit zu entkommen. Brad war der Held der zehnjährigen Juniper gewesen, ihr Retter, ihr Lieblingsmensch auf der ganzen Welt.

Seitdem hatte sich so viel verändert, auch in Hinsichten, an die sie gar nicht denken mochte – aber wie sollte sie ihre Gedanken kontrollieren? Ihr Gehirn wollte nicht immer kooperieren, und jetzt saß sie hier fest, in diesem Viertel, in dem die Häuser so dicht aneinanderstanden und ständig Leute unterwegs waren und Brad einfach im Dunkeln saß.

Auf dem Gehweg blieb Juniper stehen und atmete tief ein. *Nicht dran denken,* dachte sie, atmete aus, und lief los.

Das Haus der Whitmans war nun vollkommen fertig, und Julia hatte eine Sehenswürdigkeit daraus gemacht. Ein Dekorateur hatte ihr beim Aussuchen jedes Möbelstücks, jedes Kissens, jeder Lampe und jedes Teppichs geholfen. Jedes Zimmer im Haus war entsprechend einer »abgestimmten Palette« in hellen Grau- und Blautönen gestrichen worden, mit »Farbtupfern«, für die Wandkunst lokaler Künstler und absurd teure Dekokissen zuständig waren. Juniper hatte die Aufstellung auf der Rechnung des Innendekorateurs gesehen: Vierundneunzig Dollar pro Kissen. Für vierundneunzig Dollar hätten sie Paten für ein Stück Regenwald werden können, helfen, dass die Erde etwas länger atmen kann.

Oder sie hätten einen Hund aus dem Tierheim holen können. Lily war schon lange darauf aus, dass sie einen Hund anschafften, wenn sie umgezogen waren – »nur einen kleinen, er kann bei mir schlafen, ich geh mit ihm raus und füttere ihn, *versprochen*«, und Julia hatte Töne von sich gegeben, die darauf schließen ließen, dass sie vielleicht nachgeben würde. Aber jetzt, wo sie einen Teppich für dreitausend Dollar und strahlend weiße Möbel im Wohnzimmer hatten und einen aus Neuseeland importierten Teppich aus hundert Prozent Wolle in den Schlafzimmern, würde es keinen Hund geben, das wusste Juniper – nicht mal eine Katze oder ein Kaninchen oder einen Hamster, denn einen Hamster hatten sie schon gehabt, als Juniper zehn war, als Geschenk zu Julias Hochzeit, zu ihrem Auszug aus ihrer letzten runtergekommenen Wohnung und dem Einzug in Brads »Starthaus«, wie er es nannte. Und dann hatte das Tier sechs Junge bekommen und vier von ihnen aufgefressen und Juniper damit traumatisiert, die nicht gewusst hatte, dass solches Verhalten möglich war.

Aber jetzt war Juniper siebzehn und verstand das Leben sehr viel besser. Wobei sie in den letzten sieben Jahren ziemlich behütet worden war und in keinem Fall alles verstand. Vielleicht nicht mal genug, denn hätte sie genug verstanden, wäre sie, nachdem sie um die Ecke gelaufen und in die Straße eingebogen war, in der Xavier lebte und mit zwei Freunden auf dem Kofferraum eines Autos unter einer gerade angegangenen Straßenlaterne saß, vielleicht nicht stehen geblieben, um mit ihnen zu reden.

Nein, eine klügere, vorsichtigere Juniper hätte »Hey« gesagt und wäre weitergegangen, die lange Straße entlang und um die nächste Ecke und dann um die nächste, und in mehr oder weniger derselben Stimmung wieder nach Hause gekommen, in der sie aufgebrochen war. Okay, vielleicht wäre sie ein bisschen fröhlicher gewesen, weil sie draußen und eine Weile nicht zu Hause gewesen war. Das wäre aber auch schon alles gewesen.

Aber statt Juniper für Ärger verantwortlich zu machen, den sie nicht vorhersehen konnte, sollten wir ihr zugutehalten, dass sie freundlich war, dass sie nicht diese reflexhafte Angst vor dunkelhäutigen Männern hatte, die heute so viele weiße Mädchen haben, vor allem in den Südstaaten.

Wir, mit unserer kollektiven Weisheit, wenn auch lückenhaftem Wissen, haben den Ärger auch nicht kommen sehen.

***

Xavier winkte ihr zu, als er sie kommen sah. »Juniper, oder? Wie läuft's?«

»Ganz okay, eigentlich. Und bei dir?«

»Alles gut«, sagte er und deutete dann auf einen seiner Begleiter. »Das ist mein Freund Joseph.«

»Hey«, sagte Joseph. Er war in Größe und Farbe Xaviers Gegenteil: klein, blass, flachsblond. Er hatte Dreadlocks. Juniper konnte sich nicht erinnern, schon mal einen Weißen mit Dreadlocks gesehen zu haben.

»Und das ist Dashawn«, sagte Xavier und deutete auf den anderen Jungen, der dunklere Haut hatte als er. Dashawns Haar war bauschig – ein Afro, dachte Juniper. Sie wollte ihn berühren, gucken, wie elastisch er war. Aber das würde er vermutlich nicht gut finden (und sie hätte es sowieso nicht gewagt), genau wie sie es nicht mochte, wenn irgendwelche Unbekannten das Muttermal an ihrem Unterarm berührten.

»Hey, Juniper«, sagte Dashawn.

»Hey. Nett, euch kennenzulernen.«

»Juniper wohnt hinter uns.« Xavier zeigte in Richtung ihres Hauses.

Joseph pfiff leise durch die Zähne. »Das Haus hab ich gesehen. Nicht schlecht, die Hütte.«

»Sie geht auf die Blakely«, fügte Xavier hinzu. »Zwölfte, oder?«

»Leider.«

Er sagte: »Das nächste Jahr wird schneller um sein, als du glaubst. Also, wir wollten gerade reingehen und ein bisschen Musik machen. Ich, wenig überraschend an der Gitarre, Joseph hier spielt Saxofon – Alt und Tenor.«

»Und Bariton.«

»Und Bariton«, wiederholte Xavier. Die beiden stießen ihre Fäuste aneinander. »Dashawn ist ein toller Drummer. Ich versuche mich seit Kurzem am Jazz, nur zum Spaß, und die beiden hier tolerieren meine Mittelmäßigkeit. Willst du mitkommen?«

Hatte Juniper in ihrem Leben schon mal einen so coolen Jungen erlebt? Nein, noch nie. Xavier Alston-Holt sah nicht nur gut aus (für Juniper sah er so ziemlich perfekt aus), sie bewunderte auch sein Talent und seine Extrovertiertheit. An dem Tag, als er und seine Mutter rübergekommen waren, um ihre Eltern kennenzulernen, hatte er dagesessen, als gehöre er zu den Erwachsenen, ungezwungen, zugewandt, höflich auf eine Weise, die überhaupt nicht aufgesetzt wirkte. Die meisten Jungs, mit denen sie zur Schule ging, verhielten sich Erwachsenen gegenüber künstlich und kriecherisch, als hielten sie sich für überlegen, wüssten aber, dass sie tun mussten, als wäre es andersrum. Xavier hatte … man müsste es wohl *Präsenz* nennen. Und sie reagierte darauf. Nicht dass sie das wollte, aber wie sollte sie dagegen an? Es war nicht möglich. Sie *wollte* auch gar nicht dagegen an, was sie überraschte.

»Danke, aber ich muss zurück«, sagte Juniper. »Brad glaubt, ich würde von Vampiren angegriffen oder so, wenn ich nach neun noch draußen bin.«

»Ist das dein Bruder?«, fragte Dashawn.

»Stiefvater.«

Xavier sagte: »Er ist der Typ von Whitman HLK.«

»Den kenn ich«, sagte Joseph. »Also, ich meine, nicht dass ich ihn *kenne* …«

»Aus der Werbung«, sagte Juniper, und Joseph nickte.

»Und, kommt er mit deinem echten Dad klar?«, fragte Joseph. »Meine beiden würden sich wegen jedem Kleinscheiß am liebsten an die Gurgel gehen.«

»Ich kenne meinen echten Dad nicht. Er ist nicht … ich meine, er hat nie zu meinem Leben gehört. Ich …« Sie hielt inne. »Ich weiß nicht mal, wer er ist.«

»Kommt vor«, sagte Joseph. Die anderen beiden nickten, und Juniper war stolz, ihnen etwas gesagt zu haben, das sie normalerweise nicht freiwillig preisgab.

»Bei mir gibt's so was nicht«, sagte Dashawn. »Ich sag dazu nichts.«

»Ist ja interessant«, sagte Xavier und dann, zu Juniper gewandt: »Ruf Brad doch an und frag, ob er erlaubt, dass du mit reinkommst. Sind auch keine Vampire da, also, außer dem hier«, witzelte er und stieß Joseph in die Seite. »Meine Mutter ist zu Hause, falls das eine Rolle spielt.«

Juniper stellte sich das vor: Brad anrufen und ihm sagen, dass Xavier sie eingeladen hatte.

»Okay, ich frag mal.« Sie nahm ihr Handy aus der Tasche und rief stattdessen ihre Mom auf dem Handy an.

»Hallo, ich bin's. Ich bin zwei Straßen weiter und Xavier – aus dem Haus hinter uns? – ist mit ein paar Freunden draußen, und sie fragen, ob ich kurz mit zu ihnen komme. Ms. Alston-Holt ist zu Hause.«

»Und Freunde – heißt das, Jungs oder Mädchen, oder was?«

»Jungs.«

»Keine gute Idee«, sagte Julia. »Und das weißt du auch. Zeit, nach Hause zu kommen. Es ist sowieso gleich neun.«

»Im Ernst? Es ist Freitag.«

»Du kennst die Regeln. Du hättest mit deinen Freundinnen Pläne machen sollen. Komm nach Hause. Lily und ich sehen *Frozen* – guck doch mit.«

»Na gut.«

Juniper beendete das Gespräch: »Das wird leider nichts.«

»Nächstes Mal«, sagte Xavier, und Juniper spürte, wie sie vor Freude rot wurde.

Joseph fragte: »Sind die immer so streng?«

Sie zuckte mit den Schultern. »Sie behüten mich schon ziemlich …«

»Brad wirkt im Fernsehen ganz nett«, sagte Dashawn.

»Ja, nein, ist er auch. Es ist nur … bei so was sind sie altmodisch. Ich habe auch nicht geglaubt, dass sie es erlauben, ich wollte es aber versuchen.«

Diesen letzten Teil adressierte Juniper direkt an Xavier. Sie wurde mit dem schiefen Lächeln belohnt, für das alle Damen aus Oak Knoll schwärmten. Und langsam glaubte sie, sie könnte selbst für ihn schwärmen, wenn sie die Gelegenheit bekäme. Oder sie ergriff.

9

Wir können nicht behaupten, Brad Whitmann nach ein paar Wochen lockerer Bekanntschaft gut gekannt zu haben, trotz seines geselligen Verhaltens den Nachbarn gegenüber und den Informationen, die im Internet über ihn nachzulesen waren. Es war seine Art, den Leuten Fragen zu stellen, sie zu fördern, ihnen das Gefühl zu geben, wichtig zu sein, gesehen zu werden. Von sich bot er ihnen über die oberflächlichen Fakten hinaus nicht viel an. Aber er war auf jeden Fall genauso charmant, wie er im Fernsehen wirkte, so viel wussten wir.

Die Lokal- und Regionalzeitungen und Wirtschaftsblätter schrieben gern über ihn, diesen Jungen aus North Carolina, der bei seiner Geburt rein gar nichts gehabt, sich an den sprichwörtlichen Haaren aus dem Sumpf gezogen und eine Firma aufgebaut hatte, die die meisten von uns kannten, mit diesen blau-goldenen Last- und Lieferwagen, die überall zu sehen waren. Hitze bedeutete Ärger mit den Klimaanlagen. Kälte bedeutete Ärger mit Heizungen und Wärmepumpen. Für Brad bedeutete Ärger (in dieser Hinsicht) Geld auf der Bank.

Die Techniker von Whitman HLK waren alle adrette, höfliche, ehrliche Männer, alle weiß, vermutlich weil Brad eins über seine Südstaatenmitbürger wusste: Ziemlich viele von ihnen würden einem Farbigen nicht die Tür öffnen – schon gar nicht einem Schwarzen, ganz egal wie adrett und höflich er war. Und Brad konnte es sich nicht leisten, dass Kunden sich wegen solch unangemessener Ängste weigerten, Geschäfte mit ihm zu machen. Er war praktisch veranlagt, da waren wir uns einig, möglicherweise übertrieben praktisch, aber ob das wirklich so war, konnten wir noch nicht wissen.

Wir trafen trotzdem Annahmen über ihn, die wir für gerechtfertigt hielten. Darüber, wer er war und was ihn antrieb, wenn er allmorgendlich die Füße auf den handgewebten Alpakateppich aus dem Himalaja setzte, den der Innendekorateur ausgesucht hatte, um ihn unter das Bett von Brad und Julia zu legen. Wirkliches Verständnis (obwohl *Verständnis* vielleicht übertrieben ist) entwickelten wir erst später. Wir sahen ihn kaum im Viertel, als langsam Sommer wurde, er hatte schließlich eine florierende Firma zu leiten.

***

»Whitman HLK ist stabil«, sagte Mark Lewis, seit langer Zeit Brads Freund und Finanzberater. Mark hatte gerade seine halbjährliche Einschätzung abgegeben, und »stabil« war sein Fazit. Er sagte: »Du warst noch nie so gut in Form.«

Sie waren in Brads Büro in der Zentrale, wie sie den Hauptsitz der Firma nannten, die mittlerweile sieben Ableger in vier Städten hatte. Das Büro, klein und aufgeräumt, war grau gestrichen und hatte wenig Ausstrahlung. Ein zweckmäßiger Schreibtisch. Ein einzelner hoher Aktenschrank. Ein altes Sofa – Brads erstes, aus der Zeit, als er noch in einem Einzimmerapartment wohnte, sich von Lasagne und Burritos aus der Mikrowelle ernährte und auf Kosten seiner Kreditkarten lebte, während er die Firma (wie sie damals war) aufbaute und zum Laufen brachte. Mark saß auf einem Plastik-Ikea-Stuhl, Brad hinter dem Schreibtisch in dem einzigen Luxusmöbel, das es im Zimmer gab: einem Eames-Chefsessel aus Leder, wahrscheinlich das bequemste Möbelstück, das je hergestellt worden war, und fraglos das beste, das Brad je besessen hatte.

Brad tätschelte sich den Bauch. »Gut in Form? Öfter mal ins Fitnessstudio gehen würde wohl nicht schaden.«

»Vielleicht ist jetzt der richtige Zeitpunkt«, sagte Mark. Wie Brad trug er ein Designerpolohemd. Anders als bei Brad spannte es bei ihm aber nicht über dem Bauch. »Lass es hier etwas ruhiger angehen, verbring mehr Zeit im Fitnessstudio, mehr Zeit im Freien. Du sagst doch immer, du willst dir ein Boot kaufen.«

»Stimmt.«

»Und normalerweise machst du auch, was du sagst.«

»Völlig richtig«, sagte Brad.

»Also, wie gesagt. Du bist bestens in Form, Bud. Das Ferienhaus hast du schon, jetzt solltest du dir dieses Fischerboot kaufen und dich daranmachen, ein paar Schwertfische zu angeln.«

»Könnte ich«, sagte Brad. »Allerdings fände ich auch ein Segelboot ganz schön.«

Mark schloss den Ordner auf seinem Tablet und steckte es in seine Aktentasche. »Aufs Wasser kannst du mit jeder Art von Boot. Du brauchst dir nur eins auszusuchen. Bootsbesitzer ist der natürliche nächste Entwicklungsschritt. Ach, und natürlich brauchst du dann auch einen Bootsmann.«

Brad lachte. »Und ich schätze, du weißt, wen ich da nehmen könnte. Erst mal kommt ihr ja zu unserer kleinen Soiree, du und Carrie, oder?«

»Die Einweihungsparty? Auf jeden Fall. Und sag Bescheid, wenn ich Kontakt zu Ed Levinson herstellen soll – bei dem haben schon viele meiner Klienten ihr Boot gekauft.«

»So wie du drängelst, nehme ich an, du kriegst eine Provision?«

Mark schüttelte den Kopf. »Nee, ich habe einfach gern Freunde mit Booten. Dann brauch ich mir selbst keins anzuschaffen.«

»Ich weiß nicht, ob ich das faul finde oder schlau.«

»Wenn's um Boote geht, ist es beides, dazu stehe ich auch.« Mark erhob sich, und Brad begleitete ihn nach draußen. »Du denkst drüber nach – und über den Rest auch, ja?«

»Willst du mir irgendwie zu verstehen geben, dass ich nicht jünger werde?«

»Werden wir alle nicht. *Carpe the fucking diem*, solange du kannst.«

»Du bist ein wahrer Dichter, mein Freund. Aber gib deinen Job nicht auf.«

Als Mark weg war, ging Brad zurück ins Büro und legte in einer seltenen Zurschaustellung von Entspanntheit die Füße auf den Schreibtisch. Marks Einschätzung – auf die immer Verlass gewesen war und die zu diesen großartigen Ergebnissen beigetragen hatte – bestätigte seine eigenen Vermutungen, und sein Rat war eine Überlegung wert.

Sollte er es bei acht gut laufenden Whitman-HLK-Filialen, mit denen er sich eine goldene Nase verdiente, bewenden lassen? Jetzt, wo er keine Expansionskosten mehr hatte? War er zufrieden mit dem kleinen Königreich, das er sich aufgebaut hatte, ohne den Wunsch oder das Bedürfnis, weiter zu expandieren? Wachstum musste stets gut überwacht werden, was Zeit brauchte, und Zeit war eine Ware, die er nicht kaufen konnte. *Zwanzig Jahre* Hektik. Es war eine ganze Menge dabei herausgekommen, klar, aber jetzt reizten ihn neue Herausforderungen und Erfahrungen. HLK war ja nicht sein Leben.

Er hatte die Firma mit weniger als nichts aufgebaut, nämlich mit viertausend Dollar Schulden, angehäuft durch ein paar Collegekurse, für die er wenig Verwendung hatte. Philosophie, Psychologie, Soziologie, Englisch. Absolutes Basiswissen in Mathe und den Naturwissenschaften. Was sollte er mit dem Zeug anfangen, das man ihnen da beibrachte? Klar, einiges war interessant, aber er wollte einen Abschluss in Elektrotechnik, und trotzdem bestand sein Stundenplan im ersten Jahr aus diesen sogenannten Grundkursen.

Mitten in seinem zweiten Semester verließ er einen unerträglich langweiligen Bauelementekurs, ging zum Immatrikulationsbüro und brach ab. Dann meldete er sich für einen HLK-Zertifikatskurs an, der ihm erlaubte, direkt mit der Arbeit zu beginnen, auf einem Gebiet, das in diesem Staat beinahe genauso unerlässlich war wie Bestattungen. Das Klügste, was er je getan hatte – das erzählte er jedem jedes Mal, wenn das Thema aufkam. Das andere, was er jedes Mal sagte, war: »Fürs College war ich zu pfiffig.« Erst gestern hatte er das gesagt, zu Juniper.

»Fürs College war ich zu pfiffig, Schatz, und ehrlich gesagt glaube ich, du bist das auch. Gibt keinen Grund, nach Washington zu gehen oder sonst wohin. Nichts, was du da lernst, wird dir für die Zukunft wirklich nützen.«

Sie hatten im Wohnzimmer gesessen, während Julia Lily zu Bett brachte und ihr vorlas. Brad zappte durch die Kanäle. Juniper hatte ihr Laptop aufgeklappt und suchte nach Studiengängen, die zu ihr passen könnten. »Kommt ganz auf meine Zukunft an, oder?«

»Klar, sicher. Mit etwas Glück wirst du ein tolles Leben haben, mit einem Mann, der dich liebt und sich um dich kümmert, sodass du überhaupt nicht arbeiten musst. Du könntest die Ferien in Seattle verbringen.«

»Zum Beispiel.«

»Arbeit ist … na ja, es ist *Arbeit*. Für mich ist es eines der größten Vergnügen in meinem Leben, mich um euch Mädchen zu kümmern, damit ihr es leichter habt. Wer würde das nicht wollen, wenn man es haben kann? Deine Mom jedenfalls schon.«

Juniper sagte: »Ich will einen Job. Ich meine, jetzt. Ich brauche was für den Sommer, damit ich nicht vor Langeweile sterbe.«

»Wenn ich eines verstehen kann, dann das«, sagte er, und dann hatte er eine Idee gehabt. »Arbeite doch für mich. Wir haben gerade beschlossen, in der Zentrale jemanden einzustellen, der mit der Post hilft.«

»Ich soll für *dich* arbeiten?«, fragte Juniper. »Ich weiß gar nicht, ob … ich meine, vielleicht. Aber ich werde mich vorher mal ein bisschen bewerben und gucken, was geht.«

»Jemand muss ja eines Tages die Zügel übernehmen«, sagte er, und die Idee formte sich erst unmittelbar, bevor er die Worte aussprach. »Ich könnte dich ausbilden, von der Pike auf.«

Sie sah ihn überrascht an. »Ich dachte, du wärst wie Reverend Matthews der Meinung, *Frauen sollten danach streben, Mütter und Ehefrauen zu sein*. Wie du ja selbst gerade sagtest.«

»Na ja, klar, aber wenn du arbeiten *willst*, kann ich mir für dich keine bessere Möglichkeit vorstellen. So bleibt alles in der Familie. Was sollte mir nicht daran gefallen, Whitman HLK zu einem Familienunternehmen zu machen.«

Juniper legte den Kopf schief und schien darüber nachzudenken. »Ich hätte nie gedacht, dass du so was vorschlägst. Ich meine, nicht dass ich überhaupt da arbeiten will. Ist nicht böse gemeint.«

»Ich habe auch Überraschungen in petto«, sagte er. »Du musst dem alten Brad nur Gelegenheit geben.«

Sie sah ihn an und guckte dann wieder auf ihren Bildschirm. »*So* alt bist du gar nicht.«

»Siebenundvierzig nächsten Monat – okay, nicht *so* alt. Nicht *zu* alt.« Mit Sicherheit würde er nicht zulassen, dass sein Alter oder sonst irgendwas ihn davon abhielt zu machen, was er wollte. Hatte er nie, würde er nie. Er sagte: »Du denkst drüber nach, okay? Mehr sage ich gar nicht. Denk drüber nach. Ich zahle dir zehn Prozent mehr als beim besten Angebot, das du bekommst.«

»Okay, ich denk drüber nach.«

Er persönlich konnte sich überhaupt kein besseres Szenario vorstellen. Später, nach ihrem Gespräch, hatte er im Bett gelegen und überlegt, wie er es anstellen würde, sie aufzubauen, bis sie zum Management gehörte und Seite an Seite mit ihm arbeiten würde. Dann würde sie gar nicht wegziehen, um aufs College zu gehen. Dann wäre sie immer da, und er könnte sie jeden Tag sehen. Das würde auch Julia gefallen.

Früher hatte Brad, wenn er an seinem Schreibtisch saß und von dort in die Lobby blickte, Julia am Empfang sitzen sehen. Normalerweise war sie am Telefon und organisierte irgendwas, aber manchmal kam auch ein Kunde mit einer Frage oder, seltener, einer Beschwerde. Julia war gut mit Menschen, und mit ihm. Ihm hatte es nicht das Geringste ausgemacht, wenn sie, nachdem sie sich verlobt hatten, in sein Büro kam, die Jalousie schloss und ihm ein bisschen Erleichterung von seinem Arbeitstag verschaffte. Sie wusste, wie sehr er ihre Talente schätzte.

Er schätzte alles an seiner Frau, das war eine Tatsache. Sie hatten sich zu einer Zeit kennengelernt, als ihn die Dating-Szene und die Art Frauen, die er in Klubs und Bars kennenlernte, zunehmend gelangweilt hatten. Sie schienen es alle so unbedingt zu wollen. Klar, es gefiel ihm, wenn sie sich ansprechend zurechtmachten – kunstvoll gefärbtes und gestyltes Haar, die langen, lackierten Nägel, die kurzen Kleider und hohen Absätze, auch etwas Make-up und falsche Wimpern, warum nicht? Er hatte genossen, was ihm geboten wurde, und das nicht zu knapp. Trotzdem fehlte diesen Frauen irgendwas, auch wenn er nicht hätte sagen können, was das war, bis er Julia traf. Da begriff er. Unter Julias ansprechendem Äußeren (wenn auch nicht so edel wie bei anderen damals, weil sie so knapp bei Kasse war) war etwas Sprödes, Tapferes, und noch etwas anderes: echte Bedürftigkeit.

Eine andere Tatsache war allerdings, dass ihr Sexleben heute höchstens noch flüchtig war. Sie hatte so viel mit den Mädchen zu tun – Klavier, Pfadfinder, Tanzen, Fußball, dann Schulkram, vor allem mit Lilys Klasse, weil sie dort Elternvertreterin war. Ihre Töchter waren ihr Leben. Sie mochte ja sanftmütig wirken, aber wenn es um die Mädchen ging, wurde sie heftig. Diese ganze Sache mit New Hope war zu hundert Prozent ihr Betreiben gewesen. Er hatte mitgemacht, weil es seinem Image nicht schadete, jeden Sonntagvormittag eine Kirchenbank zu wärmen, und tatsächlich hatte Juniper bereits davon profitiert, »zu einer Gemeinde des Glaubens und der Liebe« zu gehören, als sie auf die Pubertät zuging. Julia war Gott und Brad damals gleichermaßen dankbar gewesen. Juniper hatte ihn geradezu verehrt.

Dass ihm die für ein Sexleben nötige Energie abhandengekommen war, datierte er auf den letzten Teil von Julias Schwangerschaft mit Lily. Er verstand, dass sie sich mit einem Bauch, so dick wie ein Basketball, nicht sexy fühlte. Er verstand, dass sie in den Monaten nach Lilys Geburt das Gefühl hatte, ihr Körper wäre noch besetzt, nur eben von einem Stillkind und nicht von einem wachsenden Fötus. Tatsache war, dass ihn das meiste davon auch abtörnte.

Nur dass sie ihm danach nie wieder so viel Interesse und Aufmerksamkeit entgegengebracht hatte wie vorher. Sie sagte nie etwas und wies ihn nie ab, aber er spürte den Unterschied. Er spürte, dass sie weiter weg war, wenn sie miteinander schliefen, weniger enthusiastisch. Und offen gestanden bewirkte das, dass er weniger Interesse an ihr hatte. Ein Mann wollte sich begehrt fühlen, er hatte gern das Gefühl, dass seine Frau es so sehr wollte wie er – oder zumindest Lust hatte, wenn sich die Gelegenheit bot. Julia hatte keine Lust.

Wenn er zu viel darüber nachdachte, sagte er sich, dass sie es vielleicht nie gewollt hatte, dass sie nur so getan hatte, um zu bekommen, was sie wirklich wollte. Er dachte das nicht gern; es machte Julia nicht nur klein, es ließ ihn auch weniger begehrenswert aussehen, als er zu sein glaubte. Es ließ ihn aussehen, als könnte man ihn für dumm verkaufen.

Er brauchte es, sich *lebendig* zu fühlen. Gewollt. Er brauchte es – wie wir alle –, sich sicher zu fühlen.

Viele Männer an Brads Stelle überlegten kein zweites Mal, ob sie anderswo nach einem Ventil für ihre Bedürfnisse suchen sollten. Tittenbars, Herrenklubs, eine Mitarbeiterin, die heiße, kinderlose junge Ehefrau am Ende der Straße – wenn ein Mann fremdgehen wollte, war nichts leichter als das. Die meisten dieser Männer würden sich eine suchen, die leicht zu haben war, ohne Verpflichtungen. Aber all das war nicht Brad Whitmans Stil. Er wollte keine Nutte und keinen Flirt, er wollte absolute Treue, die auch er bereit war zu geben. Er war nicht wie die meisten Männer – war er nie gewesen, würde er nie sein.

Brad Whitman war ein Ganz-oder-gar-nicht-Typ. In der Hinsicht waren er und Xavier Alston-Holt sich ähnlich.

10

Ein bemerkenswertes und bei einigen umstrittenes Foto – ein Porträt – stand zwischen anderen Familienfotos auf dem neuen Buffet der Whitmans. Auf dem Foto trägt Brad Whitman einen dunkelblauen Smoking. Er steht hinter Juniper, die ein langes weißes Abendkleid trägt. Obwohl das Kleid schulterfrei ist, ist es schlicht geschnitten. Seidenorganza, keine Rüschen, keine Spitze, kein Schmuck. Zurückhaltend. Brads Hände ruhen auf Junipers Taille. Er hat die Augen geschlossen, wie sie. Hinter ihnen ist ein hohes Kaminsims zu sehen, auf dem sich weiße Blumen und weiße Bänder befinden.

»Das muss an Junipers Jungfrauenball gewesen sein«, sagte Sheila Jamison, Frau von Jimmy, dem Freund, der nur eine Straße von den Whitmans entfernt ebenfalls in Oak Knoll ein Haus gebaut hatte. Das Gespräch fand statt bei der Einweihungsparty der Whitmans, als die Jamisons sowohl das Buffet bewunderten, ein handgefertigtes Stück aus hellem und dunklem Ahorn, als auch das Foto.

Sheila sagte zu Brad: »Ich glaube nicht, dass ich das schon mal gesehen habe.«

»Julia hatte es im alten Haus auf der Kommode in unserem Schlafzimmer stehen.«

»Interessantes Porträt«, sagte Jimmy.

»War ein interessanter Abend«, sagte Brad.

Diejenigen von uns, die bei der Einweihungsparty anwesend und in Hörweite waren – denn die Whitmans hatten den ganzen Block eingeladen –, bemerkten, dass Brad zögerte, die besondere Betonung von *interessant.*

»Was«, sagte Jimmy und stieß ihm den Ellbogen in die Seite, »sag bloß, du glaubst nicht wirklich dran?«

»Es ist schon ein gutes Programm, ohne Frage. Ich werd's mit Lily wahrscheinlich auch wieder so machen, wenn sie ein Teenager ist.« Brad beugte sich dem Paar entgegen und senkte die Stimme. »Ich brauchte an dem Abend schon ein paar Drinks, um gute Miene zu der Zeremonie zu machen – die geht ein *kleines* bisschen weiter, als mir nötig schien, muss ich sagen. Das Bild wurde gemacht, als ich schon echt platt war.«

Jimmy sagte: »Gegen Alkohol haben die Leute von New Hope also nichts.«

»Offiziell? Wird davon abgeraten. Aber der brave Geistliche und ich haben uns angefreundet, also hat er bei meinem Flachmann ein Auge zugedrückt. Ich war aber natürlich diskret.«

Belinda, unsere Freundin mit der gackernden Lache, stand nahe genug, um all das mitzubekommen. Sie gesellte sich zu den dreien und sagte: »Hab ich da was von einem Jungfrauenball gehört?«

»Ich habe das Foto hier bewundert«, sagte Sheila. »Das war auf dem Ball.«

Belinda betrachtete das Foto. »Dann ist das eine Vater-Tochter-Sache?«

»Richtig«, sagte Brad.

Belinda wohnte schräg gegenüber von den Whitmans und war von Brad fasziniert. Sie wollte ihn hören, beim Sprechen beobachten, diesen sehr blauen Augen nahekommen. »Erzähl«, sagte sie.

»Klar«, antwortete Brad. »Also, Höhepunkt des Balls ist eine Zeremonie, bei der die Väter den Töchtern versprechen, sie zu beschützen und zu unterstützen, und die Mädchen versprechen, Jungfrauen zu bleiben, bis die Väter sie an ihrer Hochzeit dem Bräutigam übergeben.«

»Wie alt ist sie da?«, fragte Belinda und zeigte auf das Porträt.

»Vierzehn, glaube ich«, sagte Brad. Er überlegte und sagte dann: »Ja, ist jetzt drei Jahre her.«

Jimmy sagte: »Und Lily ist jetzt wie alt – sieben? Dann ist es für sie ja noch eine ganze Weile hin. Obwohl man wahrscheinlich früh anfängt.«

»Wenn möglich bei der Geburt.« Belinda nickte. »Ich habe

selbst ein wildes Kind großgezogen. Ist aber was aus ihr geworden. Sie ist jetzt Zahnhygienikerin in Atlanta.«

Brad sagte: »Julia glaubt, Lily wird das Programm nicht brauchen. Andere Einflüsse, wisst ihr.«

»Wir bewundern dich alle sehr, Brad«, gurrte Sheila. »Ist heutzutage nicht leicht, ein pubertierendes Mädchen zu haben.«

»Ist so, oder?«, sagte Jimmy. »Deshalb haben wir Jungs.«

»Und du hast es ja auch noch freiwillig übernommen«, fügte Sheila hinzu und legte Brad die Hand auf den Arm. »Du hast Julias Leben so verändert – und das von Juniper.«

Brad lächelte. »Ich ziehe Julia schon immer damit auf, dass ich sie gerettet habe. Es war wirklich hart für sie, bevor wir zusammenkamen.«

»Und jetzt hast du eine wunderbare Familie«, sagte Sheila.

Jimmy schlug Brad auf den Rücken. »Und einen Sohn könnt ihr ja immer noch kriegen. Um die Familie komplett zu machen.«

»Unmöglich ist es nicht«, sagte Brad, klang aber, als interessierte es ihn überhaupt nicht, einen Sohn zu haben. »Und was das Aufziehen von Mädchen angeht: Eine Herausforderung ist es schon, klar. Aber ich mag Herausforderungen ja, wie ihr wisst. Julia und ich haben einfach das Gefühl, dass dieses Jungfrauending ein kluger Ansatz ist, um ihr die Pubertät zu erleichtern – und uns auch.«

Juniper war während dieses Gesprächs nicht im Raum, und als Belinda es kurz darauf im Nebenzimmer für ein paar von uns wiederholte, fragten wir uns, was wohl für Juniper leichter wurde dadurch, dass sie ihrem Stiefvater bei einem zeremoniösen Ritual die Jungfräulichkeit versprochen hatte.

Keine von uns wusste, dass sie deshalb in der Schule gemobbt wurde; *das* war mit Sicherheit ein Minuspunkt. Aber gab es auch Pluspunkte, die wir nur nicht sahen? Kam man irgendwie leichter damit zurecht, dass sich die eigene Sexualität entwickelte, wenn man sie quasi leugnete bis zur Ehe, wann auch immer das sein mochte?

Ein paar von uns fragten sich auch, was Juniper wohl davon hielt, dass es für junge Männer kein entsprechendes Gelöbnis oder eine Zeremonie oder Norm gab.

Ein paar von uns dachten, warum sollte Sex als etwas Unreines betrachtet werden? Was sollte *unrein* überhaupt bedeuten? Was hieß *rein,* und warum war es für ein Mädchen so erstrebenswert, es zu sein, während Jungen sein konnten, wie sie wollten? Und wo war Juniper in dem Moment, als Brad ausführlich beschrieb, wie stolz er auf sie war, weil sie sich immer so gut benahm, nie Alkohol trank und zugestimmt hatte, sich erst nach ihrem Highschool-Abschluss mit Jungs zu treffen? Wir hatten sie vorher gesehen, hübsch zurechtgemacht in einem schlichten grünen Kleid und Schuhen mit flachen Absätzen – nicht diesen Stilettos, die wir an anderer Leute Töchter auf Facebook-Fotos von Abschlussbällen gesehen hatten, auf denen die Mädchen oft Barsängerinnen oder Schlimmerem ähnelten. Juniper sah genauso hübsch aus wie diese Mädchen, aber altersgerecht. Egal, wie wir zu Reinheitsschwüren stehen mochten: Dieser demonstrativen Sexualität und den gefährlichen Fick-mich-Schuhen entgegenzuwirken, schien sinnvoll.

Juniper war in diesem Moment draußen, in der entferntesten Ecke des Gartens – fern der über die Terrasse gespannten Lichterketten, fern der Poollampen und der Überwachungskamera; fern von den kriecherischen Bemerkungen der Freunde ihrer Eltern über dieses absolut perfekte und wunderbare neue Haus, was für eine Leistung, was für ein Vergnügen es sein musste, so gut zu leben. Diese wunderbare Arbeitsplatte! Dieser flauschige Teppich! Fern von ihrer neugierigen kleinen Schwester, die von ungefähr einem halben Dutzend Kindern umringt war, mit denen sie spielen konnte; sie hatten Lilys Barbies rausgeholt und spielten die Tanzszene aus *Die Schöne und das Biest* nach. Es waren auch ein paar Teenager im Haus: Der älteste Sohn der Jamisons war in Junipers Alter, und er hatte einen Bruder, der vierzehn war. Es war ihr gelungen, ihnen im Wohnzimmer die Xbox zu zeigen und ihnen dann zu entkommen.

Juniper war dankbar für die Party und würde wieder auftauchen, bevor man sie vermisste. Aber jetzt saß sie auf einem Kissen im Rindenmulch und unterhielt sich leise mit Xavier Alston-Holt.

Sie hielt seine Hand.

In wenigen Minuten würde sie ihn zum ersten, aber (wie sie hoffte) nicht zum letzten Mal küssen.

11

Xavier hingegen, im Nachhinein:

»Das mache ich nicht noch mal«, sagte er zu Dashawn vom Fußboden seines Zimmers aus, nachdem er erzählt hatte, was wenige Tage zuvor mit Juniper auf der Party passiert war. »*Riesen*fehler.«

»Du bist zu streng mit dir«, sagte Dashawn.

Er saß an Xaviers Schreibtisch und malte vor sich hin. Als guter Drummer, der er war, war Kunst seine Leidenschaft. Er war an der staatlichen Universität für ein Grafikstudium angenommen worden und hatte große Pläne für seine Abschlussarbeit, auch wenn das noch Jahre hin war: ein Wandgemälde in der Innenstadt. Wie Xavier hatte er Ambitionen. Es waren zwei junge Männer mit Zielen. Aber sie waren auch einfach junge Männer.

»Es sind bald Sommerferien, Dude«, sagte er zu Xavier, »hab Spaß. Du hast sie geküsst. Es ist ja nicht, als müsstet ihr jetzt heiraten.«

Xaviers Zimmer sah noch zu großen Teilen so aus, wie es ursprünglich eingerichtet worden war. Die Wände hatten noch den hellen Aquamarinton, in dem Valerie und Tom sie gestrichen hatten, ihre erste Tat, nachdem sie eine Woche vor dem Geburtstermin eingezogen waren. Die Lampe auf seinem Nachttisch hatte als Fuß ein Keramiklamm – ein Geschenk für den neugeborenen Xavier von Valeries Vater, der mit Xavier immer ein Schatz gewesen war, anders als mit Valerie, jedenfalls bis er Alzheimer bekam; jetzt war er in einem Pflegeheim in Lansing und erkannte niemanden aus der Familie mehr. Den geflochtenen Läufer, auf dem Xavier lag, hatten Valerie und Tom eines Tages von einem Kunsthandwerkermarkt mitgebracht, an einem Tag, an dem Tom Baby Xavier in einem Tuch vor der Brust getragen hatte, während er und Valerie Händchen hielten, was ihnen von einigen Leuten, an denen sie vorbeikamen, feindselige Blicke einhandelte, von anderen zustimmendes Lächeln. Xavier erinnerte sich an diesen Tag nicht, aber er erinnerte sich an die Geschichte – er in dem Tragetuch, seine Mutter hatte den Läufer erblickt und die kambodschanische Geflüchtete, die ihn gemacht hatte, hatte Xavier angesehen und erklärt, er würde mal etwas *bewegen*. Er würde den Läufer mit nach San Francisco nehmen, für sein Zimmer im Wohnheim. Auf seinem Regal hatte er mehrere Bücher, die Tom gehört hatten, Bücher von James Baldwin, W. E. B. Du Bois, James Weldon Johnson, Angela Y. Davis und anderen – Bücher, mit deren Hilfe Tom verstehen wollte, was es bedeutete, in Amerika schwarz zu sein. Valerie hatte sie extra für Xavier aufgehoben. Ein bisschen hatte er in fast allen gelesen, nicht unbedingt, um sich über schwarze Geschichte zu informieren, eher um zu verstehen, wie es war, Tom zu sein.

Den Blick auf das genauso alte Singvögelmobile gerichtet, das vor seinem Fenster hing, sagte er zu Dashawn: »Wenn ich Juniper nicht mehr treffe, wird sie denken, ich wär ein Aufreißer.«

»Dann triff sie.«

Xavier stand auf. »Ich hab dir schon gesagt, es war ein Fehler. Außerdem soll sie sich mit niemandem treffen. Ihre Eltern haben sie gezwungen, diesen kranken Reinheitsschwur zu leisten.«

»Dann triff dich *nicht* mit ihr«, sagte Dashawn. »Triff eine andere. Ich kenne ungefähr fünf Mädchen, denen du nur ein Zeichen geben müsstest.«

»Ich will mich gar nicht mit Mädchen treffen. Ich meine, schon, aber was für einen Sinn hat das im Moment?«

»Und genau deshalb bist du noch Jungfrau.«

»Ich bin keine Jungfrau.«

»Du verhältst dich aber wie eine.«

»Wieso, weil ich nicht jedes Mädchen anspringe, das ich kennenlerne?«, fragte Xavier.

»Egal«, sagte Dashawn, »ich wette, für ihren Vater –«

»Stiefvater.«

»*Stiefvater* wäre es nicht okay, wenn sein hübsches jungfräuliches weißes Eigentum ins Reservat abwandert. Du bist schwarz, falls es dir noch nicht aufgefallen ist – *ihm* mit Sicherheit.«

»Ich bin genauso weiß.«

»Du weißt genau, dass das nicht mal zur Debatte steht.«

»Wie auch immer. Wir leben im einundzwanzigsten Jahrhundert. Sogar weiße Mädchen dürfen sich selbst aussuchen, mit wem sie zusammen sein wollen. Ich meine, sie ist fast achtzehn, also –«

»Aber *dieses* weiße Mädchen? Träum weiter.«

»Ich muss gar nicht träumen. Ihr Stiefvater mag mich.«

Dashawn sah ihn von der Seite an. »Echt? Dann aber nur, weil du den Weißen so *ähnlich* bist. Klassische Gitarre und so, du weißt schon. Was noch? Keine Freundin. Hose bis zur Taille. Einserschüler –« Dashawn drehte sich zu ihm und sah ihn an. »Mann, du *bist* weiß.«

»Ach, wenn ich nicht die Karikatur eines Gangsters bin, bin ich also nicht schwarz?«

»So ungefähr«, sagte Dashawn und wandte sich wieder seiner Zeichnung zu. »Ich habe die Regeln nicht gemacht.«

Xavier sah Dashawn über die Schulter und betrachtete seine Zeichnung eines springenden Panthers. »Ganz schön gut«, sagte er. Er nahm eine Schneekugel vom Schreibtisch, schüttelte sie, hielt sie zwischen sich und das Fenster und beobachtete die wirbelnden Flocken. »Das Ding ist, Juniper … ich weiß auch nicht. Ich sollte auf Abstand gehen. Aber ich mag ihren Namen irgendwie. Ich meine, meiner ist auch unüblich, aber kennst du sonst noch jemanden, der so heißt wie sie?«

Dashawn schüttelte den Kopf und begann, einen Bären zu zeichnen, der auf einem Tennisball balancierte. »Juniper ist ein Baum, oder?«

»Eine Gattung, eigentlich. Juniperus ist Wacholder.« Xavier

schüttelte die Schneekugel noch einmal. »Weißt du noch, wie sie gesagt hat, sie wüsste nicht, wer ihr Dad ist?«

»Ja – was ist das für eine Geschichte? Weiß es ihre Mutter auch nicht, oder ist es einfach ein Geheimnis? Vielleicht ist es ein Verbrecher. Oder einer der X-Men.«

»Sie hat zu mir gesagt, ihr Name hätte mit ihm zu tun, oder wohl eher mit seiner Abwesenheit.«

Xavier und Juniper hatten draußen in der Dunkelheit gesessen, in einer abgelegenen Ecke des Gartens, an den neuen Zaun gelehnt. Seine Mom war drinnen bei den restlichen Partygästen. Er war auch drinnen gewesen, hatte ein bisschen was gegessen und mit Juniper und den Nachbarn geredet, dann hatte er Valerie gesagt, er gehe nach Hause – was er auch tun würde, nur traf er sich vorher noch mit Juniper an der Pforte.

Er wusste, er hätte nicht vorschlagen sollen, dass sie sich draußen trafen, wo es ruhiger und, ja, intimer war. Aber sie verstanden sich so gut, und das fühlte sich so gut an, dass er keinen Widerstand leisten wollte. Sie hatte diese gewinnende Eigenschaft, gleichzeitig schüchtern und frech zu sein, und er wollte einfach, na ja … mehr.

Sie war intelligent, das war jetzt schon offensichtlich. Und so hübsch. Ihre Stirn, große Augen, eine charaktervolle Nase, Lippen, die immer leicht lächelten, Mona-Lisa-artig … Er hatte sie genau betrachtet, als sie in der absurd perfekten Küche der Whitmans standen und redeten. Ihr Hals war lang. Ihr limettengrünes Kleid ließ ihre Augen fast genauso grün wirken.

Draußen hatte sie sich ein paar Kissen gegriffen und sie mitgenommen, damit sie darauf sitzen konnten. In dieser Ecke waren sie von den Nachbarn nur zu sehen, falls die zufällig draußen sein sollten und sie sie nicht bemerkten, bevor sie saßen. Unwahrscheinlich. Rosa und Lyle Morton, die Xavier schon sein ganzes Leben lang kannte, waren über achtzig und schliefen um halb zehn bestimmt längst, ob nun eine Party stattfand oder nicht. Rosa stand immer früh auf und war an den meisten Tagen um sechs Uhr im Seniorentreff. Sie spielte Mah-Jongg und machte Wasseraerobic. Lyle stand auch früh auf und drehte eine Meile um den Block, bevor die Sonne zu hoch stand. Er hatte vor zehn Jahren mit einem Melanom zu kämpfen gehabt und ging keine Risiken mehr ein.

Die beiden setzten sich, jeder auf ein Kissen, so nah beieinander, dass sein linkes Knie und sein Arm fast ihr rechtes und ihren Arm berührten. Über dem Haus stand der Mond und warf sein reflektiertes Licht auf Junipers Gesicht. Xavier gefielen die Schatten von Junipers Wimpern auf ihren Wangenknochen. Ihm gefiel, wie sie ihr Haar geflochten hatte. Ihr Duft – leicht seifig und, darunter, moschusartiger Schweißgeruch, erdig, angenehm, sexy. Er wollte alles über sie wissen. War Grün ihre Lieblingsfarbe? Spielte sie ein Instrument? War sie mit ihrem Leben so zufrieden, wie sie es anscheinend sein konnte? Wie lange waren Brad und Julia schon verheiratet? Behandelte Brad sie genauso wie Lily? Was aß, sah, las, tat sie gern? Fragen an sie drängten sich in seinem Hirn und ließen keinen Raum, sich selbst Fragen zu stellen.

Irgendwo musste er anfangen, deshalb sagte er: »Was ich mich gefragt habe … weißt du überhaupt nicht, wer dein echter Vater ist?«

»Nö.«

»Kennst du nicht mal irgendeine Geschichte über ihn?« Seine Mom hatte ihm alle möglichen Geschichten über seinen Dad erzählt.

»Nichts«, sagte sie. »Meine Mom hat mir nur erzählt, dass es ein Typ war, mit dem sie sich nicht hätte abgeben sollen. Sie sagt, er ist es nicht wert, dass man ihn kennt, und ich soll meine Zeit nicht damit verschwenden, mir Gedanken über ihn zu machen.«

»Aber tust du es? Ich meine, wie solltest du nicht?«

»Manchmal frage ich mich, wie sehr ich ihm ähnele, aber –« Sie zuckte mit den Schultern.

Xavier spürte die Wärme, die ihr Körper abstrahlte. Wahrscheinlich konnte sie auch seine spüren.

»Und hat Brad dich adoptiert?«

Juniper schüttelte den Kopf. »Mom hat nur meinen Namen geändert, damit alles zusammenpasst.«

»Und ist das okay für dich? Rechtlich nicht sein Kind zu sein, meine ich.«

»Ich war wahrscheinlich einfach zu alt, als die beiden geheiratet haben, um ihn für meinen richtigen Dad zu halten. Ich weiß noch, wie Mom mich gefragt hat, ob ich adoptiert werden will, und wie ich gesagt habe: *Er kann nicht mein Dad sein, weil er es nicht ist.* Also haben sie es nicht erzwungen.«

»Das ist anständig«, sagte Xavier. »Okay, dann kommt hier meine nächste Frage.«

»Moment!« Juniper lachte. »Du musst aber auch ein paar Fragen beantworten.«

»Das ist aber sehr viel uninteressanter für mich.«

»Pech. Ich fang auch mit was Leichtem an. Ich habe mich gefragt, warum deine Haare nicht schwarz sind. Oder ist das eine sehr komische Frage?«

»Mein Dad ist weiß, deshalb. Okay, ich bin wieder dran: Ist Juniper in deiner Familie ein häufiger Name?«

Wieder lachte sie. »*Moment!* Ich bin noch dran. Dein Dad war weiß? Aber … Präsident Obama hatte eine weiße Mutter, und sein Haar ist wie das eines ganz normalen Schwarzen.«

Xavier sagte: »So kann's gehen. Wir sind keine vorhersehbare Mischung der Gene unserer Eltern. Es ist ja nicht, als würde man mit bestimmten Zutaten einen Kuchen backen, und dann kommt jedes Mal dasselbe raus.«

»Wohl nicht. Wobei ich Kuchen mag. Dein Haar übrigens auch.«

»Es gibt weiße Leute, die sich hundertprozentig sicher sind, dass es gefärbt ist. Ich widerspreche inzwischen nicht mehr. Okay, jetzt du. Name. Woher.«

»Na gut«, sagte sie. »Aber dann darf ich wieder.«

Er nickte, glücklich über dieses Spiel, diesen Moment, darüber, wie ihre Nähe sein Blut zum Rauschen brachte, alles.

Sie sagte: »Wacholder gehört angeblich zu den widerstandsfähigsten Pflanzen, die es gibt, und Mom sagt, sie fand, da sie Single war und jung und nicht gerade wohlhabend, dass ich einen starken Namen bräuchte, dem ich gerecht werden müsste oder der mich inspiriert oder so was in der Art.«

»Mir gefällt er.«

»Mir gefällt er eigentlich auch. Nur dass Leute immer irgendwas anderes draus machen. Sie hören *Jennifer* oder wie findest du *Jupiter?*«

»Extraterrestrisch.«

»Das ist ja sehr clever.«

»Oder?« Er sagte: »Ich höre oft *Ix*-avier. Ich glaub, ich ändere den Anfangsbuchstaben zu Z. Macht es für alle leichter.«

»Das X ist cool. Einmalig«, sagte sie. »Und jetzt erzähl mir von *deinem* Dad.«

»Nee, das ist eine deprimierende Geschichte. Die willst du gar nicht hören.« Er wollte sie damit keineswegs dazu zu bringen, ihn zu bitten, mehr zu erzählen. Er sprach wirklich nicht gern darüber.

»Wann ist er gestorben?«

»Als ich noch ein Baby war.«

Sie griff nach seiner Hand. »Das ist echt scheiße.«

»Danke.«

Die ganze Zeit, seit sie dort saßen, hatte Xavier darauf gebrannt, sie zu berühren, und jetzt war seine Hand wie durch ein kleines Wunder in ihrer kleinen, warmen, trockenen. Das Gefühl von Haut an Haut schickte ein Surren direkt in seinen Bauch.

Idiot, beschimpfte er sich selbst noch, als er sich vorbeugte und sein Gesicht ganz nah an ihres brachte, nach einem Zeichen Ausschau haltend, ob er aufhören sollte oder nicht. Sie kam näher, und dann drückte er seinen Mund auf ihren. Es war ein süßer Kuss. Vielleicht sogar ihr erster, dachte er. Eine Vorstellung, die ihm gefiel – vielleicht etwas mehr, als es ihm gefallen sollte.

»Sie zu küssen war *dumm*«, sagte er jetzt zu Dashawn. Er griff nach seiner alten Epiphone – die erste Gitarre, die er sich von seinem eigenen Geld gekauft hatte –, setzte sich aufs Bett und spielte ein paar Tonleitern. »Ich werde jetzt keine Beziehung anfangen, wenn ich im August wegziehe und auf die Uni gehe.«

»Gut, dann nicht«, sagte Dashawn.

»Soll ich ihr das sagen? Oder es einfach dabei belassen?« Er spielte eine d-Moll-Tonleiter rauf und wieder runter, dann f-Moll. »Ich weiß nicht. Vielleicht denke ich zu viel drüber nach. Vielleicht sollten wir uns einfach treffen, wenn sie Lust hat. Vorausgesetzt, ihre Eltern rasten nicht aus, weil sie ihren Du-sollst-dich-nicht-verabreden-Schwur bricht oder so. Ist ja nicht so, dass wir heiraten müssten.«

Dashawn drehte sich zu ihm um. »Bist du jetzt den ganzen Sommer lang so?«

Xavier stellte seine Gitarre in ihren Ständer und ließ sich rückwärts aufs Bett fallen. »Erschieß mich bitte einfach. Sofort.«

12

Mir gefällt *über*haupt nicht, was ich da sehe«, sagte Valerie Alston-Holt zu Ellen Davies, Präsidentin der Eigentümergemeinschaft von Oak Knoll und seit bald zwanzig Jahren Valeries Nachbarin und gute Freundin. Sie standen draußen in Valeries Garten und sahen zu ihrer geliebten Eiche hinauf.

In jeder anderen Hinsicht war es ein perfekter Tag. Nicht zu heiß. Nicht zu feucht. Valerie und Xavier waren früh am Morgen mit Schnur und Pflöcken draußen gewesen, um den künftigen Koi-Karpfen-Teich abzustecken. Am Vormittag dann hatte Valerie, wie sie es sich zur Gewohnheit gemacht hatte, ihr Fernglas genommen, um die Äste der Bäume genau zu studieren. Zu sehen, was sie dort sah, war, als hätte sie von der Krebsdiagnose eines lieben Freundes gehört: Sie fühlte sich schwach und traurig und wütend und hilflos. Sie hatte Ellen in der Hoffnung angerufen, bei ihr auf offene Ohren zu stoßen.

Zwar hatte Valeries Bindung an den Baum sehr viel mit Xavier zu tun, aber die meisten von uns liebten den Baum. Sein Stamm hatte einen Durchmesser von bestimmt einem Meter achtzig. Die Eiche hatte zahlreiche Eisstürme, Orkane und Dürren überstanden und während ihres langen Lebens nicht nur Valeries Trauer erlebt. Fast ein Jahrhundert zuvor hatte sich eine kleine Gruppe ehemaliger Sklaven hier niedergelassen, auf Land, das offiziell irgendeinem Weißen gehörte, der offenbar keine Verwendung dafür hatte. Sie bauten aus gehobelten Rundhölzern Hütten mit zwei Räumen, auf Steinfundamenten, wie man sie in Parkanlagen und Naturschutzgebieten heute noch findet. Natürlich kannten diese Menschen Trauer, und bestimmt erzählten sie sich ihre Geschichten in Hörweite der Eiche, als sie noch ein niedriger, gen Himmel strebender Sprössling war.

Eine dieser Geschichten war die einer jungen Frau – fast

noch ein Mädchen eigentlich –, deren Besitzer widerstrebend dem dreizehnten Verfassungszusatz nachkam und (für einen Hungerlohn) Sklaven anheuerte, damit sie blieben, ihm das Haus führten und sein Land bewirtschafteten. Er war für seine Zeit ein alter Mann, fast sechzig, und es war ihm gelungen, dass die Yankees seinem Haus und seiner Baumwolle fernblieben. Verflucht sei der Krieg, er war entschlossen gewesen, unabhängig zu bleiben, weiterzumachen – nicht nur im Hinblick auf sein Land: Er hatte sich auf dieses Mädchen eingeschossen, eine Wäscherin, und sich ihr schließlich aufgezwungen, sodass sie mit seinem Kind schwanger war. Und nun hatte ihr Daddy, den es unglücklich machte, dass seine Tochter von einem Mann missbraucht wurde, der dieses »Recht« nicht mehr hatte, die meisten anderen Sklaven, die geblieben waren, überzeugt, dass es Zeit war, woanders ihr Glück zu versuchen.

Diese Gruppe »gottverdammter, undankbarer Abtrünniger« durchquerte den großen Staat zu Fuß in Richtung Kentucky, wo eine der Frauen Verwandtschaft zu haben glaubte. Für Menschen, die es gewohnt waren, den ganzen Tag auf den Beinen zu sein, war die Reise nicht besonders hart. Die junge Frau jedoch war im achten Monat schwanger und hatte Mühe mitzuhalten. Sie war immer dürr gewesen, deshalb war sie Wäscherin geworden und keine Feldsklavin. Nun schien es, als zehre das Baby, je mehr es wuchs, sie noch mehr aus. Sie würde es auf keinen Fall bis Kentucky schaffen.

Man erzählt sich, die schwangere junge Frau sei auf einer kleinen Lichtung in der Nähe des jungen Baumes zusammengebrochen, aus dem Valeries große Eiche wurde. Drei Tage lang war es ungewiss, ob sie und das Baby in ihrem Bauch es schaffen würden. Am vierten Tag kam das Baby (ein Junge) zur Welt, gesund und laut, und nahm das Leben seiner Mutter mit sich. Er lebte nur wenige Wochen, dann wurde auch er heimgerufen. Sie beerdigten ihn nur wenige Schritte entfernt von dem Baum, neben dem er geboren worden war, neben der Frau, die ihn ausgetragen hatte.

Die Geschichte nimmt, wenn sie an dieser Stelle auch traurig ist, noch eine herzerwärmende Wendung – zumindest für eine gewisse Zeit. Hüterin der Geschichten ist meist die Älteste einer Gruppe (in unserem Fall Esther), und in ihrer Erzählung wurden aus Mutter und Kind gutwillige Geister, die den Baum und das Land drum herum beschützten. Wir haben keine Erklärung dafür, warum dieser Schutz nicht mehr anhielt.

Valeries Stimme zitterte, als sie beim Betrachten des Baumes mit den Tränen kämpfte. »Es ist so schlimm. Es ist genau das, was ich befürchtet hatte.«

Die Eiche stand knapp zehn Meter vom Haus entfernt und beschattete den Garten wie das Gebäude. In ihrer Nähe wuchsen andere, jüngere Bäume, vor allem jenseits der Krone, wo sie mehr Licht bekamen. Die Eiche war der Grund gewesen, aus dem Valerie und Tom dieses Haus gewählt hatten, das kleiner und teurer gewesen war als die anderen, die damals in Oak Knoll zum Verkauf standen.

»Siehst du, da?« Valerie deutete auf ein paar Äste. »Denen geht es schlecht. Sie verlieren den ganzen Tag über Blätter und sind vielleicht bei dreißig Prozent der Blattdichte vom letzten Jahr. *Dreißig Prozent.* Da siehst du den Schaden auch.« Wieder zeigte sie auf eine Stelle. »Das sind vielleicht siebzig Prozent.«

»Vielleicht erholt er sich wieder«, sagte Ellen. Sie war Optimistin – einer der Gründe, warum wir sie gern als Präsidentin der Eigentümergemeinschaft hatten. Wir wussten ihre positive Herangehensweise an Probleme zu schätzen und dass sie darauf achtete, niemanden auszuschließen. Uns gefiel es, eine schwarze Frau in einer Führungsposition zu haben. Es schien wie ein Beweis, dass unsere Idealvorstellung davon, wie Oak Knoll sein sollte (inklusiv, farbenblind, progressiv), stabil blieb, auch wenn sich der Charakter des Viertels im Ganzen veränderte.

»Erholen?« Valerie schüttelte den Kopf. »Das würde ich gern glauben, aber … ich glaube, es ist ein Todesurteil. Nicht nur für die Äste – für den gesamten Baum.« Wieder stiegen Tränen auf. »Dieser verdammte Bauunternehmer. Ich wusste es, als ich das

Fundament gesehen habe – und dann, als sie den Pool ausgehoben haben … Der Schaden für das Wurzelsystem ist zu groß.«

Ellen sagte: »Woher willst du wissen, dass das der Grund ist und nicht, ich weiß nicht, eine Krankheit?«

Valerie wandte sich ihr zu. »Weil ich sieben Jahre lang studiert habe. Und einen Doktortitel habe. Weil ich Erfahrung habe! Ich kann nicht fassen, dass du das überhaupt fragst.«

»Okay«, sagte Ellen. »Tut mir leid, ich dachte nur –«

»Die Stadt hätte ihnen nie die Erlaubnis erteilen dürfen. Und der Bauunternehmer weiß genau, was er den Bäumen antut, deshalb versuchen sie normalerweise, die Großen gar nicht stehen zu lassen. Sie müssten kleinere und damit weniger profitable Häuser bauen, um die Bäume zu schützen. Sie müssten es vermeiden, die Wurzeln zu durchtrennen, oder sie irgendwie schützen – sie müssten *vorsichtig* sein. Vorsicht kostet Geld. Profit ist alles.«

»Okay, klar, aber –«

»Ich werde diese herzlosen Arschlöcher verklagen«, sagte Valerie. »Den Bauunternehmer, die Poolfirma, die –«

»Warte mal«, sagte Ellen. »Wie wär's, wenn du die Äste da erst mal stutzt und guckst, ob das hilft? Du willst doch keinen Ärger machen, wo es nicht nötig ist.«

Valerie setzte sich auf den Boden, lehnte sich an den Baumstamm und sah nach oben. »Ich wünschte, du hättest recht mit dem Zurechtstutzen.« Ihre Stimme war belegt. »Weiß Gott. Aber du irrst dich.«

Ellen schwieg eine Weile. Dann sagte sie in so freundlichem Ton, wie sie konnte: »Valerie, Süße, es ist nur ein Baum. Es stirbt ja niemand.«

»Du denkst, ich übertreibe«, sagte Valerie. »Du findest, ich klinge wie so eine Verrückte.«

»Nicht verrückt … nur, na ja, man muss auch die Kirche im Dorf lassen. Das ist ein toller Baum, vielleicht sogar historisch, aber wie ich schon sagte, es ist nur ein *Baum*.«

»Er ist … er ist Teil meines Lebens hier, und von Zays Leben.

Er ist ein *Freund,* El. Und, okay, nicht jeder ist mit Pflanzen befreundet. Ein paar von euch haben Katzen oder Hunde, die ihr wie Kinder behandelt – und, wenn ich dich erinnern darf, ihren Verlust betrauert ihr genauso, als wären es Familienmitglieder. Für mich sind es Pflanzen, und ganz besonders dieser Baum.« Valerie presste ihre Handflächen auf die dicken Wurzeln. »Weißt du, bei einem Prozess ginge es für mich darum, für ein Prinzip einzustehen. Ich bin Ökologin. Wenn *ich* nicht für Umweltschutz einstehe, wer dann? Du musst in dieser Sache auf meiner Seite sein, Ellen, sonst gibt es, ehe du es merkst, bald keinen einzigen Baum mehr in Oak Knoll.«

»Das tue ich doch auch. Aber ... willst du nicht erst mal mit den Whitmans reden? Versuchen, es so aus dem Weg zu räumen?«

»Was sollen wir denn aus dem Weg räumen? Wie soll ein Gespräch in dieser Situation helfen? Der Schaden ist schon angerichtet, und er ist irreparabel. Vielleicht sagen sie, es tut ihnen leid, aber mir geht es nicht darum, dass sie oder ihr Bauunternehmer sich entschuldigen. Ich will einen anderen Umgang damit erzwingen.«

»Früher herrschte hier mal Harmonie«, sagte Ellen.

»Du gibst mir die Schuld daran.«

»Es gibt schon so viele Konflikte auf der Welt. Ich bin es leid, Val.«

Valerie stand auf. »Wer nicht? Komm mit rein, ich werde dich mit einem Pimentokäse wiederbeleben, der so gut ist, dass er dein Leben verändern wird. Ich habe auch kaltes Bier, wenn du willst.«

»Das klingt doch schon ganz anders«, sagte Ellen.

»Ich werde aber nicht aufhören – das weißt du, und du hast mich lieb, stimmt's?«

Trotzdem wartete Valerie noch eine Weile ab, bevor sie die Anklage aktiv vorantrieb. Sie beobachtete den Baum genau, überprüfte ihn noch mal auf Zeichen einer Krankheit oder eines Befalls. Sie hoffte sehr, sich bei ihrer ersten Einschätzung geirrt zu haben. Oder dass sie wenigstens nicht so fatal wäre. Was sie alles davon abgehalten hätte, gegen die Whitmans vorzugehen. Sie wollte den Frieden wahren und weiterhin jedermanns Lieblingsnachbarin sein (unsere Worte, nicht ihre). Sie wollte sehen, ob aus Julia Whitman eine Freundin wurde. Der Baum hatte jedoch seine eigene Agenda und verlor seine Blätter noch schneller, als wollte er Valeries Integrität herausfordern und ihre Verbundenheit auf die Probe stellen. *Ignorier den größeren Zusammenhang nicht, Val,* schien er zu sagen. *Sieh zu, dass mir Gerechtigkeit widerfährt, oder wofür hast du immer gearbeitet?*

Sie suchte Rat bei einem Anwalt namens Wilson Everly. Zwar hätte sie sich lieber einen farbigen Anwalt genommen, aber es war eine strategische Entscheidung. Nicht nur war Everly weiß, er war in den Südstaaten geboren worden, die Wurzeln seiner Familie reichten in diesem Staat bis in die Zeit vor dem Bürgerkrieg zurück. Eine Familie, zu der mehrere leidenschaftliche Umweltschützer gehört hatten. Everly war aus den Südstaaten, ein weißes, eingetragenes Mitglied in zahlreichen Naturschutzverbänden und ein prominenter Anwalt in einer angesehenen Kanzlei. Eine bessere Kombination gab es für ihre Zwecke nicht.

Wilson Everly, den wir als aufrecht beschreiben müssen, was seine Haltung wie seinen Ruf betrifft, kam in der schmucklosen Lobby der Kanzlei auf sie zu und führte sie in sein Büro. Es war Mai und er trug einen perlgrauen Anzug. Sein Hemd war frisch und weiß, mit Kragenstäbchen statt Knöpfen; sein schmaler Schlips, apfelgrün mit schmalen lila Streifen, war der einzig sichtbare Hinweis darauf, dass er nicht der typische elegante Südstaatler war. Wir machen uns praktisch unsichtbar, hatte Tom (ein Südstaatler) immer über Männer wie sich und Everly gesagt, Männer, die man außerhalb ihres üblichen Umfelds für konservative Christen hielt. Und Ellen antwortete dann, wie angenehm es sein müsse, für etwas gehalten zu werden, das Vorteile mit sich brachte – denn für sie, eine haitianische Emigrantin, die regelmäßig für eine Afroamerikanerin gehalten wurde, gab es solche Vorteile nicht.

Everly sagte: »Setzen Sie sich doch. Kann ich Ihnen etwas anbieten? Eistee? Wasser?«

Seine Stimme mit ihrem Südstaatenakzent war die zahlloser Plantagenbesitzer, eine Stimme, die viele Schwarze mit Unterdrückung und Grausamkeit verbanden, und sei es unbewusst.

Valerie erinnerte sich noch, wie sie sich gescheut hatte, aus Michigan in den Süden zu ziehen, auch wenn sie sich auf den Lehrauftrag freute und auch darauf, an einem Ort zu leben, an dem Schnee eine Seltenheit war. Ihre *rationale* Gehirnhälfte sagte ihr, dass es im Süden viele, viele Weiße gab, die nicht die Konföderiertenflagge schwenkten, die sich ihres Erbes sogar schämten. Irrational ging sie bei jedem Weißen davon aus, dass er sie abfällig behandeln würde, sobald sich die Gelegenheit böte. Genau das hatte sie zu Tom gesagt, als sie sich bei einer Veranstaltung für die neu angekommenen Lehrkräfte kennenlernten. Sie hatte nur darauf gewartet, dass er sich und den Staat und den Süden verteidigen würde, so wie es andere Weiße taten. Hatte darauf gewartet, dass er sie überempfindlich nannte. Dass er behauptete, Rassismus gehöre der Vergangenheit an. Aber er hatte ganz ernst gesagt: »Das tut mir leid. Das kann kein gutes Gefühl sein. Ich bewundere es, dass Sie trotzdem hergezogen sind.« Und als er ihr dann noch erzählte, er sei ein Anhänger von W. E. B. Du Bois, stand der Sache nichts mehr im Wege.

Jetzt sagte Everly: »Ich möchte genau wissen, was bei Ihnen und mit diesem wunderbaren Baum los ist.«

»Wunderbar war er mal. Aber danke. Wie ich Ihnen ja schon am Telefon erzählt habe, ist das Wurzelsystem unwiderruflich beschädigt. Der Baum stirbt.«

»Und das wegen der Bauarbeiten auf dem Grundstück, das an Ihres angrenzt« – er konsultierte seine Notizen – »auf der Rückseite Ihres Grundstücks.«

»Ja – genauer gesagt, weil das Haus und der Pool und die

Terrasse auf dem Grundstück zu viel Platz einnehmen. Ich habe mir die Richtlinien angesehen: KDC Homes hat die Bewilligung bekommen, ohne erwähnt zu haben, dass nur zwanzig Meter vom geplanten Gebäude entfernt ein Baum dieser Größe steht. Und ich muss davon ausgehen, dass der zuständige Sachbearbeiter entweder nie vor Ort war, um sich das Grundstück anzusehen, oder er hat es trotzdem abgesegnet.«

Everly nickte. »Ist beides möglich. Habe ich beides schon erlebt.«

»KDC wusste, welche Auswirkungen das haben würde – deshalb haben sie vor Baubeginn alle Bäume gefällt. Jeden einzelnen. Auf diese Weise kann später keiner mehr sterben, also kann sich auch kein Hausbesitzer beschweren oder dem Bauunternehmer die Kosten für die Entsorgung aufdrücken«, sagte Valerie. »Es geht nur um Geld. Laverne Michaels, die Frau, die vorher dort gewohnt hat, seit 1961, hatte zwei Hartriegelsträucher im Vorgarten. Es gibt Leute, die sind extra hergekommen, um sie sich anzusehen, jedes Frühjahr. Wissen Sie, was jetzt dort steht? Buchsbaum. Buchsbaum! Das sind … das sind Disney-World-Sträucher. Schatten bieten die nichts und niemandem.«

»Nein«, sagte Everly und nickte auf diese geduldige Weise, wie es ältere Herren manchmal können. »Nein, wohl nicht. Nun, Sie sagten, Sie glauben, die Hausbesitzer seien sich der Tatsache bewusst, dass ihre Pläne nicht den Richtlinien entsprachen. Warum glauben Sie das?«

»Er hat es praktisch gesagt.« Sie berichtete von dem Gespräch, dass sie an jenem ersten Tag mit ihm auf seiner Terrasse geführt hatte, als die Zaunfirma kam. »Er sagte, er hätte dort einen Freund, und dann hat er *gezwinkert*«, sagte sie. »Von denen interessiert sich niemand für Vorschriften. Denen ist egal, was passiert, wenn sie die Regeln brechen. Regeln sind für Loser und Feiglinge und Arme!«

»Ich kann Ihren Ärger nachvollziehen, Ms. Alston-Holt. Aber ich glaube, Sie werden sich besser fühlen, wenn wir uns nicht auf die Gefühle konzentrieren, sondern darauf, was wir tun können. Ich teile Ihre Ansicht – bitte missverstehen Sie mich nicht. Aber ich habe festgestellt, dass ich nicht nur effizienter bin, wenn ich die emotionalen Aspekte einer Sache beiseitelasse, ich schlafe dann auch besser.«

»Ich kann nicht gut schlafen, solange ich weiß, dass früher oder später Leute mit Kettensägen in meinem Garten stehen, um den Baum …« Ihre Stimme bebte, und sie hielt einen Moment inne, um sich zu sammeln und sich zu sagen, dass sie auf ihr Ziel konzentriert bleiben sollte, dass sie Gerechtigkeit wollte, nicht Vergeltung. Gerechtigkeit war eine Macht, an die sie glaubte. Gerechtigkeit würde reichen.

Sie sagte: »Diesen Baum entfernen zu lassen, wird mich mehrere Tausend Dollar kosten, die ich nicht übrig habe. Mein Sohn geht ab Herbst auf eine private Universität, und er hat zwar ein beträchtliches Stipendium bekommen, das deckt aber bei Weitem nicht alle Kosten. Ich habe ein bisschen was gespart«, sagte sie und wünschte zum tausendsten Mal, Tom hätte eine Lebensversicherung abgeschlossen (etwas, das sie beide vorgehabt, aber nie gemacht hatten). »Aber ich muss mir noch sehr viel mehr leihen. Woher soll ich das Geld für den Baum nehmen? Das ist ein Grund, aus dem ich hier bin. Diese Kosten sollte nicht ich tragen müssen.«

Everly sagte: »In der Tat – das kann fünf- oder sogar siebentausend Dollar kosten, je nachdem, ob man einen Kran braucht und so weiter. Und dann hat es ja auch Auswirkungen für Ihr Grundstück, das sehr verändert sein wird, wenn der Stumpf und die Wurzeln draußen sind.«

Valerie schauderte. »Gott, ich ertrage es schon kaum, das zu *hören.*«

»Ihnen muss ich ja nicht sagen, dass sich das Ökosystem in der Umgebung verändert, wenn man einen Baum dieser Größe entfernt. Das bedeutet weitere Kosten, um die Landschaft wiederherzustellen.«

»So ist es«, sagte Valerie. »Mein Garten wird aufgeforstet

werden müssen. Es ist … ich …« Sie räusperte sich und wischte sich über die Augen. »Entschuldigung. Das lässt sich offenbar nicht vermeiden.«

»Darüber sollten wir reden«, sagte Everly und deutete auf sie. »Über den emotionalen Schaden dieser Situation.«

»Sie sagten doch gerade, ich sollte die Gefühle außen vor lassen.«

»Das stimmt. Wenn wir Entscheidungen treffen und eine Vorgehensweise verfolgen, sollten Sie das. Aber es hat keinen Zweck, den Kummer zu leugnen, den Ihnen das verursacht. Deshalb sollten wir eine Entschädigung dafür verlangen. Es ist wichtig, dass solche Leute die Konsequenzen ihrer Taten auch materiell spüren. Es geht um Gerechtigkeit, aber man hofft ja auch, dass so etwas für die Zukunft abschreckende Wirkung hat. Ich würde gern Schadenersatz in Höhe von fünfhunderttausend Dollar fordern und sehen, was möglich ist.«

Valerie blinzelte zwei Mal und beugte sich vor. »Entschuldigung, habe ich das richtig verstanden? Fünfhunderttausend Dollar?« Hätte sie eine Zahl nennen sollen, sie hätte zehntausend gesagt. Maximal fünfzehntausend.

»Das ist eine hohe Summe, ja«, sagte Everly. »Sie muss auch hoch sein, um einen Effekt zu erzielen. Ich denke, vierhunderttausend sollten von KDC kommen und einhundert von Mr. Whitman. Und natürlich müssen Ihnen alle Ausgaben ersetzt werden, inklusive meines Honorars. Wenn ich anfange zu buddeln – bitte entschuldigen Sie die Formulierung – und Hinweise finde, dass die Stadt aktiv involviert war, müssen wir sie vielleicht ebenfalls ins Verfahren einbeziehen.«

»Ich …«, hob Valerie an. Ihr erster Impuls war, gegen die Summe zu protestieren, zu sagen, dass der drohende Verlust des Baumes sie zwar vollkommen fertigmachte, eine halbe Million Dollar Entschädigung aber absurd waren.

Dann dachte sie daran, dass sie im Erfolgsfall sämtliche Kosten für Xaviers College bezahlen könnte, die von seinem Stipendium nicht abgedeckt würden. Weder sie noch Xavier müssten sich auch nur einen Penny leihen. Sie könnte ihre restliche Hypothek abbezahlen. Sie könnte dem NAACP etwas spenden und der ACLU und dem Southern Poverty Law Center und einer ganzen Reihe von Umweltschutzorganisationen.

Sie sagte: »Wow. Wenn Sie das schaffen, würden eine Menge Leute davon profitieren.«

»Es durchzusetzen wird nicht ganz so leicht, wie es zu sagen. Aber wir leiten mal alles in die Wege, und ich habe keinen Zweifel, dass es Ihnen am Ende besser geht als jetzt.«

»Mehr will ich gar nicht, wirklich. Wenn wir diese seelenlosen Monster stoppen können – Entschuldigung, ich soll meinen Ärger beiseitelassen, ich weiß. Ich versuch's noch mal: Wenn wir am Ende deutlich gemacht haben, dass künftig besseres Verhalten erwünscht – nein: *erforderlich* – ist, dann gewinnen alle.«

»Genauso ist es«, sagte Everly.

* * *

Wir sagten es schon: Niemand, der Valerie kannte, bevor Oak Knoll gentrifiziert wurde, hatte sie je als Unruhestifterin erlebt. Niemand hielt sie für schwierig. Ganz im Gegenteil sogar. Sie suchte den Konsens, respektierte unterschiedliche Sichtweisen. Sie stellte ihre Zeit und ihr Wissen zur Verfügung. Sie war keine große Köchin, aber wenn sie ein Beerdigungskomitee organisierte oder eine Verabschiedungsparty oder eine Geburtstagsfeier, konnte man sich darauf verlassen, dass es schön werden würde.

Wir kannten sie als Ökofreak, als Beschützerin dessen, was Oak Knoll zu einem so schönen Ort zum Leben machte. Die Eigentümergemeinschaft hatte ihren Vorschlag angenommen, dass jedes Mal, wenn ein Anwohner einen Baum entfernen wollte, dessen Stamm mehr als zehn Zentimeter Durchmesser hatte, ein Antrag auf Bewilligung gestellt werden musste – mehr konnten wir auch nicht regeln, denn die Stadt hatte ihre eigenen

Vorschriften, die unseren übergeordnet waren. Manche Bäume mussten weg – darin war Valerie Expertin. Von Auslese und intelligentem Habitatmanagement profitierten nicht nur die Bäume, sondern auch die Menschen und die Tiere. Beutelratten, Füchse, Waschbären, Eichhörnchen, Rehe, Streifenhörnchen, Eidechsen, Falken, alle Arten von Singvögeln, fünf Spechtarten, darunter der Gelbbauch-Saftlecker und der Helmspecht. All diese Wesen lebten hier mit uns, oder hatten hier mit uns gelebt, vor der Verdichtung. Einen Helmspecht hatte hier schon seit über einem Jahr niemand mehr gesehen. Gar nicht zu reden von den weniger sichtbaren Auswirkungen auf die Insektenwelt und die Gesundheit des Bodens und die komplizierten Gleichungen von Kohlendioxid und Sauerstoffzufuhr, über die wir nicht anders als allgemein sprechen können.

Den optischen Charakter von Oak Knoll zu bewahren und das Ökosystem im Gleichgewicht zu halten, war unser aller Gefühl nach ein löbliches Bemühen. Uns gefiel, dass wir vor Ort jemanden mit Autorität hatten, der motiviert war, der Gemeinschaft auf eine Weise zu helfen, von der wir gar nicht wussten, dass sie nötig war. Zwischen Februar und November verging kaum ein Tag, an dem nicht die ein oder andere von uns bei Valerie vorbeiging oder anrief, um eine Frage zu Pflanzen, zum Beschneiden von Gehölzen, zum Düngen unseres Rasens oder zu insekten-, vogel- und haustierfreundlichen Unkrautvernichtungsmitteln zu stellen. In Wahrheit sahen wir dabei manchmal auch nach ihr, insbesondere im Jahr nach Toms Tod. Insgesamt war Valerie wie eine Schildkröte: harte Schale, weiche Unterseite, angenehme Gesellschaft.

Was diesen anstehenden Rechtsstreit mit den Whitmans anging, hatten wir jedoch Vorbehalte. Uns lag nicht nur am ökologischen Gleichgewicht, sondern auch am sozialen. Und Valerie ging es doch genauso – das wussten wir alle. Was war denn mit ihrer jungen Freundschaft mit Julia Whitman, auf die der Prozess sicher Auswirkungen haben würde? Was war mit unserer Freundschaft mit den Whitmans und mit Valerie? Was war mit den Freundschaften der Kinder – denn Freundschaft war, wie wir dachten (sofern wir darüber nachdachten), alles, worum es damals ging. Wäre ein weniger öffentliches, weniger streitsüchtiges, finanziell nicht so schädigendes Vorgehen nicht besser, auch wenn, wie manche von uns anmerkten, es Brad Whitman ja nicht ruinieren würde, wenn er zahlen müsste?

Wir fragten uns, ob Tom Valerie gewarnt hätte, den Prozess anzustrengen, hätte er noch erlebt, was jetzt passierte. Oder hätte er sie wenigstens gewarnt, gegen Brad Whitman vorzugehen?

Diejenigen von uns, die Tom am besten gekannt hatten, sagten, nein, absolut nicht. Er liebte sie, *weil* sie beides war, liebevoll und kämpferisch.

13

Die Szene am Esstisch der Whitmans an dem Abend, an dem Juniper um ein Auto bat, hätten wir gern miterlebt. Denn es konnte zwar jede von uns, solange sie wollte, auf dem Gehweg stehen und ihr bildschönes Haus betrachten, den warmen Schein teurer Leuchtkörper im Inneren und wie die Kupferregenrinne das Licht der untergehenden Sonne einfing, während die Grillen in den Buchsbäumen ihr Abendlied anstimmten. Aber sosehr wir die Whitmans auch darum beneideten, so leben zu können – während wir gleichzeitig die Größe des Hauses missbilligten und wie es dazu gekommen war, dass es jetzt hier stand und sich über seine Nachbarn erhob –, so gern hätten wir gewusst, wie sie miteinander umgingen, wenn niemand dabei war. Uns interessierte, ob ihr Familienleben genauso beneidenswert war wie ihr Zuhause.

Vielleicht brach Juniper ja beispielsweise ein Drama nach dem anderen vom Zaun, einfach weil sie siebzehn war und ungeduldig, erwachsen zu werden, wie die meisten von uns in dem Alter auch. Dann war da der bevorstehende Besuch von Julias Mutter, den Julia gegenüber Kelli Hanes erwähnt hatte, als die beiden Frauen kürzlich nachmittags neben ihren Briefkästen geplaudert hatten. Kelli war auf dem Weg zur Spätschicht im OP gewesen. Offenbar hatte die Mutter, Lottie Corbett, finanzielle und gesundheitliche Probleme und quartierte sich für eine Weile bei der Familie ihrer Tochter ein. Und zu all dem kam hinzu: Brad Whitman wusste noch nicht, dass er verklagt werden würde – ein Ereignis, das mit Sicherheit zu Ärger führen würde zwischen den Whitmans und den Alston-Holts.

Für den Moment jedoch ging es um ein Auto und – eigentlich – um einen Job.

***

Sie waren mit dem Essen fertig, und während die Mädchen die Teller abräumten, stellte Julia einen Erdbeer-Rhabarber-Kuchen auf den Tisch. »Wer möchte eine Kugel Eis dazu?«, fragte sie.

»Ich!«, rief Lily und wedelte mit dem erhobenen Arm.

»Aber nur wenn du zum Klub der sauberen Teller gehörst«, sagte Julia.

Juniper sagte: »Ich auch.«

»Wie wäre eine halbe Kugel?«, fragte Julia, die sich erinnerte, wie pummelig sie in Junipers Alter geworden war. Das passierte, wenn man nichts als zuckrigen Mist zu sich nahm: Schokoriegel und Cola und Kekse und Kuchen. Sie hatte die Jungs aus der Schule überredet, ihr im Mini-Markt am Ende der Straße was zu kaufen, und hatte alles gegessen, und dazu alles, was sie sich in den Hosenbund oder in die Tasche stecken konnte, wenn der Verkäufer gerade nicht auf sie achtete. Beides hatte Probleme mit sich gebracht: Jungs erwarteten gewisse Gegenleistungen; Verkäufer, die sie erwischten, erpressten sie und erwarteten ähnliche Gegenleistungen. Es war eine schreckliche Zeit gewesen, aber Julia mied die Erinnerungen nicht. Sie gaben ihr die Kraft, standhaft zu bleiben, wenn ihre Mädchen gegen Regeln protestierten, die strenger waren als die der Eltern ihrer Freundinnen.

Juniper sagte: »Ich laufe immer noch dreißig Meilen pro Woche; kann ich nicht eine ganze Kugel haben?«

»Klar«, sagte Brad. »Das ist doch vertretbar.« Er warf Julia einen Blick zu, der zu sagen schien: *Lass sie*. Julia sträubte sich kurz, dann nickte sie. Er hatte recht. Sie übertrieb es wieder.

Als Juniper den Teller entgegennahm, den Julia ihr hinhielt, sagte sie: »Also … ich habe mich gefragt, ob ihr mir helfen könntet, ein Auto zu kaufen. Ich zahle es auch zurück.«

»Ein Auto? Wofür denn das?«, fragte Julia.

Die meisten Teenager – jedenfalls die in Blakely – hatten es nicht eilig, selbst zu fahren. Sie waren so daran gewöhnt, dass ihre Mütter oder ein Fahrdienst sie herumfuhr, dass die Vorstellung, ein Auto zu haben, ihnen gar nicht in den Sinn zu kommen schien. Julia und Brad hatten Juniper bei der Fahrschule angemeldet, sodass sie, wenn nötig, legal ans Steuer konnte und dort auch sicher war. Sie hatten dafür gesorgt, dass sie die Prüfung machte und ihren Führerschein bekam. Sie hatten jedoch nicht vorgehabt, sie ohne guten Grund allein irgendwo hinfahren zu lassen – und Juniper hatte auch nie gefragt.

»Zur Arbeit«, antwortete sie jetzt. »Der Fresh Market hat mir einen Job angeboten, Regale auffüllen, und ich will nicht, dass du mich immer fahren musst.«

»Du hast einen *Job?*«, fragte Julia.

Brad sagte: »Wir hatten doch besprochen, dass du bei mir arbeitest.«

»Nein«, sagte sie stirnrunzelnd, »ich habe gesagt, *vielleicht* mache ich d…«

»Wann das denn?«, fragte Julia. Ihr war das alles neu.

»So ungefähr vor zwei Wochen? Ich habe ihm gesagt, ich will mir einen Job suchen, damit ich mich nicht den ganzen Sommer lang langweile.«

»Und *ich* habe gesagt, dass in der Zentrale eine Stelle frei wird – die ich ausgeschrieben hätte«, sagte Brad und sah jetzt Juniper an, »wenn ich gewusst hätte, dass deine Zusage nicht ernst gemeint ist.«

Juniper wirkte elend. »Ich hab *vielleicht* gesagt. Ich überlege immer noch, was ich eigentlich machen will.«

»*Ich* will jetzt Kuchen mit Eis, bitte«, sagte Lily und sah Julia an, die sich auf diese Aufforderung hin wieder ihrer Aufgabe des Aufschneidens und Servierens widmete.

»Machen?«, fragte Brad Juniper. »Womit? Mit deinem Sommer oder deinem Leben oder was?«

Lily sagte: »Juniper geht aufs College, das hat sie mir erzählt.«

»Vielleicht macht sie das«, sagte Julia. »Das sollte sie auch, wenn sie einen Beruf ergreifen will, aber wir wissen ja, dass es für Frauen auch andere, genauso gute Möglichkeiten gibt, nicht wahr?«

Lily sagte: »Genau! Ich heirate Daddy, und dann soll er mir ein Haus wie dieses bauen, nur in Orange.«

»Man kann nicht seinen eigenen Vater heiraten«, sagte Juniper gar nicht unfreundlich.

Trotzdem verzog sich Lilys Gesicht. »Warum nicht?«

»Schatz, Daddy ist mit Mommy verheiratet«, erklärte Julia ihr. »Du wirst jemand anderen heiraten.«

»*Wen denn?*«

»Jemanden, den du kennenlernst, wenn du erwachsen bist.«

»Aber … aber Daddy kenne ich schon, und er hat mich lieb und ich ihn.«

»So ist es, Mäuschen«, sagte Brad. »Aber Juniper und Mommy haben recht. Wenn du größer bist, wirst du jemanden kennenlernen, der dich von den Socken haut, und der baut dir dann dein großes, schönes Haus, und ich komm dich da besuchen. Wie klingt das?«

»Schrecklich. Ich kenne den ja gar nicht. Das ist doch bescheuert«, sagte Lily und stieß den Löffel in ihren Kuchen. »Das sind mir zu viele Regeln.«

Brad fragte Juniper: »Du hast den Job also noch nicht angenommen?«

»Doch, schon, aber … ich könnte beides machen. Wie wäre das?«

Julia sagte: »Ich weiß nicht. Du musst in diesem Sommer *richtig* viel lesen, und dann der Klavierunterricht …«

»Mit Klavier will ich aufhören.«

»Ich auch«, sagte Lily. »Wann kommt Grandma?«

»Wir holen sie am Donnerstag bei Miss Mabel ab«, sagte Julia. »Und du hörst nicht auf mit Klavier.«

»Hört Juniper auf?«

»Juniper ist alt genug, um das selbst zu entscheiden.«

Brad rieb sich das Kinn. »Okay«, sagte er. »Gut, gut, ich kaufe dir ein Auto – und du brauchst mir nichts zurückzuzahlen –, und du machst den Job in diesem Supermarkt, wenn du für mich an drei Tagen pro Woche vier Stunden übrig hast. Einverstanden?«

Junipers Miene hellte sich auf. »Einverstanden«, sagte sie. Brad streckte ihr die Hand entgegen, und sie schüttelte sie.

»Du kriegst ein Auto?«, fragte Lily.

Juniper wirkte so erleichtert wie überrascht. »Ich glaube, ja.«

Brad sagte: »Morgen nach der Schule gehen wir Autos angucken.«

»Morgen läuft sie«, sagte Julia, die das Gefühl hatte, dass ihr die ganze Situation irgendwie entglitten war.

»Muss ich ja nicht«, sagte Juniper. »Morgen ist super.«

Lily sagte: »Ich auch? Kann ich mit ein Auto für Juniper aussuchen?«

»Tanzen«, sagte Julia.

Brad sagte zu Lily: »Du und ich, wir verabreden uns für den Tag danach, wie wäre das?«

»Das geht auch«, sagte Lily und wandte sich wieder ihrem Kuchen zu.

Juniper ging zu Brad und umarmte ihn. »Das ist so toll, danke.«

Er küsste sie auf die Stirn. »Ist doch klar, Schatz. Niemand soll Brad Whitman nachsagen, dass er sich nicht um *alle* seine Mädchen bestens kümmert.«

* * *

Später, als Lily im Bett war und Juniper im Wohnzimmer, wo sie am Telefon mit einer ihrer Freundinnen sprach – vermutlich über diesen automobilen Glücksfall, der ihr da passiert war –, gesellte Julia sich zu Brad, der auf der Terrasse am Pool saß. Die Nacht war noch nicht so heiß, wie die Nächte werden würden, wenn richtig Sommer wäre. Das schätzte sie daran am meisten – dass sie nach Einbruch der Dunkelheit hineingleiten konnte, der Pool erleuchtet und einladend wie in einem der Resorts, die sie früher im Kino oder im Fernsehen gesehen hatte, wie die Pools der Millionäre in Miami und L.A. und Hawaii. Sie und Brad waren jetzt auch Millionäre – Brad jedenfalls, und sie also auch. Sie lebten nicht auf dem Niveau der richtig Reichen, mit Villen und Wohnungen auf der ganzen Welt oder mit Jachten und Privatjets und all so was. Und diese Art Lebensstil wollte Julia auch gar nicht. Sie wollte es genau so, wie es in dieser Minute war: ein vollkommenes Haus, vollkommene Sicherheit und Geborgenheit und einen vollkommenen (oder beinahe vollkommenen) Ehemann, dessen erklärtes Ziel es war, ihr und ihren Töchtern dieses vollkommene Leben zu bieten.

Sie setzte sich zu Brads rechter Seite auf einen Stuhl. »Dass du Juniper einen Job angeboten hast, hat mich überrascht.«

»Ich wollte es dir sagen«, sagte er. »Tut mir leid.«

»Und ein Auto? Das ist extrem großzügig.«

Er sah auf den Pool. Die Lichter warfen helle Ringe auf sein Gesicht und sein Hemd und die Rückseite des Hauses. Auf dem Tisch stand nah an seinem Ellbogen eine Flasche des im Ort gebrauten Bieres, das man ihm umsonst schickte in der Hoffnung, dass er sich öffentlich dafür aussprach. Manchmal tat er das in seinen Werbespots. Immer ganz beiläufig – Brad war kein Verkäufer. Deshalb waren seine Produktplatzierungen Gegenstand öffentlichen Interesses und allgemeiner Spekulation, wenn auch nur in der Region. Beinahe schon ein Sport. Was würde er im nächsten Spot essen oder trinken oder tragen oder in der Hand halten? Für die Firmen, die es mit Schmeichelei versuchten, war es inzwischen ein regelrechter Wettbewerb geworden. Brad genoss das – auf die Weise bekam er alle möglichen lokalen Erzeugnisse umsonst. Julia genoss es ebenfalls, und ihr gefiel, dass Brad so beliebt war. Er war immer freundlich, wenn die Leute ihn erkannten und kurz mit ihm reden wollten. Wenn man im Fernsehen ist, ist man de facto berühmt, sogar wenn man alltags eine Heiz- und Kühlfirma leitete. Großer Fisch, kleiner Teich: Das behagte Brad, und das behagte Julia.

Er sagte: »Es ist doch an der Zeit, dass sie einen fahrbaren Untersatz bekommt, findest du nicht?«

»Vielleicht, aber gefallen muss mir das ja nicht. Eine Sorge mehr.«

»Wir bringen am Auto einen Peilsender an, wie wäre das? Es gibt heutzutage alle mögliche Technik, mit der wir sehen können, wie sie fährt und wohin. Macht die Kinder gewissenhafter und damit sicherer. Damit werben die jedenfalls.«

Julia sagte: »Okay, gut«, weil sie als Mutter ganz dafür war, auch wenn sie als Teenager entsetzt gewesen wäre, hätte ihre Mutter nachverfolgen können, wo sie hinging.

»Ich wundere mich auch über Juniper«, fuhr sie fort. »Post machen schien mir bisher nicht die Art von Arbeit, die ihr gefällt.«

»Wir werden ja sehen. Vielleicht gewöhnt sie sich dran. Regale auffüllen wird ihr jedenfalls keinen Spaß machen, das garantiere ich dir. Wenn ich sie erst mal in der Firma habe und sie sich mit allem vertraut macht, wird sie das Ganze auch zu schätzen wissen, wetten? Ich hab ihr gesagt, dass ich sie ausbilde und später im oberen Management unterbringe, wenn sie will.«

»Management? Sie sagt doch, sie will aufs College.«

»Darin sehe ich überhaupt keinen Sinn. Du?«

Julia sagte: »Wenn sie berufstätig sein will –«

»Bei mir kann sie Karriere machen.«

»Und das ist sehr großzügig von dir«, sagte Julia vorsichtig. »Aber vielleicht hat sie ja auch andere Interessen.«

Brad wandte sich ihr zu. »Das klingt aber ganz anders als vor drei Jahren, als du uns für das Reinheitsprogramm angemeldet hast.«

»Warum, weil ich auch Alternativen zu Ehe und Mutterschaft unterstütze? Ich bin realistisch. Das Reinheitsgelübde war genau, was sie brauchte – aber erwarten wir wirklich von ihr, es auch noch zu ehren, wenn sie achtzehn und älter ist? Glaubst du, sie hat das wirklich vor?«

»Ich will verstehen, was *du* vorhast.«

»Ich?«

»Du sendest widersprüchliche Signale. ›Heb dich für die Ehe auf – aber heirate nicht zu früh. Geh erst aufs College und mach dann Karriere. Aber wenn das College weit weg ist, geh bitte nicht aufs College. Oder lass es ganz – heirate einfach gut, dann kümmert sich dein Ehemann um dich.‹ Kein Wunder, dass sie verwirrt und unausgeglichen ist. Ich hingegen biete ihr eine echte, konkrete, unzweideutige Möglichkeit für ihre Zukunft.«

Verärgert durch diesen Vorwurf, sagte Julia: »Hast du ihr auch gesagt, sie muss sich nicht an ihr Gelübde halten?«

»Nein, ich habe ihr gesagt, sie soll sich selbst ernst nehmen und dass Keuschheit die geheime Superkraft junger Frauen ist.«

Eine Superkraft, die Julia nicht besessen hatte – gar nicht besitzen konnte, schien ihr damals, da sie längst ruiniert war. *Vergewaltigt*. Das Wort war hart, traf aber zu. Aber sie wäre sowieso nicht keusch geblieben; dafür fehlten ihr die Weisheit, die Stärke, die Unterstützung – all die Dinge, die sie für ihre Töchter sicherstellte, durch das New-Hope-Programm und die Art und Weise, wie sie und Brad sie erzogen.

Brad sagte: »Ist dir klar, dass sie viel mehr zu Hause sein wird, bei dir, oder jedenfalls in der Nähe, falls sie sich für Whitman HLK entscheidet?«

»Das wäre schön.«

»Das dachte ich doch. Siehst du? Ich kümmere mich um meine Mädchen, um alle.«

Julia nahm einen Schluck von seinem Bier und dachte darüber nach, ob ihre Signale an Juniper wirklich so widersprüchlich waren. Erst mal: Ja, sie hatte Juniper ermuntert, alles ernst zu nehmen, was zum Reinheitsgelübde gehörte. Sie wollte, dass ihre Tochter sich selbst mehr wertschätzte als sie, Julia, es als Teenager getan hatte, sie wollte, dass Juniper ihre Unbeflecktheit als das betrachtete, was sie zum Chef über ihr Schicksal machte.

Außerdem glaubte Julia von ganzem Herzen daran, dass eine Ehe trotz ihrer Kehrseiten, in Kombination mit Vollzeit-Mutterschaft, ein sehr viel besseres Leben bedeutete, als wenn man mit Arbeit und Kinderbetreuung jonglierte und mit einem Mann verheiratet war, der Erziehung und Haushalt nicht genauso für seine Sache hielt. Sie hatte zu Juniper gesagt, sie kenne tatsächlich keine einzige arbeitende Frau (oder überhaupt Frau), deren Mann auf diesem Gebiet ein echter Partner wäre.

Gleichzeitig war Juniper klug und wissbegierig und würde sicher gern einen Beruf ausüben, zumindest eine gewisse Zeit lang; Julia wollte sie gar nicht davon abhalten – solange Juniper nicht wegging, um zu studieren.

Schuldig im Sinne der Anklage.

Sie sagte: »Du hast mit allem recht. Ich bin wischiwaschi. Aber nur, weil ich sie so sehr liebe. Ich will, dass sie glücklich ist. Wenn sie sich entscheidet, mit dir die Firma zu führen, dann wunderbar, ich bin dafür. Vor allem, weil sie dann vermutlich niemanden heiratet, der mit ihr in einen anderen Staat zieht.«

»Das stimmt«, sagte Brad.

Julia betrachtete die sich kräuselnde Wasseroberfläche. Sogar jetzt und hier hatte sie das Gefühl, dass alles immer in Bewegung war. Sie war ständig gehetzt, immer dabei, ihr Leben, ihre Leben zu optimieren. Wenn sie nicht gerade die Kinder zur Schule fuhr oder dort Freiwilligendienst leistete oder Sport machte, damit sie nicht wieder eine Speckrolle bekam, wenn sie nicht gerade plante, was sie essen würden, oder den Putzdienst organisierte oder mit dem Dekorateur sprach oder endlose Erledigungen machte oder sich um die Probleme ihrer Mutter kümmerte – was Stunden am Telefon bedeutete, mit Ärzten und Pflegediensten und mit Lottie selbst. Wo war die Leichtigkeit, die sie sich von dieser Ehe erhofft hatte? Die ersten neun Jahre von Junipers Leben hatte sie überwiegend verpasst, und obwohl sie jetzt für beide Mädchen viel verfügbarer war, als sie es für Juniper gewesen war, fühlte sie sich immer noch oft wie der sprichwörtliche angebundene Esel, dem die Möhre vor der Nase baumelte – wobei sie die Möhre selbst aufgehängt hatte. In der Zwischenzeit wurden ihre Mädchen groß und entfernten sich mit jedem Tag mehr von ihr.

Sie sagte: »Ich wünschte, ich könnte die Zeit anhalten. Ist es lächerlich von mir, dass ich die beiden festhalten will, solange ich kann?«

»So wie du aufgewachsen bist? Kein bisschen.«

»Ich will nicht wirken wie so eine verzweifelte Mami, die ihren Kindern kein eigenes Leben gönnt.«

»Du verwandelst dich nicht in deine Mutter, das verspreche ich dir.«

»Ach. Lottie. Sie hier zu haben wird eine Prüfung. Tut mir leid. Ich wünschte, sie könnte einfach bei Mabel bleiben, bis ihr neuer Wohnwagen da ist.«

Julias Mutter hatte kürzlich ein Feuer ausgelöst, das ihren Wohnwagen weitgehend zerstört und sie wegen des Rauchs in die ambulante Reha gebracht hatte. Lotties beste Freundin, Mabel, hatte sie gern bei sich aufgenommen, aber nur bis zur nächsten Woche, in der Mabel ein neues Knie bekam und selbst Pflege brauchte. Deshalb würde Mabel zu ihrem Sohn nach Pittsboro fahren, und Lottie kam her.

Brad sagte: »Schätze, wir müssen was finden, womit sie sich beschäftigen kann. Hast du nicht gesagt, deine Freundin Valerie« – er zeigte auf Valeries Haus – »will einen kleinen Teich anlegen?«

»Ja, stimmt.«

»Sie wirkt wie eine Frau, die eine gelangweilte, kranke alte Dame mit zu viel Zeit nicht abweist, wenn sie ein bisschen zugucken will, auch wenn diese alte Dame ziemlich nerven kann. Aber das müssen wir ihr vorher ja nicht sagen.«

Julia lächelte. Sie war ziemlich sicher, dass Brad scherzte.

14

Bereit fürs ultimative Shopping?«, fragte Brad Juniper, nachdem er sie, wie versprochen, von der Schule abgeholt hatte.

»Denke schon«, sagte sie.

»Du denkst schon«, sagte er und imitierte dabei mit langem Gesicht ihren zögerlichen Ton. »Klar, nimm mir nur gleich den Wind aus den Segeln.«

Sie schnallte sich an. »Tut mir leid. Ich bin bereit. Es ist nur ... so verrückt. Ich meine, ein *Auto.*«

»Du *wolltest* ein Auto«, sagte er, fuhr vom Seitenstreifen und winkte dem Konrektor zu, der heute die Abholschlange koordinierte.

»Was, wenn ich eine Giraffe will?«, fragte Juniper, bemüht, bessere Stimmung zu verbreiten. Sie wollte nicht, dass er seinen Handel bereute, dass er es sich anders überlegte.

Er sagte: »Dafür bräuchten wir einen größeren Garten. Für ein Auto haben wir noch Platz.«

»Na gut, dann nur das Auto. Fürs Erste.«

»Ach, fürs Erste, okay.«

Sie nickte lächelnd. »Ja, ich war neulich auf dieser Website, auf der man praktisch alle Arten von Laubfröschen kaufen kann. Der rotäugige ist mein liebster, aber den Clownfrosch mag ich auch, und den Tigerbein-Makifrosch, also –«

»Dazu wird deine Mom auch eine Meinung haben«, sagte Brad lachend.

»Ich weiß. Deshalb habe ich auch keinen bestellt. Bisher.«

Juniper genoss den unbeschwerten Austausch mit Brad mehr als erwartet. Es fühlte sich an wie früher und ließ sie hoffen, dass ihre Sorge, wie es wäre, für und mit ihm zu arbeiten, sich als unbegründet erweisen würde, dass sich schon alles finden würde. Sie wollte nicht immer an Brad denken müssen. Besser – *viel* besser – war es, über Xavier nachzudenken.

Xavier zu berühren.

Xavier zu *küssen*.

Sie rief ihre Gedanken zur Ordnung. Autokauf. Konzentration.

Juniper hatte noch nicht viel Gelegenheit gehabt, in diesem Auto zu fahren, Brads »Spielzeug«, wie er es nannte, einem schnittigen, glänzend schwarzen Maserati Gran-Turismo Cabrio, ein 4,7-Liter V8, auf dessen Preisschild $ 160 000 gestanden hatte – das wusste Juniper, denn Brad hatte es an seiner Pinnwand hängen. Nach dieser Art Auto würde sie nicht fragen, selbst wenn sie eine *Carte blanche* hätte – wenn Brad zum Beispiel statt der zwei Millionen, die er mit diesem Gadget verdiente, das er erfunden hatte, zehn oder hundert verdienen würde. Diese Art Luxus machte Juniper nervös. Eine kleine falsche Bewegung, sei es im Auto oder mit dem Auto, und man hätte einen Makel oder Kratzer oder eine Beule oder einen Riss, dessen Reparatur selbst ein Vermögen kosten würde. Außerdem war es überhaupt nicht ihr Stil. Sie mochte es lieber robust und stabil. Brad fuhr mit diesem Auto gern spätabends, wenn nicht viel Verkehr war, auf die Interstate, um es ein bisschen »freizulassen«. Juniper würde lieber mit einem Jeep oder einem Brummi in die Berge fahren, ganz langsam, jenseits der Straßen, bis sie auf einen idyllischen Wasserfall und Campingplatz traf. Sie und Xavier könnten zusammen fahren – nicht jetzt, aber vielleicht irgendwann mal. Sie könnten auf einer Decke liegen und in die Sterne gucken. Und noch andere Sachen machen.

Fürs Erste würde sie mit dem Auto nur zur Arbeit fahren und zurück, für alles andere musste sie um Erlaubnis bitten, das hatten ihre Eltern gesagt. Die zweite Regel war, dass sie das Benzin selbst bezahlte. Und: keine Jungs in ihrem Auto (was sich von selbst verstehen sollte). Überhaupt keine anderen Passagiere, es sei denn, sie hatte die Erlaubnis eingeholt. Für sie war das in Ordnung; entscheidend war, dass sie ein Auto hatte, mit dem sie zu ihrem Job kam, wo sie ihren künftigen Kollegen Xavier treffen würde. Diesen Teil des Szenarios hatte sie niemandem außer Pepper gegenüber erwähnt, der ihm die Nachricht für sie überbracht, bisher aber keine Antwort erhalten hatte.

Verdammt, sie tat es schon wieder – es war, als führte jeder Gedankengang sie wieder zu Xavier. *Konzentration, Mädchen,* dachte sie und lächelte innerlich. Was für ein angenehmes Problem.

Als sie und Brad durch die Stadt fuhren, fragte er: »Wie war die Schule heute?«

»Wir wiederholen im Moment nur, für die Arbeiten. Das ist total langweilig.«

Sie sagte nicht, dass Meghan ihr aufs Mädchenklo gefolgt war und sie mit der Party am letzten Wochenende genervt hatte, die sie verpasst hatte, *die beste Party aller Zeiten*. Keine Eltern, massig Alkohol, ein paar Drogen und sie hätten getanzt, »wie es bestimmt nicht erlaubt ist«.

Juniper hatte geantwortet: »Eifersüchtig, dass ich 'ne Eins in Englisch hab?« Und Meghan hatte stirnrunzelnd gesagt: »Das ist doch nur Zeitverschwendung.«

Brad sagte: »Du kannst es gar nicht erwarten, das hinter dir zu lassen, oder?«

Juniper nickte. »Jap.«

»An das Gefühl erinnere ich mich.«

»Es ist noch ein weiteres ganzes Jahr. Ich wünschte, ich könnte die Abschlussarbeiten einfach ein Jahr eher mitschreiben.«

»Geht das nicht?«

»Ich weiß nicht«, sagte sie. »Ich habe noch nie gehört, dass das jemand macht.«

»Also, Süße, die erste Regel fürs Erwachsenenleben ist: Wenn du was willst, frag danach. Ganz einfach. Und wenn ich sage, *frag,* dann meine ich nicht, dass du sagst *Hey, kann ich x haben?* und es wird dir gegeben – unser heutiger kleiner Ausflug ist da eine Ausnahme«, sagte er und sah sie lächelnd an. »Du hast danach gefragt und du hast es – oder wirst es – ziemlich prompt bekommen. Ich meine es als allgemeine Lebensregel: Finde heraus, wie du kriegst, was du willst, egal, was es ist, und dann tu, was dafür nötig ist.«

Juniper dachte über seine Worte nach. Das war nicht die Botschaft von Reverend Matthews in New Hope. Seit ihre Mutter sie zur Sonntagsschule brachte und zur Kirche mitnahm, und auch in der Jugendgruppe und beim Reinheitsprogramm hörte sie von Reverend Matthews und den meisten anderen Erwachsenen, die sie (außerhalb der Schule) kannte, was die Bibel für Frauen vorsah. Nämlich sich ihrem künftigen Mann unterzuordnen und ihm zu gehorchen und Mutterschaft als höchste Erfüllung zu verstehen und Arbeit außerhalb des eigenen Hauses zu meiden. Eine Frau hatte bescheiden zu sein und keine Forderungen und Ambitionen zu haben, sie hatte ihrem Ehemann dankbar zu sein und sollte *seine* Ambitionen und Bedürfnisse unterstützen.

Soweit Juniper damals sagen konnte, hatte Julia dieses Modell freudig akzeptiert und schien das noch zu tun. Da die Familie in letzter Zeit jedoch nicht mehr regelmäßig zur Kirche ging, hörte Juniper das Dogma nicht mehr so oft – aber auch wenig Widerspruch, bis neulich. Jetzt redete ihre Mutter, als wären Uni und Beruf eine okaye Wahl. Und Brad wollte, dass sie für ihn arbeitete, in seiner Firma. Also, hatten sie ihre Meinung geändert, fragte sich Juniper, oder hatten sie von Anfang an nicht geglaubt, was sie gesagt hatten?

Auch wir fragten uns das. Vielleicht war Julias Beweggrund, das Modell pflichtbewusste Ehefrau zu verfolgen, rein pragmatischer Natur gewesen. Schließlich war sie wie eine Flipperkugel von einem Job zum anderen geschossen, seit sie mit elf angefangen hatte zu babysitten – was sollte man also an einem Dogma nicht mögen, das von ihrem Mann (wer auch immer das sein würde) praktisch verlangte, ihr zu erlauben, zu Hause zu bleiben und nichts zu tun, als Juniper aufzuziehen und den Haushalt zu führen? Nach New Hope war sie ursprünglich gegangen, weil eine Kollegin bei Whitman HLK, Cindy aus der Debitorenbuchhaltung, es vorgeschlagen hatte. Julia gefiel das kirchliche Umfeld, die Unterstützung und dass man sich umeinander kümmerte, das Konzept der Erneuerung und der Zugehörigkeit (durch die Taufe, ja, warum auch nicht?). Dass Brad dafür zu sein schien, motivierte sie nur noch mehr. Wir vermuten, dass Jesus relativ wenig damit zu tun hatte.

Und für alle, die Brad vor Julia gekannt hatten, war klar, dass er diese traditionellen Dinge vorher nicht geglaubt hatte, wahrscheinlich noch nie. Auch Juniper begriff das langsam. Sie hielt es, alles in allem, nicht notwendigerweise für *schlecht,* nur für befremdlich.

Juniper sagte: »Also, wenn ich meinen Abschluss in Blakely wirklich früher machen könnte, wär das für dich und Mom okay?«

»Du wirst im Dezember achtzehn. Es ist dein Leben, du kannst entscheiden, was du willst.«

»Okay«, sagte sie und sah plötzlich Türen vor sich, wo bisher Mauern gewesen waren. »Cool. Ich frag mal nach.«

»Da ist nur eins«, sagte Brad. »Angenommen, du kannst das letzte Jahr abkürzen oder ganz überspringen – und, glaub mir, es ist nicht so toll, wie alle sagen. Wenn du das machst, rate ich dir, es nicht so eilig zu haben mit dem College, falls du daran denken solltest. Ich will ganz offen mit dir sein, Juniper, ich sage dir, dass ich überhaupt nicht will, dass du aufs College gehst. Gigantische Zeit- und Geldverschwendung für jemanden wie dich. Gib mir ein Jahr, und dann entscheide dich, ja? Wir fangen in der Poststelle an, aber ich zeige dir, wie alles läuft, und dann entscheidest du, was du willst.«

»Okay«, sagte sie, weil das unter den gegebenen Umständen die einzige Antwort war. »Aber ich weiß ja nicht mal, ob ich den Abschluss früher machen kann.«

»Klar, stimmt. So oder so.«

So oder so, dachte sie, *werde ich nicht bei Whitman HLK bleiben.*

Brad fuhr auf den CarMax-Parkplatz. »Okay, folgende Grundregeln. Erstens: Es darf nicht mehr als dreißigtausend

Meilen draufhaben. Zweitens: Große Pick-up-Trucks sind out – die haben einen beschissenen Verbrauch, verzeih meine Ausdrucksweise, und du musst dein Geld ja nicht für Benzin verschwenden. Drittens: Nicht so ein winziges Auto – ich will, dass du sicher bist. Und letztens: Wir bleiben unter vierzigtausend.«

»Du hast doch gerade dreißig gesagt.«

»Dollar«, sagte er.

An dieser Stelle sollten wir darauf hinweisen, dass Juniper zwar in einem Haus wohnte, das den Unterlagen des Countys zufolge für 1,7 Millionen Dollar verkauft worden war, dass sie zwar bei CarMax in einem importierten Sportwagen vorfuhr, für den ihr Stiefvater mehr bezahlt hatte als die meisten Alteingesessenen in Oak Knoll für ihre Häuser, und dass sie sich seit Langem daran gewöhnt hatte, ein eigenes Zimmer zu haben und modische Kleidung zu tragen, die gut saß, dass sie das Budget, das Brad gerade genannt hatte, jedoch erstaunte. Sprachlos machte. Einen Moment lang starrte sie ihn mit offenem Mund an.

»Und wie ich deiner Mom schon sagte, wir werden einen Monitor installieren lassen, um uns davon zu überzeugen, dass du verantwortungsbewusst fährst, und damit wir wissen, wo du bist, falls du mal Hilfe brauchst.«

»Klar, sicher«, sagte Juniper schnell, weil sie nicht vorhatte, die beiden in solchen Dingen zu täuschen.

Brad verbeugte sich und geleitete sie auf den Platz. Aus dem bunten Angebot, Reihen um Reihen sauberer, glänzender Autos mit vernünftigem Verbrauch und guten Sicherheitstests und einem Preisschild unter vierzigtausend, suchte Juniper drei aus, die sie Probe fuhr, dann entschied sie sich für einen drei Jahre alten Land Rover Range Rover Evoque, der 22 000 Meilen runter hatte. Brad stellte der Verkäuferin einen Scheck über etwas mehr als 30 000 Dollar aus und dann, nachdem der SUV gewaschen und betankt worden und nach Hause geliefert worden war, händigte er Juniper den Schlüssel aus und sagte: »So, Schatz, jetzt gehört er dir.«

Juniper machte ein Foto von dem Auto, um es Pepper zu zeigen, dann umarmte sie Brad, wie sie es immer tat und wie er es jetzt mit Sicherheit von ihr erwartete. »Danke. Ich danke dir *so* sehr.«

»Gern geschehen. Und das meine ich so. Aber jetzt sorg dafür, dass es mir nicht leidtut, hörst du?« Und der Blick, den er ihr zuwarf, brachte all ihre Sorgen zurück.

15

Mildernde Umstände haben, wenn man sie kennt, deutlichen Einfluss darauf, wie man etwas oder jemanden betrachtet. Wir mochten Juniper gern, soweit wir sie zu diesem Zeitpunkt kannten. Aber natürlich war es hart, ein Mädchen ihres Alters in einem Luxus-SUV zu sehen, den die meisten von uns sich nicht hätten leisten können.

Hätten wir damals jedoch die Geschichte von Junipers drittem Geburtstag gekannt, wäre uns sehr viel weniger danach gewesen, die Augenbrauen hochzuziehen, als wir den Wagen sahen, mit dem sie an jenem Tag nach Hause fuhr. Wir hätten uns nicht gegenseitig gesagt, wie verwöhnt sie war. Wir hätten das weiß lackierte Statussymbol neidlos – oder jedenfalls weniger neidisch – bewundert, weil wir gewusst hätten, was sie bereits in frühen Jahren durchgemacht hatte. Tatsache war, dass sie das Angebot, das Brad ihr machte, annahm und dass jede von uns unter diesen Umständen dasselbe getan hätte.

(Unser Urteil über ihre Eltern wäre allerdings ein ganz anderes aufgrund gegenwärtiger wie vergangener Taten.)

Folgendes war damals geschehen: Julia und Juniper lebten im Osten von North Carolina, wo Julia aufgewachsen war. Lottie, Julias Mutter, lebte in dem Wohnwagen, von dem wir schon gehört haben, aber Julia, die mit gerade neunzehn genug davon hatte, die ganze Zeit Lottie ausgesetzt zu sein, hatte ihre eigene Wohnung – eigentlich nur ein Zimmer, über dem Friseur mitten in der Stadt –, wobei das Wort *Stadt* eine Übertreibung war, denn eigentlich handelte es sich nur um eine Kreuzung mit einer blinkenden gelben Ampel in der Mitte. Die Kreuzung war an allen vier Ecken von ein paar Gewerbegebäuden besetzt. Die Anwohner lebten in Baracken und Wohnwagen und auf kleinen Höfen in einem Umkreis von rund zwei Meilen wahllos darum herum verstreut.

Junipers dritter Geburtstag begann holprig. Der Ofen hatte sich die ganze Nacht über nicht ausmachen lassen, sodass man in der Wohnung fast umkam vor Hitze, und das, obwohl das einzige Fenster neben dem Bett weit offen gestanden hatte. Weder Tochter noch Mutter hatten besonders gut geschlafen und waren die ganze Nacht verschwitzt und missgelaunt gewesen. Und jetzt hatte Julia Lottie am Telefon, während Julia versuchte, sich und Juniper anzuziehen, satt zu kriegen und für den Tag fertig zu machen.

Dabei muss man berücksichtigen, dass Julia, die in zwei Wochen zwanzig werden würde, eine alleinerziehende Mutter war, die noch keine Zeit gefunden hatte, an der Abendschule ihr Abitur nachzumachen – ein Mädchen eigentlich, das versuchte, als Erwachsene etwas rechtschaffener zu leben als zu ihren Teenagerzeiten.

Sie hatte ihre Mutter am Telefon – einem Telefon mit Schnur, weil ein Handy zu teuer gewesen wäre zusätzlich zu ihrer Miete, den Kosten für das Auto (vierundzwanzig Prozent Zinsen) und dem, was sie der Babysitterin zahlte, die während ihrer Arbeitszeit auf Juniper aufpasste. Dass sie ihre Tochter bei Lottie ließ, kam nicht infrage, denn die verdiente ihren Lebensunterhalt immer noch damit, für die Wohlbetuchten in der nächstgrößeren Stadt zu putzen. Auch ein Festnetzanschluss kostete schon mehr, als Julia ausgeben wollte, aber wie sollte man ohne Telefon zurechtkommen?

An diesem Morgen hatte Lottie ein Problem mit einem Hund und rief an, um es Julia genauestens zu erzählen.

Julia hörte eine Minute lang zu, dann sagte sie: »Mama, ich habe dafür keine Zeit, ich muss Juniper zur Babysitterin bringen und dann zur Arbeit. Sag Barney einfach, er soll den Hund anbinden, oder du beschwerst dich beim Amt, so schwer ist das doch nicht.«

»Ich habe die Nummer vom Amt gar nicht. Wie ist die denn?«

»Guck sie nach. Ich weiß das auch nicht.«

»Glaubst du etwa, ich habe ein Telefonbuch? Hier raus bringen die keine, falls es überhaupt noch welche gibt.«

»Dann geh in die Bücherei und schlag sie da nach.«

»Ich will nicht, dass du Juniper später herbringst, wenn dieser Hund dann noch da ist.«

»Okay, dann komm du her. Wir machen Muffins.«

»Willst du ihr denn nichts Warmes zu essen machen?«

»*Mache* ich doch«, sagte Julia, obwohl es wahrscheinlich ein Hotdog werden würde. »Komm her oder lass es bleiben. Ich muss jetzt los, Mama.«

Ohne eine Antwort abzuwarten, legte Julia auf und wandte sich Juniper zu, die an einem kleinen Tisch saß und mit dem Löffel Erdnussbutter aus dem Glas holte. »So, Juni, kleines Geburtstagsmädchen, jetzt ziehen wir dir die Jacke an.«

»Stiefel aber auch«, sagte Juniper und rutschte vom Stuhl.

»Es regnet aber nicht.«

»Stiefel!«, erklärte sie und steuerte auf den Futon zu, auf dem sie beide schliefen und unter dem sich ihre Schuhe befanden, neben Plastiktüten mit Socken und Unterwäsche und Junipers Sammlung von Kuscheltieren, die sie in der Stadt im Secondhandshop gekauft hatten, gleich neben der Bücherei, die Julia Lottie empfohlen hatte, am Ende der Straße, in der Julia arbeitete.

»Na gut, dann eben Stiefel«, sagte Julia. »Aber Beeilung jetzt.«

Sie waren schon fast aus der Tür, als das Telefon erneut klingelte. Julia zögerte, ging dann aber doch dran, weil sie hoffte, dass es ihre Chefin vom Dance-n-Dine wäre, die ihr sagen wollte, dass es einen Wasserrohrbruch gegeben hatte oder vielleicht, dass das Gesundheitsamt ihnen vorübergehend die Lizenz entzogen hatte und sie sich den Tag freinehmen konnte. Es war noch mal Lottie. Ihr Auto sprang nicht an, und sie wollte, dass Julia sie abholte.

»Du weißt doch, dass ich den Tag nicht überstehe, wenn dieser Hund vor meiner Tür steht und mich anknurrt. Ich bin wie eine Gefangene, Julia.«

»Ist der Hund gerade da?«

»Ja.«

»Aber zum Auto hast du es geschafft, richtig?«

»Aber ich hab dabei mein Leben aufs Spiel gesetzt! Und sag nicht, ich soll zu Shay rübergehen – die Frau ist asozial, mit der will ich nichts zu tun haben.«

»Jetzt hör schon auf, Mama. Ich komme deinetwegen zu spät.«

»Patty wird das schon verstehen.«

»Patty wird mich feuern. Und ich darf meinen Job nicht verlieren.«

»Mir gefällt sowieso nicht, dass du da arbeitest. Diese Männer gucken dich alle an, als wärst du … was weiß ich. Frischfleisch. Soll sie dich feuern. Ziehst du eben wieder zu mir.«

»Nein.«

»Tja, das ist aber deine Entscheidung.«

»Ja, ist es. Sei aber fertig, wenn ich komme – und nach Hause musst du dann allein kommen, klar?«

»Aber wie –?«

»Ist mir egal. Du schaffst das schon.«

Juniper erinnerte sich, aus der Tür und die Treppe runtergeschoben und in ihren Autositz gesetzt worden zu sein. Sie schwitzte in ihrer Jacke. Das Auto roch nach kaltem Zigarettenrauch, weil der frühere Besitzer, es eingeräuchert hatte. Der AMC Gremlin war älter als Julia und hatte über die Jahre ziemlich viel ungesundes und vermutlich auch anstößiges Verhalten gesehen.

Nachdem sie Lottie aufgesammelt und bei der Bücherei abgesetzt hatten, fuhr Julia, wie es Juniper erschien, gefährlich schnell zur Babysitterin, die in einem kleinen, baufälligen Haus an einer Landstraße ungefähr vier Meilen außerhalb der Stadt lebte. Das Haus in einem ausgebleichten Mintgrün war quadratisch und sein Dach aus Teerpappe. Ein Maschendrahtzaun, der ein weiteres Viereck um das Haus herum bildete, schloss die Hunde und Kinder ein, die sich dort gerade aufhielten. Derzeit war Juniper der einzige menschliche Schützling der Babysitterin.

»Da sind wir, Karen«, rief Julia und schob Juniper durch die Pforte und die Holzstufen hoch. Die Haustür stand offen.

Niemand antwortete.

Julia schob Juniper ins Innere. »Wo ist sie denn? Karen!«

Das Haus schien leer zu sein, alle vier Zimmer, bis auf Karens alten Hund Doofus, der vor dem Fernseher lag und mit dem Schwanz wedelte, sich aber nicht die Mühe machte, sie zu begrüßen. Im Fernsehen lief eine Morgen-Talkshow, in der gerade gekocht wurde.

Julia stand mit Juniper im Wohnzimmer und überlegte kurz. Dann ging sie in die Hocke und sagte: »Mami muss los, Juni. Setz dich hier aufs Sofa, ja? Nicht vom Fleck bewegen. Karen kommt bestimmt gleich.«

»Ich will aber nicht.«

»Schätzchen, Mami muss zur Arbeit, sonst kann sie dir das nächste Mal kein Kuscheltier kaufen.«

»Nicht weggehen«, sagte Juniper.

Julia hob sie hoch und berührte Junipers Nase mit ihrer. »Karen kommt gleich. Sei ein großes Mädchen – pass auf Doofus auf, ja? Er braucht jemanden, der auf ihn aufpasst.« Sie setzte Juniper aufs Sofa. »Wir sehen uns direkt nach deinem Mittagsschlaf, und dann backen wir Geburtstags-Muffins. Yay!«

»Yay«, machte Juniper ausdruckslos, als wäre es die Antwort auf eine Frage.

Julia ging. Eine Zeit lang saß Juniper, wo Julia sie hingesetzt hatte, die Gummistiefel ragten über den Rand des Sofas. Sie achtete darauf, dass sie den Bezug nicht berührten. Sie behielt ihre Jacke an, obwohl sie immer noch schwitzte. Sie sah beim Kochen zu. Die Leute in der Sendung redeten darüber, wie man *roux* machte, und Juniper dachte an Roo, das winzige Känguru aus Winnie the Pooh, also passte sie gut auf und wartete, dass Poohs kleiner Freund aus dem Suppentopf kam.

Als ihr klar wurde, dass Roo nicht mehr auftauchen würde,

war Juniper den Tränen nah. Sie haben doch gesagt, sie würden ein schönes Roo machen. Heute stimmte auch gar nichts.

Doofus war eingeschlafen. Karen war immer noch nicht aufgetaucht. Juniper wollte einen anderen Sender anmachen, aber ihr war gesagt worden, sie solle auf dem Sofa sitzen bleiben, und sie wollte keinen Ärger bekommen, falls Karen zurückkam und es merkte.

Sehen Sie das Kind vor sich auf dem blau karierten Sofa, das hellbraune Haar zum Pferdeschwanz gebunden, die rosa geblümten Gummistiefel ragen über den fadenscheinigen Teppich – ein Siebzigerjahremuster in Orange- und Brauntönen? Ihre Jacke war leuchtend grün, mit einem kleinen Blutfleck vorn, wahrscheinlich weil die Vorbesitzerin Nasenbluten gehabt hatte, aber wer wusste das schon? Junipers Wangen leuchteten rot. Sie blinzelte Tränen weg.

Zwischen den Gummistiefeln und ihrem rosa Ballettröckchen waren die in den Farben des Regenbogens gestreiften Leggins zu sehen. Während sie wartete, zupfte sie über den Knien an ihrem Stoff rum und ließ wieder los, ungefähr vier oder fünf Mal. Sie bohrte in der Nase. Sie kratzte den Spinnenbiss an ihrem Hals auf.

Ihr Magen knurrte, es musste Zeit für ihren Imbiss sein. Hoffentlich dachte Karen daran, dass sie heute Geburtstag hatte. Vielleicht bekam sie als Imbiss ja Gummischlangen.

Außerdem musste sie mal aufs Töpfchen.

Letzteres gab ihr schließlich den Mut, vom Sofa aufzustehen. Sie war sicher, Karen würde wütender sein, wenn sie aufs Sofa pinkelte, als wenn sie aufstand.

Das fensterlose Bad war eine kleine, feuchte, dunkle Höhle. Juniper mochte es nicht, auch unter den besten Umständen nicht. Heute war es ihr unheimlich. Es konnte sein, dass sich hinter dem Duschvorhang etwas versteckte und nur darauf wartete, sie anzuspringen und nach ihr zu greifen. Zögernd ging sie rein.

Um an den Lichtschalter zu kommen, musste Juniper den

Tritt unter dem Waschbecken heranziehen und hinaufsteigen. Ihr kleines Vogelherz schlug dabei wie verrückt, dann drückte sie den Lichtschalter nach oben. Das Licht blitzte laut und erschreckend auf, dann war es wieder dunkel. Sie fing an zu weinen und machte sich gleichzeitig in die Hose.

Und Karen war immer noch nicht zurückgekommen.

Juniper wusste nicht, was sie machen sollte, außer aus dem Bad zu laufen. Sie stand im Wohnzimmer, ihre feuchte Kleidung fühlte sich auf der Haut klamm und kühl an, die Tränen liefen ihr übers Gesicht. Es würde niemand mehr kommen, nie wieder. Sie war allein mit Doofus und würde für immer allein bleiben, und es würde keinen Geburtstagsimbiss geben und keine Muffins und auch kein Geschenk von ihrer Oma. Niemand würde ihr was Trockenes anziehen. Niemand würde ihr einen Film anmachen oder ihr vor dem Mittagsschlaf eine Geschichte vorlesen.

Sie war auf den Tag genau drei Jahre alt; sie hatte kein intellektuelles Verständnis von Liebe, aber die Liebe, die sie kannte, bedeutete, dass jemand einen in den Arm nahm und festhielt. Und sie hatte jetzt niemanden mehr.

Wie lange Juniper so allein war, überzeugt, verlassen worden zu sein und nie gerettet zu werden? Schwer zu sagen. Karen sagte später zu Julia, sie sei nebenan bei ihrem Vater gewesen, der MS hatte und morgens Hilfe brauchte. Als sie zurück in ihr Haus kam, fand sie Juniper ohne Hose unter dem Küchentisch, neben sich eine Tüte mit Brot. Die Tüte war offen, und Juniper aß eine Scheibe. Ihre Gummistiefel standen kopfüber in der Spüle.

Weder Karen noch Julia beunruhigte die Situation besonders. Soweit sie sehen konnten, war nichts Ernsthaftes passiert. Ja, Juniper hatte beim Warten ein bisschen Probleme mit dem Pipimachen gehabt, aber sie hatte die Situation bewundernswert gemeistert. Was für ein kluges kleines Mädchen! Happy Birthday.

16

Xaviers letzter Highschool-Tag:
»Also, das werde ich nicht vermissen«, sagte Joseph, der weiße Saxofonspieler mit den Dreadlocks, als er um 7:20 Uhr die Schulglocke hörte. Er wirkte mitgenommen, als wäre er die ganze Nacht wach gewesen oder als hätte er sich erst vor zehn Minuten aus dem Bett gerollt und wäre quer über den Sportplatz gerannt, der an seinen Garten grenzte, um noch rechtzeitig zur Schule zu kommen.

»Ich glaub, ich schon«, sagte Xavier auf dem Platz neben ihm.

Der Klassenraum war zu zwei Dritteln gefüllt; ein paar Mitschüler hatten beschlossen zu schwänzen. Viel stand für die, die bald abgehen würden, heute nicht auf dem Plan – hauptsächlich eine Versammlung, bei der Preise verliehen werden würden. Wahrscheinlich rechneten die, die fehlten, also nicht mit einem Preis. Joseph würde einen bekommen, für die Teilnahme an der Band. Xavier würde drei bekommen: für die Band, für Bürgerrecht und für sein Stipendium. Er beendete das Jahr mit einem Notendurchschnitt von 0,8.

Musterknabe, hatte sein Onkel Kyle ihn kürzlich genannt, mit einer Mischung aus Bewunderung und so etwas wie Gehässigkeit; Valerie hatte es geschafft, aus der Arbeiterklasse auszubrechen, Kyle nicht. Kyles Leben bestand aus Maloche in der Kfz-Fabrik, von Gehaltsscheck zu Gehaltsscheck, genau wie bei seinem Vater. Kyles Sohn hatte die Highschool vor drei Jahren abgeschlossen, aber gerade so eben, und momentan trug er eine Fußfessel, weil er Gras gekauft hatte. »Ich wette, du siehst dich schon als nächsten schwarzen Präsidenten«, hatte Kyle bei dem Telefonat zu Xavier gesagt, und Xavier hatte geantwortet: »Äh, nein. Wer will den Job schon machen?« Er bewunderte Präsident Obama, wie man wohl erwarten würde, aber er hatte nicht das Bedürfnis, eine Zielscheibe auf dem Rücken zu haben oder die Bösartigkeiten abzubekommen, die alle in der Politik trafen. Schlimm genug, von Musiklehrern, Wettbewerbsjuroren und, eines Tages, Kritikern bewertet zu werden.

Er fürchtete, diese Aversion gegen alles Politische hieß, dass er schwach war. Sein Dad war beides gewesen, Professor und Aktivist, er hatte unterrichtet und mit Organisationen über Rassismus und Diskriminierung gesprochen, sogar mit dem Kongress. In einer seiner Reden, die jetzt auf YouTube zu sehen war, hatte er das Publikum gefragt: »Warum tue ich das? Zum einen hören weiße Männer besser zu, wenn weiße Männer reden. Und weiße Männer haben die Verantwortung dafür, den Schaden wiedergutzumachen, den ihre Vorfahren angerichtet haben. Und alle, denen Gerechtigkeit wichtig ist, wenn es um sie selbst geht – und das sind vermutlich wir alle –, sollten auch für die Gerechtigkeit von Gruppen einstehen. Verstehen Sie?«

Xavier verstand. Er hatte sich das Video immer wieder angesehen und auch andere, in denen sein Vater zu sehen war. Er verstand, natürlich verstand er, aber er wollte nicht selbst ins Fadenkreuz geraten, und er wollte nicht, dass irgendwas seiner eigenen Leidenschaft in die Quere kam. Nicht jetzt jedenfalls, nicht, wo er gerade auf dem Weg war, Musik zu seinem Beruf zu machen, Vollzeit Musik zu machen, mit Musik seinen Lebensunterhalt zu verdienen. Er würde tagsüber im Studio sein, um zu üben, und abends irgendwo auftreten, eine Welt voller Menschen, die die Künste zu schätzen wussten. Was für einen Sinn hatten gleiche Rechte, wenn einer wie er – also einer, der nicht *weiß* war – weiterhin Aktivist sein musste, statt die Ergebnisse auszukosten?

Also, nein, er wollte nichts als ein Leben voller Musik.

Ausnahme: Juniper. Juniper, dachte er, wäre vielleicht in der Lage, Seite an Seite mit Musik zu existieren. Die Gefühle, die er hatte, wenn er an sie dachte, waren nicht so anders als die, die er hatte, wenn er Gitarre spielte (mal abgesehen von sexuellem Begehren).

Ob sein Dad das verstehen würde? Xavier war sich nicht sicher. Ob er stolz wäre?

Joseph sagte zu Xavier: »Du bist ein Freak. Ich wette, du bist schon seit sechs auf und hast noch geübt.«

»Seit halb sechs.«

»Wie gesagt.«

Xavier hätte antworten können, dass Joseph, wenn er mehr üben würde, auch ein Musikstipendium für eine Uni in einem anderen Bundesstaat hätte bekommen können, oder wenigstens woanders in diesem Staat, irgendwo, wo alles neu und spannend war, irgendwo, wo nicht jedes Denkmal, jede Gasse und jede Einkaufsstraße, jede große Kirche und jedes größere Haus und jede große Eiche so vertraut waren wie das eigene Spiegelbild. Er hätte sagen können, dass man, wenn man früh aufstand, das Gefühl hatte, die Kontrolle über sein Leben zu haben (auch wenn das vielleicht nicht stimmte), Teil von all dem zu sein, was die Welt in Gang hielt. Außerdem schlief Xavier nicht gerne aus. Er mochte nicht, wie er sich fühlte, wenn er länger als, sagen wir, neun geschlafen hatte; es war, als wäre der Tag schon halb rum, als wäre er mit allem in Verzug, als hätte er Zeit verloren, die er nie zurückgewinnen könnte.

Seine Mom stand auch immer früh auf, und in letzter Zeit saßen sie morgens, wenn der Himmel heller wurde, in der Küche, tranken Kaffee und redeten über das, was ihnen gerade in den Sinn kam. In letzter Zeit war ihr Thema die große Eiche und wie lange sie aushalten würde und wie sehr seine Mom den Tag fürchtete, an dem sie fort musste.

An diesem Morgen seines letzten Schultags überhaupt hatte sie gesagt: »Ich weiß, ich sage das oft, aber heute wünsche ich mir besonders, dein Dad wäre Teil deines Lebens gewesen.«

»Ja, ich auch«, sagte Xavier, obwohl er gar nicht an seinen Vater gedacht hatte, bis sie es sagte.

Tatsache ist, er versuchte, seinem Hirn nicht allzu oft zu erlauben, in diese Richtung zu denken – was sollte es für einen Sinn haben, sich dem Schmerz hinzugeben, jemanden verloren zu haben? Sich auf das zu konzentrieren, worauf es wirklich ankam – das war es, was ihn erfolgreich durch all diese Jahre gebracht hatte. Ging das manchmal schief? Klar (siehe *Juniper Whitman*). Aber es war mit den Jahren leichter geworden, vielleicht, weil er immer mehr die Verantwortung für sein eigenes Schicksal übernahm – soweit man das überhaupt konnte.

Er wünschte, er hätte seinen Dad die ganze Zeit gehabt. Er hatte seinen Dad nicht die ganze Zeit gehabt. *Das Leben ist ein Arschloch,* hatte sein Onkel Kyle neulich gesagt. *Wenn du das jetzt noch nicht weißt, wirst du es bald wissen. Mamas können ihre Goldschätzchen nicht auf ewig beschützen.*

Das wusste Xavier. Irgendwie.

Nichts davon erzählte er Joseph. Er sagte: »Also, ich habe heute Morgen bei Sonnenaufgang vier Rehe gesehen. Und was hast du gesehen, als du endlich deinen Arsch hochgekriegt hast?«

»Das hier – aber nicht mehr lange!«

Da in ihrem Klassenraum nur Leute aus dem Abschlussjahrgang waren, die zum letzten Mal hier versammelt waren, machte sich ihr Englischlehrer Mr. Hopkins, der einen ganzen Kurs F. Scott Fitzgerald und seiner Frau Zelda gewidmet hatte, nicht wie sonst die Mühe, um Ruhe zu bitten, während über Lautsprecher die täglichen Ankündigungen durchgesagt wurden. Stattdessen ging er mit einem Plastikeimer voller einzeln verpackter Müsliriegel und Muffins durch den Raum und bot sie den Schülern an.

Xavier nahm sich einen Orange-Cranberry-Muffin. »Danke«, sagte er, und Mr. Hopkins – ein Schwarzer, sollten wir hinzufügen, weil ein Weißer das aus diversen Gründen nicht tun würde – streckte die Hand aus und strubbelte Xavier durchs Haar. Joseph nahm sich einen Müsliriegel. *Sein* Haar verstrubbelte Mr. Hopkins nicht.

Als Mr. Hopkins weitergegangen war, sagte Joseph: »Schleimer.«

»Ich hab dich auch lieb, Bruder.«

»Hey«, sagte Joseph, »bei Marco geht heute Abend irgendwas. Sollten wir hingehen.«

»Okay, klar – aber ich muss morgen früh arbeiten.«

»Heißt?«

»Heißt«, sagte Xavier und packte den Muffin aus, »ich bleibe nicht über Nacht.«

»Mann, was hat es für einen Sinn, wenn du nicht über Nacht bleibst?«

»Das hat den Sinn, dass mich die Uni im nächsten Jahr dreißigtausend kosten wird. Ich kann's mir nicht leisten, nicht bei der Arbeit aufzutauchen.«

»Wieso«, sagte Joseph, »was ist denn mit deinem Stipendium, hast du das nicht mehr?«

»Doch, Mann, das sind die Kosten nach Abzug meines Stipendiums und der Zuschüsse.«

»Scheiße. Geh doch einfach auf eine staatliche Uni.«

Nicht dass Xavier das nicht erwogen hätte. Sowohl Dashawn als auch Joseph machten das – Joseph (bestenfalls ein mittelmäßiger Schüler), weil er Kommunikationswissenschaften als Hauptfach gewählt hatte und seine Mutter im Immatrikulationsbüro arbeitete. Xavier liebte ihn wie einen Bruder, obwohl er so ein Faulenzer war; Joseph, dessen Saxofon für ihn praktisch ein dritter Arm war, verstand und teilte Xaviers Drang, Musik zu machen, den Drang, den Musiker schon seit den ersten Knochenflöten und Felltrommeln verspürten.

Xavier sagte zu ihm: »Um was zu studieren? An staatlichen Unis wird klassische Gitarre ja gar nicht angeboten.«

»Ist doch egal. Wen interessiert's? Gibt doch sowieso keine Jobs, wenn man fertig ist. Wir suchen uns zusammen eine Wohnung und machen so oft Party, wie wir wollen.«

»Als Student lebt man im Wohnheim, nicht in einer Wohnung.«

»Ist doch egal. Wenigstens wärst du auch da. Oder?«, fragte Joseph Andrea, das Mädchen zu seiner Linken und stieß mit dem Fuß gegen ihr Bein.

Sie wandte sich ihm zu. »Nimm deinen ekligen Fuß da weg.«

»Wär's nicht toll, wenn Zay auch mit uns studieren würde und wir alle zusammen abhängen könnten?«

»Nichts dagegen«, sagte Andrea und lächelte Xavier zu.

»Tja, also, das wird nicht passieren«, sagte Xavier.

Er lächelte nicht zurück, sah sie nicht mal an. Andrea gehörte zu den Mädchen, mit denen er sich im letzten Herbst getroffen hatte. Seitdem schrieb sie ihm fast jede Woche Nachrichten und lud ihn mehr oder weniger ein, das zu wiederholen. Er wusste, er sollte eigentlich in die Luft springen, weil ihn überhaupt ein Mädchen fragte. Welcher normale Cis-Mann würde das nicht tun? Sex ohne Verpflichtungen, ohne Erwartungen – genauso lief das doch mit dem Abschleppen in unserer Kultur. War ja auch okay, wenn sie und ein paar seiner Freunde das gut fanden, aber er hatte schnell rausgefunden, dass er dafür nicht gemacht war.

Sex wollte er schon haben, klar. Darum war er froh gewesen, geradezu dankbar. Aber gleichzeitig fühlte es sich komisch an, mit einem Mädchen zusammen nackt zu sein, das er nicht besonders gut kannte und das er auch gar nicht unbedingt besser kennenlernen wollte. Es waren ein paar Minuten intensiven körperlichen Begehrens gewesen, dann sagte sie, während sie sich anzog: »Ich bin in zwanzig Minuten mit meinen Freundinnen in der Stadt verabredet – wir sehen uns in der Schule, okay?« Und er hatte gesagt: »Klar.« Und dann war er wieder allein in seinem Schlafzimmer, mit seiner Lammlampe und seinem Mobile und einem benutzten Kondom, das er schnell mit einem Blatt Papier umwickelte und in seinen Mülleimer stopfte. Er fühlte sich komisch und leer. Er wollte ja gar nicht mehr von Andrea, er wollte einfach … mehr. Von irgendwas. Verbindung, vielleicht. Gefühle. War es blöd und altmodisch von ihm zu finden, Sex und Liebe sollten zusammengehören?

Er hatte es dann noch mal mit einem anderen Mädchen gemacht, auch um zu sehen, ob das Ergebnis genauso sein würde, so wie wenn man ein sicheres Angebot annahm. Dieses Mädchen, Rachel, war nicht so kurz angebunden gewesen wie Andrea. Trotzdem war es nicht mehr gewesen als ein paar erholsame Minuten, die sie damit verbrachten, die Teile zusammenzuführen, die zusammengehörten. Es fühlte sich gut an, aber irgendwie auch schlecht. Das würde er nicht noch mal machen.

Andrea sagte: »Geht ihr heute Abend zu Marco?«

»Ja«, sagte Joseph, als es zum Ende der Stunde läutete.

»Dann sehn wir uns da«, sagte sie.

»Du siehst sie dann da«, sagte Joseph zu Xavier und sah ihr hinterher.

Xavier warf sich die Büchertasche über die Schulter und stand auf. »Sieh du sie doch.«

»Du machst jetzt keinen Rückzieher.«

»Wenn das wieder nur so eine Party wird, wo –«

»Chill. Da wird bestimmt eine Menge passieren«, sagte Joseph. Sie schlossen sich im Flur dem Strom von Teenagern an, die auf dem Weg zur nächsten Stunde waren. »Hat das mit diesem Mädchen zu tun?«

»Mit welchem Mädchen?«

»Deiner Nachbarin, diesem Blakely-Mädchen, mit dem wir neulich abends vor deinem Haus geredet haben. Dashawn hat's mir erzählt.«

»Was? Nein, damit hat es nichts zu tun. Sie heißt übrigens Juniper.«

17

Also, hör zu«, sagte Valerie an diesem Abend, als sie und Xavier von ihrem Labor an der Universität zum Parkplatz gingen. »Ich wollte nichts sagen, bevor die Sache klar ist, aber jetzt ist es so weit, also Folgendes: Ich habe mir einen Anwalt genommen, und ich verklage den Bauunternehmer der Whitmans und die Stadt und Brad Whitman dafür, unseren Baum umgebracht zu haben.«

»Das kann man machen?«, fragte Xavier. Er trug ein Tablett mit Setzlingen, genau wie sie.

»Ich kann das. Es ist eine Zivilklage, da kommt keiner ins Gefängnis. Es geht um eine Geldstrafe. Sie soll es für diese Leute weniger reizvoll machen, beim Bauen zu betrügen und Schaden anzurichten.«

»Du hast gesagt Brad«, sagte Xavier. »Seine Frau aber nicht?«

»Nein. Wir nehmen an, dass die relevanten Entscheidungen von ihm und dem Bauunternehmer getroffen wurden.«

»Wissen sie das? Die Whitmans, meine ich?« Xavier klang etwas alarmiert.

»Noch nicht. Die Klage wird per Einschreiben zugestellt, sobald mein Anwalt alle Papiere zusammenhat – das dauert noch ein paar Wochen, glaube ich.«

Xavier blieb stehen. »Ich verstehe nicht, warum du so weit gehen musst.«

Sie sah ihn mit offenem Mund an. »Ist das dein Ernst? Verbringst du nicht seit achtzehn Jahren und, was, sieben Wochen jeden einzelnen Tag mit mir? Hast du nicht ungefähr fünf Jahre am Stück in meinen Sommerkursen gesessen, damit ich dich nicht in die Betreuung schicken muss? Wir müssen kämpfen für das, was richtig ist, sonst ändert sich nie etwas.«

»Du wolltest doch eine gute Nachbarin sein.«

»Das ist ja nichts Persönliches.«

Xavier lächelte schief. »Du glaubst nicht wirklich, Brad Whitman würde das nicht persönlich nehmen.«

»Ich verstehe gar nicht, warum du dich darüber aufregst – du wirst nicht mal mehr hier sein, wenn das alles geklärt wird. Das kann sechs Monate dauern, vielleicht noch länger.«

»Wenn das *geklärt* wird?«, wiederholte er und war jetzt sichtlich erregt. »Mom, das ist ein *Prozess*. Wenn du es *klären* wolltest, hättest du auch einfach rübergehen können und mit dem Typen reden.«

»Ach, glaubst du? Einfach fragen, ob er hunderttausend Dollar Strafe zahlt, und ihn schwören lassen, es nie wieder zu tun? Einfach fragen, ob er seinem Bauunternehmer und der Stadt vierhunderttausend aus den Rippen leiert?«

»Was – fünfhunderttausend Dollar? Darauf verklagst du sie?«

»Ich weiß«, sagte sie. »Das klingt übertrieben. Die Zahlen sind von meinem Anwalt, und nachdem er sie mir erklärt hat, kann ich seine Logik nachvollziehen. Muss ich dich daran erinnern, dass das College, das du ausgesucht hat, fast siebzigtausend Dollar *pro Jahr* kostet?«

»Moment – du hast mich ermuntert, mir mein Traumcollege zu suchen, und jetzt wirfst du mir vor, wie viel es kostet?«

»So war das nicht gemeint.«

»Außerdem habe ich doch das Stipendium –«

»Das die Hälfte abdeckt. Ich weiß. Aber wenn irgendwas schiefläuft oder du den erforderlichen Notenschnitt nicht schaffst –«

»Den schaff ich schon.«

»Davon gehe ich auch aus. Aber es kann alles Mögliche passieren. Vielleicht hast du ein wirklich hartes Semester und … Ich will doch nur sagen, dass ich die Klage zwar nicht wegen des Geldes angestrengt habe, es aber entscheidende Auswirkungen darauf haben kann, wie die nächsten vier Jahre für dich laufen. Überleg mal, wie viel mehr Zeit du für deine Musik hättest, wenn du nicht nebenbei auch noch jobben müsstest. Du könntest deinen Abschluss machen, ohne dass einer von uns Kredite aufnehmen muss. Du könntest überlegen, ob du noch einen weiteren Abschluss anstrebst.«

Xavier war still, wirkte aber verwirrt. Sie konnte sehen, wie er nachdachte. »Was ist los?«, fragte sie. »Warum beunruhigt dich das so?«

»Nichts«, sagte er und ging weiter. Als sie auch weiterging, sagte er: »Ist schon okay. Wahrscheinlich ist es sowieso besser … wenn die Whitmans unsere Feinde werden.«

»Feinde? Sei doch nicht so dramatisch. Wir müssen nicht zu Feinden werden. Wenn Brad Whitman versteht, welchen Schaden er mit seinen Entscheidungen angerichtet hat –«

»Dann, was? Dann lädt er dich zum Grillen ein? Hey, mein Fehler, hier, ein Scheck. Schwamm drüber«, imitierte Xavier Brads Tonfall.

»Nein, aber falls, oder wenn wir uns begegnen –«

»Das heißt, du willst es ihm nicht sagen?«

»So läuft so was nicht«, sagte sie. Eher entsprach der Wahrheit, dass sie Brad nicht direkt konfrontieren wollte. Er war eindeutig der Typ, der seinen Charme einsetzen würde, um sie dazu zu bewegen, ihren Kurs zu ändern – und das würde sie sich nicht geben. Was Julia betraf, so wollte sie ihr nichts Böses; wenn sie versuchen würde, es zu erklären, würde es jedoch bestimmt persönlich werden. Besser also, man ließ die Situation für sich sprechen.

»Falls, oder wenn wir uns begegnen«, wiederholte Valerie, »wird er sich ganz sicher zivilisiert verhalten und ich mich auch, und das reicht mir. Ich bin es nun wirklich gewohnt, mit Menschen zu koexistieren, die nichts als Verachtung dafür übrig haben, wer ich bin und was ich aus meinem Leben gemacht habe, was für Entscheidungen ich getroffen habe, was ich unterstütze. Mir ist egal, ob Brad Whitman mich mag, für mich ist entscheidend, was richtig ist.«

»Ich dachte, du und Julia wärt dabei, euch anzufreunden.«

»Ich habe genug Freundinnen«, sagte Valerie knapp.

Sie waren am Auto angekommen und luden stumm ihre Tabletts ein. Sie fuhren stumm nach Hause, und dort angekommen, zog sich Xavier in sein Zimmer zurück und griff nach einer seiner Gitarren – es war die José Marín Plazuelo, das hörte sie am Klang, ein Instrument mit Fichtendecke für 6000 Dollar, die er selbst bezahlt hatte. Er spielte ein Stück, an dem er schon seit einer ganzen Weile arbeitete, *Asturias*, eine spanische Komposition aus dem neunzehnten Jahrhundert. Sie war komplex und expressiv, genauso melancholisch wie leidenschaftlich. Dem, wo er in seinem Leben gerade stand, sehr angemessen, dachte sie. Und so passend zu ihm als Mensch.

Beim Zuhören verspürte Valerie zu gleichen Teilen Stolz und Angst und Traurigkeit. In allzu wenigen Wochen schon würde er in die Welt hinausziehen und für sie nicht mehr unmittelbar erreichbar sein. Wie war er so groß geworden, so erwachsen, so weit entfernt von dem, den sie einfach auf ihren Schoß ziehen und umarmen konnte, um ihm zu versichern, dass alles gut werden würde? Wenn sie ihn gehalten hatte, hatte auch sie das geglaubt, jedenfalls für eine Weile. Aber wie sollte alles gut sein, wenn sie nicht täglich von ihm hören oder ihn sehen konnte?

Ah, der Fluch des Mutterseins.

Bald darauf, als Xavier sich auf den Weg zu einer Party bei seinem Freund Marco machte, fiel Valerie etwas ein. Sie sagte: »Wart mal, wir sind davon vorhin abgekommen. Was hast du gemeint, als du gesagt hast, es sei wahrscheinlich besser, mit den Whitmans verfeindet zu sein? Warum ist das besser?«

»Ach, egal.«

Sie stemmte die Hände in die Taille. »Ich verstehe kein Wort.«

»*Egal.* Ich mag Juniper, das ist alles. Wir haben – ich weiß nicht. Ich dachte, wir machen mal was zusammen, wenn … falls ihre Eltern sie lassen.«

»Du willst mit Juniper Whitman *ausgehen?* Sie … Ich meine, hast du das Foto nicht gesehen, von ihr und Brad, dieses Reinheitsding, bei der Einweihungsparty? Xavier Alston-Holt, über dieses Mädchen solltest du keine zwei Sekunden lang nachdenken.«

»Auf dem Bild war sie vierzehn. Sie glaubt das Zeug gar nicht mehr.«

»Das ist eine Ideologie. Mit der sie aufgewachsen ist. Glaubst du, die kann man einfach ablegen wie ein altes Sweatshirt?«

»Du kennst sie nicht. Aber ist auch egal. Es hat sowieso keinen Sinn, dass ich hier noch mit irgendwem ausgehe.«

»Schon gar nicht mit ihr.«

»Sie ist in *Ordnung*«, sagte er.

»Ganz bestimmt. Ich mag sie auch. Aber – wie soll ich es ausdrücken? Sie ist sehr, sehr weiß.«

Er rollte mit den Augen. »Dein Ernst? Was anderes fällt dir nicht ein? Das interessiert doch keinen mehr.«

»Manche nicht. Andere aber schon. Sehr. Überleg mal, was deinem Dad passiert ist.«

»Das ist lange her. Inzwischen ist das anders.«

Sie schüttelte den Kopf. »Nicht so anders, wie es sich aus deiner Perspektive darstellt. Dieses Land ist nur zum Teil integriert. In Blasen, in Teilen der Bevölkerung, wo der Tribalismus nicht so ausgeprägt ist. Du bist da drin, deshalb kannst du es nicht sehen – und vielleicht liegt das sogar an mir, weil ich dich aufgezogen hab wie ein Mittelklassekind, in dem Glauben, wenn ich mein eigenes Leben lebe, als wäre ich in der *Cosby Show*, als spielte Hautfarbe keine Rolle, dann würde der Rest der Welt schon mitmachen.« Sie legte eine Hand auf seinen Unterarm. »Wirklich, Zay, es wäre besser für dich, dich nicht mit einer Weißen zu treffen.«

»Das ist doch geheuchelte Scheiße, aus deinem Mund. Du hast selbst einen Weißen geheiratet.«

Und das haben wir jetzt davon, dachte sie. Das hat *er* jetzt davon. Das sagte sie aber nicht. Sie sagte: »Na gut. Wahrscheinlich bin ich übervorsichtig. Aber nicht, was Juniper betrifft – nicht, was ihre Familie betrifft, insbesondere Brad. Ich meine: Er hat sie einen Reinheitsschwur leisten lassen, ich bitte dich.

Solchen Leuten geht es darum, ihre Mädchen und ihren Stammbaum ›rein‹ zu halten. Vor vierzig, fünfzig Jahren hätte so jemand dich schon gelyncht, wenn du sie nur angesehen hättest. Vielleicht knüpft man die Jungs dafür heute nicht mehr auf, deshalb ist die Einstellung aber noch nicht verschwunden.«

»Interessiert mich nicht«, sagte Xavier.

»Ach, mehr fällt dir nicht ein?« Sie schüttelte erstaunt den Kopf. »Du musst das Mädchen *wirklich* mögen.«

»Und wenn schon? Du wirst mit deiner Klage alles ruinieren, bevor irgendwas draus werden kann.« Er öffnete die Haustür, sagte: »Ich bin um Mitternacht wieder da«, und ließ Valerie verblüfft stehen. Vor einer halben Stunde hatte sie noch lamentiert, weil nicht mehr viel Zeit war, bis er auszog. Jetzt hatte sie das Gefühl, das könnte jeden Moment passieren.

18

Wir sind nun kurz vor einem Wendepunkt dieser Geschichte. Hier ein paar Dinge, die dabei nicht in Vergessenheit geraten sollten:

Die Geschichten, die wir in unserer Kultur am liebsten mögen, haben fast immer einen Schurken.

Würden wir Valerie Alston-Holt fragen, wer in dieser Geschichte der Schurke ist, würde sie Brad Whitman sagen. Sie würde damit aber nicht meinen, dass er der typische Fernsehschurke mit metaphorischem schwarzem Hut wäre, ein Egoist oder Psychopath mit schwarzem Herzen. Wenn jemand die feinen Abstufungen des Schurkentums verstanden hatte, dann Valerie. Dennoch hätte sie auf die Frage Brad als Architekten ihres derzeitigen Ärgers benannt, und sie läge damit nicht falsch.

Wen würde Brad Whitman für den Schurken dieser Geschichte halten? Beim jetzigen Stand der Ereignisse, bei dem er kurz davorsteht, auf eine sechsstellige Summe verklagt zu werden, scheint die Antwort offensichtlich.

Die offensichtliche Antwort ist jedoch nicht immer die richtige.

Wen hätten wir genannt? Hätten wir überhaupt einen Namen genannt? Oder hätten wir etwas gesagt wie »So was passiert eben«, als hätte niemand irgendwas tun können?

TEIL II

19

Am fünften Tag von Junipers Supermarktjob, einem heißen Junitag in der ersten Ferienwoche, standen sie und Xavier auf dem Parkplatz des Frischemarkts zwischen ihrem neuen Auto und seinem alten – einem zwölf Jahre alten silbernen Honda, dessen Farbe auf der Kühlerhaube, am Dach und auf dem Kofferraum schon abplatzte, aber vom Harz der in North Carolina allgegenwärtigen Kiefern an Ort und Stelle gehalten wurde, unter denen er sowohl zu Hause als auch bei der Schule parkte. Der Kontrast zwischen den beiden Autos war krass. Den beiden war das egal.

Ihre Schicht war früher zu Ende gewesen, weil ein Lieferant eine Panne gehabt und nicht gebracht hatte, was sie sonst hätten einräumen müssen. Sie waren also beide frei von Verpflichtungen und Beaufsichtigung.

Sie hatten heute zum ersten Mal gleichzeitig gearbeitet und erstmals Gelegenheit, persönlich und ungestört zu reden, seit sie sich in der Ecke von Junipers Garten verabredet hatten. Beide trugen die Uniform aus Kakihose und grünem Hemd, die alle Angestellten trugen. Juniper hatte ihr Haar zu zwei französischen Zöpfen geflochten. Ihre Mutter hatte gesagt, sie sähe ordentlich und tüchtig aus. Und süß. Juniper hasste das Wort *süß*. Sie war sowieso gerade etwas genervt von ihrer Mutter. Julia konnte es einfach nicht lassen, ständig darauf hinzuweisen, wie überraschend es war, dass Juniper diesen Land Rover bekommen hatte, was zur Folge hatte, dass Juniper sich deshalb schlecht fühlte. Wir bezweifeln, dass das Julias Absicht war, aber die Wirkung hatte es trotzdem.

Julia hatte die Sache total verblüfft. Manche sagten, das läge daran, dass ihr eigener SUV zwar doppelt so viel gekostet hatte wie dieser Land Rover, jedoch dasselbe Baujahr hatte wie Junipers – und sollte ihr Auto nicht eigentlich neuer sein als das ihrer Tochter? Zugegebenermaßen entbehrte diese Vermutung jeder Grundlage. Manche von uns trauten Julia mehr zu als das. Vielleicht war sie einfach so verblüfft, weil ein Teenager kein solches Auto brauchte, um verlässlich von einem Ort zum andern zu kommen, und sie wollte nicht, dass Juniper verwöhnt wurde. Was es auch war, Juniper, die das Haus heute verärgert verlassen hatte, befasste sich jetzt nicht damit, weil: Zay.

Er war etwas, das Juniper dem Wort süß bei Weitem vorzog: *gewinnend*. Ein Wort, das sie in einem Buch gelesen hatte. Sie wusste, dass es *attraktiv* bedeutete oder *anziehend*, aber ihr gefiel auch, dass es das Gegenteil war von *jemanden verlieren* (wenn auch nicht buchstäblich). Sie hatte ihn bei der Arbeit beobachtet. Er hatte in den Gängen vier bis sieben eingeräumt, sie in zwei und drei, und sie hatte jede Gelegenheit genutzt, an seinen Gängen vorbeizukommen, um einen Blick auf ihn zu erhaschen. Er war kein Faulpelz, was weder Juniper noch uns überraschte – wie sollte ein Teenager genug Geld verdienen, um sich für 6000 Dollar eine Gitarre zu kaufen, wenn nicht durch die Bereitschaft, praktisch ohne freie Tage hart zu arbeiten?

Also, ja, Juniper hatte Xavier bei der Arbeit angehimmelt. Sie hatte außerdem darüber nachgedacht, wie vielversprechend es mit ihnen begonnen hatte und wie dann in den letzten Wochen, in denen sie so viel für die Schule tun mussten und Xavier seinen Abschluss gemacht hatte, alles zum Stillstand gekommen war. Bis jetzt, das hoffte sie jedenfalls. Beim Ausstempeln hatte er gesagt: »Hey, hast du noch kurz Zeit? Ich dachte, wir könnten vielleicht reden.« Und sie hatte gesagt: »Ja, ich auch.« Und dann waren sie zusammen rausgegangen.

Auf dem Weg hatte sie im Trommelfell ihr Herz schlagen hören, genau wie an dem Abend, als er sie geküsst hatte, und plötzlich war ihr überall warm. Das faszinierte sie; es war, als wüsste ein unbewusster und archaischer Teil von ihr etwas, das ihrem bewussten Ich lange nicht so klar gewesen war. Zwischen ihr und Xavier geschah etwas, das sagten ihr diese Reaktionen. Sie sagten ihr, dass sie, *endlich,* die Orientierung gefunden hatte, für die sie gebetet hatte.

Xavier sagte: »Ich wollte dir sagen, wie schlecht ich mich wegen diesem einen Abend fühle, weißt du, bei eurer Einweihungsparty.«

»Was? Warum?«

»Ich muss mich bei dir entschuldigen.« Er hielt sein Handy in den Händen und drehte es beim Sprechen um und um und um.

Juniper sagte: »Nein, musst du nicht. Du hast nichts falsch gemacht.«

»Nett, dass du das sagst, aber … Du hast ja gesagt, du sollst dich nicht mit Jungs treffen oder so, also was habe ich mir dabei gedacht, dich dazu zu bringen, die Regeln zu brechen?«

»Du hast mich nicht dazu *gebracht*. Ich hab auch selbst einen Kopf.«

»Ja, nein, das meinte ich nicht. Natürlich hast du selbst … Das kam nicht richtig raus. Mann … ich wusste, dass ich das versaue, und jetzt denkst du, ich wäre ein Arsch –«

»Tu ich nicht«, sagte sie. »Überhaupt nicht.«

»Ich wollte das schon eher machen, aber ich habe ja deine Nummer nicht und …«

Juniper wartete. Er hatte *was* eher machen wollen? Sich entschuldigen? Oder war da noch mehr? Denn er verhielt sich, als wäre da noch mehr.

Xavier lehnte sich an sein Auto und steckte das Handy und die Hände in die Taschen. Er sagte: »Vielleicht war es nicht *falsch,* aber es war vielleicht auch nicht das Klügste – für mich. Ich meine, ich mag dich. Sehr. Es wäre cool, wenn wir Zeit zusammen verbringen und, na ja, ausgehen könnten. Vorausgesetzt, du willst und darfst das. Aber wir würden es uns nur schwer machen, weil ich im August wegziehe. Das weißt du doch, oder?«

Juniper hatte ihn beim Sprechen beobachtet. Jetzt blickte sie auf ihre Schuhe und zuckte mit den Schultern. »Ja, schon. Klar.«

»Für mich wäre das jedenfalls hart. Aber wir können Freunde sein. Ich meinte, da du mehr sowieso nicht darfst –«

»Nein, also, ich soll zwar nicht.« Sie sah zu ihm auf. »Aber ich dachte, wenn – also, wenn es jemanden gibt, mit dem ich ausgehen möchte, dann, na ja, dann rede ich eben mit meinen Eltern darüber. Sie sind in letzter Zeit echt lockerer geworden. Also, theoretisch. Wenn du sowieso nichts anfangen willst, weil du wegziehst. Was vermutlich klug ist.«

Er sah sie eindringlich an. »Ja«, sagte er, »aber … vielleicht ist es auch dumm.«

Ihr Puls eskalierte. »Wieso dumm?«

»Na ja, vielleicht sehe ich das auch falsch. Ich meine, wenn ich so drüber nachdenke, ist es vielleicht dumm, wenn wir uns gar nicht erst die Chance geben, dass es funktioniert.«

»Dumm, weil wir uns nicht zutrauen, uns reif und intelligent zu verhalten?«

»Ja. Genau.«

Es herrschte ein unbehagliches Schweigen, während dessen sie beide ihre Schuhe anlächelten, dann sagte Xavier: »Also, die Karre da.« Er zeigte auf ihren SUV. »Die ist ganz schön klasse.«

Sie sagte: »Ich weiß nicht. Schon, aber mir ist sie auch ein bisschen peinlich.«

»Ach was. Sei doch froh.«

»Ich … es war schon cool, aussuchen zu können, was ich will.«

»Klar. Fänd ich auch.«

»Aber jetzt denke ich, ich hätte einfach einen Corolla nehmen sollen oder so.«

»Was? Nein, nimm, was du kriegen kannst.«

Oder wie Brad gesagt hatte, *Finde heraus, wie du kriegst, was du willst, egal, was es ist, und dann tu, was dafür nötig ist.*

Juniper sah Xavier direkt an. »Wollen wir bei einem Milchshake unsere Reife und Intelligenz testen? Ich werde frühestens in zwei Stunden zurückerwartet.«

»Ja«, sagte er. »Wollen wir.«

Oh, Xavier. Er hatte gerade einen Hochseilakt begonnen und wusste es nicht mal.

***

Als die beiden zu dem Restaurant fuhren, wo sie ihre Milchshakes trinken wollten, Xavier hinter Juniper, fühlte Juniper sich kühn, gleichzeitig war sie nervös. Kühn und nervös waren die beiden Gefühle, die sie in letzter Zeit am häufigsten empfand.

Die Kühnheit lag ausschließlich an ihren Gefühlen für Xavier. Die Nervosität hatte damit zu tun, dass sie den Job bei Brad angenommen hatte (seit einer Woche, drei Schichten bisher) und mit seinem Enthusiasmus, als er sie den Angestellten in der Zentrale vorgestellt und verkündet hatte, Whitman HLK sei jetzt gewissermaßen ein Familienkonzern. Alles an Brad machte sie momentan nervös – und das aus einem sehr guten Grund, zu dem wir gleich kommen werden.

Die beiden trafen sich im JJ's, wo es die besten Milchshakes der Stadt gab. Juniper bestellte Schokolade-Minze, Xavier Schokolade-Erdnussbutter.

»Wir können es ja Un-Verabredung nennen«, sagte Juniper, als sie mit ihren Gläsern zu einem Fenstertisch gingen.

»Un-Verabredung?«

»Wie eine Nicht-Verabredung, nur dass *Nicht-Verabredung* nach Leuten klingt, die versuchen, sich nicht zu verabreden, während eine Un-Verabredung nach Leuten klingt, die zusammen abhängen und sich besser kennenlernen, um einschätzen zu können, ob sie sich verabreden *sollten*.«

Xavier lachte. »Wenn du das sagst.«

»Sage ich. Also, okay, erzähl mir zwei Dinge von dir, die ich noch nicht weiß.«

»Hmm.« Er überlegte einen Moment, dann lachte er wieder. »Ich weiß nichts. Das sollte eigentlich nicht so schwer sein, oder?«

»Ich kann auch anfangen, wenn du willst.«

Xavier sagte: »Wie wär's, wenn ich dich was frage, von dem ich schon weiß, dass ich es wissen will.«

»Könnte funktionieren.«

»Okay, also, mich interessiert dieser Reinheitsschwur. Ich habe ein bisschen was darüber gelesen, und es wirkt ziemlich, na ja, bizarr. Ich habe mich gefragt, ob du das *wolltest,* oder *musstest* du das machen oder ...?«

Ah, die Frage, die so viele von uns an seiner Stelle gestellt hätten.

»Ich wollte es«, sagte Juniper. »Das überrascht dich, oder? Aber damals war es wirklich so.«

Was sie ursprünglich auf keinen Fall gewollt hatte, war zur Kirche gehen. Das war vorher gewesen, als sie neun war und Julia, die gerade bei Whitman HLK angefangen hatte, versuchte, ihr Leben komplett zu erneuern, indem sie jeden einzelnen Stein umdrehte.

Dank ihrer regelmäßigen Fünftagearbeitswoche waren ihre Wochenenden nun vollkommen frei und konnten mit allen möglichen Aktivitäten gefüllt werden, auf die Julia Lust hatte. Juniper war seit Langem daran gewöhnt, am Wochenende vor Comics und Videos zu sitzen, während Julia arbeitete. Sie wollte sich sonntagmorgens nicht schön anziehen und an einen neuen Ort gehen, wo sie neue Leute treffen würden, die vielleicht nicht nett zu ihr waren. Aber Julia hatte Gefallen an der Vorstellung gefunden, dass Jesus oder Gott (Juniper war damals nicht klar, auf wen Julia setzte, vielleicht auch auf beide, oder waren sie vielleicht ein und derselbe?) in ihr Leben getreten waren, was sich daran zeigte, dass Brad sie angestellt hatte. Und wie konnten sie ihre Dankbarkeit besser zeigen als dadurch, den Gottesdienst zum festen Bestandteil ihrer Woche zu machen? Juniper teilte Julias Überzeugung nicht. Zu blöd. Fernseher aus, Jesus an. Besser, Juniper versuchte, dem Ganzen etwas abzugewinnen.

Und tatsächlich gelang ihr das. Die Kirche war riesig und sauber und voller Licht. Es wurde Musik gemacht und gesungen. Die Menschen dort waren entspannt und hatten es nicht eilig. Sie schienen immer zu lächeln. *Willkommen!*, sagten sie jedes Mal. *Wie schön, dass ihr mit uns gemeinsam Danke sagt für diesen wunderbaren Tag, dieses Geschenk unseres Herrn.* Alle waren dankbar. Alle waren fröhlich. Es gab Kurse extra für Kinder, wo man schöne Sachen machte, Dinge herstellte und musizierte. Niemand war schlecht gelaunt oder gestresst. Die Kinder stritten nicht miteinander oder schrien ihre Lehrer an oder warfen sich Schimpfwörter an den Kopf oder boten ihr Drogen an. Es war ein Ort – tatsächlich der erste Ort, an dem sie je Zeit verbracht hatte –, an dem eine harmonische, friedliche Atmosphäre herrschte.

Wir freuen uns *so*, dass du bei uns bist.

In der Kirche wurde sie von allen geliebt. Und bald erfuhr sie, der Herr liebte sie ebenfalls.

New Hope hatte die Mission, dass sich alle Mädchen würdig fühlen sollten – Gottes Liebe, Jesu Bewunderung, des Respekts jedes einzelnen Mannes, den sie treffen würden, wenn sie älter wurden und die Aufmerksamkeit junger (und weniger junger) Männer auf sich zogen. Liebe, Bewunderung, Respekt: Wer wollte all das nicht?

Um das zu bekommen, sagten sie, musste ein Mädchen bestimmte Verhaltensweisen und Charakterzüge verstehen und verkörpern: Anstand. Folgsamkeit. Reinheit.

Sie sagten (und da stimmen wir zu), dass auf junge Frauen so viel Druck ausgeübt wird, wie sie sein sollen und was sie tun sollen, dass sie der Liebe, der Bewunderung und des Respekts, den sie verdienen, verlustig gehen. Sie sagten außerdem (und davon sind wir weniger überzeugt), dass sich jedes Mädchen auf seinen Vater verlassen sollte, denn dieser könne sie am besten durch die gefährlichsten Jahre führen, durch die Jahre, in denen sie körperlich bereits reif, also für Männer attraktiv sei, aber noch nicht so weit, auf die Fürsorge ihres Vaters verzichten zu können.

Xavier war nicht der Einzige, der Reinheitsschwüre bizarr fand. Andere benutzten Begriffe wie *krass, pervers, schädlich, falsch* und *verwerflich*. Aber wenige von ihnen hatten an dem Programm oder dem Ritual teilgenommen. Wenige von ihnen gehörten zu den betroffenen Mädchen. Wir sollten Juniper zugestehen, ihre Sicht im Zusammenhang zu verstehen.

Juniper sagte zu Xavier: »Meine Mom und ich hatten es wirklich schwer, bevor sie Brad kennenlernte – und dann hat sich alles dermaßen verändert, es war wie ein Wunder, das hat sie selbst gesagt. Und deshalb wollte sie, dass wir einer Kirche beitreten. Sie wollte auch, dass ich und Lily ein besseres Fundament hätten als sie früher. Sie und Brad dachten, die Kirche und der Reinheitsschwur würden dem Druck entgegenwirken, dem ich überall sonst ausgesetzt sein würde. Was, glaube ich, funktioniert hat, ehrlich gesagt.«

»Du wirkst jedenfalls so«, sagte er. »Ich meine, es klingt immer noch extrem, aber –«

»Ich glaub das ja auch nicht mehr alles.«

»Jetzt ist ja so oder so alles gut. Offensichtlich.«

»Ja, es ist super«, sagte Juniper, und in dem Moment schien es für sie fast zu stimmen.

»Also, willst du dabei bleiben? Jungfrau bis zur Ehe?«

Er sagte es leichthin, wie aus Neugier, nicht aus persönlichem Interesse. Trotzdem spürte Juniper, wie ihre Wangen rot wurden.

»Na ja, ich habe nicht vor, jetzt schnell zu heiraten oder so, also … ich schätze, das entscheide ich dann, wenn es so weit ist.«

Xavier nickte. »Jeder sollte selbst entscheiden, was gut für ihn ist.«

»Es ist ja nicht für jeden das Gleiche richtig.«

»Genau.«

»Ich meine, ich habe heute Schokolade-Minze genommen«, sagte sie.

»Und ich Schokolade-Erdnussbutter.«

»Morgen will ich vielleicht … einen Doughnut mit Krispy Kreme.«

»Und ich vielleicht Pommes mit Käse und Bratensoße.«

»Zum Nachtisch?«

»Ja, warum nicht?«

»Ja«, wiederholte Juniper und grinste ihn an. »Warum nicht?«

Gut gelaunt tranken sie ihre Milchshakes aus, ganz beseelt von dieser Verbindung aus Intelligenz und Reife. Vielleicht war das mit dem Verabreden einen Versuch wert, das fanden sie beide. Vielleicht lief es ja gut.

Als sie zu ihren Autos gingen, sagte Juniper: »Wir behalten das aber erst mal noch für uns, ja? Nur, bis mir klar ist, wie ich das mit meinen Eltern mache.«

»Okay, klar.«

»Funkstille, bis ich Bescheid sage.«

»Kapiert.«

Sie standen erneut zwischen ihren Autos und sahen sich an. Juniper blickte sich um, um sicherzugehen, dass niemand sie sah, der sie kannte, dann nahm sie seine Hand. »Ich mag die Schwielen hier«, sagte sie und berührte die Fingerkuppen seiner linken Hand. Ihr war am Abend der Einweihungsparty aufgefallen, dass die Fingerkuppen Hornhaut hatten vom Drücken der Gitarrensaiten. »Dadurch wirkst du so tough.«

»Also, wenn du einen toughen Typen willst, wirst du weitersuchen müssen.«

»Doch, du bist tough. Genau wie ich. Weil wir Erfahrungen gemacht haben, die die meisten Kinder nicht gemacht haben und wahrscheinlich niemals machen werden.«

Ein kurzer, zärtlicher Kuss. Ein widerwilliger, aber fröhlicher Abschied.

***

Hinter Junipers Worten übers Tough-Sein und über Erfahrungen steckte mehr, als bisher erzählt wurde. Sie hütete seit fünf Monaten ein Geheimnis, ein Geheimnis, von dem nicht mal der Mensch, um den es ging, wusste, dass sie es wusste. Ein beunruhigendes und widerwärtiges Geheimnis, wie Sie sicher ebenfalls finden werden, sobald Sie die Details kennen.

Davon abgesehen waren ihre Worte auch eine Gelegenheit für die Schicksalsgöttinnen, die zusahen, zu lachen und die Köpfe zu schütteln, als wollten sie sagen: »Du hast noch rein gar nichts erlebt.«

20

Unter den schon seit Langem in Oak Knoll Ansässigen war ein Ehepaar, beide Kulturanthropologen, an das wir uns später wenden würden, um einen Zusammenhang zwischen den besonders beunruhigenden Dingen herzustellen, die wir miterlebt oder gehört hatten. Wie bei mildernden Umständen muss der Zusammenhang in Betracht gezogen werden, möchte man verstehen, wieso und weshalb sich unsere Mitmenschen so verhalten, wie sie es tun.

Menschen sind, wie wir alle wissen, komplizierte Wesen. Nicht mal der simpelste von uns ist simpel. Wir alle sind geformt durch die, die uns aufgezogen haben, dadurch, wie und wo wir aufwachsen. Haben wir zwei Elternteile? Nur einen? Gar keinen? Leben wir im Überfluss oder in äußerster Armut, oder führen wir ein solides Mittelklasseleben? Die Unterschiede spielen eine Rolle. Wechselnde Umstände vom Guten zum Schlechten oder vom Schlechten zum Guten ebenfalls.

Kümmert man sich gut um uns? Werden wir geliebt? Sind wir das seltsame Kind, das gemeine Kind, das gewalttätige Kind, das schüchterne Kind, das beliebte, das umjubelte, das behinderte (sei es emotional oder intellektuell oder körperlich)? Welche Eigenschaften tragen wir in uns, welche Talente und Interessen? Juniper hatte eine Verbindung zur Natur, sie liebte Frösche und Käfer und Blumen. In der Hinsicht unterschied sie sich nicht von Valerie. Xavier liebte Musik, die er mit Gitarren erzeugen konnte, und er hatte die außerordentliche Fähigkeit, nicht nur für diese Musik, sondern auch dafür, seine Aufmerksamkeit und Hingabe auf das zu richten, was ihn gerade fesselte. Jeder hat etwas. Und dieses Etwas hat viel damit zu tun, was wir wollen, wer wir sind, was wir tun.

Und dann ist da die Macht dieser seltsamen und unbeschreiblichen Sache, die man Anziehung nennt.

Sogar noch mysteriöser: Liebe.

***

Junipers Geheimnis, Teil eins:

Als es passierte, war Julia Whitman nicht da; sie war mit Lily bei Lottie. Es war Anfang Januar im vergangenen Winter, und Juniper hatte es vernünftigerweise abgelehnt, ihre Mutter und Schwester in den elenden Wohnwagen zu begleiten mit seinem durchhängenden Boden und den von Kakerlaken bevölkerten Schränken. Nicht, dass Juniper kein Mitleid mit Lottie gehabt hätte, bei der COPD diagnostiziert worden war und ein Emphysem und die derzeit versuchte herauszufinden, wie man ihren Sauerstoffbehälter benutzte, ohne den Wohnwagen in Brand zu setzen (das kam später). Aber Juniper hielt es dort nicht länger als ein paar Minuten aus; wenn sie Lottie besuchte, war ihre frühe Kindheit wieder da – jede zu kalte oder zu heiße oder zu hungrige einsame verängstigte quälende Stunde, so fühlte es sich jedenfalls an.

Draußen war es ein bisschen was anderes, draußen waren es Erinnerungen an Streifzüge durch die lehmige Landschaft voller Pinien, in der der Wohnwagen stand, daran, wie sie durch die Wildblumen und Gräser stöberte und die Wunder dessen entdeckte, was ihr als Wildnis erschien. Käfer und Schmetterlinge und Kröten und Laubfrösche und funkelnde Splitter Schwefelkies, die sie sammelte und in einer Pringles-Rolle sammelte. Wenn die kleine Juniper draußen spielen konnte, hatte alles Böse Pause.

Aber nun war sie siebzehn, und es war Winter, und als Julia fragte, ob Juniper mit ihr und Lily Lottie besuchen wollte, wo sie ein oder zwei Nächte bleiben würden, sagte Juniper Nein. Sie sagte, sie müsse noch so viel lesen, bevor am Montag die Schule wieder losginge. Sie würde bei Brad bleiben.

An dieser Stelle sollten wir – um des Zusammenhangs willen – zurückspringen an die Stelle, als Juniper vierzehn war und das New Hope Reinheitsprogramm in vollem Gange. Die Zeremonie und der Ball wurden geprobt. Im großen Saal der Kirche standen paarweise fünfzehn Väter und Töchter, die Gesichter einander zugewandt, ihre rechte Hand in seiner linken, in der freien Hand hielten alle das Blatt, auf das die jeweiligen Gelübde gedruckt waren.

Juniper beobachtete Brads Gesicht, während er und die anderen Männer der Reihe nach laut vorlasen: »Ich gelobe vor Gott, meine Tochter mit aller Macht zu schützen und rein zu sein in meinem eigenen Leben als Mann, Vater und Ehemann; ein anständiger Mann zu sein, wenn ich meine Tochter in die Zukunft geleite, in der sie einen würdigen Ehemann finden wird, der meine Stelle einnimmt.«

Sie beobachtete ihn und war erfüllt von Dankbarkeit und Wärme. Aber zugleich hatte sie, in einer Kaskade von Gedanken, die zugleich schmeichelhaft und beschämend waren, das seltsame Gefühl, dass der Ausdruck, den sie sah, von einer anderen Art Liebe zeugte als der, die sie für ihn empfand.

Und wenn? Er war nicht ihr Vater. Sie waren nicht blutsverwandt. Sie kannte ihn erst seit ein paar Jahren. So gesehen war daran nichts verkehrt.

Angenommen, sie hatte es herausgefordert – wenn auch nicht willentlich –, so, wie sie ihn die ganze Zeit angehimmelt hatte? Was für sie Heldenverehrung war, hatte auf ihn vielleicht ganz anders gewirkt, wie etwas, zu dem Begehren und ein Ziel gehörten.

Begehrte er sie?

Was, wenn ja?

Juniper sprach nicht darüber, weder mit ihrer Mutter noch mit sonst jemandem. Vielleicht hatte sie sich getäuscht. Was wusste sie schon von Männern und … was glaubte sie denn, in seinen Augen gesehen zu haben? Es war vielleicht nicht mehr als eine Mischung aus Stolz und Glück und Vorfreude.

Bei dem Ball am nächsten Abend beobachtete Juniper ihn genau: wie er sie anlächelte, als sie ihr Gelübde sprach und er seins; wie stolz er wirkte, als sie Händchen haltend auf die Tanzfläche gingen; wie bewundernd er während des Walzers zu ihr hinuntersah. Absolut väterlich. Kein bisschen unangebracht, da war sie sicher. Also entspannte sie sich und überließ sich ganz dem Moment, wie es gedacht war – soll heißen, erfüllt von der Überzeugung, dass der Herr sie nur für diese Art Paarung zusammengebracht hatte, Beschützer und Beschützte, nicht anders als bei den anderen Männern und Töchtern hier. Er war beeindruckt von ihrem Einsatz und ihrer Hingabe. Er liebte sie wie eine Tochter, und sie liebte ihn wie einen Vater. Er würde ihr helfen, die beste junge Frau zu werden, die sie sein konnte.

***

Das erklärt Junipers glückseligen Gesichtsausdruck auf dem Foto vom Ball. Aber was ist mit Brads ebenfalls glückseligem Gesichtsausdruck?

***

Das Geheimnis, Teil zwei:

Januar dieses Jahres. Da Julia und Lily bei Lottie waren, hatte Juniper die Rolle der Köchin übernommen. Als Brad an diesem Tag von der Arbeit kam, duftete das Haus – das frühere Haus, nicht das hier in Oak Knoll – nach Zwiebeln und Knoblauch und bratendem Rindfleisch. Er fand Juniper mit einer Schürze in der Küche am Herd. Das Haar trug sie in einem losen Knoten. Sie hatte ihre Ohrstöpsel drin und sang bei einem Lied mit, das er nicht kannte. Sie sang halblaut, als täte sie es unbewusst. Als wäre sie glücklich und in Gedanken.

In einem Topf köchelte etwas, worum sie sich kümmerte, und die ganze Szene brachte in Brad eine Saite zum Klingen –

es war wie ein einziger tiefer, klarer Ton. Es traf ihn so wie ein klarer Schlag auf einen Tempelgong, wenn der Ton weiter klingt und alle umfängt, die ihn hören, und in ihr Innerstes zielt.

Sieh sie dir an, so nachdenklich. Sie hätte nichts kochen müssen. Am Vortag hatten sie darüber gesprochen, Sushi essen zu gehen, was weder Julia noch Lily mochten. Und trotzdem hatte sie sich schön gemacht und spielte für Brad die Ehefrau; er war entzückt.

Sie hatte schon den Tisch gedeckt. Als sie merkte, dass er reingekommen war, nahm sie ein Bier aus dem Kühlschrank und goss es für ihn in ein Glas. Sie fragte, wie sein Tag war. Während sie einen überraschend guten Rinderbraten aßen – besser, als er bei Julia je geworden war –, sprachen sie über das Buch, das sie las. Sie war gut gelaunt. Witzig. Lebendig. Entzückend. Für Brad war es keine Frage: Juniper hatte sich diese ganze Mühe gemacht, um ihm zu gefallen.

Nach dem Essen ging er in sein Zimmer, etwas verwirrt von dieser Vorführung. Was genau hatte sie vor? Hatte sie überhaupt etwas vor? Wollte er, dass sie etwas vorhatte?

Das wollte er nicht.

Doch, wollte er. Irgendwie.

Warum sollte er es nicht zugeben? Er fühlte sich von seiner Stieftochter angezogen, und das schon seit einer Weile, Gott steh ihm bei – weshalb er sich angestrengt hatte, das zu unterdrücken, es sich aus dem Kopf zu schlagen, so wie er einen Großteil seiner Jugend zu vergessen versuchte. Es brachte schließlich niemandem etwas, wenn solches Zeug einem das Hirn verstopfte und Einfluss darauf hatte, was er machte. Er war seinen Gefühlen begegnet, indem er väterliche Zuneigung und Stolz demonstriert hatte, wie auf diesem Foto. Es gab genug andere Dinge, über die er nachdenken musste – er hatte eine Firma zu führen, es gab Projekte, an denen er arbeitete. Er hatte auch noch eine eigene Tochter, ein Sonnenschein in seinem Leben. Das Äußerste, was er sich zugestand, war, Juniper zu betrachten und zu genießen, was er sah, ungefähr so, wie er sich manchmal Pornos anguckte. Schließlich konnte ein Mann eine Frau bewundern und begehren, ohne ihr je zu begegnen, geschweige denn, sie kennenzulernen. Er konnte sich, allein in der Dusche, einseifen und die Augen schließen und an sie denken, während er seine Lust jedenfalls teilweise befriedigte und niemand Schaden nahm. Wenn Brad manchmal an Juniper dachte, na und? Es wusste ja keiner, und wenn es keiner wusste, gab es auch kein Problem.

Aber … was, wenn sie ihn auch wollte?

Nein.

Nein. Im Grunde war sie seine Tochter, genau wie Lily, und er würde zu hundert Prozent in ihrem Interesse handeln, wie ein Vater. Er hätte seinen unangebrachten Gedanken gar nicht erst nachhängen sollen.

Nicht, dass es irgendwas geschadet hätte.

Ist gut jetzt, Whitman, dachte er.

Er blieb in seinem Zimmer, sah einen Film.

Er ging im Esszimmer an den Schrank mit den Alkoholika und goss sich einen Scotch ein.

Er las die Lokalnachrichten und dann den Sportteil.

Er überlegte zu duschen.

Er goss sich noch einen Scotch ein.

Julia rief an; er erzählte ihr, alles sei gut, Juniper sei oben und lese, und ja, er würde darauf achten, dass sie pünktlich zu Bett ging. Ob er getrunken hatte? Ein bisschen, klar. Warum fragte sie? Er klänge etwas nuschelig. Na ja, er sei müde. Würde bald ins Bett gehen.

Das Haus war still, als er nach oben ging. Die Tür zu Junipers Zimmer stand offen, das Licht war noch an. Sie war beim Lesen eingeschlafen. Er stand im Flur und musste daran denken, wie niedlich sie beim Schlafen ausgesehen hatte, als sie noch kleiner war, wie sie auf Reisen manchmal im Auto oder am Flughafen oder auf einem Handtuch am Strand eingeschlafen war, nachdem sie den ganzen Vormittag in den Wellen rumgesprungen war. In letzter Zeit hatte er praktisch keine Gelegenheit mehr gehabt, sie schlafen zu sehen.

Er betrat ihr Zimmer, um das Licht auszumachen. Sie lag auf dem Rücken. So hübsch im Schlaf. Überhaupt immer so hübsch. Ein kluges Mädchen. Lieb. Sie war folgsam, genau wie es die Kirche lehrte – was für ihn und Julia eine Überraschung war, wenn man bedachte, dass sie beide als Jugendliche immer wieder in Schwierigkeiten geraten waren. Aber für Juniper war es auch sehr anders gewesen, ein errettetes Kind, das es den Menschen immer recht machen, es richtig machen, geliebt werden wollte.

An ihrer Bettkante beugte Brad sich vor, um sie auf die Stirn zu küssen. Doch wie von selbst landete der Kuss auf ihrem Mund.

Juniper rührte sich, und Brad fuhr halb panisch zurück, aber sie wachte nicht auf.

Einen langen Moment beobachtete er sie und rang mit sich, was er jetzt tun sollte.

Ihre Lippen … so weich, so jungfräulich. Dieser junge, feste Körper … Gott, was für eine Versuchung! Er hasste und liebte es zugleich.

Sie würde schüchtern sein, aber auch erwartungsvoll, definitiv erwartungsvoll. Das spürte er. Er wusste es.

Aber.

Nein, verdammt, dachte er, drehte sich um und verließ das Zimmer.

Es wäre falsch, es *war* falsch, er sollte nicht mal darüber nachdenken.

Aber.

Er wollte sie haben, er *konnte* sie haben, wie er glaubte. Unter den richtigen Umständen.

Zu denen es nie kommen würde. Er würde es nicht zulassen, nicht mal, wenn sie sich ihm an den Hals warf. So ein Mann war er nicht. Er hatte eine Frau und eine Tochter, an die er denken musste.

Aber, Gott, wie quälend es war zu wissen, dass sie so nah war, falls er es wollte, falls er annehmen wollte, was sie ihm anbot.

Und es wurmte ihn zu wissen, dass er etwas, das er wollte, nicht kriegen konnte. Es hatte in seinem Leben bisher sehr wenig gegeben, was er nicht haben konnte.

21

Das Geheimnis, Teil drei:
Juniper hatte gar nicht geschlafen.

22

Chris Johnson, Valeries Liebhaber, sah sie über den Restauranttisch, an dem sie zu Abend aßen, hinweg misstrauisch an. Sie mochte diesen ernsten Gesichtsausdruck nicht. Um diesen Gesichtsausdruck zu sehen, war sie nicht drei Stunden gefahren.

Sie sagte: »Du bist also nicht dafür, wie ich sehe?«

»Du brauchst ja meine Zustimmung nicht – aber nein, ich habe nichts dagegen, dass du den Bauunternehmer verklagst. Mich beunruhigt nur der Teil mit dem Hausbesitzer. Dadurch, dass ihr ihm eine Mitschuld gebt, liegt die Beweislast bei dir, und die ist in so einem Fall gigantisch.«

Valerie schüttelte den Kopf. »Das glaube ich nicht. Ich habe genug gegen ihn in der Hand, was seine Komplizenschaft beweist. Falls es überhaupt zu einer Verhandlung kommt, was mein Anwalt für unwahrscheinlich hält. Die schlechte Presse wäre für alle schlimm.«

Chris sagte: »Ich wünschte, du hättest mit mir geredet, bevor du –«

»Bitte mach daraus nicht irgendein Mansplaining-Ding«, unterbrach Valerie ihn. »Ich habe mir einen extrem qualifizierten Anwalt genommen, der mich berät und vertritt, in einem Bereich, über den er alles weiß.«

»Mann, bist du gereizt. Ich wollte überhaupt nicht mansplainen. Ich wollte sagen, ich wünschte, du hättest rechtzeitig mit mir geredet, damit ich dich von Anfang an hätte unterstützen können.«

»Oh«, sagte Valerie. »Okay, tut mir leid. Das war alles wirklich anstrengend und ich –« Sie schluckte hörbar. »Lass uns noch mal von vorn anfangen, ja?« Sie griff zur Cocktailkarte.

»Du musst das alles nicht allein schultern, Val. Ich weiß, dass du tough bist und das könntest, aber ich meine, es kann ja etwas

Gutes sein, etwas Belastendes zu teilen – für eine Beziehung, aber vor allem für jemanden, der sehr gestresst ist und demnächst sowieso schon mit einer ziemlich großen Sache klarkommen muss.«

»Du meinst Zays Auszug.«

»Ja. Ich habe das schon hinter mir; wer könnte es besser verstehen?«

Er meinte, dass er selbst erlebt hatte, dass sein Küken das Nest verlässt: seine Tochter Talia, die jetzt sechsundzwanzig war und Ende Juni heiraten würde. Dass Chris selbst ein Kind weitgehend allein großgezogen hatte, wie sie, war einer der Gründe dafür, dass er sie so anzog. »Und er ist schwarz«, hatte ihre Mutter gesagt, als Valerie ihr von ihm erzählt hatte. »Du hast deine Lektion offenbar gelernt.« »Das ist reiner Zufall«, hatte Valerie geantwortet, wozu ihre Mutter gesagt hatte: »Hmpf.«

Zu Chris sagte Valerie: »Klar, du hast Talia großgezogen. Ich bin aber nicht sicher, ob du die Sache mit dem Baum so nachvollziehen kannst.«

»Nicht direkt, na und?« Er griff nach ihrer Hand und sagte, jedes Wort einzeln betonend: »Ich bin auf deiner Seite.«

Valerie lehnte sich zurück und atmete hörbar aus. Sie hatte die Schultern praktisch bis zu den Ohren hochgezogen; jetzt ließ sie sie locker, atmete noch einmal durch und sagte dann. »Ich bestelle jetzt einen Cocktail.«

Chris drückte ihre Hand und ließ sie los. »Ich wäre gern … Es ist nicht leicht, auf die Entfernung.«

»Darüber haben wir ja gesprochen.«

Der Kellner kam an den Tisch. Chris und Valerie bestellten zwei Drinks, dann sagte Chris: »Lass uns noch mal darüber reden.«

»Und zum selben Ergebnis kommen? Vielleicht sollten wir einfach eine Münze werfen, um zu sehen, wer von uns zwanzig Jahre alte Verbindungen zu Uni und Kollegen aufgibt.«

»Vielleicht ist das der einzige Weg.«

»Was wir bisher machen, funktioniert doch gut.«

»Es funktioniert nicht gut«, sagte Chris. »Man kann eigentlich nicht mal sagen, dass es funktioniert.«

Er hatte nicht unrecht. Es funktionierte nur, weil die Chemie bei ihnen so wunderbar stimmte, von der ersten Minute an, und sie empfanden es immer noch jedes Mal so, wenn sie sich trafen. Das trug sie, wenn sie getrennt waren. Außerdem hatten sie eine starke intellektuelle Verbindung, beide waren idealistisch, engagierten sich und waren leidenschaftliche und erfahrene Lehrende. Alles an ihrer Beziehung funktionierte großartig, abgesehen von der Geografie.

Sie hatten viel darüber gesprochen, aber bisher hatte Valerie es vermieden, darüber zu sprechen, warum ihr ein Umzug so widerstrebte (sie wusste wohl, dass ihr Grund etwas dürftig klingen würde). Die University of Virginia war eine gute Uni – sie würde gern dort lehren. Und Virginia war wunderschön. Die Sommer waren kühler als hier.

Ihre Gründe waren: ihr Haus und ihre Freundinnen und ihre Pflanzen. Sie war dort verwurzelt. Würde sie das sagen, klänge es jedoch, als wären ihr diese Dinge wichtiger als Chris. Was sie nicht waren. Trotzdem.

Xavier würde aufs College gehen. Ihre Eiche würde sterben. Vielleicht sollte sie sich auch etwas Neues suchen.

Sie sagte: »Es gibt noch was, das ich dir noch nicht erzählt habe: Xavier mag das Mädchen, dessen Vater ich verklage.«

»Oh, das ist … ungünstig. Wusstest du das? Bevor du Klage eingereicht hast?«

»Er hat nie ein Wort davon gesagt – hätte er vermutlich immer noch nicht, es ist nur rausgekommen, weil er wegen der Klage schlecht auf mich zu sprechen war.«

»Für ihn wird es also ziemlich haarig.«

»Theoretisch schon, allerdings darf sie sich nicht mit ihm treffen.«

»Sie darf sich nicht mit *ihm* treffen?«, fragte Chris.

»Mit überhaupt niemandem. Weil sie so ein Reinheitsgelübde abgelegt hat, als sie vierzehn war, was offensichtlich Nötigung war. Aber selbst wenn sie es dürfte, würde Brad sicher ausrasten, wenn sie sich mit einem Schwarzen träfe. Julia, ihre Mutter, ist aufrichtig freundlich zu uns – bisher jedenfalls; das wird sich wohl ändern, wenn sie von der Klage erfahren. Ich weiß ja nicht, was Brad macht, und im Zweifel für den Angeklagten, aber –«

»Nicht, wenn es um deinen Baum geht.«

»Dann nicht«, sagte sie.

»Wäre es denn für *dich* okay, wenn sie sich träfen – mal abgesehen von dem Baum?«

»Ganz ehrlich? Ich habe nicht wohlwollend reagiert bei der Vorstellung. Ich *mag* das Mädchen. Ich bin absolut dafür, dass die Menschen sich so paaren, wie es gut für sie ist, egal in welcher Kombination – Farbe, Geschlecht, Klasse spielt dabei alles keine Rolle. Aber dir muss ich ja nicht sagen, dass Rassismus im Moment immer hässlicher und offensichtlicher wird.« Sie strich Butter auf ein Brötchen und fuhr fort: »Ich habe zu Xavier gesagt, sie ist zu weiß.«

»Oh.«

»Ich weiß – Tom war auch weiß, ich bin eine Heuchlerin. Aber die Sache ist die: Ihre Eltern pflegen vorsätzlich das Unwissen dieser jungen Dame. Dabei ist das, was funktioniert, Aufklärung und Verhütung, das ist belegt.«

Chris sagte: »Ja, wenn das Ziel wäre, sicheren Sex zu haben, dann wäre es eine ganz andere Geschichte. Das Ziel ist aber *Reinheit,* vergiss das nicht.«

»Ja, genau. Reinheit, was in diesem Fall praktisch ein Synonym fürs Weißsein ist. Davon, dass es die Entmachtung der Frau bedeutet, gar nicht zu reden – dieses *verheirate sie und sorg dafür, dass sie stets schwanger und barfuß ist*«, sagte Valerie mit lauter werdender Stimme. »Wie in der guten alten Zeit, als die Lebenserwartung ungefähr dreißig war und Schwarze noch gelyncht wurden. Wie *kann* ich nur was dagegen haben, dass Xavier sich mit solchen Leuten einlässt? Ich reg mich schon wieder auf, sorry.«

Chris lächelte. »Du versuchst, Zay zu beschützen, das ist alles.«
»Das ist meine Aufgabe. Oder war meine Aufgabe.«
»Und du hast sie gut gemacht.«
»Hab ich das? Er ist nach unserem kurzen Gespräch zu einer Party gegangen, und seitdem habe ich ihn höchstens für drei Minuten gesehen. Es ist, als wollte er mich bestrafen.«
»Vielleicht ist es so.«
»Er hat selbst gesagt, dass er beschlossen hat, sie nicht mehr zu treffen, und trotzdem ist er sauer geworden, als ich zugestimmt habe.«
»Klar *sagt* er das.«
»Du glaubst, er meint es nicht.«
»Was glaubst du denn? Ich kenne ihn nicht gut genug.«
»Ich glaube … er wollte es meinen. Aber ich habe das Gefühl, es hat ihn erwischt.« Sie seufzte. »Verdammt. Ich mag sie ja auch. Gerade gestern ist sie rübergekommen, als ich im Garten gearbeitet habe, und wir haben uns nett unterhalten.«

Valerie war gerade dabei gewesen, den Kompost umzusetzen, als sie Juniper und eine Freundin nach draußen kommen hörte, wobei es vor allem das andere Mädchen war, das redete. Offenbar war eine gemeinsame Freundin der beiden bulimisch oder anorektisch, woher sollte man das wissen, ohne zu fragen? Aber wie sollte man fragen? Eins war klar: Hailey war inzwischen viel, viel zu dünn, *nur noch Haut und Knochen, findest du nicht auch?* Und Junipers Freundin fragte sich, was sie tun könnten.

Während ihres Gesprächs schlugen die Mädchen einen Beachball von einer Seite des Pools zur anderen. Valerie hörte die weichen Aufschläge der Hände gegen das Plastik (diese Teile würden in der Mülldeponie Jahrhunderte überdauern), sah den Ball auf der Höhe jedes Bogens, den er beschrieb. Sie hörte aufmerksam zu, wie sie es auch oft bei den Studierenden tat, wenn sie in den Fluren herumschwirrten. Wie alt waren diese Mädchen, siebzehn? Und keine von ihnen kam auf den Gedanken, in diesem Fall Erwachsene hinzuzuziehen. Eigentlich nicht überraschend – Valerie erinnerte sich, Erwachsenen in dem Alter auch überhaupt gar nicht getraut zu haben. Erwachsene *verursachten* Probleme, sie lösten sie nicht. Und war das nicht im Großen und Ganzen immer noch so? Ja, war es.

Der Ball segelte über den Zaun und hüpfte durch Valeries Garten, dicht gefolgt von Juniper, der wiederum ihre Freundin folgte. Beide Mädchen trugen Bikinis, für die die Valerie mittleren Alters beinahe an ihrer statt errötete, die die siebzehnjährige Valerie aber genauso zur Schau gestellt hätte.

Die Jugend. Würde sie ihre eigene noch mal erleben wollen, wenn sie könnte? Sie wäre in Versuchung, klar. Die Vorstellung, noch mal so aufgeregt zu sein wie bei ihrer ersten wirklichen Romanze – mit der Ökologie, nicht mit einem Jungen; die Ökologie war die Liebe, die gehalten hatte.

Sie konnte sich noch an den Tag erinnern, an dem es passiert war. Sie war zehn, saß mit ihrer Familie in der Kirche und wartete, dass die Beerdigung ihrer Großmutter begann. Während die Erwachsenen miteinander murmelten, betrachtete Valerie, was vor ihnen aufgebaut war. Da war ein Sarg, der offen stand, sodass ihre Oma von der Taille aufwärts zu sehen war. Die untere Hälfte des Deckels war geschlossen und mit Sargschmuck aus Pfirsichzweigen, Lavendel und cremefarbenen Rosen bedeckt – die Lieblingsfarben ihrer Oma, besonders Lavendel, weil es, wie sie oft gesagt hatte, so gut zu ihren Haaren passte. Eine Übertreibung, aber ihre Oma neigte zu Übertreibungen. Wenn sie erzählte, klang ihr Leben vor ihrem Umzug von Beaufort, North Carolina, nach Michigan, zur Zeit der Weltwirtschaftskrise, als sie zwanzig war, nach einer Reihe von Irrungen und Wirrungen, die es mit den Prüfungen Hiobs aufnehmen konnte.

Also: Sargschmuck und auf Podesten zwei Urnen, geschmückt mit Sträußen aus den gleichen Pflanzen, und drei weitere große Arrangements auf Staffeleien. Valerie drehte sich um und sah sich um. Die ersten vier Reihen waren am Ende mit kleineren Sträußen geschmückt. Blumen und Beerdigungen:

Warum gehörte das zusammen? Erst als sie später recherchierte, erfuhr sie, dass der ursprüngliche Zweck darin bestand, den Geruch nach Tod – also nach Verwesung – zu überdecken. Aber egal, die Verbindung, die sie an diesem Morgen gezogen hatte, war, dass Blumen und Pflanzen die Leute trösteten. Deshalb schickte man sie auch an Krankenhauspatienten. Blumen und Pflanzen vermittelten den Menschen etwas Gutes, Glück – warum?

Das war die Frage, die sie antrieb. Was hatte es auf sich mit der Beziehung von Menschheit und Flora? Zwischen einer Pflanze und einer anderen? Pflanzen und Tieren, Pflanzen und Insekten, Pflanzen und der Atmosphäre? Warum entwickelte sich aus dem einen Samen eine Blume und aus dem anderen ein Busch und aus wieder einem anderen ein Baum?

Dieses Gefühl: Neugier, Aufregung, Liebe. Liebe war die Wurzel des Ganzen – und das sollte kein Wortspiel sein. Wenn man jung war, war es so einfach zu lieben.

Als Juniper Valerie sah, sagte sie: »Oh – hi, Ms. Alston-Holt. Sorry, der Ball ist uns abgehauen.«

»Kein Problem«, sagte Valerie. »So sind sie.«

Die Freundin sagte: »Hi! Ich bin Pepper. Sie sind bestimmt Zays Mom.«

»Bin ich. Schön, dich kennenzulernen, Pepper. Und, habt ihr einen schönen Sommer?«

»Bisher ganz okay«, sagte Pepper. »Ich freu mich auf Junipers Strandhaus. Ihre Eltern haben mich eingeladen mitzukommen, sie sind *so* nett. Ich hasse es, im Sommer hier festzusitzen, und meine Eltern arbeiten immer – sie haben ein Restaurant. Ich arbeite da auch. Nicht so viel wie die. Wie sie. Ich liebe den Strand. Sie auch?«

Valerie beobachtete Pepper etwas amüsiert – und dankbar, dass ihr eigenes Kind nicht in diesem Tempo redete. Das Mädchen dürfte einen schnell ermüden. Sie war ein ziemlicher Gegensatz zu der stillen, aufmerksamen Juniper. Valerie sagte: »Ich bin gern am Strand, aber vielleicht aus anderen Gründen als ihr. Ich geh gern durch Marschen und räume dort auf. Ökologie ist eins meiner Fachgebiete. Ich bin aber keine Expertin für die Küstenregion, deshalb ist es für mich immer was Besonderes, ich lerne jedes Mal etwas Neues. Und meine Oma kam von der Küste, aus Beaufort. Ich habe, als ich klein war, viele Geschichten gehört.«

»Ich will Ökologie studieren«, sagte Juniper. »Und Botanik, und vielleicht auch Zoologie.«

»Sehr ambitioniert«, sagte Valerie. »Mach das.«

»Sie glauben nicht, dass es zu viel ist?«

»Wie ich immer zu meinen Studierenden sage, nichts ist zu viel, es sei denn, ihr entscheidet das. Man kann aber keine fundierte Entscheidung treffen, ohne es auszuprobieren.«

Pepper sagte: »Ich will Textil- und Modedesign studieren.«

»Ein bisschen Modedesign könnte mir auch nicht schaden«, sagte Valerie und deutete auf ihr verblichenes Prince-T-Shirt und die abgeschnittene Jogginghose.

Juniper deutete auf den Kompost. »Ich würde sagen, Sie sind dem Anlass gemäß gekleidet.«

Das Mädchen hatte Humor. Valerie wusste das zu schätzen. Und Junipers Interessen begrüßte sie von ganzem Herzen. Sie hatte das Gespräch genossen, das sich dann entwickelte, darüber, wie Kompostieren funktionierte und warum man das machte und was mit den Sachen passierte, wenn es »fertig« war. Juniper war wissbegierig, klug, kontaktfreudig genug, offen – aber weder sie noch Valerie erwähnten Xavier auch nur ein Mal.

All das hieß jedoch nicht, dass Valerie Zays Interesse an Juniper jetzt gutheißen würde.

Zu Chris sagte sie: »Ich verstehe, warum er sie mag. Ich möchte das nur nicht.«

»Wie der große Barde sprach: *Liebe schaut nicht mit den Augen, sondern mit der Seele, deshalb wird der geflügelte Amor blind dargestellt.* Das ist jedenfalls meine Erfahrung.«

»Sehr wahr. Traurigerweise. Glücklicherweise. Warum muss immer alles so kompliziert sein?«

»Ist es gar nicht«, sagte Chris. »Was meinst du – sollen wir eine Münze werfen?«

Sie starrte ihn überrascht an. Er schien es ernst zu meinen. »Willst *du* das?«

Sie blickten einander an. Chris ließ seine Augenbrauen auf und ab hüpfen. Valerie lachte und sagte: »Vielleicht warten wir besser, bis ich einen zweiten Cocktail intus habe.«

***

Chris hatte Valerie als gereizt bezeichnet, und wir stimmen ihm darin zu, dass dieser Begriff ihr Verhalten in letzter Zeit ganz gut beschrieb. Sie selbst würde ebenfalls zustimmen, und das gefiel ihr gar nicht. Sie hoffte, der Prozess würde schnell über die Bühne gehen, damit alles und alle wieder mehr oder weniger normal sein könnten. Was sie zu Xavier gesagt hatte, kann man nicht oft genug wiederholen: Sie wusste, die Whitmans würden nie ihre Freunde werden, und das war in Ordnung. Es war in Ordnung, dass manche sie bei ihren Themen für zu leidenschaftlich hielten – sicher hatte auch Rosa Parks Leute in ihrem Umfeld gehabt, die wollten, dass sie es auf sich beruhen ließ. Sicher hatten auch Freunde von Reverend Dr. King ihm gesagt, er ginge zu weit. Nicht, dass Umweltschutz ganz dasselbe war wie Bürgerrechte, und nicht, dass sie mit diesen wahren Kriegern und Kriegerinnen mithalten konnte. Aber sie musste tun, was sie konnte, so tickte sie nun mal.

Stellen wir uns Valerie vor, als sie von zu Hause auszog, um aufs College zu gehen, in Hochstimmung, weil sie ein Vollstipendium für die nahe gelegene Michigan State University bekommen hatte. Jahrelang hatte sie von Nina Simones Sechzigerjahrehit »To Be Young, Gifted, and Black« gezehrt, und jetzt war sie achtzehn, ein kleiner Dynamo mit kinnlangem Janet-Jackson-Haar, übergroßen T-Shirts, Baggy-Jeans, hohen Sneakers und dem Vorsatz, den Planeten zu retten. Die letzten vier Jahre hatte sie mit der Nase in ihren Büchern verbracht, um die Noten zu bekommen, mit denen sie es rausschaffen würde aus dem Zweifamilienhaus, in dem oben »Onkel« Ray lebte – inzwischen mit seiner Mutter, in Gedanken aber vermutlich bei der guten alten Zeit, als er Valerie mit dem Öffnen seines Bademantels erschreckt hatte, hoffend, dass seine Mama schnell starb, damit er weitermachen konnte, wo er aufgehört hatte; nebenan war eine neue Familie mit Töchtern eingezogen.

Lernen war für Valerie wie für die meisten anderen Essen. Es gab ihr Energie und hielt sie aufrecht. Es verlieh ihr auf vielen Ebenen Macht. Es gab ihr ein Ziel. Wäre sie ein oder zwei Jahrzehnte früher geboren, hätte sie ihre Energie vielleicht auf die Bürgerrechtsbewegung gerichtet. Aber wie die Dinge lagen, war es nun die Umwelt, die Leute wie sie brauchte. Sie glaubte, dort mehr tun zu können. Damals war sie nicht gereizt, sie war *scharf.* Also – nicht scharf im Sinne von modisch. Das war sie nie gewesen. Scharf im Sinne von intelligent, voller Energie und Ambitionen.

Während der Ferien und während des Sommers arbeitete sie ehrenamtlich überall dort, wo junge Leute gebraucht wurden, die den Müll wegräumten und Unkraut rupften, Gemeinschaftsgärten planten und anlegten, Grundschulkinder auf Wanderungen begleiteten, Vögel und Wild zählten, Proben aus Bächen und Flüssen nahmen, Daten erfassten und Anträge schrieben, die die Organisationen dann Politikern überreichten (damals war der Klimawandel noch keine Frage der Parteizugehörigkeit).

Zur Uni zu gehen war so aufregend wie einschüchternd. Was, wenn sie versagte? Was, wenn sie sich schlecht schlug in einem dieser Räume voller weißer Professoren und weißer Studierender? Was, wenn alle anderen klüger waren als sie und sie nur bestätigen würde, dass schwarzen Mädchen kein Platz gebührte, keine Chance?

Aber nein. Sie brillierte auch dort. Ein Bachelor in Forstwirtschaft. Dann ein zweifacher Doktor in Agrikultur und Ökologie. Als sie ihre Ausbildung abschloss, war sie so hoffnungsvoll, wie eine Schwarze in Amerika nur sein konnte, vielleicht überall auf der Welt. Mehrere anerkannte Universitäten und ein paar besonders renommierte boten ihr eine Stelle an. Sie konnte zwischen fünf Staaten wählen, also entschied sie sich für den, dessen Klima und Artenvielfalt ihr am besten gefielen: North Carolina, ein Staat, der durch seine Vielzahl an Ökosystemen über eine unglaubliche Bandbreite von Pflanzen und Tieren verfügte. Am einen Ende die Appalachen, am anderen ein Küstengebiet voller Buchten und dazwischen Hügel und Flüsse, Wälder und Ebenen, geschützte Landschaften und riesige Felder. Baumwolle. Erdnüsse. Tabak. Schweine. Pferde. Erdbeeren! Valerie liebte Erdbeeren. North Carolina war die Heimat, die sie sich immer gewünscht hatte, was zum Teil ihrer Oma und ihren Geschichten zu verdanken war. Und schon bald lernte sie den Mann kennen, den sie sich immer gewünscht hatte – auch wenn sie nicht gewusst hatte, wer dieser Mann war, bis sie Tom Holt kennenlernte.

Tom war acht Jahre älter als Valerie; es war ihr egal.

Tom stammte aus dem Süden und war weiß; Valerie war es egal. (Ihrer Familie nicht, aber auch das war ihr egal.)

Tom hatte es in seiner Jugend mit dem Kommunismus probiert – im Idealzustand, sagte er immer, wenn er sich gegen diejenigen verteidigte, die ihn sich Schulter an Schulter mit Stalin oder Mao Tse-tung vorstellten (auch wenn die tot waren, trotzdem). Valerie war es egal. Oder vielmehr, sie fand, all diese Facetten seines Charakters und seines Lebens machten ihn nur interessanter. Vor allem war er ein intelligenter, frei denkender, leidenschaftlicher junger Professor, dessen Hauptthema soziale Gerechtigkeit war. Tom wollte mit der Gesellschaft machen, was Valerie mit der Umwelt machen wollte, und was sollte einem daran nicht gefallen? Was noch? Er war eins neunzig groß und attraktiv. Blond. Violette Augen. Valeries Kollegin Michelle nannte ihn Ken, nach der Puppe. Grinsend bemerkte Tom: »Da hat Barbie aber Glück gehabt.«

Wir könnten abschweifen und jetzt alles von Toms Familie

erzählen, von ihren Schwierigkeiten, Valerie als seine Auserwählte zu akzeptieren. Wir könnten genau erzählen, dass Valeries Familie – insbesondere ihre Mutter – dieselben Schwierigkeiten hatte, nur andersrum. Keine der beiden Familien konnte behaupten, *überrascht* zu sein; sie waren ja nicht dumm. Aber warum ließ sich jemand auf die Herausforderungen einer gemischten Ehe ein (gerade im Süden), wo doch so viel dagegen sprach? Tja, sagten Valerie und Tom, auch wenn die Probleme, mit denen sie es zu tun bekommen würden, nicht einfach waren, die Antwort war: Liebe.

All diese Einzelheiten können Sie sich aber sicher selbst einigermaßen vorstellen, deshalb sparen wir sie uns hier und erzählen stattdessen, was mit Tom passierte.

23

Nach Xaviers Geburt war er nicht mehr zu Hause in Jackson, Mississippi, gewesen, mehr als ein Jahr lang, aber zu Thanksgiving war Tom Holt-Alston bereit, mit seiner Frau und seinem Sohn, der inzwischen laufen konnte, seine Mutter und die Großfamilie zu besuchen. Sie flogen zu dem kürzlich umbenannten Jackson-Medgar-Wiley-Evers-International-Airport, dessen Name deutlich großartiger ist als das Erlebnis, dorthin zu reisen.

Größenmäßig ist Jackson-Evers mehr als klein – wenn auch nicht winzig. Zu betonen ist hier hauptsächlich, dass der größte Flughafen des Staates Mississippi den Namen eines schwarzen Helden der Bürgerrechtsbewegung trägt, während ein wesentlicher Bestandteil der Flagge des Staates nach wie vor die Konföderiertenflagge ist. Ein Widerspruch, der bereits alles über den Süden sagt.

Wie so viele Familientreffen, die anlässlich eines Feiertages stattfanden, war auch dieses nun zu Ende gehende in mancher Hinsicht angenehm gewesen, in anderer eine Tortur. Das Essen war vorzüglich, so viel dazu. Und der kleine Xavier war großartig gewesen und offenherzig von einem Fremden zum andern gegangen (denn für ihn waren es Fremde), um seine wunderbare babyweiche hellbraune Haut und sein wildlockiges goldfarbenes Haar wieder und wieder kommentieren zu lassen, vor allem von den jüngeren Frauen, die, wie Tom, die Vorurteile ablehnten, mit denen sie aufgewachsen waren.

Auch Valerie machte gute Miene. Einige Familienmitglieder hatten sie bei der Hochzeit schon kennengelernt, sie war für sie also nicht mehr so exotisch wie beim ersten Mal. (Als hätte in der Generation von Toms Eltern noch nie jemand mit einer schwarzen Frau gesprochen, die sie nicht auf die ein oder andere Art bediente.) Niemand kommentierte laut ihre Haut oder ihr Haar. Allerdings stellten einige Fragen, die hart an der Grenze zur Beleidigung waren. Wie zum Beispiel, ob ihr Vater Arbeit gehabt hätte? Ob sie im Gospelchor singe? Ob sie ihr Haar hasse? Valerie parierte die Fragen äußerlich mit Anmut, wie es ihr beigebracht worden war.

Xavier und Valerie: machten es gut. Tom: nicht ganz so gut, zum Teil, weil er erkannte, wie aufgesetzt das herzliche Verhalten einiger Familienmitglieder war, wie auch schon bei der Hochzeit. Aber vor allem, weil am Freitagmorgen nach dem Frühstück, während Valerie oben im Haus der Holts Xaviers Windel wechselte und ihn für die Rückreise fertig machte, Toms Großonkel Brooks anfing, über sie herzuziehen.

Brooks, Tom und Toms Mutter saßen mit ihrem Kaffee im Esszimmer. Brooks, wie Tom ein großer Mann, nur vierzig Jahre älter und vierzig Pfund schwerer, hatte über Toms Vater und Großvater gesprochen (Brooks' älterem Bruder) und wie poetisch es war, dass die beiden Männer zusammen gestorben waren, während sie etwas taten, das sie liebten: Schädlingsbekämpfung. Brooks fesselte diese Geschichte irgendwie (vermutlich, weil er durch diesen Vorfall zum Patriarchen der Familie Holt geworden war). Man konnte sich darauf verlassen, dass er sie erzählte und nostalgisch wurde, wann immer sein Publikum nicht weg konnte. Aber dann änderte er den Kurs, ohne besonderen Grund, abgesehen von der Tatsache, dass Tom mit am Tisch saß, und sagte zu ihm: »Na, mein Sohn, es ist jetzt wohl zu spät, um es zu ändern – legal zumindest –, aber dieses Kind, da hast du eine ganz schöne Abscheulichkeit fabriziert. Wenn du mein Junge wärst und diese Frau und dieses Kind mit nach Hause bringen würdest, ich würde dich nicht im Haus haben wollen.«

»Brooks!«, rief Toms Mutter. »Hör sofort auf. Ich habe dir gesagt, ich werde nicht dulden, dass du Ärger machst.«

»Ich habe ja versucht, still zu sein, wie du wolltest, aber ein Mann muss die Stimme erheben, wenn er sieht, dass etwas falsch läuft.«

»Du hast vor der Hochzeit die Stimme erhoben«, sagte Tom. »Du siehst ja, wie viel mir deine Meinung bedeutet.«

»Stimmt. Dumm und korrumpiert, wie du bist, hast du das Mädchen trotzdem geheiratet, das du einfach nur hättest ficken sollen, und dann hast du auch noch deinen Namen verhunzt. *Holt-Alston?* Erbärmlich ist das alles.« Er spuckte auf den Boden.

»Brooks, wirklich!«, rief Mrs. Holt, vermutlich mehr wegen des Wortes *ficken,* als weil er ausgespuckt hatte.

Tom zeigte auf Brooks. »Die Abscheulichkeit bist du. Unverschämte, rassistische Arschlöcher wie du sind das Problem in diesem Staat – in diesem Land.«

»Hör mal zu«, sagte Brooks, stand vom Tisch auf und ging auf die andere Seite, wo Tom saß. Er baute sich vor Tom auf und streckte ihm den Finger ins Gesicht. »Das Problem in diesem Land sind Jungs wie du, die Männer wie mich nicht respektieren, Männer, die Gottes Wort kennen und befolgen, was du auch tun solltest.«

Tom schob Brooks' Hand weg. »Setz dich wieder hin, alter Mann«, sagte er ruhig. »Das geht dich sowieso nichts an. Ich bin in einer halben Stunde weg, dann kannst du so fanatisch sein, wie du willst, bis dahin erweise wenigstens meiner Mutter etwas Respekt und halte dein dreckiges Maul.«

»Ich soll mein Maul halten?«, fragte Brooks und streckte Tom wieder den Finger ins Gesicht. »Du solltest besser –«

Tom stand auf. »Was sollte ich besser?«

»Tommy«, sagte seine Mutter, »tu ihm den Gefallen doch nicht.«

Brooks sagte mit zusammengekniffenen Augen: »Du hast nie in diese Familie gehört. Und wenn ich damit nicht deine Mutter beleidigen würde, würde ich annehmen, dass du von irgendeinem umherziehenden … *Kommunisten* gezeugt worden bist.« Wieder spuckte er aus. »So ein großspuriger Nigger-verliebter Sozialist, wie du bist.«

»*Soziologe*«, sagte Tom. »Und jetzt geh mir aus den Augen.«

»Es reicht!«, sagte Mrs. Holt.

Die Männer stierten einander an. Als Brooks sich nicht rührte, drehte Tom sich um, kochend vor Wut, aber unwillig, diesem Arschloch auch nur eine weitere Sekunde seiner Aufmerksamkeit zu schenken. Man konnte bei solchen Menschen nicht gewinnen, und er hätte nicht zulassen sollen, dass Brooks ihn so aufregte.

Als er sich umdrehte, um das Esszimmer zu verlassen, blieb er mit dem Fuß an seinem Stuhl hängen und strauchelte, verlor das Gleichgewicht und fiel gegen einen Porzellankasten, dann landete er auf dem Boden. Brooks fing an zu lachen. Zeitgleich mit Tom fielen zahlreiche Geschirrteile zu Boden, wo sie zerbrachen.

Auf den Lärm hin kam Valerie die Treppe heruntergeeilt, Xavier auf dem Arm. Tom rappelte sich langsam auf, eine Hand am Kopf. Mrs. Holt stand neben ihm.

»Alles in Ordnung?«, fragte Valerie Tom. »Was ist passiert?«

»Der Mann, der dich aushält, hatte einen Zusammenstoß mit seinen hochtrabenden Idealen«, sagte Brooks, der wieder auf seine Seite des Tisches gegangen war und sich hingesetzt hatte. Valerie beachtete ihn nicht.

Tom sagte: »Tut mir leid, Mama, dass das alles kaputtgegangen ist.«

»Mach dir deshalb keine Gedanken.«

Valerie fragte: »Bist du verletzt?«

»Mir geht's gut. Abgesehen davon, dass ich mit diesem Arsch verwandt bin.«

»Bitte, lass gut sein«, sagte Mrs. Holt. »Das bringt doch niemandem etwas.«

Tom nickte. »Ich weiß. Tut mir leid. Kann ich dir beim Aufräumen helfen?«

»Nein, ihr müsst euren Flug bekommen. Wir schaffen das schon.«

»Na gut«, sagte Tom und wandte sich an Valerie und Xavier. »Seid ihr so weit? Dann setz ihn doch schon ins Auto, ich hole das Gepäck.«

Während Tom nach oben ging, verabschiedete sich Valerie von Mrs. Holt. Brooks ignorierte sie, auch während Xavier seiner Großmutter still, alarmiert und mit großen Augen erlaubte, ihn noch mal zu umarmen. »Komm uns doch Weihnachten besuchen«, sagte Valerie mit kontrollierter Stimme, obwohl sie am liebsten hinzugefügt hätte: *Denn mich und meinen Sohn wirst du in diesem Haus nicht wiedersehen.* Jedenfalls nicht, bevor Brooks tot war.

Auf dem Weg zum Flughafen sagte Tom wenig. Valerie dachte sich nichts dabei. Sie hatte genug von dem Streit zwischen ihm und Brooks gehört, um zu wissen, warum Tom wütend war, er würde über die Sache nachdenken, überlegen, was er hätte anders machen können.

Auf dem Flug nach Atlanta fragte Tom Valerie über den zwischen ihnen schlafenden Xavier hinweg: »Hast du Tylenol in deiner Handtasche?«

»Ich glaub schon – warum? Kopfschmerzen?«

Er nickte. »Ich hab mir den Kopf gestoßen.«

Sie kramte in ihrer Tasche nach dem Tablettenröhrchen. »Ich wünschte, ihr hättet einander nicht so provoziert.«

»Ich wünschte, Brooks würde in ein Loch kriechen und nie wieder rauskommen.«

»Das unterschreibe ich«, sagte sie. »Hast du eine Beule?«

Tom fasste an die Stelle, wo er sich gestoßen hatte. »Ja. Ein ganz schönes Ei.«

»Das hättest du eher sagen sollen. Dann hätten wir es kühlen können. Soll ich nach den Flugbegleiterinnen läuten, damit die Eis bringen? Die haben bestimmt Erste-Hilfe-Kästen –«

»Geht schon.«

Am Flughafen in Atlanta fragte Tom erneut nach Tylenol.

»Hat das letzte nicht gewirkt?«

»Nicht wirklich.«

»Man soll sie nicht so kurz nacheinander nehmen.«

»Zwei mehr sind bestimmt noch keine Überdosis.«

»Nein, vermutlich nicht«, sagte Valerie und gab sie ihm.

Auf den Anschlussflug wartete er mit geschlossenen Augen, den Kopf an den Sitz gelehnt, während Valerie mit Xavier mehrmals das Gate umrundete. Sie dachte an die Arbeit, die ihr bevorstand – Abschlussprüfungen, die sie durchführen und bewerten musste, Essays, die sie lesen und korrigieren musste, Noten, die sie festlegen und bekannt geben musste … Sie dachte über Xavier nach und was sie ihm zu essen machen würde, über Xavier und seine Nase, die angefangen hatte zu laufen, über Xavier und das ganze Gepäck, das sie mit sich rumschleppten, während sie das Gate umrundeten. Sie dachte darüber nach, was für ein falsches Arschloch Brooks war, und darüber, wie sie in Zukunft mit den Einladungen von Toms Mutter umgehen würde. Sie dachte also praktisch gar nicht an Tom, der sich unwohl zu fühlen, dem es aber ansonsten gut zu gehen schien.

Irgendwann während des Fluges sagte er: »Vielleicht habe ich eine Gehirnerschütterung. Was sind noch mal die Symptome, weißt du das?«

»Kopfschmerzen?«, sagte sie und versuchte sich zu erinnern, was sie darüber gehört hatte. »Benommenheit? Verschwommene Sicht, vielleicht?«

»Ich sehe ein bisschen verschwommen.«

Valerie, die am Fenster saß, sagte: »Guck mich mal an, lass mich deine Augen sehen.« Das tat er, und sie beugte sich über Xaviers Kopf zu ihm, um genauer hinzusehen. »Hm. Deine Pupille – die rechte – ist geweitet. Aber nur die rechte.«

Tom legte sich eine Hand auf das linke Auge. »Ja. Das ist das Verschwommene. Na ja, Mist. Dann sollte ich morgen wohl zum Arzt gehen.«

»Meinst du, du solltest so lange warten?«

»Ich werde nicht die ganze Nacht in der Notaufnahme verbringen mit den ganzen anderen armen ungewaschenen Idioten, die sich unbedingt an einem Feiertagswochenende verletzen mussten, statt während der regulären Praxiszeiten.«

»Du riechst auch schon ein bisschen«, sagte Valerie in dem etwas nervösen Versuch, einen Witz zu machen. »Trotzdem –«

»Warten wir mal ab«, sagte Tom. »Ich will nur, dass die Kopfschmerzen nachlassen, damit ich klar denken kann.«

»Onkel Brooks zufolge ist es dafür ja längst zu spät.« Sie lächelte, nahm seine Hand und drückte sie mitfühlend.

Tom versuchte ebenfalls zu lächeln und schloss erneut die Augen.

Ihnen ist wahrscheinlich klar, worauf das hier hinausläuft. Tom starb noch nicht während des Fluges. Er starb auch nicht später zu Hause und auch nicht in der Notaufnahme. Er bekam am nächsten Vormittag einen Termin bei seinem Arzt; der Arzt bestätigte eine Gehirnerschütterung, verschrieb ihm Schmerzmittel und Ruhe und schickte ihn nach Hause. Die Medikamente wirkten jedoch nicht gegen die Kopfschmerzen, die so schlimm wurden, dass Tom nicht widersprach, als Valerie darauf bestand, ihn ins Krankenhaus zu fahren. Und nicht nur das: Er bat sie, den Notarzt zu rufen.

Kurz nachdem die Sanitäter ihn im Notarztwagen verstaut hatten und kurz bevor Valerie im Krankenhaus zu ihm stieß, nachdem sie dafür gesorgt hatte, dass Ellen kam und bei Xavier blieb, verlor er das Bewusstsein.

Tests, Scans, eine Notoperation, die das in solchen Fällen seltene, wenn auch nicht ungewöhnliche epidurale Hämatom entfernen sollte – eine Gehirnblutung – und als die Sonne über den Bäumen aufging, die den Parkplatz des Krankenhauses einrahmten und durch die Buntglasfenster der Kapelle schien: »Mehr können wir im Moment nicht tun, Mrs. Holt. Sie sollten nach Hause fahren und sich ein bisschen ausruhen.«

Dann ein langer Tag, an dem sie auf Nachricht wartete, mit Verwandten sprach, diesen guten Mann, diesen wunderbaren Vater, diesen großartigen Partner kurz besuchte, der jetzt in einem Bett mit Schläuchen und Bildschirmen lag und in irgendeinem Jenseits war, wo Valerie ihn nicht erreichen konnte. »Wann wird er aufwachen?«, fragte sie seine Ärzte. Sie fragte auch die Schwestern – die über das Grundsätzliche oft genauso viel wussten, wenn nicht mehr. In diesem Fall sagten alle dasselbe: »Gehirnverletzungen sind unvorhersehbar. Wir müssen abwarten.«

Um 23:45, als Valerie durchs Haus strich und Xavier in seinem Bettchen unschuldig schlief, klingelte das Telefon.

Tom war gestorben.

Gestorben. Irrsiniger-, falscherweise gestorben. Für immer fort.

24

Wir mussten annehmen, dass Julias DNA größtenteils von ihrem Vater stammte, der mit Lotties Cousine abgehauen war, als Julia vierzehn war. Denn ihre Mutter, Lottie Corbett, war ungefähr so unattraktiv – nein, wir geben zu, was wir wirklich fanden: hässlich –, wie ein Mensch, ob Mann oder Frau, nur sein konnte. Diejenigen von uns, die *Herr der Ringe* gesehen hatten, verglichen sie mit Gollum. Sie war klein, sie war so gut wie kahl, sie hatte vorstehende Augen und abstehende Ohren, und die Zähne, die sie noch hatte, waren gelb. Immerhin war sie vollständig angezogen, das war aber auch alles.

So wie Julias gutes Aussehen nicht nur ihr eigenes Verdienst war, war Lotties Hässlichkeit nicht ihre Schuld. Es war Pech, schlechte Gene. Und ein Leben voll schlimmer Situationen, für die sie ebenfalls nicht unbedingt etwas konnte: dass sie nie Sonnencreme benutzte, als sie als Kind auf den Tabakfeldern gearbeitet hatte, weshalb ihre Haut ledrig und fleckig war. Oder dass sie zu arm war, um richtig zu essen oder Zeit für Sport zu haben, weshalb ihr Körper jetzt eine ungleichmäßige Ansammlung schwammiger Wülste war.

Was jedoch ihre Schuld war oder jedenfalls vermeidbar gewesen wäre, das war ihre Lungenkrankheit. Seit sie vierzehn, fünfzehn war, rauchte sie zwei Packungen pro Tag – seit sie angefangen hatte, hinter dem Tresen des Rattenlochs zu arbeiten, das ihrem künftigen Schwiegervater gehörte. Rauchen ließ sie älter wirken, fand sie. Auf jeden Fall fühlte sie sich dadurch älter. Alle taten es; Tabak wuchs vor der Tür und wurde auch dort getrocknet, verdammt.

Diese hässliche, kranke Frau zog nun ins Gästezimmer der Whitmans, samt ihrem Sauerstoffgerät, ihrem Tropf und ihrer Kanüle, ihren Kaftanen und ihren Zigaretten. »Was hat es jetzt noch für einen Sinn aufzuhören?«, hatte sie gesagt, jedoch versprochen, sich an Julias absolutes Rauchverbot im Haus und unter Überdachungen aller Art zu halten.

Die Zigarette in der einen Hand, eine »Co-Cola« in der anderen, saß Lottie neben dem Pool der Whitmans in der Sonne und sah Lily und Juniper dabei zu, wie sie um die Wette von einem Ende zum andern schwammen. Juniper hatte sich, weil sie so viel größer und eine bessere Schwimmerin war, den Nachteil verordnet, wie ein Delfin zu schwimmen, hielt also die Arme eng am Körper, außerdem bekam Lily einen Vorsprung.

Nach dem Ende des Wettschwimmens kam Juniper aus dem Wasser und trocknete sich ab, während Lily an das Ende des Pools kam, wo Lottie saß. »Grandma, kannst du schwimmen? Willst du gegen mich antreten?«

»Ich konnte es mal«, sagte Lottie. »Aber hiermit nicht mehr.« Sie deutete auf die Kanüle, die vorübergehend auf einem Tisch lag; Julia hatte darauf bestanden, dass sie nicht gleichzeitig Sauerstoff inhalierte und rauchte – keine unvernünftige Forderung, wenn man bedachte, dass sie genau damit ihren Wohnwagen abgefackelt hatte.

Lily fragte: »Stirbst du?«

»Mehr oder weniger.«

»Was denn?«

»Bitte?«

»Ist es mehr, oder ist es weniger?«

»Alle sterben«, sagte Lottie zu ihr. »Einige nur später als andere, das ist alles.«

»Und weißt du, wie lange es bei dir dauert?«

»Wenn Gott es will«, sagte Lottie.

Lily fragte: »Ist mein Grandpa schon im Himmel? Ich will ihn kennenlernen.«

»Glaub kaum, dass sie ihn da reinlassen«, sagte Lottie. Dann rief sie Juniper zu, die am anderen Ende des Pools saß, in der Hand ein Notizbuch und einen Stift: »Was machst du denn da? Ist doch keine Schule.«

»Nichts«, sagte Juniper.

Lily kletterte aus dem Wasser, ging zu Lottie und setzte sich ans Ende ihrer Liege. »Wohnst du jetzt bei uns, bis du mehr oder weniger stirbst?«

Lottie schnaubte vor Lachen, wovon sie husten und noch mehr husten musste. Lily wartete und pulte an dem weich gewordenen Schorf an ihrem Knie.

Endlich sagte Lottie: »Dein Daddy hat mir angeboten, einen neuen Wohnwagen zu kaufen, und deine Mama hat irgendwann zugestimmt. Hätte sie das schon gemacht, als er das ganze Geld gekriegt hat, würd ich jetzt wohl nicht hier sitzen.«

»Wärst du dann schon tot?«

»Nein, dann säße ich in meinem Wohnwagen, weil der nicht abgebrannt wär, weil er das ganze feuerfeste Zeugs gehabt hätte, das man heute benutzt. Hab Glück gehabt, dass ich nicht selbst draufgegangen bin – und wenn, wär deine Mama schuld gewesen, und glaub nicht, ich hätt ihr das nicht auch schon gesagt. So geizig und rechthaberisch, wie die sich benimmt, könnte man meinen, sie hätt das ganze Geld selbst verdient.«

Juniper war während dieser Schimpftirade aufgestanden und auf dem Weg nach drinnen. »Hey, du«, rief Lottie. »Wo willst du hin? Hol der alten Lottie mal noch ’ne Cola.«

»Frag Lily«, sagte Juniper. »Ich will in den Park, laufen.«

Lily sagte zu Juniper: »Aber Mami ist nicht zu Hause.«

»Ich kann ja jetzt selbst fahren«, antwortete Juniper und ging ins Haus.

»Also?«, fragte Lottie und sah das Kind an.

»Kann ich auch eine? Bei Mami darf ich nie.«

»Umso besser«, sagte Lottie. »Hol zwei.«

25

Xavier saß, auf dem Weg zu seiner wöchentlichen Gitarrenstunde, in seinem Auto und drehte den Schlüssel, er war schon angeschnallt, Sanel Redžić fing gerade an zu spielen, als ihm ein Zettel unter dem Scheibenwischer auffiel.

Er schnallte sich wieder ab, öffnete die Tür und griff danach. Darauf stand:

Hab heut Lust auf Blaubeer-Maisbrot. Du auch? Treffen an unserer Ecke um 21:30. Ich geb dir was ab. Oder du bringst Pommes mit Käse und Bratensoße mit.

»Na endlich«, sagte Xavier. Er hatte nichts von Juniper gehört, und die Funkstille machte ihn wahnsinnig. »Aber ich hasse Maisbrot.« Er lächelte.

***

Als er um halb zehn kam, wartete sie schon. Der Himmel war dunkelviolett. Grillen zirpten, und in seinem Garten hinter dem Zaun musizierten Laubfrösche. Der Duft der Gardenien in seinem Garten süßte die Nachtluft.

Xavier hatte nichts zu essen mitgebracht; er war zu nervös, um etwas zu essen. Er hatte seit ihrer Un-Verabredung bei JJ's nonstop an Juniper gedacht. Er hatte das Internet nach Fotos von ihr durchsucht, weil er irgendwas von ihr brauchte, egal wie klein, worauf seine Gefühle sich stützen konnten, solange er wartete. Gefunden hatte er so gut wie nichts. Ein Foto von ihr in einem Zeitungsartikel von vor zwei Jahren, wo sie mit einer Gruppe Mitschüler und Mitschülerinnen aus New Hope nach einem Hurrikan Essen verteilte. Aber sie war es, und jetzt hier vor ihm war sie in echt, ihr heutiges Ich, in Shorts, T-Shirt, mit

Pferdeschwanz und einem Lächeln, das herzlich und erleichtert wirkte.

»Du hast meine Nachricht gesehen«, sagte sie und stand auf.

»Kommunikation ganz ohne Technik. Gefällt mir.« Er hatte die Hände geballt. Er war aufgedreht. Glücklich. Ängstlich. »Mein Gitarrenlehrer macht alles ohne Technik. Er fasst nicht mal eine E-Gitarre an. Ich mag sie auch nicht besonders. Aber dieses Zurückschrauben hat irgendwie was, oder? Ist irgendwie … gut für die Seele.«

Ihr Gesicht wirkte ratlos. »Zurückschrauben?«

»Nichts. Egal«, sagte er und fühlte sich dumm, weil er so was gesagt hatte, weil er nervös war, wo er gelassen sein sollte. Mädchen mochten keine aufgedrehten Typen. Typen sollten lässig sein und sich im Griff haben.

Juniper sagte: »Nein, sag.« Sie sah zu ihm auf, und es gab einen Moment – eine Aufforderung? –, der ihn überlegen ließ, ob er sie küssen sollte. Er wollte. Sein Herz schlug heftig. Verrückt. So hatte er noch auf kein Mädchen reagiert, diese Art Aufregung, dieses Zögern. Warum war es jetzt schwieriger als an ihrem ersten Abend?

Er sah sie weiter nur an, unsicher, und sagte dann: »Wollen wir uns hinsetzen?«

»Okay.«

Er hatte sie nicht geküsst. Hätte er sie küssen sollen?

Sie saßen mit dem Gesicht einander zugewandt. Sie sagte: »Ich hab das Maisbrot übrigens schon gegessen. Tut mir leid.«

»Ich mag das gar nicht, also –«

»Oh! Dann ist ja gut.«

»Gut, dass es nicht –«

»Pommes waren«, beendete sie seinen Satz, und sie lachten. Sein Puls beruhigte sich etwas.

»Ich würde aber wirklich gern wissen«, sagte sie, »was du mit zurückschrauben meinst.«

»Weniger … mentaler Lärm. Es ist ja irgendwie alles Hightech – Laptops, Spiele, Serien. Wir rennen alle mit unseren Bildschirmen und Kopfhörern rum, als wären es unsere Nabelschnüre. Aber mit einer klassischen Gitarre, die praktisch nur aus Holz und Saiten besteht, kann man Musik machen, die den Leuten das Herz zerreißt oder sie glücklich macht oder beruhigt. Eine Gitarre kann eine Geschichte erzählen. Ihre Technik ist total simpel, aber die Wirkung kann enorm sein. Und man muss sie nie aufladen.« Er lächelte.

Juniper sagte: »Wie bei Büchern. Papier und Tinte, aus mehr besteht ein Buch nicht, aber als ich klein war, haben Bücher mir Hoffnung gegeben. Als hätte ich Freunde. Als gäbe es vielleicht doch irgendwann was Schönes, auf das ich mich freuen kann.«

Xavier deutete auf den Pool und das Haus. »Ist doch ein ziemlich gutes Ergebnis, würd ich sagen.«

»Das bedeutet doch nichts. Mir gefällt *das hier*«, sagte sie und zeigte auf ihn und sich.

»Mir auch.«

Sie betrachtete ihn, die Unterlippe zwischen den Zähnen. Dann sagte sie: »Willst du … Willst du mich küssen?«

Er rückte näher und legte ihr die Hände auf die Schultern. Sie legte ihre um seine Taille. Sie sahen sich an, die Gesichter im Schatten. Sie duftete nach Blumen. Ihre Hände fühlten sich durch sein T-Shirt heiß an. Er sah auf ihre Lippen, schloss die Augen und drückte seinen Mund auf ihren. Sein Herz raste schon wieder. Auch andere Körperteile reagierten.

Nach einer Weile sagte sie: »Mache ich das richtig? Ich hab noch nie richtig –«

»Du bist großartig«, sagte er.

»*Du* bist großartig«, sagte sie.

»Du riechst gut.«

»Du auch.«

Sie machten ein Spiel daraus. Er sagte: »Ich mag deine Stimme.«

»Ja? Ich mag deine auch! Und deine Ohrringe.«

Er berührte die zwei kleinen Ringe in seinem rechten Ohrläppchen. »Joseph findet, ich sollte Diamanten tragen. Als ob, oder?«

»Na ja, Diamanten sind ohne Technik«, sagte Juniper und küsste ihn auf ein Ohr. »Wenn auch nicht ganz so ohne Technik wie Ringe aus Metall«, sagte sie und küsste seine Wange. »Und hier …«, fügte sie hinzu und küsste ihn leicht auf den Mund, »ist sogar noch weniger Technik.«

»Wie gesagt, zurückschrauben ist toll.«

Grundlegend.

Umfassend.

Das einfachste Vergnügen. Diese zwei, die sich in der Dunkelheit unter den Sternen küssten.

26

Die Küste von North Carolina ist noch relativ wenig bebaut, das stimmt noch immer, auch wenn fraglich ist, wie lange noch. Will man dort Urlaub machen – sei es auf den Outer Banks oder etwas weiter unten in Topsail Beach oder Wrightsville Beach oder im gepflegten, autofreien Bald Head Island –, hat man nur wenige Hotels zur Auswahl. Aber es gibt Campingplätze und viele Ferienhäuser und lange Strände. Oder man ist in der Lage, es zu machen wie Brad Whitman und kauft sich ein eigenes Haus.

Entlang des Atlantiks und der Küstenwasserstraße findet man noch viele wild lebende Tiere: Austernfischer und Seeschwalben und Reiher und Haie und Delfine – in den Shackleford Banks sogar Wildpferde. Seeigelkakteen. Meeresschildkröten. Wale während ihrer Wanderung. Brad war nicht unbedingt das, was man einen Naturburschen nennen würde, aber er konsumierte die Natur – insbesondere den Strand – gern wie die meisten von uns: in kleinen Dosen, mit viel Sonnencreme und Insektenspray in Reichweite.

Brad war ein Selfmademan, der sich an den eigenen Haaren aus dem Sumpf gezogen hatte, und so hatte er, kaum dass er zu Geld gekommen war, ein Haus mit Blick aufs Meer gekauft, mit Wänden aus Zedernholz und Metalldach, drei Stockwerken und ganz oben einem Witwengang. Fünf Schlafzimmer, vier Bäder und ein Fahrstuhl. Terrassen auf jeder Etage. Eine Außendusche und eine Station zum Fischeputzen. Ein Whirlpool für sechs Personen. Wetterfeste Stereolautsprecher auf der Hauptterrasse, kabellos, die zu einem topaktuellen Audiosystem gehörten, das er drinnen hatte installieren lassen. Ein Gasgrill, natürlich. Wetterfeste Möbel, darunter ein Esstisch für acht Personen. So was kostete mindestens drei Millionen, aber er hatte es zu einem Spottpreis bekommen – der Vorbesitzer hatte sich übernommen, und als ihm das Wasser bis zum Hals stand, hatte die Bank zwangsversteigert. Wer Köpfchen hat, fand Brad, betrachtet das Pech eines anderen Mannes als sein eigenes Glück; irgendjemand würde es schließlich bekommen, warum also nicht er? So lief das im Leben.

Wie bei dem Maserati und dem gerade gebauten Haus hatte er sein Geld hier geschickt angelegt, von den niedrigen Hypothekenzinsen profitiert und den Großteil seines Gewinns in Fonds investiert, die ihm das Drei-, Vier-, Zwölf-, in einem Fall sogar das Zwanzigfache seiner Investition einbrachten. Jedes Mal, wenn ihm das gelang – wenn er also eine teure Anschaffung zum eigenen Gebrauch oder für Whitman HLK tätigte –, fühlte er sich, als hätte er etwas Profundes geleistet. Er – ein Typ, der sein Leben als ein Nichts, ein Niemand begonnen hatte, als dürres Kind, das eine Zeit lang in einem übrig gebliebenen Militärzelt aus dem Zweiten Weltkrieg gelebt hatte, als sein Dad keine Arbeit hatte und sich folglich keine Miete leisten konnte, ein Kind, das dafür zusammengeschlagen worden war, seine Lebensumstände zu verteidigen, ein Typ, der die Uni abgebrochen hatte (freiwillig, wie er stets betonte) – hatte jetzt keinerlei Mühe, in eine Bank zu gehen, nach Geld zu fragen und mit einem Maserati, einer kleinen Villa, einem Strandhaus wieder herauszukommen. Vielleicht würde er tun, was ihm sein Finanzberater riet und als Nächstes ein Boot kaufen – eine Jacht würde es wohl sein müssen. Er wollte nichts, wofür er einfach einen Scheck auszustellen brauchte; so etwas hätte den alten Brad in Aufregung versetzt. Der neuere Brad hatte verstanden, in welchem Stil ein Mann vom Geld *anderer* Leute leben konnte, und das war es, was er wollte.

Aber heute dachte er nicht an Geld oder Gewinne. Er dachte nicht mal wirklich über Jachten nach, obwohl man hier am Strand immer mal wieder ziemlich schöne zu sehen bekam. Noch schöner fand er allerdings den Anblick, den ihm sein Liegestuhl auf der breiten Terrasse zum Meer hin bot: Juniper.

Juniper in abgeschnittenen Jeans und mit Bikini-Oberteil.

Ich gucke nur, sagte er sich. Man kam ja gar nicht drum rum, sie und andere attraktive Frauen zu sehen, schließlich waren sie am Strand.

So weit Brads Grundgedanke.

Juniper spielte am Strand Frisbee, mit Pepper, die eigentlich Penny hieß. Penny wurde nicht Pepper genannt, weil sie so scharfzüngig gewesen wäre, sondern weil sie, wie wir gesehen haben, viel Pep hatte. Sie hatte, wie einige fanden, fast schon übertrieben viel Energie. Obwohl sie noch keine achtundvierzig Stunden hier waren, war Brad ihr ununterbrochenes Geplapper bereits leid. Das Mädchen redete und redete, und zwar über alles: Schule, Cross-Country-Training (das im Juli wieder losging), das gebrochene Bein ihrer Mutter, das französische Restaurant ihrer Eltern, über ihren Bruder, der gerade im Ferienlager war und sich Läuse eingefangen hatte … Am frühen Morgen hatte Brad die Mädchen zum Bäcker geschickt, damit sie Zimtbrötchen und Plunderteilchen holten und er in Frieden auf der Terrasse seinen Kaffee trinken konnte.

Julia dagegen war ein Fan von Pepper und sagte jetzt: »Pepper hat so eine positive Ausstrahlung – genau was Juniper braucht.«

Brad betrachtete Juniper hinter seiner Sonnenbrille und bewunderte die schlanke Form ihrer Arme und Beine, die Eleganz ihrer Bewegungen, als sie das Frisbee heranholte und wieder fliegen ließ. Er sagte: »Es geht Juniper doch gut. Ich habe sie bei der Arbeit im Auge behalten, und da war nichts als positive Ausstrahlung.«

Das stimmte nicht ganz. Sie war mit ganzer Kraft bei der Arbeit und kam gut mit den anderen Angestellten aus, aber wenn sie zu zweit waren, wirkte sie vorsichtig, zögernd. Als hätte sie Sorge, etwas Falsches zu sagen oder zu tun. Ihm zu missfallen.

Julia sagte: »Mit mir redet sie kaum.«

»Lass ihr etwas Raum, mehr wird nicht nötig sein.«

»Seit wann bist du eigentlich so ein Experte, wenn es um Teenagermädchen geht?«

»Wer behauptet das denn? Vielleicht ist es einfach leichter für mich, sie wie einen Menschen zu behandeln und nicht wie ein Mädchen, ein Kind.«

»Wieso, weil sie nicht deins ist?«

Er zuckte mit den Schultern. »Kann doch sein.«

»Na, dann warte mal, bis Lily in das Alter kommt, dann wirst du ja sehen, wie schwer es ist.« Julia stand auf und ging nach drinnen, wo Lottie sich weiterhin »zusammenriss« und Lily auf dem iPad spielte.

Brad fand, Julia könnte ruhig versuchen, sich etwas lockerer zu machen, nicht nur, was Juniper betraf, auch im Hinblick auf ihn. Das würde extrem dabei helfen, dass seine Gedanken nirgendwo hinwanderten, wo sie nicht sein sollten. Seit Lottie da war, hatte Julia Brad nicht mal mehr ein Ich-bin-zwar-müde-aber-lass-es-uns-tun-Zeichen gegeben, also ließ er sie in Ruhe; er hatte beschlossen, mal eine Weile abzuwarten, wie lange die Dürreperiode dauern würde, bevor er den ersten Schritt machte.

Jetzt schob sich Lottie auf die Terrasse, ihr Sauerstoffgerät im Schlepptau. Sie trug grell gemusterte Leggings und ein neonpinkes, schulterfreies Top, das an die Disco-Mode der Achtziger erinnerte. Julia hatte gesagt, ihre Mutter gäbe einen Großteil des Geldes, mit dem Brad sie unterstützte, in Online-Ramschläden aus.

»Ach, noch mal jung sein«, sagte Lottie und deutete auf die Teenager am Strand.

»Wenn du mich fragst, ist das Einstellungssache«, sagte Brad.

»Du hast leicht reden.«

Brad half ihr beim Hinsetzen. »Bequem? Was kann ich dir bringen?«

»Ich könnte ein paar Cheetos vertragen.«

»Zum Frühstück?«

»Und zum Mittag und zum Abend«, sagte Lottie. »Und Pop-Tarts, falls du noch welche hast. Julia will mein Junkfood rationieren, ich frag mich, was das bringen soll.«

»Klar. Ich ziehe mir eben die Badehose an, und dann bringe ich dir ein bisschen was zu essen und zu trinken, damit du es hier schön hast.«

»Guter Junge. Du weißt das vielleicht nicht, aber damals hab ich zu Julia gesagt, mir macht das Sorge, dass das mit dir so schnell geht. Jetzt kann ich dir das ja sagen, weil ich weiß, dass wir die Dinge oft gleich sehen, du und ich. Ich find, du bist schon richtig.«

»Danke, Lottie. Bleib schön hier sitzen, ich bin sofort wieder da.«

Drinnen cremte Julia Lily gerade mit Sonnencreme ein. Brad sagte zu seiner Tochter: »Bist du so weit? Gib mir zwei Minuten, dann gehen wir rein und gucken, ob wir ein, zwei Haie fangen.«

Lily griff nach ihrem Kescher. »Ich bin fertig und warte auf dich!«

»Willst du mir einen großen Gefallen tun? Grandma hat gefragt, ob wir ihr Cheetos bringen können.«

»Und eine Co-Cola?«

»Wir können ihr doch eine Kühlbox machen«, sagte Brad zu Julia. »Dann ist es leichter für sie.«

»Und für alle anderen«, sagte Julia.

Seit Brad und Julia geheiratet hatten, kamen die Whitmans jeden Sommer für ein oder zwei Wochen an den Strand. Als es nur sie beide und Juniper gewesen waren, hatten sie ein Apartment gemietet und meistens noch eins nebenan für Brads Bruder Jeff mit Frau und Baby. Dann war Lily gekommen und Jeffs nächstes Kind, also suchte Brad nach einem Ferienhaus zum Mieten, das groß genug für sie alle war. Er hatte festgestellt, dass er das Chaos liebte, wenn alle auf einem Haufen waren, die Kinder auf dem Boden, die Erwachsenen entspannt und gesellig, alle voller Sand, mit roten Gesichtern und Schultern, die Bäuche glücklich gefüllt mit Krabben und Krebsen und selbst zubereitetem Hummer.

Jeff würde auch in diesem Sommer herkommen, in ein paar Tagen schon, aber diesmal nur mit den Kindern. Er und seine

Frau hatten sich direkt nach Weihnachten getrennt, nachdem sie ihn in einer Bar mit einer anderen Frau auf dem Schoß gesehen hatte. Jeff war ein Idiot, dachte Brad, war er schon immer gewesen. Undiszipliniert. Er dachte nicht nach, bevor er etwas tat, er überlegte nicht, ob es klug war oder Konsequenzen haben könnte.

»Hast du den Kescher?«, fragte Brad Lily. »Dann ab in die Wellen!«

Er und Lily rannten über den Sand, an Juniper und Pepper vorbei, die jetzt auf bunten Badelaken lagen.

»Kommt mit«, rief Lily ihnen zu, als sie am Wasser angekommen war. »Wir wollen einen Hai fangen, da brauchen wir Hilfe. Haie können ganz schön groß sein.«

Pepper setzte sich auf und sagte: »Ihr wollt wirklich einen Hai fangen?«

Brad antwortete: »Wenn sie könnte, würde sie. Kommt doch auch ins Wasser, Mädchen. Seht euch mal die Brandung an.« Das Wasser lag so ruhig da wie selten. »Das ist wie baden!«

»Später«, sagte Juniper, ohne die Augen aufzumachen.

Als Lily es leid wurde, weder einen Hai noch sonst einen Fisch zu fangen, legte sie den Kescher beiseite und bat Brad, sie ins Wasser zu schmeißen. Wieder und wieder umfasste er einen ihrer Füße, während sie sich an seinen Schultern festhielt, zählte bis drei und warf sie dann rückwärts hoch in die Luft, sodass sie kreischend und platschend im Wasser landete.

Endlich wollte Lily eine Pause. »Wer will als Nächstes«, fragte Brad. »Pepper?«

»Ich krieg immer Wasser in die Nase.«

»Juniper? Komm schon, Juni, du hast das doch immer geliebt.«

»Jetzt bin ich zu groß.«

»Seit letztem Sommer? Ich glaube nicht, dass du viel gewachsen bist. Oder meinst du, ich bin zu schwach? Das ist es, oder? Du denkst, der alte Brad wäre zu schwach.«

»Vielleicht meint sie, sie ist zu schwer«, sagte Pepper.

»Sehr nett, danke schön«, sagte Juniper.

»Das seid ihr beide nicht, Mädchen, nicht mal, wenn ihr tropfnass seid. Also, willst du mich beleidigen, Juniper? Los, stell mich auf die Probe. Ich glaube, ich schaffe das.«

»Na gut, Sekunde«, sagte Juniper und griff sich in den Nacken, um ihre Bikiniträger fester zu binden.

Brad bewunderte ihren weichen Bauch und wie die Haut über ihren Rippen spannte. Er betrachtete die Kurve der kleinen, aber perfekten Brüste. Sein eigener Körper reagierte automatisch: ein Ständer, der, da er bis zum Bauch im Wasser stand, glücklicherweise nicht zu sehen war. Er drückte gegen seine Badehose, er hätte, wie er dachte, genauso gut wieder sechzehn sein können und sich wünschen, dass das Mädchen, das er sah, Mitleid mit seinem verzweifelten Blick bekäme und ihm helfen würde »zu explodieren« – wie einige Jungs den Orgasmus nannten, was ja auch durchaus passte. Mit sechzehn, dürr und voller Akne, hatte er allerdings kein hübsches Mädchen dazu bringen können, ihn anzusehen, geschweige denn zu berühren.

Als Juniper durch das Wasser auf ihn zuwatete und ihm die Hände auf die Schultern legte, als sie ihren Fuß in seine verschränkten Hände setzte, als sie ihm ins Gesicht sah und sagte: »Okay, eins, zwei –«, erlaubte er sich kurz die Fantasie eines leeren Strandes, an dem nur er und sie waren, an dem er sie auf das knallgrüne Badelaken legen und ihr diesen kleinen Stofffetzen runterziehen –

»Drei!«

Rückwärts in die Luft und platsch. Lachend kam sie wieder hoch.

»Noch mal?«, fragte Brad.

Sie wischte sich die nassen Haare aus dem Gesicht und nickte.

Als sie ihm diesmal die Hände auf die Schultern legte, legte er ihr seine um die Taille – nur ganz kurz, bis sie sicher stand. Sie hob ihr Bein, um in seine Hand zu treten. Ihr Knie, oder war es ihr Schienbein, streifte seinen Schritt, und er schaffte es gerade noch, nicht aufzustöhnen. Er ließ ihre Taille los und verschränkte seine Finger, umfasste ihren Fuß.

Diesmal sah sie ihn nicht an, als sie zählte. Vermutlich verlegen. *Gutes Mädchen,* dachte er.

Als Juniper ihn verließ und zu den anderen Mädchen ging, sah er zu Lily und Pepper, die versuchten, Elritzen zu fangen. Juni war nicht viel älter als Lily gewesen, als er sie kennenlernte. Er schämte sich, dass seine Libido mit ihm durchgegangen war. Er war kein Teenager, und Juniper war nicht irgendein Mädchen, das sich ihm zur Verfügung stellen oder ihm wenigstens aushelfen sollte. Und wenn er sie begehrte? *Reiß dich zusammen,* dachte er. Sie ist deine Stieftochter. Du bist kein König. Du musst nicht alles kriegen, was du haben willst.

Aber es war ja nicht, als würde er sich ihr aufdrängen. Sie wollte ihn auch. Er wusste, dass sie damit kämpfte, genau wie er.

27

Wie oft hatte Brad die achtzehn Bälle unter dunklem Himmel und bei fernem Donner eingelocht? Golf, Sommer, Süden: Launisches Wetter war unvermeidbar.

Wenn man früh anfing, standen die Chancen etwas besser, die Gewitter zogen meist am späten Nachmittag auf. Aber im Laufe des Juni geriet die Luft an manchen Tagen schon früher in Bewegung und ordnete sich nach den Gewittern der letzten Nacht neu, sodass sich schon vormittags dicke Quellwolken am Himmel häuften und die Jungs jeden Moment zurück zum Klubhaus zu schicken drohten.

Das war Brads Situation an diesem Samstag. Später Vormittag, sechzehntes Loch. Donner. Ein paar Regentropfen. Während Tony Evans, der Oberstaatsanwalt und heute Brads einziger Begleiter, abschlug, legte Brad den Kopf in den Nacken und betrachtete den Himmel.

»Ich glaub, wir haben Pech«, sagte er.

»Das hab dann ich«, sagte Tony. »Du hängst schließlich vier Schläge hinterher.«

Tony war ein kleiner, gedrungener Mann, der Bourbon aus Kentucky und kubanische Zigarren mochte, ein alter Südstaatler, der Brad als jungen Nobody niemals beachtet hätte, mit Brad, dem erfolgreichen Unternehmer, jedoch gern befreundet war. Freundschaften wie diese sicherten Tony Unterstützung, wenn es um seine Wiederwahl zum Oberstaatsanwalt ging. Im Gegenzug erhielt Brad Kontakte zu allen möglichen Männern aus Tony Evans' Dunstkreis. Auch so konnte das Leben laufen – jedenfalls, wenn man weiß und wahlberechtigt war wie sie beide.

Brad hatte beim Golf bisher erst ein Mal gegen Tony verloren, und da auch nur um einen Schlag. Aber heute hatte er jedes Mal gezögert, wenn er einen Schläger auswählte. Er hatte sich mehrmals verschlagen und Löcher verfehlt, die eigentlich leicht waren. Auch bei der Arbeit stand er neben sich, es fiel ihm schwer, Entscheidungen zu treffen. Gestern hatte er fünf beschissene Minuten vor seinem Schrank gestanden und versucht, sich zwischen einem blauen und einem schwarzen Hemd zu entscheiden. Warum? Er war abgelenkt. Jedes Mal, wenn er Juniper sah, wollte er sie. Er wollte sie nicht nur ficken. Er wollte sie *besitzen*. Er fühlte sich wie ein Süchtiger im Haus seines Dealers, umgeben von Drogen, aber ohne das nötige Geld. Oder so. Er dachte ständig an sie. Und obwohl er sich für diese Schwäche hasste, liebte er gleichzeitig seine Fantasien, mit ihr wegzulaufen und an irgendeinem exotischen Ort ein gutes Leben zu führen; er liebte es, wie er sich bei diesen Fantasien fühlte – jung, stark, hypersexuell, permanent begehrt von einer schönen Frau. Im Grunde das, was er sich als Teenager unter Erwachsensein vorgestellt hatte, wenn seine Akne verschwunden wäre, er genug Sport gemacht hätte und einen Weg gefunden haben würde, viel Geld zu verdienen.

Brad wusste, dass er eigentlich auf Julia hätte scharf sein sollen. Was sollte er machen? Er konnte nicht ändern, was er nicht ändern konnte. Also musste er einfach weiter das Richtige tun, auch wenn er nicht das Richtige denken konnte.

Aber es war so verdammt verwirrend.

Es donnerte, diesmal deutlich näher.

Weniger entschlossene Männer als Brad und Tony hätten den Platz längst verlassen. Wären ihre üblichen Begleiter dabei gewesen, hätten diese beiden eher nachgegeben. Aber die beiden Männer, die ihr Quartett vollständig machten, waren beide Führungskräfte bei Versicherungen, die es eher durch Nepotismus als durch Charakterstärke an die Spitze geschafft hatten. Ein ferner Donner und diese Jungs wurden nervös. Echte Regentropfen und sie ließen alles stehen und liegen.

Brad lehnte sich an den Wagen und beobachtete, wie Tony die Füße setzte, den Schläger fasste, ausholte –

Der Blitz und der Schlag kamen fast gleichzeitig. Das Nächste, was Brad wusste, war, dass er blinzelnd, mit klingelnden Ohren auf dem Boden lag.

»Ach du meine Güte«, sagte eine ferne Stimme – Tonys. Brad drehte den Kopf und sah seinen Freund an der Abschlagstelle stehen. Tony ließ seinen Schläger fallen und lief auf Brad zu. »Alles okay?« Für Brad klang es, als wäre Tony weit weg oder spräche durch mehrere Kissen. Seine Trommelfelle pochten. Tony sagte: »Gott, das war knapp!« Er deutete auf die versengte, rauchende Spitze einer Kiefer, die keine zwanzig Meter entfernt stand.

Brad setzte sich auf, legte reibend die Hände an die Ohren und schüttelte den Kopf. Nichts half. »Bin ich jetzt taub?«, fragte er. Seine eigene Stimme klang ebenfalls weit entfernt.

»Mir klingeln auch die Ohren. Das wird schon wieder. Dauert vielleicht ein bisschen.« Sein Ton klang nicht ganz so sicher wie seine Worte.

Brad rappelte sich auf und stieg in den Wagen. »Ist vielleicht besser, wir belassen's für heute dabei.«

Ganz langsam hörte er wieder besser, und Brad und Tony saßen noch eine gute Stunde an der Bar im Klubhaus und erzählten einer wachsenden Schar von Golfern von ihrem Erlebnis. Sie machten Witze. Sie lachten. Sie tranken. Währenddessen kreiste in Brads Hinterkopf die ganze Zeit derselbe Gedanke – mehr ein Gefühl als ein Gedanke, eine Empfindung, eine Botschaft.

Dieser Blitzschlag hatte ihm gegolten. Er war ein Zeichen. Sein Leben war überwacht, geprüft und zurückgesetzt worden, so wie er es mit einem Heiz- und Kühlsystem gemacht hatte, als er noch selbstständiger Techniker gewesen war. Oft brauchte es nicht mehr als das. Manchmal war ein Kreislauf gestört. Etwas lief außerplanmäßig und zog etwas nach sich, das nicht geschehen sollte.

Brad zweifelte in verschiedener Hinsicht an sich, dazu gehörte auch sein Verlangen nach Juniper, und Zweifel waren eigentlich nicht Brad Whitmans Stil. Er hatte den Fokus verloren. Und jetzt das: Er war beinahe vom Blitz getroffen worden – aber nur beinahe, und das musste etwas zu bedeuten haben.

Mancher Mann hätte es als Jesus-Moment betrachtet. Brad dagegen fühlte sich Jesus nicht näher als zuvor. Der Blitz hatte ihn auf seine Werkeinstellung zurückgesetzt, das bedeutete es für ihn. Er hatte den bestmöglichen Betriebsmodus wiederhergestellt. Daran hatte er keinen Zweifel, und entsprechend würde er sich verhalten.

Jetzt begriff er, jetzt begriff er *wirklich,* dass er und Juniper niemals zusammen weglaufen würden. Und sollte sie ihrerseits solche Fantasien haben – was vermutlich der Fall war, das süße Mädchen –, dann war es seine Aufgabe, ihr das klarzumachen. Vielleicht mussten sie es nur einmal tun, um den Wunsch loszuwerden, nur ein einziges Mal, um es aus dem Weg zu räumen, es aus dem Sinn zu bekommen, und dann würden sie es überwinden. Alles in allem hielt er das für einen vernünftigen und einfühlsamen Umgang mit der Sache.

28

Kommen wir noch mal kurz auf den Abend im Januar zurück, als Brad und Juniper allein zu Hause waren. Den Abend, an dem Juniper zum Abendessen Rinderbraten gemacht hatte. Den Abend, an dem Brad in ihr Zimmer gekommen war und sie geküsst hatte.

Da Julia weg war, war Juniper neugierig darauf gewesen, ihre Rolle anzuprobieren, die der treu sorgenden Hausfrau, die Rolle, auf die sie die Pastoren von New Hope ja gewissermaßen vorbereiteten, wenn die Whitmans inzwischen auch nicht mehr regelmäßig zur Kirche gingen. Ihre Besuche hatten im Laufe des vergangenen Jahres sehr nachgelassen, vielleicht, weil Brad dieses ganze Geld verdient und sich als Mitglied in den Country Klub eingekauft hatte, in den er vorher nicht reingekommen war. Mit dieser Mitgliedschaft ging ein hervorragender Golfplatz einher – der schönste im ganzen Staat – und damit wiederum ein erbitterter Wettstreit um die Abschlagzeiten. Bevor Tony Evans ihn als neuen Vierten in seine bereits bestehende Samstagsgruppe aufnahm, hatte Brad an Sonntagvormittagen am meisten Glück gehabt, da so viele der älteren Gentlemen treuere Gemeindeschäfchen waren. Ihr Glauben war seine Gelegenheit. So wie Julias Abwesenheit Junipers Gelegenheit war. Sie konnte in der Küche walten, eine ganze Mahlzeit allein zubereiten, ohne dass ihre Mutter sie ständig überwachte und ihr reinredete, sie konnte sehen, wie es sich anfühlte, die Verantwortung selbst zu haben. Es war, als würde sie die Stützräder von ihrem Fahrrad entfernen, um frei und ohne Hilfe zu fahren.

Als Brad bei der Arbeit war, plante Juniper das Menü mithilfe dessen, was sie im Kühlschrank fand. Der Braten war sicher für den Abend von Julias Rückkehr gedacht, aber dann würden sie an dem Abend eben alle zusammen essen gehen, entschied Juniper. Mit dem Kochbuch auf der Arbeitsplatte machte sie sich ans Werk, schnitt Pilze, hackte Zwiebeln und Knoblauch, maß Öl und Rotwein ab.

Währenddessen stellte sie sich vor, wie überrascht und erfreut Brad sein würde, wenn er nach Hause käme. Er würde beeindruckt sein von ihr und stolz, dass sie die Initiative ergriffen hatte. Er würde merken, dass sie erwachsener wurde, was möglicherweise zu einer Lockerung der strikten Regeln führen würde, die bisher verhindert hatten, dass sie zu den Partys ihrer Mitschüler und Mitschülerinnen gehen konnte. Mädchen wie Meghan und Kathi würden ihre Meinung über sie wohl niemals ändern, aber es gab andere, die das vielleicht taten, wenn sie sahen, dass sie an Dingen teilnahm wie eine ganz normale Jugendliche.

Sie wollte Brad in Staunen versetzen. Sie wollte keinen schlafenden Wolf wecken, wusste nicht mal, dass es diesen schlafenden Wolf gab.

Später an jenem Abend war sie beim Lesen eingeschlafen, aber wach geworden, als sie Brad in ihr Zimmer kommen hörte. Auch ein unschuldiger Teenager spürt, wenn eine Situation nicht mehr ganz so unschuldig ist. Da sie nicht wusste, was er vorhatte, und sich auch nicht vorstellen konnte, ihn darauf anzusprechen, hielt sie die Augen geschlossen und tat so, als würde sie noch schlafen.

Der Kuss entsetzte sie.

* * *

Hätte Juniper gewusst, was jetzt alles in Brads Kopf vor sich ging, sie wäre noch viel entsetzter gewesen. Hätte er gewusst, was in ihrem vorging – dass sie ihn beschwichtigte, um mehr Zeit mit dem schwarzen Jungen verbringen zu können, den er fälschlicherweise für einen Hilfsarbeiter gehalten hatte –, wer weiß, wie es weitergegangen wäre. Wir sind nur hier, um zu erzählen, wie es war.

Ein weiterer Sommervormittag in der Zentrale von Whitman HLK.

Dieser Job war nicht anstrengend. Er konnte allerdings langweilig sein, wenn die Telefone nicht klingelten, wie es oft vor neun Uhr morgens der Fall war, wenn höchstens zwei, drei frühe Vögel anriefen, deren Klimaanlagen Zicken machten. Richtig los ging es erst, wenn die Temperaturen draußen gestiegen waren und die Kompressoren und Gebläse nicht reagierten.

Juniper saß an ihrem Schreibtisch in dem kleinen Büro neben dem von Brad und arbeitete an einem Haiku für Xavier.

Sonnenaufgang: eine Gitarre
Singt ein melancholisches Lied
Das Mädchen hört's und lächelt

Seit sie vom Strand zurück waren, ging Juniper wieder ihrer Routine nach: Drei Vormittage die Woche fuhr sie zur gleichen Zeit wie Brad zur Arbeit, nahm vier Stunden lang Anrufe entgegen und koordinierte die Termine mit den entsprechenden Technikern. Darin war sie gut. Sie hörte gut zu, machte klare Notizen, stellte die relevanten Fragen und machte den Plan für die Handwerker. Und die ganze Zeit über spürte sie Brads Anwesenheit – nicht nur seine Anwesenheit, sein Interesse. Sie hatte diesen einen Moment nicht vergessen, als sie zusammen im Wasser gewesen waren. Seine Hände an ihrer Taille. Seine … Erregung.

Ein Klopfen an der Tür, dann ging sie auf, und Brad guckte herein. »Wie läuft dein Tag? Kann ich dir einen Kaffee holen?«

»Nein, alles gut, danke. Bisschen lahm.«

»Dafür gibt es ja Kaffee!«

»Ich meinte, nicht viele Anrufe.«

»Das wird schon mehr werden. Wie sieht dein Nachmittag aus? Ich hab Jason um eins bestellt, um den Maserati zu waschen und zu wachsen; soll er den Land Rover gleich mitmachen?«

Juniper schüttelte den Kopf. »Pepper und ich gehen um zwölf zu so einem Pop-up-Kunstding im Stadtpark.«

»Was für ein Pop-up-Kunstding?«

»So ein Kunsthandwerkermarkt. Da gibt es immer coole Sachen. Ohrringe und Armreifen, Klamotten und so.«

Er zog seine Brieftasche aus der Tasche und gab ihr fünfzig Dollar. »Kauf dir was Schönes.«

»Das brauchst du nicht zu machen.«

»Das stimmt«, sagte er und schloss die Tür wieder.

»Danke!«, rief sie.

Das mit dem Kuss war im Januar gewesen – mehr als fünf Monate zuvor. Sie hatte schon, als es passierte, gewusst, dass sie es niemandem sagen würde. Auf keinen Fall. Die Reaktion wäre dem Ereignis mit Sicherheit total unangemessen (schließlich war es nur ein kurzer Kuss gewesen), und damit wollte sie sich nicht befassen.

Aber dann überlegte sie, ob ihre Mutter nicht die Wahrheit wissen sollte über den Typen, den sie geheiratet hatte.

Oder würde das nur alles kaputt machen, für sie alle?

Denn es war ja wirklich nur ein schlichter Kuss gewesen. Er hatte nach Bourbon gerochen. Vielleicht war er einfach betrunken gewesen. Ein kleiner Aussetzer, keine Straftat.

Sie konnte es ignorieren, und das Ganze würde einfach verschwinden. Niemand hatte Schaden genommen.

Dann dachte sie, was, wenn es kein kleiner Aussetzer war, was, wenn sie ihn nicht verriet, und dann machte er dasselbe irgendwann bei Lily?

Nein, sie sollte sein Interesse an ihr nicht mit der Absicht gleichsetzen, Inzest zu begehen. Oder?

Die Frage, was sie machen sollte, hatte sie eine Zeit lang ziemlich durcheinandergebracht. Es mit ihrer Mutter zu besprechen wäre natürlich gewesen, wenn die beiden sich auf diese Weise nah gewesen wären (und der fragliche Typ nicht Brad wäre). Tatsache war, die Erfahrung hatte ihr immer wieder gezeigt, dass Julia ungefähr die Letzte war, die Junipers Interessen vor ihre eigenen stellte. Wenn man bedachte, wie ergeben ihre Mutter Brad war (oder war *verfallen* das richtige Wort?), gab Julia am Ende noch *ihr* die Schuld.

Dann war sie Xavier begegnet und hatte zum ersten Mal erlebt, wie sich sexuelles Begehren anfühlte. Wie schwer es war, den Drang, jemanden zu berühren und von ihm berührt zu werden, zu unterdrücken. Wie einen dieses Begehren von innen erhellte und sich tatsächlich anfühlte wie Hitze.

Damit konnte sie Brad ein bisschen entschuldigen, zumal ihr in New Hope beigebracht worden war, dass Männer noch größere Schwierigkeiten hatten als Frauen, ihr Begehren zu kontrollieren. Daran gemessen verhielt Brad sich einfach männlich. Für ihn war ein hübsches Mädchen, das oben schlief, während außer ihnen niemand im Haus war, eine gefährliche Verlockung. Stell ihm ein paar Mädchen im Bikini hin und er ist nicht besser als irgendein Klassenkamerad. Klar, es wäre toll, wenn der eigene Stiefvater einen nicht so betrachten würde, aber vielleicht war das zu viel verlangt.

Trotzdem war es eklig.

Sie hatte beschlossen, Pepper nichts von der Sache mit der Erektion zu erzählen und den Rest auch nicht. Warum sollte sie ihnen mit so etwas den Spaß verderben? Es würde nicht schwer sein, Brad für den Rest des Urlaubs aus dem Weg zu gehen, wenn dann auch Onkel Jeff und die Cousins da waren. Und dann würde sie ihm einfach noch etwas länger aus dem Weg gehen – bis Dezember. Denn sie und Pepper hatten einen Plan.

Sie hatten sich alles überlegt, als sie am Strand waren. Sie würden an der Blakely einen Antrag auf eine vorgezogene Abschlussprüfung stellen und dann im Dezember ausziehen und sich eine Wohnung teilen, die sie mit dem Geld bezahlen würden, das sie über die Jahre gespart hatten, von Geburtstagen, von Weihnachten und von ihren Jobs. Inzwischen würde Juniper sich an jeder Uni in und um San Francisco bewerben und bei denen, über die sie sich erkundigt hatte. Pepper wollte in der Gegend bleiben und einen Ableger des Restaurants ihrer Eltern eröffnen, vielleicht sogar inklusive Einzelhandel – vielleicht französische Spezialitäten, mit T-Shirt und Schürzen und Handtüchern und so von ihrer eigenen Familienmarke, die sie selbst entwerfen würde.

Junipers aktuelle Aufgabe war es, von ihren Eltern die Erlaubnis zu bekommen, sich mit Xavier zu treffen. Sie hatte vor, einfach Brads Rat zu folgen und zu fordern, was sie wollte. Aber vielleicht war es auch besser, Brad erst mal außen vor zu lassen und ihrer Mutter unter vier Augen von Xavier zu erzählen. Es mit ihr zu bereden, Julia erst mal auf ihre Seite zu bekommen und Brad dann ihr zu überlassen.

Ja, das schien der beste Weg zu sein. Und was das Timing betraf …

Während Juniper überlegte, kam die Frau von der Post. Juniper sah sie durch ein Fenster, das, wie das von Brad, zur Lobby raus ging.

Brenda, die Rezeptionistin, die angestellt worden war, nachdem Julia den Chef geheiratet hatte, übergab ihr die Ausgangspost des Tages, die Postfrau sagte etwas, woraufhin Brenda aufstand und zu Brads Bürotür ging. »Ein Einschreiben«, sagte Brenda. »Das müssen Sie unterschreiben.«

Brad stand auf und folgte ihr in die Lobby, wo er unterschrieb und einen dicken Umschlag entgegennahm. Er ging wieder in sein Büro und schloss die Tür.

Juniper war am Telefon mit einer Frau, deren Klimaanlage nicht mehr funktionierte, als sie Brad sagen hörte: »Valerie Alston … *Was?* Willst du mich verarschen?« Und eine Minute später, nachdem er verstanden hatte, worum es ging: »Unfassbar! Das ist ein verfickter *Baum!*«

29

Xavier saß in seinem Wagen im Schatten einer Magnolie und wartete auf Juniper. Es war 12:25 Uhr, eigentlich hatten sie sich um zwölf bei diesem Park treffen wollen.

Außerhalb der Arbeit miteinander zu kommunizieren, war schwierig gewesen. Wenn sie nicht gerade am Strand gewesen war und Peppers Handy gehabt hatte, hatten sie weder Nachrichten schreiben noch telefonieren können. Keine sozialen Medien. Sie hatten sich ausgetauscht, indem sie Nachrichten unter seinem Scheibenwischer hinterlassen hatten – nicht gerade effizient. Trotzdem gefiel Xavier das Neue daran und das Einfache. Es war romantisch. Er freute sich über die kleinen Zettel mit ihrer Handschrift. Sie schrieb präzise, kleine, vogelhafte Buchstaben mit einem feinen Stift, und ihre Nachrichten waren immer warmherzig und oft lustig. Xavier hatte sich angewöhnt, die jeweils letzte zu einem kleinen Quadrat gefaltet zwischen seiner Uhr und seinem Handgelenk zu tragen.

Mitte Juni, das bedeutete Hitze und Feuchtigkeit und jederzeit hohe Gewitterwahrscheinlichkeit. Xavier hatte die Fenster heruntergekurbelt. Es duftete nach blühenden Mimosen, diesen feengleichen rosa berstenden Gespinsten, die zwischen zarten Blättern wuchsen – *Fiederblättchen* nannte man die – und sich bei Sonnenuntergang schlossen.

In der Ferne war Donnergrollen zu hören. Als er noch ein kleiner Junge war, ungefähr drei Jahre alt, hatte er gesagt, der Donner *grummelte,* und sich dabei einen Riesen namens Donner vorgestellt, der außerhalb der Stadt durch den Wald stampfte. Der Riese Donner war schlecht gelaunt, wegen der Wolken am Himmel und weil es gleich regnen würde; Donner wollte draußen spielen.

Hier kickten auf der Wiese des Parks fünf Latinokinder einen Fußball, die Mütter blieben in der Nähe, ein tragbares Gerät spielte Musik. Die Frauen saßen auf einer Decke, um sich verteilt Plastikgefäße mit Essen. Xavier betrachtete es neidisch. Er hatte Hunger. Juniper hatte was zum Mittagessen mitbringen wollen – ihre Idee; sie hatte gesagt, ein Imbisswagen, der jeden Tag ins Industriegebiet käme, hätte unglaubliche Empanadas, die er probieren müsse.

Weiter hinten im Park gab es zwei Reihen überdachter Stände: so ein Pop-up-Ding. Vielleicht ging er nach ihrer Verabredung mal rüber und suchte ein Geschenk für Juniper.

Falls sie überhaupt kam.

.

.

Fünf nach halb drei.

»Wo ist sie?«, sagte Xavier laut.

»Vielleicht hat sie es sich anders überlegt«, antwortete er sich selbst.

»Das glaube ich nicht. Warum sollte sie?«

Er führte das Gespräch im Stillen fort:

Falls doch, solltest du dich fragen, warum du deiner eigenen Intuition misstraut hast.

Vielleicht, weil ich Empanadas mag, dachte er, ein Witz, um seine Nerven zu beruhigen. *Außerdem stimmt zwischen uns einfach die Chemie.*

Die Chemie, *Bro? Sagt man das heute noch?*

Retro ist in, dachte er.

Chemie. Etwas Universelles. Zeitlos. Nichts fühlt sich besser an, als das mit jemandem zu teilen. Wenn nicht, kannst du es gleich vergessen, das führt zu nichts.

Als Nächstes schreibst du wahrscheinlich einen Aufsatz darüber.

Für Kompositionslehre im Herbst, warum eigentlich nicht?

Du bist ein Nerd.

Du musst es ja wissen.

* * *

Xaviers Überlegungen zum Thema Chemie verdienen genauere Betrachtung (wenn schon keinen Aufsatz), insbesondere, wo es um Juniper und ihn geht.

Zwei Menschen fühlen sich, wenn sie zusammen sind, zueinander hingezogen: Dieses zueinander Hingezogenfühlen nennen wir *Chemie,* aber was für eine Substanz ist das genau? Wie setzt sich sexuelle Anziehung zusammen, und ist es dieselbe Zusammensetzung wie bei romantischer Liebe, und handelte es sich bei diesen beiden Teenagern um diese Zusammensetzung, woraus genau sie auch bestehen mochte? Oder waren die Gefühle, die sie empfanden, wenn sie zusammen waren (und manchmal noch schlimmer, wenn sie getrennt waren) das, was viele Schwärmerei nennen würden?

Wenn man so alt ist wie manche von uns, kann man die Gefühle von jungen Leuten (so intensiv sie auch sein mögen) leicht auf die Hormone schieben. Wir wissen noch, wie es sich anfühlt, jung zu sein. Lust ist uns so vertraut wie Hunger. Man braucht sich nur die Art Verabredungen anzuschauen, denen Xavier eine Zeit lang nachgegangen ist: Lust, die zu Sex führt. Um mehr geht es nicht. Aber man muss auch sehen, wie Xavier auf diese Erlebnisse reagierte: Er wollte sich nicht weiter mit den beiden jungen Frauen treffen. Er wünschte, sie hätten ihm keine Nachrichten mehr geschrieben, in denen sie ihm anboten, wieder Sex mit ihnen zu haben. Hätte eine von ihnen eine süße Nachricht unter dem Scheibenwischer hinterlassen, er hätte sie nicht zu einem kleinen Viereck gefaltet, damit sie unter seine Armbanduhr passte, wo er sie auf der Haut tragen konnte, als könnte das Gefühl hinter den Worten auf diese Weise eindringen, als könnte er derjenigen, die die Nachricht geschrieben hatte, auf diese Weise nah sein.

Und warum nicht?

Chemie. Das ist der Unterschied. Deshalb behaupten wir, Chemie und Lust sind nicht dasselbe – auch wenn wir zugestehen, dass Lust die natürliche Folge ist.

Man sagt, wenn zwei Menschen sich besonders voneinander

angezogen fühlen, funke es zwischen ihnen. Man kann die Funken nicht sehen, und trotzdem nehmen wir es so wahr. Ist die Chemie der Liebe also eine Art Elektrizität?

Zu einer elektrochemischen Reaktion gehören Elektronen, die sich zwischen Elektroden und Elektrolyten bewegen. Das ist im Grunde Physik, und ohne Jack Martindale, der früher mal in Oak Knoll wohnte und einen Job bei der NASA hatte, wüssten wir über Physik nicht besonders viel. Was wir wissen, ist dies: Eine Kraft, die so real ist wie die, die von den Wissenschaften beobachtet und gemessen werden kann, sorgt dafür, dass Menschen sich zueinander hingezogen fühlen, auch wenn sie rational verstehen, dass dieses Gefühl offensichtlich nicht in ihrem Interesse ist. Sie sind angesichts dieser Kraft hilflos. Oh, natürlich, sie können dagegenhalten, sich entscheiden, nicht danach zu handeln, aber sie können nicht verhindern zu empfinden, wie sie empfinden.

Dostojewski sagte: *Was ist die Hölle? Ich behaupte, es ist das Leiden darunter, nicht lieben zu können.* Im Sinne von: es nicht zu *dürfen,* die Liebe *verweigert* zu bekommen. Diejenigen von uns, denen die Liebe verweigert wurde – wahre Liebe, nicht launische Lust, nicht falsche Verliebtheit, die auf irgendeiner imaginierten Verbindung beruht und meistens nicht erwidert wird –, wir, die wir ebenfalls durch die Hölle gegangen sind, wissen, dass Dostojewski die Wahrheit gesagt hat.

* * *

Das Geräusch von Autoreifen auf Kies unterbrach Xavier – da war sie ja! Juniper in ihrem glänzend weißen Land Rover. Er stieg aus seinem Wagen und ging zu ihrer Tür, breit lächelnd, bis er ihren Gesichtsausdruck sah.

»Geht's dir gut?«, fragte er, als sie die Tür öffnete. »Was ist los?«

Sie reichte ihm eine schwere Papiertüte mit Essen, das himmlisch duftete. »Mir geht's gut. Aber Brad nicht«

Xavier runzelte die Stirn. »Das klingt aber nicht, als wäre er krank oder verletzt.«

Juniper stieg aus und schlug die Tür zu. »Wusstest du, dass deine Mom ihn verklagt?«

»Oh«, sagte er. »Das.«

»Also hast du's gewusst.«

Er nickte. »Ich hab ihr gesagt, dass ich das dumm finde.«

Juniper sagte nichts.

»Ich weiß, ich hätte dich vorwarnen sollen«, sagte er. »Es ist nur … ich dachte, wenn ich das mache, bist du bestimmt sauer auf mich – also, nicht auf mich persönlich, aber auf meine Mom und damit auch auf mich. Aber das bist du so vielleicht auch.«

Sie schwieg für eine Minute, die längste in seinem bisherigen Leben, während der sie sich bückte, um eine alte Magnolienblüte aufzuheben und auseinanderzurupfen. »Ich … Es ist nicht deine Schuld«, sagte sie. »Und ich schätze, wäre es andersrum, hätte ich es dir auch lieber nicht erzählt. Also …«

Xavier atmete auf. »Was hat Brad denn dazu gesagt?«

»Dass deine Mom … ich will es eigentlich nicht wiederholen.«

»Verrückt ist?«, fragte er in der Hoffnung, es wäre nichts Schlimmeres.

Sie schüttelte den Kopf.

»Sag es mir.«

»*Opportunistische Schlampe* war das eine.«

In Xavier stieg Wut auf. »Das ist allerdings hart.« Er deutete auf eine Bank, auf der sie sitzen und essen konnten. Sie gingen auf sie zu, als in der Ferne wieder Donner zu hören war – weiter entfernt diesmal, immerhin das war gut. Er fragte: »Was hat er noch gesagt?«

»Er hat gesagt, das wäre *typisch für so eine Frau* und … ich will es wirklich nicht sagen …« Sie verstummte.

»Ich will es wissen.«

»Er hat gesagt, sie hätte bestimmt mit vielen weißen Typen

geschlafen, um voranzukommen, und dein Vater hätte sie sitzen lassen, als sie ihn festnageln wollte. Er hat gesagt, er glaubt nicht, dass dein Dad tot ist.«

»Was für ein Bullshit«, sagte Xavier und versuchte das zu verdauen. »Gott. Nicht tot? Das kann doch jeder nachgucken.«

»Er ist ein Arsch. Ich meine, selbst wenn es stimmen würde, seine eigene Frau hat auch rumgevögelt – vermutlich, um voranzukommen. Vielleicht sollte ich so nicht über meine Mom reden, aber im Grunde hat sie mir das selbst gesagt. Und sie *ist* ja auch vorangekommen, indem sie ihn geheiratet hat.«

Diese Enthüllung und ihre Vehemenz überraschten Xavier.

Er sagte: »Ich weiß, dass ihn das wütend macht, aber das ist –«

»Keine Entschuldigung«, sagte sie. Xavier setzte sich auf die Bank, und sie fuhr fort: »Als er so geredet hat, musste ich daran denken, dass wir im letzten Halbjahr in Englisch Shakespeare und Homer und Euripides durchgenommen haben. All diese Figuren, die ihr wahres Ich erst zeigen, wenn sich die Dinge zuspitzen – sei es im Guten oder im Schlechten, je nachdem, was ›wahr‹ in dem Zusammenhang heißt.« Sie setzte sich neben Xavier. »Ich bin wirklich … traurig. Ich hab immer gedacht, Brad wäre ganz toll.«

»Offenbar ist er gut darin, das jeden glauben zu lassen.«

»Ja«, sagte sie und fuhr fort: »Und das ist nicht das erste Mal, dass …«, aber dann hielt sie inne.

»Das erste Mal, dass was?«, fragte er.

»Nichts. Egal. Wollen wir essen?«

»Ja! Ich hab Riesenhunger.«

»Tut mir leid. Ich konnte nicht weg, solange er geschimpft hat.«

Xavier packte das Essen aus: Rind-, Hühnchen- und Hühnchen-Käse-Empanadas, dazu für beide eine Orangenlimonade. Während sie aßen, sagte erst mal keiner etwas, mit Ausnahme von Xaviers »Ich kann verstehen, dass du diese Empanadas lieber magst als andere«.

»Ja, oder?«

Als Juniper fertig war, knüllte sie die Verpackung zusammen und sagte: »Also, eigentlich war ich so weit, mit meiner Mutter zu reden, damit ich mich mit dir verabreden darf. Aber jetzt ...«

»Wird das nicht passieren«, sagte er.

»Geht gar nicht. Aber dieses Heimliche fühlt sich irgendwie ... Ich meine, also, ich könnte verstehen, wenn du so dann nicht weitermachen willst ... mit mir.«

Xavier hörte auf zu kauen, schluckte dann schnell runter, was er im Mund hatte, und sagte. »*Nein*. Ich will aber. Die können mich alle mal. Deren Probleme haben doch mit uns nichts zu tun.«

Juniper wirkte erleichtert. »Gut. Das sehe ich genauso.«

Sie sahen den Kids beim Fußballspielen zu. Xavier nahm Junipers Hand und drückte sie. Schon dieses bisschen Hautkontakt wirkte beruhigend.

Sie sagte: »Ich bin wirklich neidisch, weil du mit der Schule fertig bist. Ich wünschte, ich könnte von zu Hause verschwinden und nie zurückkommen. Also, meine Schwester würde ich vermissen. Trotzdem.«

Xavier wollte im Moment nichts weniger, als irgendwo zu sein, wo sie nicht war.

Er sagte: »Meine Mom hat gesagt, wenn Brad verstanden hat, worum es bei der Klage geht, wird er das klären wollen und einfach zahlen – und seine Lektion gelernt haben oder so. Halten wir für möglich, dass es so einfach sein könnte?«

»Ha! Nein. Der Baum könnte ihm nicht egaler sein.«

»Und meiner Mom könnte er nicht wichtiger sein.«

»Er denkt wirklich, sie will ihn nur ausnehmen. Ich habe gehört, wie er mit einem Anwalt telefoniert hat. Er hat gesagt, wenn nötig, muss es eben schmutzig werden, dann wird es ihr noch leidtun. Er hat gesagt, er soll ›mal graben, ob er in ihrer Vergangenheit ein bisschen Dreck findet‹, falls sie nicht zurückrudert.«

»Sie können ruhig graben; sie werden nichts finden.«

»Dachte ich mir«, sagte Juniper. »Also, genug davon, okay? Ich will wissen, wie San Francisco ist.«

Xavier dachte nur ungern an die Zeit, in der er von ihr getrennt sein würde, war aber froh, über etwas anderes zu sprechen. »Es ist … es ist ganz schön heftig«, sagte er. »Da ist so viel los. So viele unterschiedliche Menschen aus der ganzen Welt. Es ist teuer. Aber inspirierend – ein Viertel zum Beispiel, Castro, war früher das einzige im ganzen Land, in dem man offen schwul leben konnte, ohne Angst um sein Leben haben zu müssen. Und es gibt dort wahnsinnige Hügel. Und Gras ist legal – man riecht es an jeder Ecke. Und auf der einen Seite ist die Bucht und auf der anderen der Ozean, man kann also eigentlich jederzeit ans Wasser. Ich hab da chinesisch gegessen, und das hatte *nichts* mit dem chinesischen Essen zu tun, das man hier kriegt.«

»Klingt, als würdest du es jetzt schon lieben.«

»Es war *toll*. Aber ehrlich gesagt, habe ich in letzter Zeit nicht viel daran gedacht. Ich mag gerade sehr, wie es hier ist.« Er rückte auf der Bank näher an sie heran, sodass ihre Beine sich von der Hüfte bis zu den Knien berührten.

Juniper sagte: »Aber irgendwann müssen wir der Realität ins Auge sehen.«

»Spielverderberin«, sagte er und stieß sie mit dem Ellbogen an. »Wo ist die Pausetaste für die Realität?«

»Ich will eigentlich lieber vorspulen«, sagte sie mit düsterem Gesichtsausdruck. »Ich werde es Brad nicht sagen, aber ich bin auf der Seite deiner Mom. Dieser Baum ist wunderschön. Es bricht mir das Herz, dass er stirbt, nur weil unser Haus gebaut wurde. Ich will da nicht mehr leben. Ich wollte es überhaupt nie.«

»Das Gute daran ist, dass wir uns so kennengelernt haben.«

»Stimmt.«

»Denn diese Empanadas …«

Sie lächelte. »Ja, oder? Der Imbiss gehört zwei Argentiniern.«

»Vielleicht lass ich das mit der Uni und gucke, ob die mich anstellen.«

»Ich koche gern. Wir könnten selbst einen Imbisswagen haben.«

»Und was wäre unsere Spezialität? Ich kann gut gegrillte Käsesandwiches.«

»Ja? Ich fürchte allerdings, der Markt für Käsesandwiches ist schon ganz gut abgedeckt.«

»Kreative Nachos? Die kann ich auch ganz gut.«

»Die Vorstellung gefällt mir. Lauter verschiedene. Herzhaft. Süß.«

»Süße Nachos?«

»Aus Tortillas. Zimt, Zucker – und obendrauf eine Kugel Eis.«

Er sagte: »Wir könnten durchs ganze Land fahren.«

»Sogar bis nach Mexiko.«

»Südamerika.«

»Ich wollte schon immer den Machu Picchu sehen«, sagte sie.

»Unsere Eltern können sich jahrelang streiten, uns wäre es egal. Wir sitzen oben auf unserem Truck und genießen die Aussicht und essen Pommes mit Bratensoße –«

»Nachos mit Bratensoße?«

»Pommes mit Bratensoße, Punkt. Pommes und Käse und Soße. Viel Soße.«

»Und du spielst mir ein Lied – und unseren Kunden, natürlich.«

Er sagte: »Aber wahrscheinlich solltest du vorher noch deinen Abschluss machen.«

»Bevor ich Pommes mit Bratensoße mache?«

Xavier lachte.

Sie sagte: »Tatsächlich habe ich vor, meinen Abschluss vorzuziehen, vorausgesetzt, die Blakely spielt da mit.«

Er sah sie an. »Ja? Und dann?«

»Dann … könnte ich mir mal San Francisco angucken.«

»Und unser Imbisswagen?«, sagte er mit gespielter Empörung. Die Hoffnung, dass sie nach San Francisco kommen könnte, war kaum zu ertragen.

»Nein, wirklich. Ich habe mir das überlegt. Es gibt dort tolle Unis. Ich könnte mich bewerben und mal gucken, wer mich nimmt. Mein Zulassungstest war ziemlich gut.«

Was für ein schönes Bild Juniper da mit Worten malte, eine goldene Zukunft, in der sie beide eine normale Beziehung führen konnten – nicht dass Xavier fand, das, was zwischen ihnen war, ließe sich jemals mit einem so schlichten Begriff wie *normal* bezeichnen. Nein, das hier war galaktisch. Er war unfähig, nicht an sie zu denken, lag nachts wach im Bett und wusste, dass sie keine hundert Meter entfernt in *ihrem* Bett lag und an ihn dachte. Er wusste, er hätte das nie anfangen dürfen.

Er war unglaublich froh, dass er es angefangen hatte.

Sollte diese goldene Zukunft eintreffen, wären sie so weit weg von hier, dass sie genauso gut in einem anderen Land sein könnten. In San Francisco könnte er sie in aller Öffentlichkeit küssen, so wie er es jetzt gern getan hätte.

»Ich bin einverstanden«, sagte er. »Wenn du es ernst meinst.«

»Meine ich. Und, weißt du, wenn es mit uns nichts wird, können wir ja immer noch gute Freunde sein, oder?«

»Klar – aber wie meine Mom sagen würde: *Geh davon aus, dass es was wird.*«

»Guter Rat.«

»Sie kann ziemlich heftig sein, aber … ich wünschte, ich hätte diese innere Überzeugung. Mein Dad war auch so.«

»Die hast du doch – sie richtet sich bei dir nur auf die Uni und aufs Gitarrespielen.«

»Wahrscheinlich. Konflikte mag ich einfach nicht.«

Juniper sagte: »Ja, ich will auch, dass alle miteinander auskommen. *Liebe deinen Nachbarn wie dich selbst.*«

»Eine Klage hat nicht gerade viel mit Liebe zu tun. Auch wenn es Gründe für sie gibt.«

»Deine Mom sollte keine Heilige sein müssen, nur um meinen Eltern nicht zu nahe zu treten.«

»Das klingt vielleicht komisch«, sagte Xavier, »aber du bist wirklich nett.«

»Ja?«

»Ja.«

»Du auch«, sagte sie und lächelte ihn an.

Liebe deinen Nachbarn.

30

Julia beobachtete Brad während des Abendessens genau. Er hatte sie am Nachmittag angerufen, völlig geladen wegen der Klage. Jetzt schien er jedoch wieder ganz der Alte zu sein, gut gelaunt wie immer. Das Thema wurde nicht erwähnt, solange Lottie und die Mädchen in Hörweite waren. Keine abfälligen Bemerkungen über opportunistische Blutsaugerinnen oder Öko-Spinner oder Wahnsinnige. Vielleicht hatte er seine anfängliche Überraschung überwunden und zu einer ausgeglicheneren Sichtweise gefunden. Vielleicht war es der Schock gewesen, der ihn so höhnisch hatte werden lassen. So war es wohl, dachte sie. Sie hatte ihn nie zuvor so reden hören.

Ihre eigene erste Reaktion war auch nicht besonders großzügig ausgefallen, musste sie zugeben, auch wenn das nur sie selbst wusste. Sie fühlte sich von Valerie betrogen, die ihr gegenüber so offen gewesen war, scheinbar ganz echt. Nach dem Telefonat mit Brad war Julia ins Bad gegangen und hatte die Dusche angestellt, damit Lottie sie nicht störte. Dann hatte sie auf dem Fußboden gesessen und aus dem Fenster geguckt, auf die sterbende Eiche (die auf sie ganz gesund wirkte) und sich gefragt, was Valerie plante.

Nachdem sie zu dem Schluss gekommen war, dass es vermutlich keinen Plan gab – dass Valerie nach allem, was sie gehört und gesehen hatte, einfach die Art Mensch war, der unter diesen Umständen jemanden verklagte –, passte sie ihre Erwartungen der veränderten Realität an, in der sie und Valerie Alston-Holt (und wahrscheinlich viele andere Frauen aus Oak Knoll) wohl keine Freundinnen werden würden. Ihrer Enttäuschung war etwas Selbstmitleid beigemischt; sie hatte so *sehr* versucht zu sein, wie sie glaubte, sein zu sollen, und was hatte es ihr gebracht?

»Tolle Fleischbällchen«, sagte Brad, nahm die Serviette von

seinem Schoß und legte sie auf den Tisch. »Lily-Schatz, danke, dass du deiner Mutter beim Essenmachen geholfen hast. Hast du gut gemacht.«

»Grandma hat gesagt, ich könnte Fleischbällchen auch in der Dose kaufen, wenn du mich lässt. Schneller und billiger, sagt sie.«

»Grandma hat recht«, sagte Julia. »Aber die schmecken nicht gut, deshalb kaufe ich sie nicht.«

»Ich mag sie«, sagte Juniper.

»Woher weißt du das?« Lily sah Juniper überrascht an. »Hast du sie bei deiner Arbeit im Supermarkt gegessen?«

»Mom hat sie früher gekauft, als ich so alt war wie du.«

»Das ist ungerecht«, sagte Lily.

»Manchmal durfte ich auch Cornflakes essen. Nicht die echten, aber sie waren trotzdem gut.«

Julia sagte: »Wirklich, Juniper? Soll das hilfreich sein?«

»Sie sagt die Wahrheit«, sagte Lottie. »Ein feiner Zug, die Wahrheit zu sagen.«

»Lügen ist böse«, sagte Lily.

Juniper sagte: »Darf ich aufstehen?«

»Geh«, sagte Julia. »Aber hilf erst beim Tischabräumen.«

Brad saß bei dieser Szene zwar daneben, bekam sie, soweit Julia es sagen konnte, aber nicht mit. Er war mit den Gedanken woanders, wie oft in letzter Zeit. Nicht dass sie ihm daraus einen Vorwurf machte – seit Lottie da war, war ihr Haushalt eine wandelnde Katastrophe, und wäre Julia in der Lage gewesen, einfach abzuschalten, würde sie es tun.

Sie wandte sich Lily zu. »Du hast recht, Lügen ist böse. Deshalb sage ich dir die Wahrheit darüber, warum Juniper Dinge essen durfte, die ich nicht mehr kaufe, Dinge, die nicht gut für dich sind: Ich wusste es damals nicht besser. Manchmal wissen sogar Erwachsene nicht alles, was sie wissen sollten.«

»Warum wusstest du es nicht? Hat Grandma es dir nicht beigebracht?«

Lottie sagte: »Grandma mag dieses ganze Zeug gern.«

»Aber es hat dich krank gemacht«, ergänzte Lily weise nickend, als hätte sie gerade eine große Erkenntnis gehabt. »Und Zigaretten sind auch schlecht für dich.«

Julia genoss es, dabei zuzusehen, wie Lily auf diese Weise Dinge begriff.

Während Lily und Lottie weiterhin gesundheitliche Fragen erörterten, sagte Brad zu Julia: »Ich geh eine Runde schwimmen«

»Tu das«, sagte sie. »Willst du ein Bier?«

Er ließ die Eiswürfel in seinem Glas klimpern. »Noch einen Whisky Cola, danke.«

»Vielleicht komme ich mit in den Pool.«

»Gut, gut«, sagte Brad, der schon halb aus dem Zimmer war.

Zuletzt hatte Julia ihn derart besorgt erlebt, als er darauf wartete, dass sein Anwalt den Verkauf seiner Erfindung eintütete. Er hatte getan, was er jetzt auch tat: eine fröhliche Fassade zur Schau stellen, um seine Sorge zu verbergen, dass aus der Sache doch nichts werden könnte.

Julia mixte Brads Drink und gab ihn ihm auf dem Weg nach draußen. Als sie die Küche aufgeräumt und Lottie dabei geholfen hatte, sich vor ihrem Fernseher im Gästezimmer einzurichten, als sie oben ihren Badeanzug angezogen und endlich am Pool angekommen war, war Brad mit Schwimmen schon fertig, saß in ein Handtuch gewickelt auf der überdachten Terrasse und starrte – das treffende Wort war eigentlich *stierte* – auf Valeries Eiche.

»Es tut mir leid, dass du in die Sache mit reingezogen wurdest«, sagte Julia. »Eigentlich ist ausschließlich KDC Homes dafür verantwortlich.«

»Es sterben doch ständig Bäume. Na und? So eine Kack-Klage.« Er sagte es so laut, dass es alle Nachbarn hören konnten, falls sie draußen waren oder die Fenster offen hatten.

»Liebling –«

»Was?«

»Es müssen ja nicht alle Nachbarn hören. Das wird sich schon klären.«

»Wird es auch. Wir werden sie irgendwie dazu bringen, die Klage fallen zu lassen.«

Julia gefiel nicht, wie er das gesagt hatte. »Wie denn?«, fragte sie, als wäre sie nur neugierig, und ließ sich ins Wasser gleiten. Wie wunderbar, einen eigenen Pool zu haben. Es im Leben so weit gebracht zu haben, daran würde sie sich vielleicht nie gewöhnen.

Brad sagte: »Anwälte haben da so ihre Möglichkeiten. Mir ist ziemlich egal, wie sie das regeln, solange sie es regeln. Ich werde dieser Erpresserin jedenfalls bestimmt keine hundert Riesen geben. Sie kann den Baum ja genauso gut selbst vergiftet haben.«

»Ihr lasst das doch von Experten untersuchen, bevor irgendwelches Geld fließt, oder? Sie muss es erst beweisen.«

»So weit wird es gar nicht kommen, nicht, wenn sie vernünftig ist.«

Julia zog sich auf das Poolfloß, legte sich auf den Rücken und betrachtete den Baum. »Es *ist* aber auch eine besondere Eiche. Ich verstehe schon, dass sie Angst hat, sie zu verlieren.«

»Sag nicht, du bist auf ihrer Seite.«

»Nein, hab ich gar nicht gesagt. Ich rede nur über den Baum. Es ist ein toller Baum, das ist alles.«

»Ich kann es nicht gebrauchen, dass mir meine eigene Frau in den Rücken fällt.«

»Brad –«

»Hast du mich nur meines Geldes wegen geheiratet?«

»Was?«

»Du hast mich verstanden.«

»Wo kommt das denn her? Du hattest damals ja gar nicht so viel Geld.«

»Ich hatte aber sehr viel mehr als du.«

Julia paddelte zur Leiter und stieg aus dem Pool. Bevor sie antwortete, wickelte sie sich in ein Handtuch und setzte sich neben Brad.

»Ich habe dich geheiratet, weil ich dich liebe.«

»Aber das Geld hat nicht geschadet, oder?«

Lügen ist böse.

Lügen kann eine Notwendigkeit sein.

»Ich habe über das Geld überhaupt nicht nachgedacht«, sagte Julia. Eine Lüge. Natürlich hatte sie darüber nachgedacht – und das hatte er auch so gewollt. Die ganzen schicken Restaurants. Die Fahrten in seinem BMW. Wochenendausflüge an den Strand, wo sie in Luxusapartments mit Meerblick wohnten. Der Verlobungsring! Er hatte sein Geld zur Schau gestellt wie ein Pfau seine Schwanzfedern.

Brad sagte: »Ist dir schon mal aufgefallen, wie ihr Frauen darauf trainiert seid, welcher Mann euch am besten versorgt? Und Männern wird beigebracht, dass es nicht nur ihre Aufgabe, sondern ein *Privileg* ist, sich den Arsch abzuarbeiten, um Frau und Kinder zu ernähren. Die ganze Last liegt beim Mann. Und was kriegen wir dafür? Eine Welt voller Frauen, die glauben, sie hätten das Recht, sich das schwer verdiente Geld eines Mannes zu angeln, auf welche Weise auch immer. Valerie da drüben hat keinen Mann gefunden, der sie aus dem Loch holt, also versucht sie es bei mir.«

Julia musste kurz überlegen, auf welchen Teil davon sie als Erstes einging.

»Du bringst den Mädchen ja bei, sich einen Mann zu suchen, der sie ernährt –«, hob sie an.

»Ja, das war ein Fehler.«

»Und was du über Valerie sagst, das stimmt nicht. Sie liebt ihr Haus. Es ist auch sehr hübsch.«

Brad sagte: »Hat irgendjemand ihren angeblichen Ehemann mal gesehen, bevor er angeblich gestorben ist?«

»Ja. Warum stellst du das überhaupt infrage? Valerie ist kein schlechter Mensch. Vielleicht übereifrig, bestimmt. Aber … bitte versteh das nicht falsch, Liebling, ich weiß, dass du sauer bist und so, aber du bist irrational.«

»Dann habe ich hier was Rationales für dich«, sagte Brad. »Diese Frau will mir hunderttausend Dollar aus der Tasche ziehen, die ich verdient habe. Sie will *vier*hunderttausend von Kevin – der sich ebenfalls den Arsch abarbeitet und Jahre brauchte, um da hinzukommen, wo er jetzt ist. Es gibt in der ganzen Weltgeschichte keinen Baum, der fünfhunderttausend Dollar wert ist. Ich sage dir: Sie will das Geld, um selbst ein bisschen aufzurüsten. Glänzender Cadillac. Großer Fernseher. Diamantohrringe. Eine Kreuzfahrt … Sie will all das, was ihr Damen gern hättet, ohne selbst dafür zu arbeiten.«

»Jetzt wirst du eklig«, sagte Julia. »Mir gefällt das überhaupt nicht. Ich habe jeden Job genommen, den ich kriegen konnte, um auf eigenen Füßen stehen zu können –«

»Bis zu dem Moment, wo du dich zurücklehnen konntest. Wenn du sehen willst, was Anstand bedeutet, nimm dir ein Beispiel an deiner Tochter: Juniper muss überhaupt nicht arbeiten, aber sie macht freiwillig zwei Jobs.«

Julia stand auf, mehr als wütend. »Bist du betrunken? Nimm das zurück. Es war doch *deine* Idee, dass ich aufhöre zu arbeiten.«

»Ich habe gesagt, du kannst, wenn du willst.«

»Und dann kam Lily –«

»Die jetzt zur Schule geht.«

»Ich wäre froh, wieder zu arbeiten!« Die nächste Lüge. Sie wäre nicht froh. Aber sie würde es tun, wenn sie müsste.

Brad sagte: »Und was hält dich davon ab?«

»Du wolltest nicht, dass ich arbeite! Ich verstehe überhaupt nicht, wo das alles herkommt, Brad. Wirklich nicht.«

Brad deutete auf Valeries Haus. »Von deiner neuen Freundin.«

»Ich fange langsam an mir zu wünschen, wir hätten dieses Haus nie gekauft«, murmelte Julia.

»Wir können es verkaufen. Ein Wort genügt.«

Sie ging vor Brads Knien in die Hocke und sah zu ihm auf. »Das meinst du nicht so. Können wir aufhören, uns anzuzicken? Das bringt doch niemandem was. Sei offen mit mir: Bist du so wütend, weil du glaubst, sie hat mit der Sache eine echte Chance?«

Brad sah sie an und zuckte mit den Schultern. »Es wurden ein paar Vorschriften missachtet, und das ist nicht schwer nachzuweisen, wenn jemand ganz genau hinguckt.«

»Warum bietet ihr ihr dann keinen Ausgleich an? Zahlt – keine Ahnung – die Hälfte, und gut ist es.«

»Ich soll fünfzigtausend blechen, ohne zu kämpfen? Machst du Witze? Ich hab noch nie klein beigegeben, solange ich eine Wahl hatte – das solltest du inzwischen über mich wissen. Wir geben ihr die Chance, die Klage fallen zu lassen, und wenn sie das nicht tut, steigen wir in den Ring. Die Chancen stehen gut, dass wir eine wohlwollende Jury kriegen, der der Baum irgendeiner Schwarzen genauso scheißegal ist.«

31

Am Sonntagmorgen war Valerie in ihrem Vorgarten, um vor Sonnenaufgang die Iris zu teilen. Sie war etwas früh dran damit; Iris bevorzugten die trockenere Hitze des Spätsommers. Sei's drum. Mit ihren Lilien, mit dem Riedgras und den Hyazinthen war sie schon fertig. Die Beete waren gejätet. Die Rosen gedüngt. Sie konnte an so einem Morgen nicht einfach drinnen sitzen, an einem Tag von selten niedriger Luftfeuchtigkeit und einer kühlen Brise, also waren die Iris dran.

Die meisten im Viertel schliefen noch, oder jedenfalls waren alle noch in ihren Häusern. Keine Autos fuhren vorbei. Keine Jogger. Vor ein paar Minuten war Ellen mit Pritzy, ihrem Labradoodle, vorbeigekommen, aber sie war nicht lange zum Reden stehen geblieben; sie kannte Valeries gute Neuigkeiten schon. Zwei Cocktails und das Werfen einer Münze (ja, so hatten sie es tatsächlich entschieden), und nun sah Valerie ihre Zukunft in einem völlig anderen Licht.

Noch als es mit Chris etwas Festeres geworden war, hatte sie sich als Single betrachtet. Und im Prinzip würde sie auch noch Single sein, wenn Chris hier lebte – »hier« hieß, in dieser Stadt, nicht in diesem Haus. Noch nicht, wenn überhaupt jemals. Wenn die sechs Monate ihres Beinahe-Zusammenlebens, auf die sie sich geeinigt hatten, so verlaufen würden, wie sie wollten und hofften, würde sich ihr Personenstand – und seiner – jedoch ändern.

Und ihre Adresse möglicherweise auch.

Während sie ein Rhizom mit ihrer behandschuhten Hand und einem Spaten teilte, versuchte Valerie ihre Fantasie auf diese Veränderung zu lenken. Dieses Haus und Oak Knoll verlassen, nach mehr als achtzehn Jahren. Ein neues Haus suchen, mit einem neuen Mann. Zwei bürgerliche Schwarze, die ein ganz ordentliches Einkommen hätten, wenn sie zusammenlegten: Wo in dieser Stadt könnten sie suchen, wo würde es sich so richtig anfühlen wie Oak Knoll an dem Tag, als sie mit Tom hergekommen war, um sich umzusehen?

Sie wollte nicht umziehen, aber wie sollte Chris auf Dauer in Toms Haus, Toms Bett leben?

Natürlich war das alles lange her, und sie lief ja nicht rum und trauerte ihrem toten Ehemann hinterher. Tom war (auch wenn sie das ungern zugab) mehr Erinnerung als Mann. Was nur natürlich war. Sie »sah« ihn nicht mehr, nicht so wie in den ersten Jahren nach seinem Tod. Sie dachte auch nicht täglich an ihn. Alle physischen Hinweise auf ihn waren verschwunden, bis auf die paar Sachen in Xaviers Zimmer. Sie hatte es ihm überlassen, ob er sie behalten wollte oder nicht. Tom war eigentlich überhaupt nicht mehr hier.

Sie hatte Xavier angeboten, sein Zimmer »nachzubessern« – diese Lampe, zum Beispiel: Wollte der dreizehnjährige Xavier wirklich ein Lamm auf seinem Nachttisch haben? Ja, wollte er. Er wollte das Mobile. Er wollte den Bettvorleger. Er fand die Wandfarbe gut, warum sollte man sie ändern? Er hatte die Wände mit Postern und Programmplänen behängt und zugestimmt, dass sie Bettwäsche und Überdecke ein paarmal austauschte. Ansonsten war das Zimmer so geblieben, wie es an dem Tag gewesen war, als sie, Xavier und Tom von ihrem Thanksgiving-Trip zurückkamen und Tom in einem Krankenwagen fortfuhr, um nie zurückzukehren.

Valerie lachte verzagt. Tom war nicht hier? Tom war hier; sie brauchte nur diese bittersüße Tür in ihrem Gehirn zu öffnen, und da stand er, reumütig und etwas ängstlich, kurz bevor die Rettungssanitäter ihn raus zum Krankenwagen führten.

Wie unfair, dass die Vergangenheit unwiederbringlich und doch unmöglich zurückzulassen war. »Vorwärts«, sagte sie und beschwor entschlossen das Gesicht von Chris herauf.

Die geteilten Irisgruppen waren eigentlich für eine sonnige Stelle vorgesehen gewesen, dort, wo mal der Teich hinkommen sollte. Aber das Teichprojekt lag auf Eis, bis die Situation mit der Eiche geklärt war und sie genauer wusste, was mit dem Garten und ihrem Leben passieren würde. Vielleicht im nächsten Frühjahr, denn so schnell würde sich nichts tun, das zeichnete sich bereits ab.

Ihr Handy klingelte: Chris. Sie steckte sich die Ohrhörer in die Ohren und meldete sich mit »Du bist ja früh auf«.

»Ich versuche, meinen Schlafrhythmus deinem anzupassen.«

»Ist das nicht ein bisschen verfrüht? Du hast hier ja nicht mal eine Stelle.«

»Meine Mutter sagt, ich war schon immer übereifrig. In der Nacht vor Weihnachten konnte ich auch nie schlafen.«

»Ich werd's mir merken.«

Sie sprachen ein, zwei Minuten über die Klage. Sie sagte: »Der Bauherr und Brad Whitman haben beide letzte Woche Post bekommen und erst mal genau so reagiert, wie wir erwartet haben: Die Anwälte von beiden haben angerufen und gesagt, die Klage wäre unsinnig und ich täte gut daran, es mir noch mal zu überlegen und sie fallen zu lassen, wenn ich vernünftig wäre. Gangster. Jetzt warten wir auf ihre *offizielle* Reaktion. Sie haben dreißig Tage.«

»Irgendeine direkte Reaktion?«, fragte Chris.

»Du meinst, ob Brad mit wehenden Haaren rüberkam und mich zur Rede gestellt hat? Nein. Ich habe weder von ihm noch von seiner Frau was gesehen oder gehört. Aber lassen wir das«, sagte sie. »Reden wir über uns. Ich freue mich zu sehen, dass du kein schlechter Verlierer bist.«

»Verlierer? Wovon redest du? Ich habe doch gewonnen.«

»Schmeichler.«

»Was hast du an?«

Valerie lachte. »Ich bin im Garten und grabe Iris aus.«

»Das würde ich gern mit dir zusammen machen, Baby«, sagte Chris mit tiefer Stimme.

»Warum kommst du dann nicht her und guckst selbst, was ich anhabe?«

»Ist das eine ernst gemeinte Einladung?«

Valerie zögerte. War es das? Sie hatte Xavier noch nichts von Chris' anstehendem Umzug erzählt und von den Plänen, die darauf folgen sollten. »Ja«, sagte sie entschieden. So jung würden sie schließlich nicht wieder zusammenkommen.

»Ich putze nur schnell Zähne, dann bin ich auf der Straße.«

»Ich versuche, geduscht zu sein, bis du kommst. Du willst keine verschwitzte –«

»Val«, unterbrach Chris sie.

»Was?«

»Ich will dich genau so, wie du gerade bist. Immer. Jeden Tag. So ist das jetzt. Gewöhn dich dran.«

»Okay«, sagte sie mit belegter Stimme. »Fahr vorsichtig. Ich warte mit dem Mittagessen.«

Sie legten auf und sie nahm die Ohrhörer raus und steckte sie wieder in den Ausschnitt ihres T-Shirts. Die Sonne war über den Horizont gekommen und streckte ihre Strahlen durch das dichte Laub, schuf gemeinsam mit der Brise auf der Erde ein Kaleidoskop aus Licht und Schatten.

Von hier aus konnte sie die obere Hälfte ihrer alten Eiche sehen, die gesamte ausgedünnte Krone. Ein ungeübtes Auge wäre noch nicht in der Lage zu sehen, dass ihr der Hungertod drohte. Vielleicht erlebte der Baum noch einen Sommer, vielleicht sogar zwei, jedes Jahr mit geringerer Blattdichte, die Äste und der Stamm zunehmend anfällig für Parasitenbefall durch Misteln (die schon da waren), Gallapfel und Läuse und Würmer. Sie wusste nicht, ob sie es aushalten würde, dabei zuzusehen, so quälend wie es gewesen war, bei ihren unregelmäßigen Besuchen zu Hause in Michigan den furchtbar langsamen Verfall ihres Vaters mitzuerleben.

Was nicht notwendigerweise heißen soll, dass sie diesen Baum mehr liebte als ihren Vater – es waren verschiedene Arten der Liebe, und was ihren Vater betraf, waren ihre Gefühle kompliziert, beeinträchtigt manchmal durch Wut, manchmal durch Schmerz. Warum hatte er in »Onkel« Ray nicht den Fiesling erkannt, der er war? Ray hielt mit seiner Meinung nicht hinterm Berg. Ray, der mit ihrem Vater am Küchentisch saß und Anekdoten austauschte und Bier aus der Dose trank: *Hey, Val, komm her, Süße, setz dich bei Onkel Ray auf den Schoß,* wie die beiden Männer lachten, wie Ray im Vorbeigehen nach ihr langte und– manchmal erfolgreich – versuchte, irgendeinen Teil ihres Körpers zu fassen zu kriegen.

Man könnte fragen, warum *sie* nichts gesagt hatte – wenn schon nicht zu ihrem Vater, dann zu ihrer Mutter oder einer Lehrerin oder einer Freundin? Auch das war kompliziert.

Und lange her, sagte sie sich, als ein Paar Rotkardinäle in der Regenrinne über ihrer Haustür landete und laut sein Territorium markierte. In der Nähe dieser Vögel, an der Ecke des Hauses, arbeitete sich ein Zaunkönig durch die Ablagerungen in der Rinne, sodass Einzelteile über Bord gingen. Es wäre ein guter Moment, Xavier rauszulocken, damit er sich eine Leiter holte und die Regenrinne reinigte.

Sie wischte sich den Schmutz von den Händen und ging durch die Haustür nach drinnen.

»Zay, bist du beschäftigt?«

Keine Antwort.

Sie trat aus ihren Clogs und ging den Flur hinunter, um nach ihm zu gucken. Leeres Badezimmer. Leeres Schlafzimmer. Den Flur wieder zurück, durchs Wohnzimmer in die Küche. Kein Xavier.

»Wo ist der Junge denn?«, sagte sie auf dem Weg zur Hintertür – und bekam, als sie durch das Fenster sah, ihre Antwort: Hinten im Garten standen, durch den neuen Zaun und einen alten Rhododendronbusch zum Teil verdeckt, zwei offensichtlich ineinander verknallte Teenager.

»Oh, Zay«, sagte Valerie. »Wirklich? Jetzt?«

***

Was hättest du gemacht, wenn du Valerie wärst? Das ist eine der Fragen, die wir uns später stellten. Wärst du rausmarschiert und hättest sie getrennt? Überlegt hatte sie es. Achtzehn Jahre alt oder nicht, Xavier war immer noch ihr Sohn, immer noch ihre Verantwortung, wenn auch nur noch für ein kleines Weilchen. Ihrer Ansicht nach gab es viel mehr Gründe, aus denen er und Juniper ihrer Anziehung nicht nachgeben sollten, als Gründe, aus denen sie es tun sollten. Und für gewöhnlich war sie ein Mensch, der, um zu planen, was zu tun war, die Fakten studierte und daraufhin die vernünftigste Entscheidung traf.

Liebe jedoch ist keine exakte Wissenschaft. Wie die meisten Eltern wissen, ist es schwer, streng mit einem jungen Menschen zu sein, wenn er sein Herz an etwas gehängt hat. Man nimmt ein Kind nicht zu einem Besuch im Tierheim mit, wenn man nicht vorhat, ein Tier mit nach Hause zu nehmen – und zwar noch am selben Tag. Man überlässt ihnen nicht samt aufwendigen Utensilien zur Glasmalerei die Küche und sagt dann, es gäbe leider im ganzen Haus kein Fenster, in dem das fertige Projekt, wie hässlich auch immer, ausgestellt werden könnte. Man entdeckt seinen so gut wie erwachsenen Sohn nicht in einer Umarmung mit einer jungen Frau, die sichtlich in ihn verliebt ist, und stürmt dann auf sie zu und bringt sie in Verlegenheit – und täte man es, hätte man jedenfalls nicht so ein weiches Herz wie Valerie, insbesondere, wenn es um Xavier ging.

Er war kein einfaches Kind gewesen, jedenfalls nicht in der Hinsicht, in der sie es gehofft hatte. Ja, klar, er hatte bereits mit vier Monaten nachts durchgeschlafen, und er aß genauso gern Gemüse wie sie, und er hatte nie zugunsten von Videospielen aufgehört zu lesen, und er hatte hervorragende Noten bekommen und mit seinem Instrument geübt und gejobbt, um Geld für die Uni zu verdienen, ohne sich viel zu beklagen. Aber wie wir wissen, war es ihm schwergefallen loszulassen.

Valerie betrachtete die beiden und dachte daran, dass Chris in wenigen Stunden hier sein würde. Wie sie und Chris Xavier von dem Plan erzählen würden, der dazu führen konnte, dass sie wieder heiraten würde. Wie sie und Chris, nachdem sie diese Neuigkeiten mitgeteilt hätten, am Ende des Abends zusammen in ihr Schlafzimmer gehen und die Tür zumachen würden. Wenn sie Xavier weiterhin davon abzuhalten versuchte, Juniper zu treffen, nur weil das verschiedene Schwierigkeiten mit sich bringen könnte (aber wer konnte das schon mit Sicherheit sagen?), würde sie ihm damit sagen, dass sie ein größeres Recht auf Glück hatte als er, dass sie ihm nicht zugestand zu wissen, was er tat.

Er war jetzt erwachsen. So schwer es ihr fiel, ihn in diesem Moment nicht zu bemuttern, sie musste ihn seine eigenen Entscheidungen treffen und Fehler machen lassen, musste ihn sein eigenes Chaos anrichten und sich das Herz brechen und ihn Geld verlieren lassen und Hunger haben und den Bus verpassen lassen, sich von einem Freund verraten und all das erfahren lassen, was, wie wir alle wissen, nun mal passiert, wenn man einfach *lebt*.

Valerie beobachtete, wie Juniper mit zurückgelegtem Kopf zu Xavier aufsah. Valerie *wollte,* dass ein Mädchen (oder ein Junge, wenn es so gekommen wäre) ihren Sohn so ansah. Niemand von uns weiß mit Sicherheit, was die Zukunft bringt. Vielleicht war das mit Juniper nur etwas Vorübergehendes. Oder es war das Ereignis, das über sein ganzes Leben entscheiden würde. Beides (und keins davon) war möglich. Wer war sie, anzunehmen, dass sie es besser wusste, wenn es um sein Herz ging? Valerie war klar, dass ihr Sohn zwar ihr Herz in seinen Händen hielt und das auch immer tun würde, aber ein Kind zu haben bedeutete, dass das Herz ihres Sohnes für jemand anderen bestimmt war, und so sollte es auch sein.

32

Der neue Whitman-HLK-Werbespot wurde bei Brad Whitman zu Hause gedreht. Viele von uns waren an diesem Tag bei der Arbeit, aber die anderen kamen raus und standen vor dem Haus auf dem Bürgersteig, um zuzusehen, wie die Filmcrew sehr viel Ausrüstung aufbaute für etwas, das nachher den Anschein erweckte, als hätte es genauso gut mit dem Smartphone gedreht werden können. Offenbar war es ein bisschen aufwendiger.

Am Rand des Vorgartens der Whitmans wurde eine rechteckige Überdachung errichtet, die auch einen Teil des Gehwegs überragte, damit die Crew sich zwischen den einzelnen Einstellungen im Schatten aufhalten konnte. Es war ein klarer und heißer Tag, der Himmel von dem satten Blau, das wir in North Carolina gern »Carolina Blau« nannten, auch wenn es tatsächlich dasselbe Blau war, das man an klaren Tagen überall sehen kann. Davon abgesehen, hat die ursprüngliche Verbindung von »Carolina« und »Blau« mit dem Himmel rein gar nichts zu tun.

Zu Brad Whitmans Video-Crew gehörten ein Kameramann, ein Techniker, ein Regisseur/Produzent, eine Visagistin und Haarstylistin und drei weitere Leute, deren Funktion nicht ersichtlich war. Es gab Mikrofone und Lampen und Schirme und Kabel und diverse Kisten für wer weiß was.

Wir konnten noch nicht sagen, was das Produkt sein würde, das Brad Whitman in dieser Werbung anpreisen würde, denn es war kein Produkt zu sehen, genauso wenig wie Brad. Aus Spaß gründeten wir eine Tippgemeinschaft: Die Chancen standen gut, dass es eins dieser modischen aromatisierten Wasser war, oder vielleicht Eistee. Ebenfalls beliebt und wahrscheinlich schien Schleichwerbung für Asa's BBQ, die eine neue Niederlassung hatten, wo Oak Knoll an Hillside grenzte.

Wir hatten allein in der letzten Woche zwei Mal gesehen, dass die Whitmans eine Lieferung von Asa bekommen hatten. Vielleicht hatte Lottie die Bestellung aufgegeben, vielleicht auch nicht.

Die Entscheidung, den Werbespot hier zu drehen, hatte Brad sicher aus praktischen Erwägungen getroffen. So musste er niemandem Miete für eine Location zahlen, und wo sollte er schließlich ein attraktiveres Beispiel für die Art Haus finden, die Whitman HLK gern vorzeigte und für die sie gern arbeiteten? Er wollte mit diesem Spot demonstrieren, was für großartige Beziehungen die Firma zu den wichtigsten Bauunternehmen der Gegend hatte, um dieses Segment seines Geschäfts auszubauen (mit neuen Installationen verdiente man sehr viel besser als mit Service und Reparaturen). Und, ja, es war eine Möglichkeit, Valerie Alston-Holt eins auszuwischen.

Aus dem Wohnzimmer des erfolgreich heruntergekühlten Hauses war vorübergehend ein Ankleidezimmer geworden. Brad und Juniper saßen Rücken an Rücken auf hohen Hockern, während die Visagistin und ihre Assistentin letzte Hand an ihre Gesichter und Frisuren legten. Wie wir später erfahren würden, sollte in diesem Werbespot überhaupt kein Produkt vorgestellt werden. In diesem Spot ging es um eine *Person:* um Juniper, den neuesten Zugang bei Whitman HLK, die künftige Eigentümerin, wie Brad sagen würde. Zeit, sie der Öffentlichkeit vorzustellen, ihr Gesicht bekannt zu machen, ihr einen Vorgeschmack auf die Berühmtheit zu liefern, von der sie träumte, wie alle jungen Frauen, davon war Brad überzeugt.

»Bereit, ein Star zu werden?«, fragte Brad Juniper, während Julia, Lily und Lottie zusahen.

»Ich will auch ein Star werden«, sagte Lily.

»Du bist doch schon ein Star, Zuckerpuppe.«

»Juniper dann aber auch. Wann komme ich ins Fernsehen?«

»Vielleicht beim nächsten Mal«, sagte Julia.

»Klar«, sagte Brad. Es ergab durchaus Sinn, der Öffentlichkeit sein süßes kleines Mädchen zu zeigen – wenn auch einen anderen Sinn als das, was er heute vorhatte.

Marina, die Visagistin, die er bisher für jeden seiner Werbespots gebucht hatte, überpuderte sein Gesicht mit einem Pinsel und nahm ihm den Umhang ab, der seine Kleidung schützte. »Sie sind fertig«, sagte sie.

Er stand auf und stellte sich so hin, dass er Juniper sehen konnte. Sie trug ein königsblaues Polohemd mit dem Whitman-HLK-Logo, genau wie er. Die Farbe schmeichelte ihr, auch wenn es nicht unbedingt Stil hatte. Sie trugen beide weiße Leinenhosen – ihre war nur etwas schmaler geschnitten, um ihre Figur so zur Geltung zu bringen, dass jeder Mann, der den Werbespot sah, darauf reagieren würde, während sie auf die Zuschauerinnen zugleich ausreichend sittsam wirken würde. *Ein guter Anfang,* dachte Brad. Auffallen tat sie durch das, was die Mädels mit ihrem Make-up und ihrem Haar gemacht hatten.

Auch hier war das Ziel gewesen, Sex-Appeal und Sittsamkeit gleichermaßen zu transportieren, das Make-up war also zurückhaltend und betonte doch ihre feinen Gesichtszüge. Ihre Augen wirkten groß und intelligent. Ihre Lippen voll, aber nicht nuttig. Sie wirkte nicht unbedingt älter, aber klarer.

Ihre Haare waren lang und voll und wellig – *Blowout* hatte Marina das genannt, was sie mit ihnen gemacht hatten. Julia hatte ihm erklärt, es gäbe inzwischen Salons, in denen nur noch das angeboten wurde. Dienstleistungen für Frauen waren für ihn mysteriös, aber das hier gefiel ihm sehr. Das Ergebnis war, jedenfalls in Brads Augen, dass Juniper *bereit* wirkte.

»Bereit?«, fragte er und hielt ihr die Hand hin, um ihr vom Hocker zu helfen.

Sie ergriff sie und stand auf. »Das ist ein komisches Gefühl, so viel Make-up drauf zu haben. Kann ich mal gucken?«

Aus der ersten Reihe sagte Lottie: »Lass es besser.«

Juniper wirkte alarmiert. »Warum?«

»Du siehst *wunderschön* aus«, sagte Marina zu ihr.

Julia sagte: »Das stimmt. Aber … ich denke, deine Grandma hat recht. Du wirst noch ganz verlegen deshalb. Sei einfach ganz du selbst.«

Juniper sah Lily an, die sie offen anstarrte. »Was? Sag.«

»Willst du dir meine Tiara ausleihen?«

Juniper lächelte. »Vielleicht später. Wenn wir fertig sind. Dann spielen wir Prinzessinnen. Hast du Lust?«

Lily nickte. »Du bist die Prinzessin und ich der Star.«

»Okay. Such dir doch schon mal was zum Anziehen, und dann treffen wir uns in einer Weile.«

Der Regisseur und Produzent des Werbespots, Evan, kam durch die Haustür. »Wir beginnen mit Ihnen auf der Veranda.«

Es sollten drei kurze Szenen gedreht werden, aus denen ein Sechzig-Sekunden-Spot geschnitten werden würde. Eine draußen mit Brad und Juniper; eine drinnen nur mit Brad und den Kompressoren (die für den Zweck ausgestellt wurden) und eine hinten auf der Terrasse, in der nur Juniper zu sehen sein sollte, wie sie am Rand des Pools saß, mit hochgeschobenen Hosenbeinen, die Füße im Wasser, während Brad den Zuschauenden in einem Voice-over versicherte, was für ein gutes Leben sie erwartete, sobald sie keinen Gedanken mehr an ihr neu installiertes oder frisch gewartetes HLK-System würden verschwenden müssen.

»Na dann, an die Arbeit«, gab Brad Evan zur Antwort.

Falls Sie sich, wie wir später, fragen, ob Juniper irgendwas gegen diesen Plan einzuwenden hatte, dagegen, in dem Werbespot aufzutreten und öffentlich als künftige Miteigentümerin und »Star« am Pool vorgestellt zu werden – die Antwort ist Nein. Sie hatte ihre eigenen Pläne.

Nachdem der Dreh vorbei war, lud Julia die Crew und die Nachbarinnen, die die gesamten drei Stunden in der Hitze ausgeharrt hatten, in ihre Küche ein, wo auf der Kücheninsel aus Carrara-Marmor diverse Köstlichkeiten standen: Krabbensalat, Aufschnitt und Käse aus dem Feinkostgeschäft, aufgeschnittene

Mangos, Ananas und Kiwi, Brot vom besten Bäcker, ein Salat aus Wassermelone, Feta und Minze mit Balsamicoessig, Flaschen mit sprudelndem Wasser mit und ohne Geschmack. Lottie hatte (vorhersehbarerweise) vorgeschlagen, auch Schüsseln mit Kartoffel- und Tortillachips aufzustellen, und war dabei, wie ebenfalls vorherzusehen gewesen war, von Lily begeistert unterstützt worden.

Brad war das alles vollkommen egal. Er hatte gerade keinen Hunger (auch wenn er einen Teller mit Essen in der Hand hielt). Er stand an der Tür zur Terrasse und sah zu, wie Juniper ein Video von der aufgerüschten Lily drehte, die in Julias High Heels um den Pool stolzierte. Er überlegte, was sein nächster Schritt sein könnte, wie er diesem Verlangen nachgeben könnte. Es musste eine Möglichkeit für sie beide geben, es zu erfüllen, ohne dass es jemand merkte. Es würde wie jede einmalige Lebenserfahrung etwas sein, an das man sich erinnerte und das man auskostete – wenn auch nur im Geheimen, nur zu zweit. Er liebte die Vorstellung, für sie der Erste zu sein, im Zentrum einer Geschichte zu stehen, die sie niemandem verriet.

Wir hingegen fragen uns: Wie wird ein Mann wie Brad zu einem Mann wie Brad – so überzeugt von seiner Autorität und seiner Sicht der Dinge, dass er sie nicht ein einziges Mal hinterfragt? Vielleicht eine Frage für die Ewigkeit. Wir versuchten dennoch, eine Antwort zu finden, und in diesem Fall bedeutete das, einen Blick auf seine Kindheit zu werfen. Hier ist, was wir wissen:

Brad und sein kleiner Bruder Jeff lebten mit ihren Eltern von der Hand in den Mund in einer Stadt in den Appalachen, von der wir noch nie gehört hatten, ein winziger Ort auf der Tennessee-Seite der Grenze zwischen North Carolina und Tennessee, einige Meilen von Pigeon Forge entfernt. In letzter Zeit wurde viel über die schwierige Lage der »Hinterwäldler« aus den Appalachen geredet, aber wie mit so vielem, worum viel Wirbel gemacht wird, sollte man nicht alles glauben, was man liest. Die Familie Whitman war arm, ja. Es war aber nicht so, dass sie keine Zähne mehr oder überhaupt keine Bildung gehabt hätten. Es spielte auch keiner von ihnen Banjo oder sonst ein Saiteninstrument oder überhaupt ein Instrument. Sie waren keine religiösen Fundamentalisten. Niemand von ihnen war drogensüchtig.

Brads Vater war und ist Mechaniker. Als Brad klein war, war Rick Whitman bei einem mickrigen Freizeitpark namens Goldrausch angestellt, aus dem dann die Silberdollarstadt wurde, und als Brad auf die Highschool kam, hieß er Dollywood. Die Leute dort rechnen es Dolly Parton hoch an, dass sie den Freizeitpark enorm aufwertete und dabei auch noch allerlei anderes verbesserte.

Nachdem der Wasserpark von Dollywood eröffnet hatte, sollte Rick Whitman exklusiv für die Wasserrutsche arbeiten. Wasserparks haben in diesem Teil des Landes nur während der warmen Jahreszeit geöffnet. Im Herbst und Winter hatte Rick Whitman also viel Zeit. Mechaniker mit viel Zeit nehmen oft Dinge auseinander, reparieren Dinge und bauen Dinge. Rick Whitman mochte es am liebsten zu bauen. Er hatte zwei Jungs, die während dieser Monate, in denen sie wenig Geld hatten, davon abgehalten werden mussten, Blödsinn zu machen, und ihre Mutter, Katie, verkaufte den ganzen Tag lang Reifen. Er baute also große, komplizierte, vielteilige Projekte, bei denen er die Hilfe der Jungs brauchte: eine windbetriebene Getreidemühle, die auch Strom produzierte; einen 1942er Chevrolet G506, den sie aus Teilen zusammenbauten, die er und die Jungs über ein Jahr hinweg zusammensuchten; tragbare, vernetzte Sonnenkollektoren, die er mitnehmen konnte, wenn die Familie umzog (was allzu häufig vorkam, da sie immer von den Launen irgendeines Vermieters abhängig waren).

Brad lernte also zu *planen*. Jemand hatte eine Idee – egal welcher Art – und machte sich dann daran, sie zu planen. Was war der erste Schritt? Was musste als Nächstes passieren? Und was dann? Für Brad schlug sich dieser Ablaufplan von der Idee bis zum Ziel zunächst in Noten nieder, die gut genug waren, um von einem College angenommen zu werden, auf dem man Elektrotechnik studieren konnte. Zu Beginn seines ersten Semesters hatte er die Idee, dass er es aussitzen und den Abschluss machen könnte, auch wenn es ihn langweilte, um dann zu Hause mit seinem Dad eine Firma zu gründen. Sie könnten in jedem elektromechanischen Gebiet maßgeschneiderte Lösungen anbieten: Audio- und Videosysteme für Firmen und Privathaushalte, Spezialmaschinen wie die Getreidemühle, die sein Dad gebaut hatte; Förderanlagen, Lagersysteme … Für fähige, hart arbeitende Männer gab es mehr als genug Möglichkeiten. Und wenn sein Bruder es vorzog, sein Leben damit zu verbringen, zu saufen und Mädchen hinterherzulaufen und Milchshakes im Dollywood zu machen, was der Fall zu sein schien, dann war das sein gutes Recht.

Wir bewundern Menschen, die hart arbeiten. Wir bewundern die Entschlossenheit, die nötig ist, um weit zu kommen, wenn man mit nichts beginnt. Brads Vater hatte etwas davon, aber er war nicht so ambitioniert wie sein älterer Sohn. Als Brad in diesem ersten (und einzigen) Jahr, das er aufs College ging, nach Hause kam, war er voller Pläne für die Firma, die sie aufbauen würden – nur um von seinem Dad zu hören: »Weißt du, wenn ich dreißig Jahre jünger wäre und mich so aufreiben wollte, wie ich es müsste für das, was du dir vorstellst, würde ich auf jeden Fall mitmachen. Danke, mein Sohn. Aber das ist nicht mein Tempo. Mir gefällt, was ich hab und was ich mache.«

Brad war enttäuscht. Er war wütend. Er hatte viel in seinen Plan investiert. Er ging nach den Ferien zurück aufs College, aber Tatsache war, er war nicht mehr mit dem Herzen dabei. Er konnte sich nicht dazu bringen, diesen *stupiden* Bauelemente-Kurs zu belegen. Sei's drum. Weiter geht's. Neuer Plan.

Wir wussten nicht, konnten nicht wissen, wozu Brad alles in der Lage war. Wir müssen ohne Einschränkung sagen, unabhängig davon, auf wessen Seite wir standen, als sich alles zu klären begann: Wenn auch nur eine von uns gewusst hätte, wie Brads Hirn funktionierte, wären wir eingeschritten und hätten Julia gewarnt. Wir hätten die Situation ganz anders betrachtet.

Wir haben hier keine andere Wahl, als ganz abgedroschen zu sagen »Hinterher ist man immer schlauer« und »Was passiert ist, ist passiert« und unsere Geschichte weiterzuerzählen, denn indem man eine Tragödie erzählt, sät man die Samen – hoffen wir –, um künftigen Kummer zu vermeiden.

33

Ich bin im Park laufen«, rief Juniper ihrer Mutter von der Hintertreppe aus zu. Sie war der Aktivität und der Hitze entsprechend gekleidet: Sport-BH, ein Tanktop aus feuchtigkeitsdurchlässigem Hightech-Material, die Laufschuhe für den Waldpfad. Nicht das Outfit, das sie ausgewählt hatte, für das, was sie heute wirklich vorhatte. Witzig, wie man sich etwas in der Vorstellung zurechtlegt und wie es dann, wenn es tatsächlich geschieht, so ganz anders ist.

Was fehlte, war ihr anderes, zum Laufen benötigtes Musthave: ihr Handy. Sie sagte: »Ich glaub, ich hab mein Handy heut bei der Arbeit liegen lassen, kannst du Brad fragen, ob es da ist? Es ist mir bestimmt aus der Tasche gerutscht und liegt unterm Schreibtisch.«

»Mir gefällt das nicht, wenn du ohne Handy da draußen rumläufst«, antwortete Julia, wie es klang, aus dem Wäschezimmer oder vielleicht auch aus Lilys Zimmer. »Nimm doch das von Grandma.«

»Wird schon gut gehen. Da sind ja immer Leute.« Das stimmte nicht. Heute allerdings schon. Einer jedenfalls würde da sein, und wegen dem brauchte sie sich nicht zu sorgen.

»Nimm es ruhig, mir macht das nichts«, sagte Lottie aus der Gästesuite, einen kurzen Flur von dort entfernt, wo Juniper stand.

»Okay, danke«, sagte sie und rief Julia zu: »Ich nehme Grandmas.«

»Dann sehen wir uns beim Abendessen.«

Juniper ging in Lotties Zimmer, um das Handy zu holen, und rief: »Nein, ich muss heute bis Ladenschluss arbeiten. Hab ich doch gesagt. Ich fahr direkt vom Park aus hin.«

»Willst du nach dem Laufen denn nicht duschen?«

Juniper, die wieder an der Hintertür angekommen war, versuchte sich ihre Ungeduld nicht anmerken zu lassen. »Dazu ist keine Zeit. Ich nehm ein Handtuch, keine Sorge – bei der Arbeit schwitze ich sowieso.«

»Na gut«, antwortete Julia, und Juniper verschwand durch die Tür in die Garage und ging auf ihren Wagen zu, darauf bedacht, wegzukommen, ehe ihre Mutter den nächsten Grund fand, sie aufzuhalten.

Ihre Hand zitterte etwas, als sie den Motor anließ und den Gang einlegte. Sie ging nicht laufen, und ihre Schicht im Supermarkt begann erst um sieben. Sie würde Xavier treffen, in einer Hütte im Park, einer von mehreren, die zugänglich waren, aber selten benutzt wurden, soweit sie es beim Laufen hatte beobachten können. Er war an der Reihe, Essen mitzubringen, und er hatte gesagt, er werde auch alles andere mitbringen. Das Einzige, was sie tun musste, war hinfahren.

Und versuchen, sich zu entspannen.

Sie wollte es unbedingt, trotz der nervigen Stimme in ihrem Kopf, die immer wieder damit ankam, dass sie kurz davor war, den Schwur zu brechen, den sie Gott und ihren Eltern geleistet hatte, und brach sie den Schwur, wäre sie ruiniert und nicht mehr in der Lage, ihren künftigen Ehemann mit reinem Gewissen und klarem Kopf zu lieben, ohne Erinnerungen an Intimitäten mit anderen Männern, die ihre Gefühle beim Sex mit dem Mann, den sie heiraten würde, beeinträchtigten. Diese Stimme war ein Überbleibsel, ein blinder Passagier aus einer anderen Zeit, von einem anderen Ich.

Und trotzdem stritt sie mit ihr, dachte, was, wenn Zay dieser Mann wäre? Dann wäre es doch kein Problem, oder?

Glaubte sie wirklich, sie würde ihn heiraten?

Vielleicht. Irgendwann. Es hatte ja keine Eile.

Aber was, wenn sie Schluss machten? Falls sie Sex gehabt hätten (und natürlich würden sie Sex haben, sie würde jetzt nicht kneifen), hätte sie sich und Gott und all die andern dann wirklich verraten? Wäre sie wirklich für alle künftigen Beziehungen ruiniert? Das hatte sie mal geglaubt, ohne Fragezeichen. Jetzt schien es ihr wie Propaganda – mächtige Propaganda, wenn man bedachte, wie die Worte noch in ihrem Kopf herumspukten, obwohl sie sie ablehnte.

Sie dachte: *Hey, meine Mutter hat es auch nicht ruiniert. Sie hat* ein Kind von einem anderen Mann *bekommen, und das hat sie auch nicht davon abgehalten, noch den Richtigen zu finden.* Ob Brad für Julia wirklich »der Richtige« war, konnte Juniper, auch wenn sie skeptisch geworden war, nicht beurteilen.

Eine Frage, über die sie ziemlich lange nachgedacht hatte: In New Hope hatte man ihr beigebracht, dass vorehelicher Sex mehr war als eine schlechte Idee, es war eine Sünde. Aber was war in Gottes Augen der Unterschied zwischen Sex mit jemandem, den man liebte, ehe man heiratete, und Sex mit jemandem, den man liebte, nachdem man geheiratet hatte? Wenn man es aufrichtig und von Herzen tat, wenn man es aus *Liebe* tat, war es dann nicht ein reiner Akt? Gott kannte ihr Herz.

Eine weitere Frage: Warum behandelte die Kirche Sex wie eine Ware – wie die einzige Ware, sogar wie das einzig Wertvolle, das eine junge Frau ihren künftigen Partnern zu bieten hatte? In keinem einzigen der Jugendgruppentreffen, an denen sie teilgenommen hatte, hatte irgendjemand mal erwähnt, dass junge Männer im Wert sanken, wenn sie vorehelichen Sex hatten. Jungen und Männer gerieten durch Lust und ihre Befriedigung in »Verwirrung«, wie man den Kindern erzählte. In dieser Verwirrung trafen sie möglicherweise eine fragwürdige Entscheidung. Das Risiko, ihren Wert für mögliche künftige Partnerinnen zu mindern, gingen sie dabei jedoch nicht ein.

Wie Pepper es bei einer ihrer zahlreichen Diskussionen ausgedrückt hatte: »Da spricht absolut das Patriarchat, und ich werde nicht zulassen, dass du bei so was weiter mitmachst.« Da hatte Juniper es kapiert, und sie kapierte jetzt auch das mit Brad, dass er sich mehr oder weniger verhielt, als wäre sie sein Eigentum, oder wenn nicht das, dann einfach ein weiteres Lustobjekt.

Als Xavier angedeutet hatte, dass die Zeit reif sein könnte, weiter zu gehen, als sie bisher gegangen waren (*sehr* viel küssen und berühren und sich aneinanderdrücken), dass sie vielleicht tun sollten, was ihrer beider Körper unbedingt wollten, hatte sie zugestimmt. Also würden sie es tun. Oder, wie Pepper es ausgedrückt hatte: »Bring es einfach hinter dich, du wirst sehen, es ist völlig okay.« Und: »Ernsthaft, *tut es einfach*. Beim ersten Mal ist es meistens scheiße, aber das zweite Mal gibt es nun mal nicht ohne das erste.«

Pepper war eher praktisch veranlagt.

Als Juniper auf den Besucherparkplatz des Parks einbog, wartete Xavier neben seinem Auto.

Sie ließ das Fenster herunter. »Tut mir leid, dass du warten musstest. Schon wieder.«

Er schüttelte den Kopf. »Nee, ich war früh dran.«

»Willst du einsteigen oder hinterherfahren?«

»Ich fahr dir hinterher – ich hab das ganze Zeug im Kofferraum.«

Er kam näher ans Fenster, beugte sich herunter und küsste sie. Dann sah er sie eindringlich mit diesen faszinierenden Augen an und sagte: »Du brauchst dich aber nicht unter Druck gesetzt zu fühlen, ja?«

Ihr Magen schlug einen kleinen Purzelbaum. »Nein, ich weiß.«

»Okay.«

»Du dich auch nicht«, sagte sie.

»Danke.«

Xavier ging wieder zu seinem Wagen, und Juniper fuhr vor, immer weiter in den Wald hinein, an dem Platz vorbei, an dem sie normalerweise parkte, und eine kurze Zufahrtsstraße hinunter, die vor der für diese Verabredung ausgewählten Hütte endete. Sie würde es heute durchziehen, wo sie schon mal die Gelegenheit hatten.

Peppers »Bring es hinter dich«-Botschaft stammte aus einem Gespräch, das wir zu einem früheren Zeitpunkt der Geschichte schon mal erwähnt haben, an dem Vormittag an der Blakely, als

Pepper Juniper erzählte, sie habe große Neuigkeiten. Sie und ihr Freund, Michael, hatten »es getan«, und es war peinlich gewesen und hatte sich nicht toll angefühlt, war aber ganz okay gelaufen. Inzwischen hatten sie es drei weitere Male getan und bessere Ergebnisse erzielt. Sie hatte gesagt »Kondome sind nicht so schlimm, die riechen nur komisch, und Michael sagt, es wäre ein Gefühl wie mit Handschuhen im Labor – man spürt es schon, aber nicht richtig. Aber keine Sorge«, hatte sie Juniper versichert, »er will sie auch weiterhin benutzen, wenn das bedeutet, dass wir es weiterhin machen. Und Zay bestimmt auch.«

Pepper liebte Michael. Pepper hatte Sex mit ihm. Pepper hatte nicht das Gefühl, sich zu ruinieren oder Gott zu enttäuschen. Sie war nicht schwanger. Sie hatte sich keine Krankheit eingefangen. Sie war froh, es getan zu haben (und hatte es wieder getan). So einfach konnte es für Juniper auch sein. Könnte. Sie wollte, dass es so wäre. Es würde so sein.

Und falls die Erfahrung, zum ersten Mal mit jemandem zu schlafen, so gar nichts mit dem heißen Filmsex in, sagen wir, *Fifty Shades of Grey* zu tun haben sollte (den sie bei Pepper gesehen hatte), sondern peinlich und etwas schmerzhaft und generell etwas blöd sein sollte, dann hatte sie es wenigstens immer noch hier in diesem schönen Wald an diesem wunderbaren Tag mit Xavier Alston-Holt getan, es wäre also in jedem Fall ein Gewinn.

Als sie an der Hütte angekommen waren, öffnete Xavier seinen Kofferraum und holte eine zusammengefaltete Decke heraus, seinen Gitarrenkoffer und einen Rucksack, in den er ihr Abendessen gepackt hatte. »Ist nichts Besonderes«, sagte er. »Käse, Salami, Brot, Tomaten und das hier.« Er hielt eine Papiertüte mit einer Flasche hoch. »Weißwein. Den müssen wir aber nicht trinken. Ich dachte nur, vielleicht …«

»Entspannt es uns. Oder mich«, sagte sie, da sie wusste, dass er keine Jungfrau mehr war. Er hatte ihr von den beiden Mädchen erzählt und wie erleichtert er gewesen war, es zu tun und dem Geheimnis ein Ende zu machen, aber auch, wie komisch und leer er sich danach gefühlt hatte. Heute würde es anders sein.

Xavier sagte: »Nicht nur dich.«

»Ja? Na ja, trotzdem war es umsichtig.«

»Und illegal.«

Sie sagte: »Ich glaube nicht, dass die Bullen hierherkommen und Ausweise kontrollieren.«

»Nein, aber vielleicht der Parkaufseher. Ich glaub, es ist so oder so illegal, Alkohol mit herzubringen.«

»Wir zeigen die Flasche einfach niemandem.«

Sie betraten die Hütte. Es war ein kleines Haus, gebaut aus braun gestrichenen Holzbrettern, drinnen kühl und schummrig. In einer Ecke zirpte eine Grille. Juniper, die die Gitarre trug, setzte sie vorsichtig ab. Xavier legte die Decke und den Rucksack auf die Bodendielen. »Ist schön hier drin.«

»Ich glaube, manche bringen Feldbetten und Schlafsäcke und Campingkocher und so mit. Ich hätte Lust auf campen und wandern. Ein Stück den Appalachian Trail entlang, vielleicht. Richtung Westen – den richtigen Westen, meine ich. Die Rockies. Den Grand Canyon. Zion. Was auch immer. All das. Die Alpen …«

»Um bis zu den Alpen zu kommen, musst du aber *seeeehr* weit nach Westen fahren.«

»Ich glaube, mein Auto würde den Pazifik schaffen«, sagte Juniper mit ausdrucksloser Miene. »Glaubst du nicht?«

»Das glaube ich tatsächlich.«

Xavier drehte den Verschluss von der Weinflasche, nahm einen ordentlichen Schluck und musste lachen. »Das hat Klasse, oder?«

»Gib mal«, sagte Juniper und streckte die Hand nach der Flasche aus. »An Wein muss man *nippen,* so«, sagte sie und nahm mehrere kleine Schlucke, während sie ihn über die Flasche hinweg ansah.

»Verstehe«, sagte er.

Sie wischte sich den Mund ab. »Schmeckt schrecklich.«

»Ja, oder?«

»Spielst du mir einen Song vor?«, bat sie, und er tat es.

Der Song, den er wählte, war zart und gefühlvoll, klang nach etwas Spanischem, dachte sie. Exotisch, warm. Er hielt die Gitarre wie eine Geliebte. *Deshalb,* dachte Juniper. Deshalb liebte sie ihn. Deshalb und wegen seiner Haltung und seiner Intelligenz. Wegen seines großen Herzens. Man konnte einen Song nicht so spielen, wenn man nicht ein Herz von der doppelten Größe hatte.

Als er fertig war, sagte sie: »Wow.«

»Ja?« Sein berühmtes Lächeln.

»Du wirst mal ein Superstar«, sagte sie. »Hey, da ist ein Pfad direkt hinterm Parkplatz, der zum Fluss runterführt. Ist vielleicht eine Meile, nicht weit. Ich dachte, vielleicht gehen wir ein Stückchen, bevor wir essen.«

»Ja, lass uns das machen.«

»Und die hier«, sie hob die Flasche, »nehmen wir mit.«

»Alles klar – ich pack nur die Gitarre weg.«

»Die war bestimmt teuer.«

»Ich hab ein Jahr lang darauf gespart«, sagte er.

»Ich hab nie für irgendwas Geld gebraucht – ich meine, ich war eins von den Kindern, die das Schulessen umsonst bekommen haben. Und nachdem Mom Brad geheiratet hat, hat sie mir praktisch alles gekauft, was ich haben wollte. Nicht, dass ich viel hätte haben wollen, ich war ja dran gewöhnt, dass kein Geld da war. Als ich gefragt hab, ob sie mir helfen können, mir ein Auto zu kaufen, dachte ich an so was wie deins und dass ich es ihnen zurückzahle.« Sie wartete, während er die Gitarre im Kofferraum verstaute. »Ich glaube, was ich eigentlich sagen will: Ich bewundere deine Selbstdisziplin. Ich hoffe, ich hab die auch, wenn ich sie brauche.«

Als sie auf dem kurvenreichen, von Steinen und Wurzeln durchsetzten Pfad waren, sagte Juniper: »Du musst auf Rehe achten. Ich hab auch schon Füchse gesehen. Ach, und kennst du diese großen Spechte?«

»Helmspechte«, sagte Xavier.

»Genau«, sagte sie, erfreut, dass er das wusste. »Die gibt es hier draußen.«

»Früher kam immer ein Pärchen in unseren Garten, bevor im Viertel so viel neu gebaut wurde. Jetzt sehe ich es gar nicht mehr. Liegt zum Teil daran, dass ihr Lebensraum verloren geht, aber es sind auch schüchterne Vögel. Die mögen den ganzen Aufruhr nicht, Sägen und Schweißen und die ganzen Lkws.«

Juniper nickte. »Als ich klein war, hab ich viel Zeit draußen auf dem Land verbracht. Ich kannte die Namen der meisten Vögel und Frösche und Käfer nicht, deshalb habe ich ihnen ausgedachte Namen gegeben.«

»Zum Beispiel?«

»Nichts besonders Originelles. Den Rotkardinal hab ich ›Feuervogel‹ genannt und die Blauhäher ›Kreischer‹. Oh, aber eins war gar nicht so schlecht: Kanadareiher hießen bei mir ›Vogel Langbein‹.«

»Das gefällt mir.«

Als sie das Flussufer erreichten, kraxelten sie über die Steine und setzten sich auf einen großen Findling mit Blick über das an ihnen vorbeifließende Wasser. Eine Zeit lang sagten sie beide nichts und taten auch nicht mehr, als nah beieinanderzusitzen, wobei sich ihre Arme berührten. Der Wein trank sich jetzt leichter. Juniper spürte, wie sie sich entspannte.

Xavier lehnte sich zurück und legte die Arme hinter den Kopf. Er schloss die Augen. »Das sollte ich öfter machen. Ist das nicht schön? Allem zu entfliehen?«

Juniper sah ihn an. Wie schön er war. Wie wohlgeformt. Das hatte sie schon gedacht, als sie ihn zum ersten Mal sah, und jetzt empfand sie es sogar noch stärker. Seine Hautfarbe hatte für sie nicht mehr den Reiz des Neuen, das hatte sie hinter sich. Sie nahm sie gar nicht mehr wahr, zumindest nicht als etwas Exotisches, nur als eins von vielen Dingen, das ihn zu dem machte, der er war.

»Woran denkst du?«, fragte sie.

»Mir fiel gerade ein, wie meine Mom mit mir nach Lansing gefahren ist, um meine Großeltern zu besuchen«, sagte er mit geschlossenen Augen. »Das mit den Vögeln hat mich dran erinnert. Ich war … vielleicht sechs? Das erste Mal, dass wir geflogen sind, seit mein Dad gestorben war – aber an den Flug konnte ich mich nicht mehr erinnern. Jedenfalls waren wir draußen, zusammen mit Mama Ginny – das ist die Mutter meiner Mom – in so einem Gemeinschaftsgarten. Sie lebten in einem Viertel namens Märchenacker. Mama Ginny lebt immer noch dort. *Märchenacker,* als stünden da lauter Hollywoodvillen oder so, dabei sind es nur runtergekommene Häuser für ein oder zwei Familien.

Der Garten war eingezäunt und ganz klein, und ein paar Leute haben dort Tomaten und Zucchini und so angebaut. An diesem Tag sollte Unkraut gejätet werden, und Mama Ginny und meine Mom und ich sind mit Eimern angekommen. Ich hab ein bisschen gearbeitet, ohne groß auf sie zu achten. Sie haben geredet und geredet und geredet, und da ich erst sechs war, war mir egal, worüber. Ich mochte aber den Klang ihrer Stimmen. Die von Mama Ginny ist hoch und lieb, Moms tiefer und kräftiger. Irgendwann hatte ich dann keine Lust mehr aufs Jäten, also hab ich mich zwischen die Erbsen gesetzt und den Schmetterlingen und Bienen zugesehen und den rumhüpfenden Spatzen und Finken. Die Sonne hat geschienen, aber nicht zu heiß. Ich habe einen Rotschulterstärling gesehen. Eine Raupe krabbelte über meinen Schuh, und ich hab sie dabei beobachtet, wie sie versucht hat zu verstehen, was ihr da in die Quere gekommen ist auf dem Weg zum nächsten Stiel oder so. Ich hatte gerade vor der Reise angefangen, Gitarrenstunden zu nehmen, deshalb dachte ich, ich könnte ein Lied für die Raupe schreiben und es auf der Gitarre spielen.

Irgendwann kamen dann die beiden Frauen und zogen mich aus den Erbsen. Mom hat gesagt, ›Du Armer, du hast dich bestimmt furchtbar gelangweilt‹, und wir sind wieder ins Haus gegangen und haben abgewaschen und so. Aber mir war gar nicht langweilig. Es war einer der besten Tage, weißt du? Das denke ich immer noch.«

Juniper dachte, *ich liebe ihn*. Aber sie sagte es nicht. Zu früh? Zu viel? Woher sollte man wissen, wann etwas okay war? Jede Bewegung schien ein Risiko, ein Schritt auf einem schmalen Pfad an der Steilküste, mit dem Rücken an der Wand, zur Sicherheit.

Sie blieben noch eine Weile am Fluss, redeten, berührten sich, küssten sich, bis Juniper sagte: »Ich hab Hunger.«

»Ich auch.« Sie gingen den Weg zurück, und Xavier sagte zu ihr: »Mach dich auf ein exzellentes Angebot gefasst«, und dann fing er an zu lachen.

»Was?«

»Mir wurde gerade klar, wie das klingen muss, bei dem, was wir vorhaben, meine ich …«

»Oh.« Juniper lachte und wurde rot. »Ja. Eingebildet!«

Sie kamen an die Hütte, gingen rein, breiteten die Decke aus und setzten sich darauf. Xavier entrollte ein Stück durchsichtiges Plastik. »Mobiles Brett aus dem Ein-Dollar-Laden.«

»Meine Mom hat ein Brett aus Holz und Marmor gekauft, das ungefähr zwanzig Pfund wiegt. Es ist toll. Aber nicht besonders mobil.«

»Hat vermutlich auch mehr als einen Dollar gekostet.«

»Wahrscheinlich zwei.«

Er legte Brot und Tomaten darauf und packte den Käse und die Salami aus. »Darauf habe ich Mitarbeiterrabatt bekommen. Gehört angeblich zum Besten, was wir haben.« Er holte ein Taschenmesser aus dem Rucksack, klappte es auf und zeigte es ihr. »Mein Onkel Kyle hat es mir zum Schulabschluss geschickt. Ich weiß nicht, wie er sich San Francisco vorstellt, aber ich bezweifle, dass ich es viel benutzen werde, es sei denn, ich esse *sehr* viel Salami und Käse.« Er machte sich ans Aufschneiden.

»Also … ich habe mit meinem Koordinator gesprochen«, sagte Juniper. »Ich kann den Abschluss eher machen.«

Xavier hielt im Schneiden inne. »Echt jetzt?«

Sie nickte. »Ich kann alle Pflichtkurse, die mir noch fehlen, ins erste Halbjahr packen. Dann bin ich im Dezember fertig! Das ist so toll – nur noch sechs Monate und ich bin weg hier, weg aus dem Haus, weg von allem. Das mit dem Geld hab ich noch nicht geregelt, aber ich hoffe, meine Mom schießt mir was vor.«

»Ich kann auch aushelfen.«

»Du brauchst es ja selbst.«

»Aber wenn meine Mom den Prozess gewinnt …«

Juniper sagte: »Wollen wir's hoffen.«

Bald hatten sie den ganzen Käse und alle Tomaten aufgegessen und den Großteil des Brots und der Wurst. Juniper spülte das Essen mit dem restlichen Wein runter. Sie fühlte sich ganz locker, sie war geradezu voller Vorfreude – kein Wunder, dass man Alkohol auch *flüssigen Mut* nannte.

Kühn packte sie das übrige Essen in Xaviers Rucksack, schob alles andere aus dem Weg, legte sich auf die Decke und zog ihn zu sich herunter.

»Ich bin gar nicht mehr nervös«, sagte sie, »und du?«

»Immer noch nervös.«

Juniper küsste ihn und sah ihm dann in die Augen. »Ich bin wirklich froh, dass wir das machen.«

»Das bin ich auch.«

34

Wir haben gezeigt, dass Brad ein Opportunist war – ein Wesenszug, der ihm bisher oft von Nutzen gewesen war. Er war überzeugt, dass er es im Leben niemals so weit gebracht hätte, würde er zu denen gehören, die zögerten angesichts der Möglichkeit, etwas zu tun und dabei vielleicht etwas zu gewinnen. Warum sollten dieser Tag und die Möglichkeit, die er ihm bot, anders verlaufen? Das Folgende begab sich ziemlich genau zur selben Zeit, zu der die beiden Teenager unten am Fluss waren.

***

»Tut mir leid, dich bei der Arbeit zu stören«, sagte Julia, als Brad ans Telefon ging.

»Kein Problem, komme gerade aus einem Meeting. Was gibt's?«

»Juniper glaubt, heut Vormittag ihr Handy liegen gelassen zu haben. Vielleicht ist es ihr auch aus der Tasche gefallen. Kannst du mal gucken?«

»Klar. Warte kurz.«

Brad verließ den Konferenzraum und ging zum Empfang, an dem jetzt seine andere Teilzeitkraft, Gail, saß. »Hey, sag mal, hast du Junipers Handy irgendwo gesehen? Das ist ihr wohl abhandengekommen.«

Gail ließ den Blick über den Tisch schweifen und rollte dann mit ihrem Stuhl zurück, um auf den Boden zu gucken. »Hier ist es«, sagte sie, zog es unter dem Tisch hervor und gab es ihm.

»Wunderbar, danke.«

»Ich hab's«, sagte Brad zu Julia.

»Oh, gut. Sie ist laufen im Park, und ich hab gesagt, sie soll stattdessen Moms Handy mitnehmen. Kinder halten sich für unverwundbar.«

»Kann man ihr nicht verdenken. Wir waren doch genauso. Hey«, sagte Brad, der eine Idee hatte. »Was sind denn die Pläne fürs Abendessen?«

»Lily geht zu einer Pizzaparty, wir sind also zu zweit, plus Mom. Ich dachte, wir essen, was da ist, wenn das okay ist.«

»Dann geh ich heut mal mit Jimmy Hühnchen essen, wenn es dir nichts ausmacht. Falls er Zeit hat.«

»Klar. Amüsier dich gut«, sagte Julia mit ausdrucksloser Stimme.

Wahrscheinlich ist sie sauer, weil sie mit Lottie allein bleibt, dachte er und sagte: »Ja, mach ich, danke. Bis später.«

Er beendete das Telefonat und öffnete die App, die ihm jederzeit anzeigte, wo genau Junipers Land Rover sich gerade befand.

35

Jede sinnhafte Geschichte braucht eine Krise, und wir stehen nun ganz kurz davor. Niemand von uns war vorbereitet auf das, was kommen würde. Wir waren abgelenkt von Valeries Klage und dem, was ihr vorausgegangen war. Wir debattierten, was man tun sollte – falls etwas getan werden konnte. Unsere Ansichten waren unterschiedlich. (Das ist allerdings nicht die Gespaltenheit, von der am Anfang der Geschichte die Rede war. Das kommt erst noch.)

War die Liebe, die Juniper und Xavier füreinander empfanden, echt? Die Skeptikerinnen unter uns lachten spöttisch. Die Romantikerinnen unter uns sagten, ja, absolut, wer sollte daran zweifeln? Sieh sie dir doch an, so wohlüberlegt und gewissenhaft, so verantwortungsvoll, so um das Wohlergehen des anderen bemüht. Und woher soll man überhaupt mit Sicherheit wissen, wann Liebe echt ist, solange die Zeit sie nicht auf die Probe gestellt hat?

Entscheidend ist, ob Juniper und Xavier von ganzem Herzen glaubten, dass ihre Liebe echt sei.

Entscheidend ist, dass Brad glaubte, seine Liebe zu Juniper sei echt, wenn vielleicht auch unangebracht und kompliziert, und dass Juniper, wenn er sie ermunterte, bald gestehen würde, dass sie dasselbe für ihn empfand.

TEIL III

36

Brad verließ die Zentrale und machte sich auf den Weg in den Nationalpark. Es war eine gute Tat, Juniper ihr Handy zu bringen. Streng genommen *brauchte* sie es zwar nicht, Lotties Klapphandy tat es im Notfall auch, aber sie würde es haben wollen. Sie würde dankbar sein, denken: *Was für ein toller Typ.* Ja, in der Tat. Immer kümmerte er sich um sie, berücksichtigte ihre Wünsche, tat ihr jeden Gefallen, ohne dass sie darum gebeten hätte, bescheiden, wie sie war.

Sie würde schweißnass sein vom Laufen, sie würde müde sein und strahlen.

Er wollte sie nur ansehen. Mit ihr reden, ohne dass Lily sie unterbrach, ohne dass Lottie ständig kommentierte, ohne dass Julia sie eifersüchtig beobachtete, weil Juniper ihn ihr vorzog. Er würde sie heute nicht anrühren.

Auf der kurvenreichen Zufahrtsstraße zum Nationalpark genoss er das tiefe grüne Licht des Waldes. Er genoss den Anblick von Bäumen in jeder Himmelsrichtung, es erinnerte ihn an früher, als er noch jung gewesen war und mitten im Wald gelebt hatte. Er genoss die Vorfreude, den Gedanken daran, wie überrascht und aufgeregt sie sein würde, zu sehen, dass er auf sie wartete, wenn sie vom Laufen kam. Vielleicht war sie ja schon fertig. Vielleicht stand sie erhitzt und feucht neben ihrem hübschen Land Rover und dehnte ihre schönen Beine.

Er erkannte den Wagen nicht, der neben ihrem stand. Er fragte sich auch nicht, wem er gehörte. Es kamen viele Leute hierher, um zu wandern und zu laufen und Mountainbike zu fahren. Zum Angeln. Lauter solche Sachen. Juniper war nicht zu sehen. Er würde hier auf sie warten.

Die nahe Hütte bemerkte er zuerst gar nicht, so versteckt lag sie hinter einer dichten Gruppe aus Bäumen. Er setzte sich auf ihre Stoßstange, sein Handy in der Hand, scrollte durch seinen

Twitterfeed, sah nach seinen E-Mails und nach den Baseballergebnissen – als ein Geräusch seine Aufmerksamkeit erregte. Er sah auf, bemerkte die Hütte und ging den Kiesweg entlang, um sie sich genauer anzusehen.

Die Tür war nicht ganz eingerastet. Er drückte sie auf, hörte ein Keuchen.

Juniper auf dem Fußboden, ihr Gesicht ihm zugewandt, ein Ausdruck reinen Grauens.

Auf ihr der Nachbarjunge, nackt.

Es geschah alles auf einmal: Brad stürzte auf sie zu, während sie auseinanderfuhren, Brad griff nach Xaviers Haaren, alle schrien, Juniper rollte sich zu einer Kugel zusammen, weinend, Brad brüllte: »Verschwinde, du dreckiger kleiner Bastard, sonst bringe ich dich um, ich schwör's!« Er schleuderte Xavier von sich, der kam wieder auf ihn zu, schubste ihn kräftig, Brad stolperte, griff dann nach Xavier und nahm ihn in den Schwitzkasten: »Willst du wirklich so sterben?« Er fasste den Kopf des Jungen fester und stieß ihn dann von sich, Xavier langte nach seinen Klamotten, seinem Rucksack und stürmte aus der Hütte.

Juniper schluchzte und zog die Decke fester um sich.

Ein Messer fiel klappernd zu Boden.

Brad hörte den Motor des Honda, hörte Reifen auf Kies knirschen, als Xavier davonraste.

»Jetzt ist ja alles gut«, sagte Brad und kniete sich neben Juniper.

»Es wird nie wieder alles gut«, sagte sie.

* * *

Juniper *wusste* das nicht, und doch wusste sie es.

* * *

Allein mit Brad, noch in die Decke gewickelt, zitterte Juniper sichtlich. Er wollte sie in den Arm nehmen, den Schaden wiedergutmachen, der angerichtet worden war.

Unschuldig.

Beschädigt.

Er sagte: »Erzähl mir, was passiert ist. Ist er dir hierher gefolgt?«

»Was?«, sagte sie. »Nein, so ist es nicht gewesen.«

»Warum hast du mich nicht angerufen? Oder die Polizei.«

»Die Polizei? Wir sind Freunde«, sagte sie.

Brad sah sie mit ruhigem Blick an und versuchte, auch seine Stimme ruhig klingen zu lassen. »Ihr seid *Freunde*. Okay.«

»Mehr als Freunde, eigentlich.«

»Seid ihr zusammen?« Seine Stimme klang gegen seinen Willen scharf.

»Ich …«

Brad stand auf, richtete sein Baseball-Cap – und erinnerte sich an das Messer, das immer noch auf dem Fußboden lag, direkt hinter Juniper.

»Juni, sag mir die Wahrheit: War das freiwillig?«

Sie nickte.

»Wirklich? Wusste er von deinem Schwur?«

Noch ein Nicken.

»War das, heute hier, das erste Mal?«

»Ja.«

Brad suchte mit dem Blick die Hütte ab. »Was ist mit … hat er aufgepasst?«

Juniper nickte wieder.

Er dachte einen Moment nach. »Für mich sieht das aus, als hätte er dein Vertrauen missbraucht und sich dir aufgedrängt, wenn er von deinem Schwur wusste«, sagte Brad. »Er hat es dir schwer gemacht, Nein zu sagen.«

»Nein, es lag an mir. Ich hätte sagen können, dass ich nicht will, aber das habe ich nicht.«

»Weil du Angst vor ihm hattest.«

»Nein«, sagte Juniper.

»Er wirkt natürlich sehr einschüchternd. Er ist groß, schwarz. Kräftig. Da hätte jedes Mädchen Angst.«

»*Nein.* Das ist keine große Sache, okay? Ich will einfach nur nach Hause.«

Brad holte sein Handy hervor, um den Schauplatz zu fotografieren: Juniper, tränenüberströmt zusammengekauert, bemitleidenswert. Das Klappmesser.

Sie bedeckte ihr Gesicht. »Was machst du da?«

»Ich dokumentiere das. Falls das kleine Aas dir noch mehr Ärger macht.«

»Die darfst du aber niemandem zeigen.«

»Mach dir keine Sorgen, ich werde nicht zulassen, dass dir irgendwas Schlimmes passiert. So, und jetzt gehe ich raus, und du ziehst dich an, okay?«

Während er wartete, betrachtete er die Situation von allen Seiten und versuchte sie einzuschätzen. Gut, sie hatte also ihre Jungfräulichkeit verloren, vielleicht gewollt, vielleicht auch nicht. Was auch immer hier geschehen war, eins war klar: Seine kleine Fantasie, ihr Erster zu sein, war ruiniert. Es war eine verdammte Schande, für sie und für ihn. Sie hätten etwas Bedeutsames miteinander teilen können. Einmal im Leben. Etwas Schönes, das noch wertvoller wurde, weil es ein Geheimnis war und etwas Einmaliges.

Wohingegen dieser Junge ein Niemand war. Leicht zu vergessen. Was nicht heißen sollte, dass Brad ihn einfach so davonkommen lassen würde. No, Sir. Er hatte da so eine Idee, wie er aus dieser Sache einen echten Vorteil ziehen könnte, wenn er seine Karten richtig ausspielte. Er musste nur die richtigen Knöpfe drücken und seinen Einfluss nutzen. Wenn man Leute in den richtigen Positionen kannte, konnte man diese Beziehungen nutzen, um Gefallen bitten, dafür sorgen, dass Dinge erledigt wurden.

Dieser Junge hatte etwas genommen, das ihm hätte gehören sollen, und die Mutter des Jungen versuchte ihn ebenfalls zu berauben, und dafür würden sie bezahlen.

***

Xavier hatte sich vor der Hütte die Boxershorts angezogen und war dann halb nackt losgefahren. Erst nach einer halben Meile oder so hatte er wieder angehalten, an einem verdeckt gelegenen Picknickplatz, um sich fertig anzuziehen. Dazu, wie er sich fühlte, als er mit den Armen in sein T-Shirt und mit den Beinen in die Shorts fuhr, passte der Ausdruck, *sein Blut kochte*. Als käme ihm Rauch aus den Ohren. Wahrscheinlich würde er gleich in Flammen aufgehen.

Das Handy in der Hand, schwer atmend, versuchte er eine Entscheidung zu treffen: Die Cops rufen oder nicht?

Und wenn ja, was genau sollte er dann sagen?

Ich hatte Sex mit meiner Freundin, als ihr Stiefvater auftauchte und mich angriff. Ich halte ihn für gefährlich. Vielleicht ist sie in Gefahr.

Glaubte er wirklich, dass Juniper in Gefahr war? Nein. Er wollte nur, dass die Polizei Brad für gefährlich hielt und so mit ihm umging, wie Brad es mit ihm gemacht hatte.

Wenn er die Polizei riefe, was würde sie dann vorfinden? Sie würden auf Brad Whitman treffen, Whitman HLK, lokale Berühmtheit, reicher weißer Mann, wütender Beschützer seiner jungfräulichen Stieftochter. Sie würden ihn befragen: *Was ist hier passiert, Sir? Sie haben Ihre Stieftochter beschützt, die Jungfrau, die ein Keuschheitsgelübde abgelegt hat? Was, der Typ war schwarz? Und Sie haben ihn nicht fertiggemacht? Das nenn ich mal Selbstbeherrschung, bemerkenswert. Gut gemacht, Sir! Wir schlagen Sie für einen Orden vor.*

Und natürlich würden sie auch mit Xavier reden, seine Aussage aufnehmen. *Er hat dich angegriffen? Ja, was hast du denn erwartet? Ein Mann beschützt seine weiße minderjährige Tochter. Okay, Stieftochter. Du hast Glück gehabt, dass nichts Schlimmeres passiert ist. Stell dir mal vor, er hätt 'ne Knarre gehabt. Oder ein Seil.*

Xavier legte sein Handy auf den Beifahrersitz und drückte den Kopf gegen das Lenkrad. Er streckte die Arme durch, legte die Hände aufs Armaturenbrett und hielt sich daran fest. Was nun? Was nun? Er wollte auf Juniper warten. Er wollte sie anrufen, ihre Stimme hören, sie und sich selbst beruhigen. Sein Pech. Von jetzt an und bis sie ihm entkäme, würde der Hurensohn sie einsperren, als seine Gefangene halten. Xavier sah es alles vor sich: Sie würde dazu gezwungen werden, ihren Job im Supermarkt zu kündigen, nie alleine aus dem Haus, nirgendwo alleine hinfahren dürfen.

In sechs Wochen würde er in San Francisco sein, ohne jede Möglichkeit, sie noch zu sehen, bevor er sich auf den Weg machte. Noch sechs *Monate,* bis sie mit der Schule fertig wäre – vorausgesetzt, man erlaubte ihr, ihren Plan umzusetzen. Wahrscheinlich würden ihre Eltern sich mit der Blakely zusammentun, um auch das zu verhindern. Man darf einem Mädchen nicht seinen eigenen Kopf erlauben. Man darf sie nicht ihre eigenen Entscheidungen treffen lassen, Gott bewahre.

Tränen liefen über Xaviers Gesicht. Er weinte, wie er es zuletzt als kleiner Junge getan hatte. Er musste so schluchzen, dass er sich albern vorkam, gleichzeitig fühlte er sich dadurch etwas besser, leichter.

Fahr heim, sagte er sich. Er verspürte den Drang, eine Gitarre in Händen zu halten, durch sie, seine Begleiterin und Beraterin, seine Angst loszuwerden, wie es schon viele Male gewesen war. Würde es heute auch funktionieren? Er bezweifelte es. Aber was konnte er sonst tun?

Er startete den Wagen und fuhr aus dem Park, wobei er den Streifenwagen auf der entgegenkommenden Spur nur um vierzig Sekunden verpasste.

37

So, Miss Whitman, warum setzen Sie sich nicht, dann machen wir es kurz. Wir haben eigentlich nur ein paar Fragen – Sie müssen nur bestätigen, was Mr. Whitman uns über den Vorfall erzählt hat.«

Juniper, die sich an den Picknicktisch vor der Hütte hatte setzen sollen, während Brad den Polizisten auf dem Parkplatz seine Aussage diktierte, spürte hinter ihren Augen den Druck heißer, scharfer Tränen. Sie wollte hier weg. Sie wollte Xavier suchen. Er hasste sie jetzt sicherlich, weil sie ihm das eingebrockt hatte. Er hatte weder mit ihr noch mit jemand anderem etwas anfangen wollen, und es war auch klüger, warum war sie so entschlossen gewesen, seine Meinung zu ändern? Sie war verliebt in ihn, deshalb, und es wurde jeden Tag stärker, und jetzt würde er sich, dank Brad, wünschen, er hätte sie nie kennengelernt. Sie sogar hassen. Die Erniedrigung war für sie kaum auszuhalten, und für ihn musste es mindestens genauso schlimm sein.

»Gut«, sagte sie zu der Polizistin. »Wir können anfangen.«

»Mr. Whitman hat gesagt, als er hier ankam, um Ihnen Ihr Handy zu bringen, lagen Sie in der Hütte auf dem Boden, und der Mann war über Ihnen, und Sie waren beide nackt. Ist das richtig?«

Beschämt starrte sie auf ihre Füße. Laufschuhe. Lauf. Wie eine Gazelle, in den Wald, über die Wege. Würden sie sie kriegen? Sie würden sie kriegen.

»Ja«, sagte sie.

»Als der Mann Mr. Whitman sah, stand er auf und kam auf Mr. Whitman zu, und es kam zu einer Auseinandersetzung.«

Juniper sah zu Brad. »Xavier«, sagte sie. »Er heißt Xavier.«

»Das wissen wir. Er kam auf Mr. Whitman zu, und die beiden kämpften. Ist das korrekt?«

»Er hat nicht … ich meine, ich denke, Brad hat *ihn* angegriffen. Es ist alles gleichzeitig passiert –«

»Ich bin sicher, Sie waren sehr aufgebracht.«

»Ja.«

»Er hat Mr. Whitman geschubst und Mr. Whitman hat versucht, sich und Sie zu verteidigen –«

»Mich nicht. Ich saß auf dem Fußboden. Ich war nicht Teil davon.«

»Hatten Sie das Gefühl, in Gefahr zu sein?«

»Na ja, Brad war wirklich wütend, aber ich hab nicht geglaubt, dass er *mir* wehtut.«

»Würden Sie sagen, der andere Mann war auch wütend?«

»*Warum* sagen Sie immer *der Mann?* Er heißt Xavier.«

»Der Einfachheit halber, das ist alles.«

»Es war wirklich schlimm, okay?« Ihre Stimme klang piepsig.

»Wir können kurz unterbrechen, wenn Sie sich sammeln möchten.«

»Was? Nein, bringen wir es hinter uns.«

»Gut. In der Hütte war eine Weinflasche. Hatten Sie getrunken?«

»Ich hab was getrunken, ja.«

»Haben Sie vor heute schon mal Alkohol getrunken?«

»Nicht wirklich.«

»Und hat der Mann auch getrunken?«

»Ein bisschen.«

»Wer hat den Wein mitgebracht?«

Juniper zögerte. »Das war er.«

»War es auch seine Idee, ihn mitzubringen?«

Sie nickte.

Die Polizistin notierte sich etwas. »Und es ist richtig, dass vaginale Penetration stattgefunden hat?«

Juniper wurde schlagartig rot. Ihre Ohren brannten. »Ja.«

»Mit Kondom?«

Sie nickte.

»Hat der Mann ihre Einwilligung eingeholt?«

»Was? Ich meine –«

»Hat er –«

»Ich hätte Nein sagen können, habe ich aber nicht.« Sie wollte das ganz klarmachen. »Es war *keine* Vergewaltigung.«

»Wie viel hatten Sie zu diesem Zeitpunkt getrunken?«

»Ich weiß nicht. Ich war ziemlich nervös, also …«

»Hatten Sie auch Angst?«

»Na ja, ich war Jungfrau. Also, ja, schon, ein bisschen.«

»Mr. Whitman sagt, der Mann wollte mit Ihnen zusammen sein, ist das korrekt?«

»Ja, wir waren zusammen. Schauen Sie, mir geht es gut. Wirklich. Das war eine schlimme Situation, aber jetzt geht es mir gut.«

Die Polizistin schrieb noch mehr auf. Dann: »Gibt es sonst noch was, das Sie uns sagen wollen?«

»Nein, ich will nur nach Hause.«

»Das verstehe ich. Aber angesichts dessen, was hier geschehen ist« – in diesem Moment winkte die Polizistin Brad herbei –, »müssen wir einen Arzt aufsuchen, damit sichergestellt wird, dass Sie nicht verletzt wurden.«

»*Wurde* ich nicht«, sagte Juniper.

Brad legte ihr die Hand auf die Schulter. »Schatz, wir sollten kooperieren. Die wissen schon, was sie tun.«

Die Polizistin sagte: »Es dauert nicht lange. Ihr Vater wird auch untersucht werden.«

»Er ist nicht mein Vater«, sagte sie und ging widerstrebend zu ihrem Auto, um einem anderen zu folgen, während ihr ein weiteres folgte, auf dem Weg zum Krankenhaus, wo sie ihnen endlich ein für alle Mal würde zeigen können, dass das, was hier passiert war, ein Missverständnis war, eine Überraschung, eine Überreaktion.

Sie würde das klären, dachte sie, und dann versuchen, bei Xavier Schadensbegrenzung zu betreiben.

Eine Fehleinschätzung, wie sich zeigen sollte.

***

Im Krankenhaus führte eine Betreuerin Juniper in einen Untersuchungsraum und bat sie, dort zu warten. Gleich würde eine Schwester kommen, um mit ihr zu reden.

»Kann ich zur Toilette gehen?«

»Noch nicht«, sagte die Betreuerin. »Sie wird ein paar Proben nehmen müssen.«

»Aber –«

»Es dauert nicht lange.«

»Kann ich meine Mom anrufen?«

»Sobald Sie hier fertig sind.«

Allein gelassen, saß Juniper auf dem Stuhl an der Wand und starrte auf die schematische Darstellung des menschlichen Kreislaufsystems, dann auf den Plastikbehälter für gebrauchte Nadeln, das kleine Waschbecken, das Metalltablett mit Stäbchen und Röhrchen.

Sie sollte nicht hier sein. Dieser Tag hätte nicht so laufen sollen. Vielleicht war es dumm von ihr gewesen zu glauben, es hätte keine Folgen, sich so von ihren Gefühlen beherrschen zu lassen, von ihrem Begehren statt von dem, was ihr beigebracht worden war und was sie für wahr gehalten hatte. Reverend Matthews hatte sie und die anderen Mädchen gewarnt. Er hatte ihnen erzählt, wie verführerisch diese Gefühle sein würden. Sie hatte all das von sich gewiesen, hatte sich alles rational erklärt, und das hatte sie jetzt davon.

Aber vielleicht war auch alles Brads Schuld.

Juniper schlang die Arme um sich. Es war kalt in dem Untersuchungsraum. Wo blieb denn die Schwester?

Es war leicht, Brad vorzuwerfen, alles ruiniert zu haben, überreagiert zu haben … aber wie hätte er denn, bei allem, was sie über ihn wusste, *sonst* reagieren sollen? Sie hätte ihrer Mom von dem Kuss erzählen sollen. Sie hätte alles anders machen sollen. Das war alles ihre Schuld.

Der Zeiger der Wanduhr tickte laut. Kalte Luft kam zischend durch die Lüftungsschlitze. Ihr Herzschlag dröhnte in ihren Ohren. Wo war Xavier jetzt?

Endlich kam eine freundliche weiße Frau mittleren Alters ins Zimmer, die sich verhielt, als hätte sie es mit einem verschreckten Pferd zu tun. Sie stellte sich vor und setzte sich auf den Stuhl neben Juniper.

»Es klingt, als hättest du einen ziemlich furchtbaren Tag gehabt, Süße«

Juniper fing an zu weinen.

»Hey, hey«, sagte die Schwester, die Ms. Sheridan hieß. Sie legte Juniper die Hand auf den Rücken. »Jetzt bist du in Sicherheit. Wir kümmern uns um dich.«

»Das ist alles meine Schuld.«

»Nein, es ist ganz bestimmt nicht deine Schuld.«

»Ich hätte niemals zustimmen sollen.«

»*Hast* du das denn wirklich getan?«

Juniper sah zu ihr auf. »Was meinen Sie?«

»Dem Bericht zufolge wurde die Situation vom Tatverdächtigen herbeigeführt, um dich zum Sex zu bewegen, obwohl du es ausdrücklich nicht wolltest – und trotz deines Keuschheitsgelübdes.«

»Was? Das hab ich nie gesagt. Er wollte mich zu gar nichts bewegen.«

»Das glaubst du, aber zwischen den Zeilen steht es ja alles. Diese ›Verabredung‹ war seine Idee, oder?«

»Ich …«

Juniper versuchte sich zu erinnern; *war* es seine Idee gewesen? Ja. Aber was hieß das schon?

Ms. Sheridan fuhr fort: »Er hat alles mitgebracht und es erscheinen lassen, als wäre es eine romantische kleine Begegnung.«

»Ja, aber ich hatte ja zugestimmt.«

»Er hat Alkohol mitgebracht und dich ermuntert, ihn zu trinken.«

»Ich *wollte* welchen. Ich war echt nervös.«

»Und das wusste er. Diese Art von Kriminellen arbeiten mit Alkohol und Drogen – Klassiker. Man muss sich nur Bill Cosby ansehen und all die Frauen, die mit ihm zusammen sein wollten, nur nicht *so*. Diese Männer wickeln die Frauen mit ihrem Charme ein, peu à peu, und eh man sich's versieht, nehmen sie sich, was sie die ganze Zeit wollten.«

Juniper runzelte die Stirn. »Ich glaube nicht, dass Xavier so ist.«

»Deshalb funktioniert es: weil man die Wahrheit nicht sieht. Er ist bestimmt ein ziemlich intelligenter Typ, oder?«

»Ja«, sagte Juniper zögernd. Die Frau war genauso überzeugt, wie die Polizei gewesen war. Sie verunsicherte Juniper in ihrer Wahrnehmung der Dinge, in der Einschätzung ihrer Beziehung. »Er hat als Bester seiner Klasse abgeschlossen«, sagte Juniper.

»Da haben wir's. Kluge Typen wie er suchen sich unschuldige Mädchen wie dich, die sie manipulieren können, und dann vergewaltigen sie sie.«

»Vergewaltigen?« Juniper schüttelte den Kopf. »Ich sage Ihnen doch, das ist nicht das, was passiert ist. Ich hätte Nein sagen können.«

»Und du bist sicher, dass er dann aufgehört hätte?«

»Ich …« Juniper hielt inne. »Ja. Ich meine, ich *glaube* schon.«

»Erzähl mir von dem Messer.«

»Das brauchte er fürs Essen.«

»Für Essen, das er bewusst ausgewählt hat. So hatte er einen Grund, das Messer hervorzuholen. Er ist ein ganz Lässiger, aber glaub mir, ich kenne das alles. Diese Tricks sind nicht neu.«

Tricks.

Ms. Sheridan musste Junipers Gesichtsausdruck gelesen haben. Selbstzweifel. Misstrauen. Verwirrung. Sie sagte: »Hör zu, Süße, niemand glaubt gern, dass er getäuscht wurde. Es ist nur natürlich, dass du das nicht glauben willst. Fakt ist, dass zwei Drittel der Vergewaltigungsopfer erst mal nicht glauben, überhaupt vergewaltigt worden zu sein. Diejenigen von uns, die wissen, wie diese Männer denken, durchschauen sie jedoch, als wären sie aus Glas. Er ist geschickt und kalkuliert vorgegangen, und es ist *nicht deine Schuld*. Du bist ein Opfer.«

Sie fuhr fort: »Ich bin sicher, dieser Nachmittag war aus vielen Gründen schlimm, aber das Gute ist, dass er dich jetzt nicht mehr missbrauchen wird. Gut, dann füllen wir jetzt ein paar Formulare aus, untersuchen dich, und dann kannst du wieder gehen.«

Die Untersuchung war eine weitere Erniedrigung: Nachdem Juniper Urin- und Blutprobe abgegeben hatte, kehrte sie ins Untersuchungszimmer zurück, und eine andere Schwester kam rein, die als Zeugin danebenstand, während die inzwischen nackte, nur in einen dünnen Papierumhang gehüllte Juniper von Kopf bis Fuß untersucht wurde, inklusive oralem, vaginalem und analem Abstrich und Fotos von ihrem unverhüllten Körper von vorn und hinten. Wenn Juniper später daran dachte, war *das* der Moment, in dem sie sich missbraucht fühlte.

Währenddessen dachte Juniper über Ms. Sheridans Darstellung der Dinge nach und glich sie mit ihren Erinnerungen an die einzelnen Treffen mit Xavier ab und vor allem mit ihrer Erinnerung an heute. Könnte er sie die ganze Zeit getäuscht haben? War sie so leichtgläubig, so dumm? Hatte er sie so gesehen, wie Meghan und Kathi sie sahen – Juni*pur*, die Prinzessin? Der naive, christliche Freak? Guck sie dir an, der erste Junge, der es richtig bei ihr probiert, legt sie gleich flach.

War es so?

Die Erwachsenen sagten es, alle, und was wusste sie schon?

Aber sie kannte Xavier.

Oder?

38

Valerie war im Wohnzimmer, ein Buch in der Hand. Xavier, der ganz durcheinander war, aber nicht bereit preiszugeben, warum, war in seinem Zimmer und spielte Gitarre. Was auch immer da los war, dachte Valerie, es musste irgendwas mit Juniper Whitman zu tun haben. Aber Valerie beherrschte sich und sagte sich wieder einmal, dass sie ihn *machen* und *empfinden* und *sein* lassen musste, ohne sich einzumischen. Ihn mit demselben Respekt behandeln wie die Erstsemester – sogar die, die aussehen, als brauchten sie ein paar Hygienetipps. Die Entscheidung, nicht mehr jeden Tag zu duschen, war offenbar eine Möglichkeit, seine Unabhängigkeit von zu Hause zu feiern.

Sie war überrascht, als es an der Haustür klopfte, aber noch überraschter, als sie sah, wer dort stand: zwei uniformierte Polizisten, stramm und ernst, jeder eine Hand am Griff seines Revolvers. Gerade fuhr ein zweiter Wagen in die Auffahrt.

Eine große Überraschung, die keine Überraschung war.

In den USA lebende Schwarze wissen, dass die Zukunft für sie so eine oder eine sehr ähnliche Szene bereithält. Dafür muss man nichts Illegales getan oder eine Regel gebrochen haben. Man kann sich auch einfach die Kleider in einem hochpreisigen Geschäft ansehen. Oder einen sonnigen Tag am Pool in der Nachbarschaft verbringen oder am See Hotdogs grillen. Vielleicht ist man auch einfach ein schwarzer Feuerwehrmann in Uniform, der ein Gebäude inspiziert. Einer von zwei Schwarzen, die in einem Coffeeshop auf einen Freund warten. Oder man gehört zu einer Gruppe schwarzer Frauen, die eine langsame Runde Golf spielen. Ein Schwarzer, der in ein neu angemietetes Apartment gezogen ist oder aus einem auszieht, in dem er seit Jahren gelebt hat. Es könnte auch ein hervorragender schwarzer Student sein, der in Yale angenommen wurde, Herrgott noch mal, und im Eingangsbereich seines Wohnheims auf dem Sofa eingeschlafen ist. Oder vielleicht ein schwarzer Junge, der mit einem Softair-Gewehr spielt, so wie viele weiße Kinder auch. Und eh man sich's versieht, tauchen Streifenwagen mit Blaulicht auf. Du hast nichts falsch gemacht, und trotzdem stehen vor dir zwei oder fünf oder ein Dutzend Männer wie die, die jetzt auf Valerie Alston-Holts Türschwelle standen, und dein Herz will dir aus der Brust springen, als wollte es sich befreien, nur raus hier, bevor irgendein Hitzkopf noch die Waffe zückt.

Manchmal wird man erschossen. Manchmal lassen sie dich in deinem eigenen Blut liegen, bis du stirbst.

Valerie hielt den Türknauf fest und fragte: »Wie kann ich Ihnen helfen, Officers?«

»Wir suchen nach Xavier Alston-Holt.«

»Weil?«

»Ist Xavier Alston-Holt im Haus?«

Nein. Nein, nein, nein, nein, nein, nein, nein.

Sie sagte: »Darf ich fragen, was los ist?«

Er hielt einen Haftbefehl hoch. »Wir haben Grund zu der Annahme, dass er an einer Straftat beteiligt war. Ist er im Haus oder nicht?«

Valerie zwang sich zu sagen: »Ja.« Wahrscheinlich wollten sie ihm nur ein paar Fragen stellen.

Bestimmt.

Sie fügte hinzu: »Möchten Sie reinkommen?«

Der Officer, der gesprochen hatte, nickte dem anderen zu, offenbar das Signal für ihn, um das Haus herumzugehen und nach anderen Ausgängen zu gucken. Zwei weitere Polizisten stiegen aus dem Streifenwagen.

»Nein. Schicken Sie ihn raus. Ich warte hier.«

Valerie schwitzte, als sie zu Xaviers Zimmer ging und an die Tür klopfte. Sie spürte die Feuchtigkeit in ihren Achseln, am Rücken, auf der Stirn, in den Handflächen.

Was hat er getan?

Hat er was getan?

Wo war die Falltür in den Fluchttunnel?

Im Moment spielte für Valerie keine Rolle, worum es ging. Sie war achtundvierzig Jahre alt und hatte die Hälfte davon als Schwarze im Süden verbracht. Worum es auch ging, es würde für ihn schlimmer sein, als wenn seine Mutter weiß wäre.

Fluchttunnel. Warum hatte sie keinen gegraben? Weil sie dann davon ausgegangen wäre, dass dieser Tag kommen würde, aber naiverweise hatte sie geglaubt, dass er nicht käme, nicht für ihn, nicht für sie.

Die Musik hörte auf. Xavier sagte: »Ja, was?«

Sehen wir Xavier mit Valeries geistigem Auge: Er ist elf Jahre alt, es ist das Ende der fünften Klasse, und sein Musiklehrer hat ein Vorspiel organisiert. Er steckt gerade in seinem ersten richtigen Wachstumsschub, scheint also nur zu essen, ist aber noch schlaksig, eine bronzefarbene Grille, mit in die Stirn fallenden Locken, wenn er sich über seine Epiphone beugt (er ist so stolz auf diese Gitarre, gekauft von dem Geld, das er sich mit Rasenmähen bei den Nachbarn verdient hat), und beginnt zu spielen.

Ihre Stimme zitterte. »Unten ist die Polizei für dich. Was ist hier los?«

Aber er hatte nicht viel Zeit für Erklärungen. Xavier ging an ihr vorbei aus dem Zimmer und sagte: »Muss wieder irgendein Scheiß mit Brad Whitman sein.« Und sie sagte: »Ich rufe einen Anwalt an, sag nichts, reg dich nicht auf, reg dich *nicht* auf. Verstehst du, hörst du mich?« Und dann wurden ihm Handschellen angelegt. Er wurde zu einem Streifenwagen geführt und darin eingeschlossen. Und weg war er.

39

Ungefähr eine Stunde vorher war Juniper nach Hause gekommen und sofort nach oben gegangen, ehe Julia sie zu Gesicht bekam. Sie hatte sich in ihrem Zimmer eingeschlossen und auf Julias Klopfen gesagt: »Ich rede nicht mit euch. Lass mich in Ruhe.«

Dann kam Brad. Er war am Telefon, ging direkt in sein Zimmer, formte mit den Lippen das Wort *später,* machte die Tür zu und schloss ab. Julia verstand ihn nicht gut genug, um das Gespräch mitzuhören oder zu erkennen, mit wem er sprach.

Jetzt kam er in die Gästesuite, wo sie und Lottie schon gesessen und ferngesehen hatten, ehe die ganze Unruhe losgegangen war. *Magnum* mit Tom Selleck, Lotties Traummann an ihrem Traumort. Sie und Lottie aßen Käseringe aus der Tüte.

»Was um alles in der Welt ist denn los?«, fragte Lottie Julia.

»Ich hab keine Ahnung. Juniper scheint irgendwelchen Ärger zu haben. Mit mir redet ja keiner. Brad ist am Telefon.«

»Hat Juniper nicht gesagt, sie muss heute Abend arbeiten?«

»Ja, hat sie.« Und Brad hatte gesagt, er ginge mit Jimmy was essen. »Vielleicht hat Brad sie bei einer Lüge erwischt? Ich meine, warum würde sie sich sonst so feindselig verhalten?«

»Dieses Mädchen, eine Lügnerin?«, sagte Lottie. »Wohl kaum.«

Julia sah sie an. »Also wirklich, Mom, woher willst du das denn wissen?«

»Wieso, weil ich erst seit ein paar Wochen hier bin? Völlig egal. Ich *kenne* die Menschen. Ich muss nicht jahrelang mit ihnen zusammenleben, um so was zu wissen. Ich glaub, dahinter steckt ein Junge. Hat ihr das Herz gebrochen oder so.«

»Sie hat mit Jungs nichts zu tun.«

»Und genau da täuschst du dich.«

»Du hast es gerade selbst gesagt, sie ist keine Lügnerin. Und wenn sie einen Freund hätte, würde das bedeuten, dass sie gelogen hat.«

»Es nicht zu erzählen, ist etwas anderes als lügen.«

»Ich halte das alles für Blödsinn, aber wie auch immer.«

»Hast du eine bessere Theorie?«

»Hab ich doch gesagt. Ich glaube, sie hat gelogen – aber nicht wegen eines Jungen. Das wüsste ich bei meiner eigenen Tochter. Ich schätze, sie hat mit ihrem dummen neuen Auto eine unerlaubte Spritztour gemacht.«

»Du bist misstrauisch, weil du in ihrem Alter kaum was gesagt hast, was keine Lüge war. Sie ist nicht du. Sie ist überhaupt nicht wie du.«

»Ja, du hast recht. Sie wäre zum Beispiel viel zu höflich, um *so was* zu ihrer Mutter zu sagen: Halt den Mund, okay? Du machst es nur schlimmer.«

Und so warteten sie, die Blicke auf den Fernseher gerichtet. Von der Sendung bekam Julia jedoch nichts mit. Sie sah Juniper an einem Tag, an dem sie, Julia, zu spät gekommen war, um sie von der Betreuung abzuholen, weil sie noch schnell mit einem Mann was trinken gegangen war, der an diesem Tag ihr Kunde gewesen war, an dem Stand in der Mall, an dem sie gebrannte Mandeln verkaufte. Das »noch schnell« hatte länger gedauert, als ihr bewusst gewesen war, und dann war es plötzlich sieben und sie raste quer durch die Stadt zu Junipers Schule, schuldig, schuldig. Juniper war das letzte Kind im Raum, sonst war da nur der offen feindselige Teenager, dessen Job es war, sich um sie zu kümmern. Juniper, acht Jahre alt, verletzt und wütend und stumm.

»Es tut mir so leid, Süße, Mamis Auto hat Ärger gemacht.«

... du hast ja kaum was gesagt, was keine Lüge war.

Julia hörte Brads Schritte auf der Treppe.

»Okay, Ladys«, sagte er kurz darauf und schloss die Tür hinter sich. »Ihr fragt euch sicher, was los ist. Danke für eure Geduld.«

Lottie sagte: »Hatten wir eine Wahl?«

»Vermutlich nicht.« Er lächelte angespannt und setzte sich auf die Kante von Lotties Bett. »Ich musste ein paar Dinge klären, um unserem Mädchen zu helfen. Also, was ich euch jetzt erzähle, wird ein ziemlicher Schock sein, deshalb sage ich vorweg: Juniper geht es gut. Wie ihr seht, ist sie ohne Probleme nach Hause gekommen, und es ist nichts mit ihr, was die Zeit nicht heilen wird.«

Julias Kopf drehte sich, während sie versuchte, diese Informationen mit ihrer Vermutung abzugleichen. »Hatte sie einen Unfall?«

»Das ist es nicht«, sagte Brad.

Lottie sagte: »Jemand hat ihr was angetan.«

»Sehr klug, Lottie.«

Lottie wandte sich an Julia. »Was hab ich dir gesagt?«

»Hat es was mit einem Jungen zu tun?«

Brad sagte. »Ja, hat es. Also, damit ihr wisst, worum es geht – hört zu. Wie sich rausstellt, hat der Junge nebenan, Xavier, Juni mehr oder weniger gestalkt und versucht, sie dazu zu bringen, mit ihm auszugehen. Viel hat sie nicht erzählt, aber ich hab mir alles zusammengereimt.«

»Wie denn?«, fragte Julia.

Brad hob eine Hand. »Ich habe gesagt, hört zu. Wie wir wissen, ist sie ein besonders nettes Mädchen; sie hat versucht, ihn abzuweisen, aber sie hat es nicht besonders nachdrücklich versucht. Sie wollte nicht für zickig oder schwierig gehalten werden, ihr wisst ja, wie Mädchen sind. Also hat sie zugestimmt, sich mit ihm zu treffen. Besonders lange geht das aber noch nicht.«

Er hielt inne, atmete tief durch, legte die Handflächen aneinander und fuhr fort. »Okay, also heute war sie gerade im Park angekommen, um zu laufen, da tauchte er auf, tat, als wollte er mit ihr picknicken und ein bisschen rumhängen. Sie sagt, sie hätte zu ihm gesagt, das wäre okay. Er hat Wein mitgebracht, und sie wollte nicht, dass er wütend wird, wenn sie ihn nicht trinkt. Sie waren in einer Hütte. Er hatte eine richtige Verführungsszene geplant – Wein, Decke, Essen. Und – und jetzt bitte nicht überreagieren – er hatte ein großes Messer und hat dafür gesorgt, dass sie es sieht, und sie wusste, wenn sie nicht alles macht, was er will, könnte er sie damit verletzen oder erstechen. Er könnte sie töten.«

»Du lieber Gott!«, rief Lottie, und Julias Miene sagte dasselbe.

»Das Ding ist, sie hat Angst vor ihm. Wir – die Polizei hat sie schon befragt, und wir konnten sie nicht dazu bringen, es zuzugeben, aber es ist offensichtlich.«

Julia sagte: »Was hast *du* denn mit dem Ganzen zu tun?«

»Dazu komme ich jetzt. Du hast doch angerufen und mich gebeten, nach ihrem Handy zu gucken. Und da dachte ich, ich bring es ihr auf dem Weg zu Jimmy schnell vorbei. Dachte, sie wird es haben wollen – ihr wisst ja, wie Teenager mit ihren Handys sind. Ich hab die beiden erwischt. Wäre ich nur fünf Minuten früher gekommen –«

Julia sagte: »Hat er sie …?«

Brad nickte. »Sie hat mitgemacht, sanft wie ein Lamm, schließlich lag das Messer ja in seiner Reichweite, falls sie sich gewehrt hätte. Sie sagt: ›Ich hätte Nein sagen können, habe ich aber nicht.‹ Ich meine, Gott, natürlich nicht! Wir müssen ihr klarmachen, dass wir ihr nicht die Schuld geben, kein bisschen.«

Julia war aufgestanden und auf dem Weg zur Tür.

»Lass sie«, sagte Brad und hielt sie am Arm fest. »Wenigstens noch ein Weilchen. Sie hat viel durchgemacht und braucht Zeit, um ihre Wunden zu lecken.«

»Sie braucht ihre Mutter«, sagte Julia, obwohl sie sich erinnerte, nach ihrer eigenen Vergewaltigung weder Trost noch Rat bei Lottie gesucht zu haben. Aber das war etwas anderes. Sie hatte Lottie schützen wollen – oder nicht? Oder hatte sie sich zu sehr geschämt, um es zu erzählen?

Brad sagte: »Ich habe nicht den Eindruck, dass *sie* das so sieht.«

»Du hast von diesem Kind doch überhaupt keine Ahnung.«

»Ich weiß jedenfalls, dass sie kein Kind mehr ist.«

»Hört auf, ihr zwei«, sagte Lottie. »Ich versuche zu verstehen, was passiert ist. Du hast sie … beim Geschlechtsverkehr erwischt?«

»Ja, habe ich. Aber da ist noch mehr. Wenn du dich hinsetzt und zuhörst, Julia, wirst du sehen, warum ich dich aufgehalten hab.«

Sie setzte sich.

»Ich habe die Tür aufgemacht, sie gesehen, und kaum dass der Junge mich bemerkt hat, war er hinter mir her. Ich hab Glück gehabt, dass er nicht sofort nach dem Messer gegriffen hat – er war wohl zu überrascht. Ein paar Treffer haben ganz schön gesessen, aber schließlich konnte ich ihn in die Flucht schlagen. Ich habe ihm gesagt, ich bring ihn um, und ich glaube, das hätte ich auch getan, wenn er nicht abgehauen wäre. Als ich wieder einen klaren Kopf hatte, habe ich die Polizei gerufen.«

Er fuhr fort: »Wir haben sie untersuchen lassen. Sie … ich will sensibel sein … sie wurde durch den Akt nicht ernsthaft verletzt, und das Risiko, dass sie schwanger sein könnte, ist praktisch null. Sie haben ihr gesagt, es war klug zu kooperieren, unter den gegebenen Umständen. Besser, am Leben zu sein und für Gerechtigkeit sorgen zu können.«

Julia war entsetzt und sie war wütend. Sie sagte: »Warum hast du mich nicht angerufen?«

»Du hättest ja nichts tun können, warum also die Dinge kompliziert machen? Ich wusste ja, dass du sie bald wiedersiehst.«

»Ich muss mit ihr reden.«

»*Wirst* du ja, warte doch mal eine Minute. Also, eins noch. Die Polizistin und die Krankenschwester haben mir beide gesagt, dass viele Vergewaltigungsopfer Mühe haben zuzugeben, dass sie vergewaltigt wurden. Manche haben Angst vor den Folgen. Manche haben das Gefühl, was geschehen ist, wäre ihre Schuld. Manche leugnen das Verbrechen, weil sie es von sich weisen, ein Opfer zu sein. Manche halten die Vergewaltigung für keine richtige Vergewaltigung. Wir können davon ausgehen, dass einiges davon, wenn nicht alles, auch auf Juni zutrifft. Sie hat immer wieder gesagt: ›Das war keine Vergewaltigung. Ich habe es geplant‹, was wahrscheinlich für alles auf einmal spricht. Aber vertraut mir: Ich habe sie gesehen. Sie war in *Panik.* Sie hat gezittert und geweint, wie ich es bei ihr noch nie gesehen habe. Dieses Mädchen ist traumatisiert, das haben alle, die mit ihr gesprochen haben, bestätigt.«

Er wandte sich an Julia: »Also, was du zu tun hast: Wenn du bei ihr warst, pack das Wichtigste für dich und die Mädchen, und wenn ihr so weit seid, dann fahrt ihr zum Haus von Mom und Dad – die freuen sich, die Mädchen für drei, vier Wochen zu nehmen, kein Problem. Und ich hab gerad mit Tony geredet –«

»Wer ist das?«, fragte Lottie.

»Der Oberstaatsanwalt. Ein Freund von mir. Ich habe ihn gebeten, der Sache oberste Priorität einzuräumen. Der Junge wird heute noch festgenommen.«

»Gut!«, sagte Lottie. »Wie schön, wenn es ausnahmsweise mal gerecht zugeht.«

Brad sagte: »In der Tat. Also, wie gesagt. Es wird hier in nächster Zeit wohl etwas … *unruhig,* wenn die Presse erst mal Wind davon bekommt, und ich will, dass ihr aus der Schusslinie seid.«

Julia, deren Kopf rotierte vor Empörung und Ärger und Sorge um Junipers Wohlergehen, war bereit, den Plan in die Tat umzusetzen. »Holst du Lily von der Pizzaparty ab?«

Brad sagte: »Jap, und dann sehen wir zu, dass ihr euch vor Sonnenaufgang auf den Weg macht.«

»So früh?«

Er nickte. »Ich weiß es zwar nicht sicher, aber ich schätze, ab neun werden hier Übertragungswagen unterwegs sein. Bevor du fragst«, fügte er hinzu, »nein, sie kennen Junipers Namen nicht und werden ihn auch nicht erfahren, weil sie noch minderjährig ist. Und dass ich angegriffen wurde, wird erst mal aus den Nachrichten rausgehalten. Was mich betrifft, werden die Medien die Details erst später erfahren. Es wird nur um den Jungen gehen.«

»Gott sei Dank, wenigstens das«, sagte Julia. »Dass Juniper anonym bleibt, meine ich. Sie hat genug durchgemacht.« Sie hielt kurz inne und sagte dann: »Ich hätte wissen müssen, dass dieser Junge nur Ärger bedeutet. Von der ersten Minute an habe ich gedacht, der ist viel zu glatt, zu selbstsicher. Zur Hölle mit ihm.«

Dass Brad die Situation so spielend gedeichselt hatte, gab ihr nicht zu denken. Es war so viel einfacher, den schwarzen Jungen zu dämonisieren.

* * *

Julia machte das ganz krank. Ihre Tochter hatte schließlich einen Eid geschworen, und nach allem, was Julia beobachtet hatte, nahm sie diesen Eid auch ernst – und jetzt hatte dieser miese, selbstsüchtige Junge ihr das angetan.

Auch Lottie glaubte Brads Interpretation zu hundert Prozent.

Und als später Stück für Stück die Einzelheiten herauskamen, als die Geschichte von Haus zu Haus und von Mensch zu Mensch ging wie bei einer Eimerkette, hielten auch einige von uns diese Version für wahrscheinlich.

Juniper allerdings war *nicht* überzeugt. Da sie von dem Plan, Xavier festzunehmen, nichts wusste, hoffte sie, dass er sich, von der Polizei befragt, als genau der Mensch erweisen würden, für den sie ihn hielt. Ihres Computers und ihres Handys beraubt, wünschte sie sich verzweifelt, mit ihm in Kontakt zu treten, also tat sie, was sie auch vorher schon getan hatte: Sie schrieb ihm. Als Lily etwas später an diesem Abend nach Hause kam, schickte Juniper sie durch den Garten und die Pforte, unter dem sterbenden Baum hindurch, zu Xaviers Auto, mit der Nachricht in einer Plastikhülle, damit sie sie unter seinen Scheibenwischer steckte oder wo immer sie rankam.

Schwör mir, es niemandem zu sagen, sagte sie zu Lily.

Ich schwöre.

Juniper ertrug den Gedanken kaum, dass Xavier zu Hause sitzen und sie dafür hassen könnte, Brad nicht die Stirn geboten zu haben, zugelassen zu haben, dass Brad ihn verscheuchte, ihn nicht im erstbesten Moment nach ihrer Rückkehr aufgesucht zu haben. Er würde die Nachricht am Morgen finden oder, falls nicht so früh, dann jedenfalls bald. Wann auch immer er das nächste Mal sein Auto benutzen würde.

Drei Übertragungswagen standen am nächsten Tag um 8:15 Uhr in Valerie Alston-Holts Straße. Die Reporter positionierten sich in der Kurve und bereiteten sich darauf vor, atemlos von der mutmaßlichen Situation zu berichten, während sie darauf warteten, dass Valerie entweder ans Telefon ging *(als ob)* oder nach draußen kam und eine Aussage machte *(ganz bestimmt nicht).* Sie fragten sich, warum Xavier Alston-Holt, der schwarze Mann, dessen Mutter die Stadt verklagt hatte, sowie ihren liebsten HLK-Firmenchef, der zugleich ein bekannter Bauherr war, angeblich ein minderjähriges weißes Mädchen vergewaltigte, wenn doch jede Aussage, die sie bisher hatten bekommen können, dafür sprach, dass er ganz solide war, ein hervorragender Schüler und talentierter Musiker mit einer vielversprechenden Zukunft. Gab es noch mehr Schreckliches, das er die ganze Zeit verheimlicht hatte?

Wie auch immer, die Öffentlichkeit würde froh sein zu hören, dass er fürs Erste nicht mehr frei herumlief. Sie würde gerne hören, dass die hier lebenden Eltern junger (weißer) Mädchen von ihm nichts zu befürchten hatten, jedenfalls vorläufig.

Valeries Tür öffnete sich.

Sie kam nach draußen.

Sie ging zu ihrem Auto.

Sie stieg ein und fuhr davon.

Ms. Alston-Holt weigerte sich, mit den Medien zu sprechen, war die erste Reaktion, von der berichtet wurde, Valeries unnachgiebiges Schweigen wurde schnell mit Worten wie *feindselig* und *hochmütig* und *unkooperativ* gefüllt, denn, wie wir alle wissen, sind die Nachrichtenmedien ein Monster, das ständig nach rohem Fleisch giert.

Der Aufmacher der meistgeschätzten Nachrichtensendung, die zur wichtigsten Sendezeit lief, lautete:

> *Eilmeldung: Einheimischem schwarzen Mann wird vorgeworfen, minderjähriges weißes Mädchen angegriffen und vergewaltigt zu haben …*

Und mehr braucht es ja gar nicht.

40

Und apropos gefräßige Institutionen:

Das Strafjustizsystem ist auf Effizienz (einer bestimmten Art) ausgelegt, nicht auf Komfort. Bei der Aufnahme wird man offiziell für unschuldig erklärt, zugleich jedoch behandelt, als wäre man der Massenmörder, den die Polizei monatelang gejagt hat. Es gibt keinen Blickkontakt. Kein Gespräch. Die Räumlichkeiten sind so kahl und steril und kalt wie die Angestellten und die Wachen, die einen abwickeln. Und wenn wir abwickeln sagen, meinen wir, dass man sich, wenn man am anderen Ende der Aufnahme rauskommt, fühlt wie eine Kuh, die das Schlachthaus verlässt.

Erkennungsdienstliches Foto.

Fingerabdrücke.

DNA-Abstrich.

Abgabe aller Kleidungsstücke und Accessoires.

Vollständige Leibesvisitation, inklusive aller Hohlräume.

Oranger Overall, in der passenden Größe, falls vorhanden.

Dann ein Verhör. Fragen, und zwar viele. Der kooperative Typ wird die Fragen unbedingt beantworten wollen, um seine Seite der Dinge darzustellen, um auf die Fehler hinzuweisen, die gemacht wurden, gemacht werden. Der kooperative Typ wird, wenn er hört ›So, mein Junge. Warum erzählst du uns nicht einfach, was passiert ist?‹, unbedingt alles aufklären wollen.

Xavier, der vor Wut zitterte, zwang sich, auf so wenige Fragen wie möglich höflich zu antworten. Er machte Angaben zu seinem Namen, seinem Gesundheitszustand und sagte, er würde lieber nichts weiter sagen, bis er seinen Anwalt gesprochen hätte. Dafür bekam er ein süffisantes Grinsen und den höhnischen Kommentar, wie viel netter es für alle Beteiligten wäre, wenn er sich entgegenkommender verhielte. »Warum so feindselig, Junge, wenn du ein reines Gewissen hast?«

Und wenn es eine Straftat ist, für die man verhaftet wurde, wie es bei Xavier der Fall war, dann wird man irgendwann in eine kahle, kalte Gemeinschaftszelle geschoben, die nicht ganz so steril ist, wie es einem lieb wäre, ein Raum, viel zu klein für so viele Pritschen, voll mit anderen verängstigten oder feindseligen Männern; Männern, die nach Angst und Wut riechen und nach den Gasen, die das Gefängnisessen nach sich zieht, wenn der Magen ohnehin schon rebelliert.

Dort wartet man auf die Anklage – normalerweise zwei Tage, Xavier würde allerdings drei warten. Drei Tage schweigend schmoren und versuchen zu verstehen, wie und warum das, was in der Hütte geschehen war, *hierhin* geführt hatte.

Kein richtiger Schlaf. Ein kurzes und furchtbares Telefonat mit seiner Mutter, die ihm versicherte, sie würde jemanden suchen, der helfen könnte. Ihre angespannte, schmerzgeplagte Stimme. Seine Erinnerung an ihre Warnungen. Er hatte sie in diesem Sommer alle beachtet. Bis Juniper.

Aber, Gott, wie hätte er die auch beachten sollen? Das hatte er nicht gekonnt.

***

Wir haben alle genug Krimiserien gesehen, um eine ungefähre Vorstellung vom Leben im Gefängnis zu haben. Und wenn man einen Roman von John Grisham oder Jodi Picoult gelesen hat, war man auch vor Gericht. In dieser Geschichte geht es nicht um das Vorgehen der Polizei. Sie ist kein Gerichtsthriller. Ist sie ein abschreckendes Beispiel? Wir denken schon – aber wir wünschten, es wäre anders.

Xavier war seit neun Stunden im Gefängnis, als sich kurz vorm Frühstücksläuten ein blasser Skinhead auf seiner Pritsche niederließ und sagte: »Was fürn hübscher kleiner Nigger, guck mal an. Junge! Wenn du vors große Haus kommst, werden sie ihren Spaß mit dir haben.«

Nigger. Hübsch. *Spaß*.

Xavier schaffte es zu warten, bis die Zelle leer war, bevor er sich in eine Edelstahltoilette erbrach, deren Anblick und Geruch ihn gleich noch mal erbrechen ließen.

Er war seit sechsunddreißig Stunden im Gefängnis, als er aus der Zelle geholt, in einen Raum mit zwei Stühlen und einem Tisch gebracht wurde und gesagt bekam: »Warte hier.«

»Kommt mein Anwalt?«, fragte er den Wärter.

Keine Antwort. Warum? War es wirklich so schwer oder irgendwie verkehrt, etwas Menschlichkeit zu zeigen? Oder entmenschlichte es einen nach einer Weile, den ganzen Tag, jeden Arbeitstag, in der Gesellschaft namenloser, gesichtsloser Männer in orangen Overalls zu verbringen, einer endlosen Parade wütender oder ängstlicher oder wütender *und* ängstlicher Männer? Oder wurden mit Absicht solche Automaten für diese Jobs eingestellt, damit sie, falls ein Insasse die Kontrolle verlor, schnell und brutal einschritten, ohne auch nur eine Sekunde damit zu verschwenden, in Betracht zu ziehen, warum dieser Mann ausrastete? Xavier hatte gerade einundsechzig Stunden, etwas mehr oder weniger, mit diesen wütenden, ängstlichen Männern verbracht; er war einer von ihnen; er verstand, wenn er jetzt darüber nachdachte, dass es kein sensibler Mensch lange hier aushielt, sei es als Wärter oder als Insasse.

Als Wärter konnte man allerdings kündigen.

Die Tür ging auf und ein gepflegter, noch recht junger schwarzer Mann im dunkelblauen Anzug kam herein. Er hatte ganz kurz geschorene und an den Schläfen rasierte Haare, wie abgezirkelt. Er stellte einen kleinen Koffer auf den Tisch und setzte sich auf den Stuhl gegenüber von Xavier. »Carl Harrington«, sagte er und streckte die Hand aus. »Deine Mutter hat mich engagiert, dich zu vertreten.«

Xavier schüttelte ihm die Hand. Ein schwarzer Anwalt für einen schwarzen Angeklagten. Das musste Absicht sein. Sie würde wissen, was sie tat, dachte er. Oder vielleicht war Harrington der Einzige, den sie sich leisten konnten. Oder der Einzige, der den Job machen wollte.

Wie alt war der Typ? Anfang dreißig? Er konnte noch nicht besonders lange im Beruf sein. Spielte das eine Rolle? Xavier hoffte, nicht. Das war doch ein einfacher Fall, oder? Missverständnis aufklären, ihn hier rausholen, Ende der Geschichte.

Harrington sagte: »Ich hatte kurz Zeit, den Polizeibericht zu überfliegen, und ich will nichts beschönigen: Das wird eine ernsthafte Herausforderung für uns.«

Fuck.

»Ich kann Ihnen genau sagen, was passiert ist«, sagte Xavier. »Ich habe sie nicht vergewaltigt.«

»Selbst wenn, der Zeugenbericht wird eine schwierige Hürde.«

Selbst wenn?

Xaviers Stimme klang hoch, als er sagte: »Sie glauben mir nicht? Dann gehen Sie und sagen Sie meiner Mutter, sie soll einen and…«

»Whoa, Bruder. Langsam, langsam. Ganz ruhig. Ich sage nur, dass Brad Whitman als Augenzeuge und Angegriffener ein ganz schönes Schwergewicht ist. Die Leute lieben ihn. Sie vertrauen ihm. Wenn er so direkt in die Kamera guckt und sagt: ›Sie sind mein Lieblingskunde, so viel ist sicher‹? Ist dick aufgetragen, aber es funktioniert.«

»Egal, was er behauptet, er lügt. Er ist … ich weiß nicht, ich schätze, er glaubt, weil Juniper geschworen hat, Jungfrau zu bleiben, müsste es gegen ihren Willen geschehen sein. Ist es aber nicht! Sie … wir …«

Xavier drückte sein Gesicht in die Hände und atmete ein paarmal durch.

Dann sagte er: »Wir haben uns schon seit einer Weile getroffen. Wir haben das *geplant,* wissen Sie, Sex zu haben.«

Sex haben. Es klang so steril und kalt wie dieser Raum. Sie hatten nicht geplant, *Sex zu haben,* sie hatten geplant, Liebe zu machen – obwohl sie auch dieses Wort nicht verwendet hatten, sie hatten gar keine Worte verwendet. Das war auch nicht nötig gewesen. Sie hatten beide gewusst, dass es der nächste Schritt sein würde, die Steigerung ihres Begehrens. Bei der Arbeit hatten sie zusammen auf dem Parkplatz gestanden, wo sie von den anderen nicht gesehen werden konnten, hatten sich geküsst und sich nach mehr gesehnt. Er hatte gesagt: »Vielleicht überlegen wir mal, es … besser zu machen als so. Mehr. Weißt du.« Und sie hatte gesagt: »Ja. Ich hab überlegt, also, weißt du, vielleicht im Park?« Und er hatte gesagt: »Ich bring alles mit, was wir brauchen. Auch was, um uns zu schützen, falls es passieren sollte.« Mit rotem Gesicht hatte sie gesagt: »Okay, gut.«

Jetzt sagte Harrington zu ihm: »Sie haben auch die Aussage des Mädchens.«

Hatte sie ihre Meinung geändert?

»Und sie hat gesagt, ich hab sie nicht vergewaltigt, richtig?«

»Der genaue Wortlaut war … Sie hat gesagt: ›Es war keine Vergewaltigung. Ich hätte ihn davon abhalten können, habe ich aber nicht.‹«

»*Genau*. Warum bin ich also überhaupt hier?«

»Beweise. Augenzeugenberichte. Der Vorwurf der Körperverletzung. Whitman hat ein paar Fotos vorgelegt, die eine *sehr* verzweifelte junge Frau zusammen mit einem großen Messer am Tatort zeigen –«

»Das ist doch nicht Ihr Ernst, oder? Sie war sehr verzweifelt, weil Whitman uns überrascht hat! Wir – ich hab Salami und Käse geschnitten! Soll ich dafür ein Buttermesser benutzen?«

»Ich verstehe, dass Sie frustriert sind, aber ich muss hier deutlich sein. Die Sache liegt beim Oberstaatsanwalt. Der einfachste, sauberste Ausweg für Sie – und mit Blick auf mein Honorar auch der günstigste, aber deshalb sage ich das nicht – wäre, wenn Sie mich die Art der Anklage verhandeln lassen. Wir könnten zum Beispiel darum bitten, dass die Anklage auf Unzucht mit Minderjährigen lautet statt auf Vergewaltigung, und dann zusehen, dass die Anklage fallen gelassen wird. Was das Strafmaß betrifft, ist das ein gewaltiger Unterschied.«

»Moment mal«, sagte Xavier. »*Ausweg*? Das ist doch kein Ausweg, so komme ich ins Gefängnis. Ich bin *nicht schuldig*, okay? Ich hab mir *gar nichts* zuschulden kommen lassen. Warum sollte ich also so tun als ob?«

Harrington beugte sich vor, die Fingerspitzen aneinandergelegt. »Sie sind ein schwarzer Mann, dem die Vergewaltigung eines minderjährigen weißen Mädchens zur Last gelegt wird. Sollten Sie vor eine Jury kommen, sind da zwölf Fremde, die buchstäblich zu Gericht über Sie sitzen, während die Anklage darauf rumreitet, dass das Messer für dieses weiße Mädchen eine Todesdrohung bedeutete, falls es sich Ihnen nicht fügte. In dieser Jury werden ein paar Frauen sitzen. Ein paar davon werden weiß sein. Und weiße Väter minderjähriger Mädchen, darauf wird es die Anklage jedenfalls anlegen.« Er lehnte sich zurück. »Soll Ihr Schicksal in deren Händen liegen?«

»Juniper wird nicht sagen, sie hätte sich bedroht gefühlt. Gott. Ich kann nicht fassen, dass ich hier sitze und dieses Gespräch führe.«

Harrington sagte: »Okay. Angenommen, das Ganze wäre ein einziges großes Missverständnis, wie Ihre Mutter es mir beschrieben hat. Der Sex war einvernehmlich. Sie haben eine Erklärung für das Messer und so weiter –«

»So *war* es.«

»Ich will man den Advocatus Diaboli spielen: Miss Whitman muss gar nicht aussagen. Wenn ich der Staatsanwalt wäre, würde ich sie nicht mal im Gerichtssaal haben wollen.«

»Das angebliche Opfer macht keine Aussage? Das ist doch völlig krank. Können Sie sie nicht zwingen? Sie würde die Wahrheit sagen.«

»Die Anklage wird behaupten, sie hätte Angst vor Ihnen oder dass ihr mentaler Zustand es wegen dieser Erfahrung nicht zulässt. Die wissen schon, wie sie das machen, glauben Sie mir.«

Xavier versuchte diese irrsinnige Situation klar zu bekommen. Er sagte: »Dann … Wenn sie glauben, dass sie ihrem eigenen Fall nicht nützen würde – dabei ist es ja gar nicht *ihr* Fall –«

»Was denken *Sie* denn, was passiert ist? Wie wurde aus Ihrem romantischen Stelldichein ein Vergewaltigungsvorwurf? Ich will Ihre Arbeitshypothese hören.«

»Ihr Stiefvater ist sauer, das ist alles. Er ist sauer, weil meine Mom ihn verklagt hat, und er glaubt, ich würde ihm sein perfektes kleines Mädchen verderben.«

Harrington sagte: »Und seien Sie sicher, das wird er vor Gericht auch sagen.«

»Und ich werde sagen, wie es wirklich war. Und Sie kriegen Juniper dazu, das zu bekräftigen. Und meine Mom auch. Sie weiß, dass wir uns seit einer Weile getroffen haben. Ich kann mir nicht vorstellen, dass Whitman mit dieser Scheiße davonkommt, wenn die Leute erst mal kapieren, was er da macht.«

»Dass Sie verabredet waren, wird nicht helfen – dann ist es eben Vergewaltigung durch einen Freund.«

Harrington fuhr fort: »Ich will Ihnen das mal etwas genauer darlegen: Wenn Sie vor Gericht kommen und die Jury mag den soliden Bürger Whitman und seine Geschichte lieber als den großen schwarzen Mann und seine Version – und darauf wird es hinauslaufen –, dann haben Sie es mit einer Gefängnisstrafe von fünfundzwanzig Jahren Minimum zu tun. *Fünfundzwanzig Jahre,* mein Freund. Kann auch doppelt so viel werden. Kann auch lebenslänglich werden, wenn Tony Evans den Richter dazu bringt zu glauben, dass Sie im Grunde ein Mörder sind, der nur unterbrochen wurde. Ich *will* nicht glauben, dass es so kommt. Aber es ist ein ernst zu nehmendes Risiko. Richter haben beim Strafmaß viel Spielraum. Wenn wir es machen wie vorgeschlagen, kommen wir vielleicht auf, sagen wir, neun Jahre mit der Option auf vorzeitige Entlassung. Und dann ist da noch die Triebtäterdatei. Der Teil wird sich nicht vermeiden lassen, tut mir leid, das sagen zu müssen.«

Xavier hatte das Gefühl, sein Kopf würde jeden Moment explodieren. »Doch, das wird sich vermeiden lassen, verdammt! Ich bin unschuldig und ich kann es beweisen!«

Harrington war ruhig wie Gandhi. »Wie? Wie wollen Sie das *beweisen?*«

»Dafür sind *Sie* doch der Experte. Ich sage Ihnen, wie es war, und Sie beweisen das vor Gericht. Dafür bezahlen wir Sie doch!«

»Und ich werde für Sie kämpfen, mit allen Mitteln, die mir zur Verfügung stehen, wenn das der Weg ist, den Sie wählen«, sagte Harrington. »Schauen Sie, ich mache Ihnen Ihre Wut und Ihre Naivität ja gar nicht zum Vorwurf. An Ihrer Stelle würde ich genau dasselbe sagen. Aber Verteidiger sind leider nicht die Zauberer, die man im Fernsehen zu sehen bekommt.«

»Ich sollte auch keine Zauberei brauchen. Ich will einfach nur gut vertreten werden. Die Chance bekommen, zu zeigen, dass es nicht so war, wie Whitman es darstellen will.«

»Wenn ich Ihnen zeige, wie Sie realistisch da durchkommen, und das bestmögliche Ergebnis für Sie erwirke, dann vertrete ich Sie gut. Ich will nicht, dass Sie hinter Gittern sitzen, bis Sie fünfzig sind, oder noch schlimmer.«

Xavier beugte sich vor und legte die Stirn auf den Tisch. Die Oberfläche wirkte von Weitem grau, war von Nahem aber gesprenkelt. Sandkörner. Er atmete ein … atmete aus … ein … aus, und dann, den Kopf immer noch unten, sagte er: »Muss ich jetzt gleich entscheiden, was zu tun ist?«

»Nein. Wir fechten an und kriegen Sie hoffentlich auf Kaution frei, und dann sehen wir weiter.«

»Okay.«

Harrington legte Xavier die Hand auf den Rücken. »Ich weiß, das ist hart, aber versuchen Sie sich von diesem Gerechtigkeitsgedanken zu lösen und denken Sie praktisch. Viele Brüder sind gestorben, weil sie auf Gerechtigkeit gesetzt haben, wo sie klug hätten agieren müssen.«

»Sicher.« Xavier sprach die Tischplatte an. »Wie hoch ist die Kaution?«

»Wir müssen abwarten, was der Richter dazu sagt.«

***

Es wurden eine Menge Papiere hin und her geschoben, während Xavier vor Gericht stand, an Hand- und Fußgelenken gefesselt. Ein Meer gleichgültiger Gesichter – bis auf eins, das seiner Mutter. Xavier sah sie an, hielt ihrem Blick aber nicht stand, sonst hätte er an Ort und Stelle die Nerven verloren. Aber er hatte Stolz.

Die Richterin war eine Weiße mittleren Alters mit blauen Ohrringen in Fischform.

Die Anwälte stellten sich vor, fürs Protokoll. Die Anklage wurde verlesen: Vergewaltigung, Entführung, Körperverletzung.

Entführung?, dachte Xavier alarmiert. Er sah Harrington an. *Was zum Teufel soll das denn?*

Dann: »Mr. Harrington, worauf plädiert Ihr Mandant?«

»Der Angeklagte plädiert auf nicht schuldig.«

»Zu Protokoll genommen. Dann kommen wir zum Kautionsantrag des Angeklagten.«

Es gab einiges Hin und Her zwischen der Richterin und den Gerichtsangestellten. Alle verhielten sich, als ginge es um nichts Wichtigeres als darum, einen Hamburger zu bestellen. Ketchup? Ja, aber keine Gurken. Zwiebeln. Senf. Käse?

Endlich sagte die Richterin: »Also, gut. Ich setze für den Vergewaltigungsvorwurf hundertfünfzigtausend an, für die Entführung fünfundsiebzig, und für die Körperverletzung fünfundzwanzig. Die Kaution beträgt zweihundertfünfzigtausend Dollar.«

Xavier sah erneut Harrington an. Harrington sah ihn nicht an.

Die Wachen führten ihn aus dem Gerichtssaal. Harrington traf ihn auf dem Flur und sagte zu den Wachen: »Kriegen wir eine Minute?«

Eine Viertel Million Dollar, das war unfassbar, aber Xaviers erste Bemerkung war: »Was soll denn dieser Entführungsscheiß?«

»Offenbar hat der Oberstaatsanwalt noch mal genauer hingesehen und glaubt, dafür gäbe es genügend Anhaltspunkte, also hat er das noch drangehängt. Es ist eine Strategie, um den Einsatz zu erhöhen, die maximale mediale Aufmerksamkeit zu erzielen. So wirken Sie wie ein gefährlicher Krimineller.« Er schüttelte angeekelt den Kopf. »Auf den hat er's wirklich abgesehen.«

Xavier hatte von dem Blut, das ihm zu Kopf gestiegen war, ein Rauschen in den Ohren. *Auf den hat er's wirklich abgesehen.*

»Und zweihundertfünfzigtausend? Wo soll ich die denn hernehmen?« Es war unmöglich. Er würde hier vor sich hin faulen bis zum Prozesstermin, wann auch immer der wäre. Und danach wahrscheinlich auch noch. Wahrscheinlich für immer.

Harrington sagte: »Sie müssen das nicht alles selbst aufbringen. Dafür gibt es Kautionsagenten. Sie zahlen nur zehn Prozent.«

Valerie war zu ihnen gekommen und sagte: »Fünfundzwanzigtausend Dollar.«

»Korrekt«, sagte Harrington zu ihr.

»Aber nach dem Prozess bekommen wir die zurück, oder?«

Der Anwalt schüttelte den Kopf. »Nein. Wenn man sofort alles zahlt, bekommt man es zurück. Das meiste, jedenfalls. Wenn man einen Agenten benutzt, sind die zehn Prozent sein Honorar, dafür dass er den Rest zwischenschießt.«

Sie sagte: »Also, wenn ich zufällig eine Viertelmillion rumliegen habe, verliere ich nichts. Aber wenn ich zu den neunundneunzig Prozent gehöre, bei denen das nicht der Fall ist, dann verliere ich fünfundzwanzigtausend. *Das* ist doch mal ein gerechtes System.«

»Schön wär's.« Er wandte sich an Xavier. »Jetzt haben Sie einen Eindruck davon, wie es in der Realität zugeht – was mich zu meiner nächsten Frage führt: Haben Sie noch mal über ein Schuldeingeständnis nachgedacht? Sie müssen sich nicht gleich festlegen, ich kann auch erst mal beim Oberstaatsanwalt vorfühlen.«

»Nein.« Er wandte sich an seine Mutter. »Ich habe vielleicht fünftausend gespart. Wenn du mir hilfst, den Rest zu besorgen, zahl ich es dir zurück.«

»Ich kümmere mich drum.«

»Der ganze Ärger tut mir wirklich leid, Mama.« Seine Stimme brach. »Ich kann es gar nicht abwarten, hier rauszukommen.«

»Ich weiß, mein Schatz«, sagte sie. »Ich kann es auch nicht abwarten.«

Die Wachen zogen ihn schon in Richtung der Türen, die zum Gefängnis führten.

»Wir hören uns bald«, rief Harrington.

41

Vorhersehbarerweise sagte Esther, die bei dem Buchklubtreffen zu *Lolita* so viel Ärger auf sich gezogen hatte, beim nächsten Treffen – in Ellens Haus, ohne Valerie – über Juniper: »Sie hätte nie mit ihm in den Wald gehen sollen. Man geht nicht in den Wald, es sei denn, man will, dass etwas passiert.«

Und vorhersehbarerweise antwortete Belinda: »Xavier ist derjenige, der es hätte besser wissen müssen.«

Ellen sagte: »Du sagst *nicht,* er hat sie vergewaltigt.«

»Nein, ich sage –«

»Das hat er absolut«, unterbrach Kelli sie.

»Nichts für ungut«, sagte Ellen, »aber sagst du das möglicherweise, weil du weiß bist und er nicht?«

Kelli sagte: »Verteidigst du ihn, weil du eng mit Valerie befreundet bist? Ich sage, er hat sie vergewaltigt, weil sie ein Keuschheitsgelübde abgelegt und das ernst genommen hat. Wie ihr alle wisst. Wir haben es ja am Abend der Einweihungsparty alle mitbekommen. Ich erinnere mich noch, Xavier dort gesehen zu haben. Er hat Juniper angesehen wie ein Habicht ein Kaninchen.«

»Verschon mich«, sagte Ellen. »Ich kenne Xavier, seit er auf der Welt ist. Es ist doch offensichtlich, dass Juniper ihn dorthin gelockt hat, als Rache dafür, dass Valerie Brad verklagt hat.«

Belinda sagte: »Das sage ich ja: Er hätte es besser wissen müssen und sich nicht mit ihr einlassen dürfen.«

Esther sagte: »Hank hatte eine Vision, in der –«

»Was?«, sagte Belina. »Eine *Vision?*«

»Sterbende können Dinge sehen, die wir nicht sehen. Er hat gesagt, er habe ein frisches Grab gesehen.«

»Wessen?«

»Das habe ich auch gefragt. Ich hab gesagt, ist es deins? Aber er glaubt nicht.«

Ellen sagte: »Das ist nicht besonders hilfreich, Esther. Das hat doch wahrscheinlich hiermit gar nichts zu tun.«

»Was *genau* hat er denn gesagt?«

»Er hat gesagt, das würde alles nicht passieren, wäre Tom nicht auf die Weise gestorben, auf die er gestorben ist. Er hat gesagt, dann würde Xavier die Weißen nicht so hassen.«

Ellen sagte: »Xavier hasst die Weißen doch gar nicht, du meine Güte!«

Belinda sagte: »Vielleicht war es Toms Grab und der hat versucht, durch Hank zu uns zu sprechen.«

Esther, die so oft das letzte Wort hatte, ob wir ihrer Meinung waren oder nicht, sagte: »Vielleicht sollten wir aufhören, darüber zu reden, und über das Buch sprechen.«

42

Also«, sagte Carl Harrington, unmittelbar bevor Xavier auf Kaution freigelassen wurde. »Folgendes ist zu beachten. Keine Reisen über die Staatsgrenzen hinweg. Erscheinen Sie auf jeden Fall bei Ihrem nächsten Gerichtstermin, sonst fahren Sie gleich wieder ein, ohne die Möglichkeit einer Freilassung auf Kaution. Kein Gesetzesverstoß – nicht mal ein Parkticket, sonst nehmen die Sie wieder mit. Außerdem gibt es eine einstweilige Verfügung. Sie dürfen unter *gar keinen* Umständen versuchen, Brad Whitman und seine Stieftochter zu sehen oder zu kontaktieren. Und halten Sie immer mindestens fünfzehn Meter Abstand zu ihrem Grundstück.«

»Das ist unmöglich. Unsere Gärten grenzen aneinander.«

Harrington sagte: »Sie haben mich schon verstanden. Einfach keine Scheiße bauen. Ich werd mal mit dem Staatsanwalt reden, ihm ein bisschen auf den Zahn fühlen. Dann reden wir wieder.«

Reden, reden, immer reden, dachte Xavier, während er sich seine eigenen Sachen anzog, niemand tat irgendwas, niemand löste das Problem. Worum ging es denn für die schon? Für die anderen war es ein Job, mehr nicht. Täglich von neun bis fünf. Sein *Leben* war ihr Job.

In derselben Kleidung, die er an dem schrecklichen Tag im Park angehabt hatte, verließ Xavier das Gefängnis und stieg in Valeries Wagen. Im Wegfahren fragte er sie: »Wie bist du an das Geld gekommen?«

»Mach dir deshalb keine Sorgen. Wichtig ist nur, dass du draußen bist.«

Draußen. An der frischen Luft. Sonnenschein. Feuchtigkeit. Blätter. Autos. McDonald's. Autowaschanlage. Fahrradladen. Eisdiele. Spielplatz. Park. Café. Buchhandlung.

Er sagte: »Aber meine Ersparnisse hast du dazugenommen, oder?«

»Ich wollte nicht, aber …«

»Dann bist du pleite.«

Sie sagte: »Das ist mir egal. Du bist mir viel wichtiger als Geld.«

»Wie viel berechnet Harrington?«

»Ich musste ihm einen Vorschuss von zehntausend zahlen.«

»Dann hat uns das Ganze schon fünfunddreißig Riesen gekostet. Gott. Kommen wir mit den zehn wenigstens durch den Prozess?«

Sie antwortete nicht.

»Mom?«

»Wahrscheinlich nicht. Aber wie gesagt, das Geld ist mir egal. Ich hab das Haus beliehen, es ist also alles bestens.«

»Klar. *Bestens.*«

»Harrington ist ein guter Anwalt.«

»Wie das? Er will, dass ich ein Schuldeingeständnis ablege. Das kann ich auch für umsonst.«

»Er prüft alle Möglichkeiten, das ist alles.«

Xavier spürte wieder Tränen aufsteigen. »Ich kann nicht ins Gefängnis gehen, Mama.«

»Wirst du auch nicht müssen«, sagte sie, aber sie wusste, dass sie auch nicht überzeugter davon war als er.

Eine Zeit lang fuhren sie schweigend. Dann sagte Xavier: »Ich werd mal telefonieren und gucken, ob ich ein paar Extrastunden arbeiten kann.«

»Bitte mach dir wegen des Geldes keine Gedanken. Das ist alles genauso meine Schuld wie deine.«

»*Meine?* Hältst du mich für einen Vergewaltiger?«

»Nein – nein! Ich meinte nur, es ist so offensichtlich, dass Brad Whitman versucht, sich dafür zu rächen, dass ich ihn verklagt habe.«

»Und deshalb soll *ich* ins Gefängnis?«

»Ich habe unterschätzt, wie schlau er ist. Mich trifft er am schlimmsten, wenn er dir wehtut.«

Sie fing an zu weinen und Xavier ebenfalls, still, Tränen der

Wut und der Frustration und der Sorge. Aus denen jedoch eine noch stärkere Entschlossenheit erwuchs, für Gerechtigkeit zu sorgen. Irgendwie würde ihm das gelingen.

***

Später an jenem Abend sagte Xaviers Chef am Telefon: »Hör zu, ich weiß, das ist eine schwierige Situation, aber es geht nicht, dass bei uns Reporter auf dem Parkplatz stehen und den Kunden Angst machen. Außerdem müssen wir, offen gesagt, mit Blick auf die Sicherheit und das Wohlergehen unserer weiblichen Angestellten auf Nummer sicher gehen. Nicht, dass wir das Ganze überhaupt glauben, aber … du verstehst schon. Wir hoffen, es klärt sich alles zu deinen Gunsten. Viel Glück.«

***

Zwei Tage später war ein Brief in der Post:

Lieber Mr. Alston-Holt,
angesichts der jüngsten Ereignisse, von denen wir Kenntnis erlangt haben, bedauern wir, unser Angebot der Immatrikulation und der finanziellen Unterstützung für das kommende akademische Jahr zurückziehen zu müssen. Wir wünschen Ihnen das Beste.

***

Unter den Reportern und Nachrichten-Übertragungswagen aus der Stadt waren nun auch welche von weiter weg.

43

Seit Julia, Lottie und die Mädchen fort waren, setzte sich Brad Whitman jeden Abend nach der Arbeit, sobald die Sonne untergegangen war, auf seine überdachte Terrasse, blickte über den Swimmingpool und den Zaun hinweg auf den sterbenden Baum und lächelte zufrieden. Dort drüben sorgte sich Valerie Alston-Holt um das Schicksal ihres Sohnes und bereute es, sich mit dem alten Brad Whitman angelegt zu haben, darauf wettete er. Dort drüben grübelte Xavier Alston-Holt und lernte seine Lektion darüber, was ihm zustand und was nicht. Und weiter im Westen, im Haus seiner Eltern, dankte Juniper den Sternen, dass Brad aufgetaucht war und ihr erspart hatte, auch nur eine weitere Sekunde mit dem Bastard dieser Frau verbringen zu müssen, die nichts als eine Opportunistin war und nicht mal einen ehrlichen Mann für sich hatte an Land ziehen können.

Okay, nein, so viel gestand er zu, Juniper dankte den Sternen nicht. Das wusste er besser. Er wünschte nur, sie würde es so sehen. Sie war immer noch erschüttert und verstand nicht, wie sie sich derart hatte täuschen lassen können. Aber seine offizielle Haltung in der Sache war es immer noch, auch wenn er ziemlich sicher war, dass der Junge sie nicht vergewaltigt hatte. Wahrscheinlich hatte er sie nicht mal genötigt – jedenfalls nicht mehr als jeder andere Junge jedes andere Mädchen. Mädchen, Frauen brauchten manchmal einen kleinen Schubs, mussten ein bisschen überzeugt werden. Brauchen die Erlaubnis zu tun, was sie offensichtlich tun wollten, wie er es bei Juniper auch mit Blick auf sich selbst bemerkt hatte. Vielleicht hielt sie ihn für unerreichbar und hatte ihre Aufmerksamkeit deshalb frustriert dem schwarzen Jungen zugewandt. Oder sie wollte Brad dazu bringen, sie mehr zu beachten. Schwer, das mit Sicherheit zu sagen.

Ein bisschen gab er sich auch selbst die Schuld. Er hatte sie nicht gut genug beaufsichtigt und – blöd, wie er manchmal war – angenommen, ihre Stimmungsschwankungen hätten nur mit ihm zu tun. Allerdings *war* es ja auch nur um ihn gegangen, bis sie umgezogen waren und dieser aalglatte Simpel da drüben sie zu sich gelockt hatte. Woher er wusste, dass Xavier aalglatt war? Schwarze Musiker hatten immer an jedem Finger mehrere Mädchen, genau wie schwarze Sportler – wie jeder wusste. Vielleicht war das was Kulturelles. Er hatte diese Typen so beneidet, früher, als ihn kein Mädchen ein zweites Mal ansah. Und jetzt beneidete er Xavier – weil er jung war, weil er derjenige war, der mit Juniper in dieser Hütte gewesen war.

Tatsächlich hatte Xavier Brads Pläne mit Juniper zwar durchkreuzt (wenigstens für den Moment), aber er hatte ihm auch einen Gefallen getan. Er hatte es Brad ermöglicht, Valerie so unter Druck zu setzen, dass sie zurückrudern und die Klage fallen lassen würde, und so eine gute Gelegenheit ließ Brad selten ungenutzt verstreichen. Jetzt war alles vorbereitet für ein großes, wunderbares Happy End, jedenfalls fast. Juniper war für ihn jetzt aller Wahrscheinlichkeit nach unerreichbar. Aber wenigstens würde er als Held aus der Sache hervorgehen, wenn alles vorbei wäre. Er musste nur noch den Abzug betätigen.

Aber er würde den Jungen und seine Mutter noch ein paar Tage schmoren lassen, einfach aus Spaß, und dann würde er dem Ganzen ein für alle Mal ein Ende machen.

44

Da Xavier zu Hause war, aber schwieg, und Valerie schwieg, und die Bewohner von Oak Knoll zögerten, sich offiziell für oder gegen eine der involvierten Parteien auszusprechen, verzogen sich die Reporter fürs Erste. Sollte es einen Prozess geben, würden sie schon rechtzeitig wieder auf ihren Ästen sitzen wie die Aasgeier, die sie waren, in der Hoffnung, einen Kadaver zu erspähen.

Fürs Erste aber schien alles ruhig. Den anständigen Leuten war nicht klar, was im Hintergrund vor sich ging, an diesen dunklen Orten, an denen sich die guten alten Jungs mit tiefen Vorurteilen, reizbarem Temperament und der Mentalität einer Bürgerwehr so wohlfühlen. Es wurden Pläne geschmiedet. In einer Garage unweit von Oak Knoll machten Leute mobil, um sicherzugehen, dass der Vergewaltiger bekam, was ihm zustand, denn darauf, dass das Gesetz diese Dinge regelte, konnte man sich nicht verlassen.

* * *

Nachdem er sich eine Woche lang im Haus verbarrikadiert hatte, wagte Xavier sich eines Spätnachmittags schließlich ohne ein bestimmtes Ziel nach draußen. Er könnte zu Dashawn rüberfahren und ein bisschen mit ihm abhängen, so tun, als hätte er noch ein Leben; Dashawn und Joseph hatten ihn beide damit genervt, er solle »seine Höhle verlassen«. Von Harrington noch kein Wort darüber, wie der Staatsanwalt im Falle eines Schuldeingeständnisses zu einer Strafminderung stand. Nicht dass Xavier vorhatte, sich darauf einzulassen, er wollte nur wissen, wo er stand. Das Schweigen ging ihm auf die Nerven; lag dem Staatsanwalt so sehr an seinem Untergang, dass er einen Kompromiss nicht mal in Erwägung zog? Valerie glaubte, bei dem Schweigen handle es sich um nichts weiter als das langsame Mahlen der juristischen Mühlen; sein Schicksal hatte einfach ausschließlich für ihn Priorität. Der Staatsanwalt und Harrington würden sich schon irgendwann melden.

Irgendwann.

Irgendwann wäre er der bemitleidenswerte Loser, dessen Freunde alle weggezogen waren und auf die Uni gingen, während er zu Hause auf seinen Prozess wartete – und es *musste* zum Prozess kommen, sonst würde er seinen Namen nie wieder reinwaschen können.

Irgendwann konnte in Monaten sein oder in ein, zwei Jahren. Er hatte von Fällen gelesen, die sich Ewigkeiten hinzogen. Fälle, in denen junge schwarze Männer total verarscht wurden, und zwar mittels übler Absprachen mit dem Staatsanwalt. Das würde ihm nicht passieren.

Aber vielleicht kam Harrington ja auch mit etwas zurück, das sowohl ihn als auch den Staatsanwalt glücklich machte. Eine Anklage wegen Ordnungswidrigkeit, zum Beispiel, weil er mit Whitman gekämpft hatte. Irgendeine gemeinnützige Arbeit, vielleicht, oder das Versprechen, sich von Juniper fernzuhalten (das er halten würde, schließlich machten ihr totales Schweigen und das von Pepper sehr deutlich, dass es mit ihnen vorbei war). Falls ein vernünftiges Angebot käme, würde er darüber nachdenken. Er war ja nicht dumm.

Falls nicht, also ein Prozess. Dann würde er vor einer Jury seine Sätze aufsagen. Er war nicht irgendein schwarzer Verbrecher, der Gangster des Viertels. Er war halb weiß (nicht dass das eine Rolle spielen sollte). Gehörte zu den besten Schülern. War Mitglied der Konzertband und des Orchesters. Er hatte ein Stipendium für eine renommierte private Universität bekommen. Keine Vorstrafen. Ein ehrliches Gesicht. All das mussten sie doch anerkennen. Oder?

Fraglich.

Aber möglich.

Aber unwahrscheinlich. Er kannte die Statistiken. Für

schwarze Männer (und als Junge, der schwarz und weiß ist, bist du in jeder Hinsicht schwarz) war es wahrscheinlicher als für weiße, zu Unrecht verurteilt zu werden und längere Haftstrafen zu bekommen. Unterteilte man diese Statistiken in Norden versus Süden, waren die Zahlen noch krasser. Man konnte den ganzen Tag lang über Ursachen und Schlussfolgerungen diskutieren; aber die Zahlen logen nicht. Harrington log auch nicht: Käme Xavier vor Gericht, war er im Grunde am Arsch.

All das ging ihm durch den Kopf, als er die Auffahrt hinunter und auf sein Auto zuging, das am Bordstein parkte. Er achtete nicht auf den Klang eines großen Motors, der aufheulte, das kurze Quietschen von Rädern auf dem Asphalt. Erst als der Lieferwagen, der diese Geräusche machte, hinter ihm auftauchte, nahm er ihn bewusst wahr und drehte sich um – nicht alarmiert, nur um sicherzugehen, dass genug Platz war, die Autotür zu öffnen, während der Lieferwagen vorbeifuhr.

Auf der Ladefläche des Wagens saß ein Weißer, der sich zur Seite beugte. Er hatte etwas in der Hand – eine Stange? Xavier hatte nicht genug Zeit, um es zu erkennen, und er hatte auch nicht genug Zeit, um ihm auszuweichen. Der Mann schrie: »Nimm das, du Nigger, Vergewaltiger!« Er holte aus, während der Wagen neben Xavier war, und schlug ihn (*Gott* sei Dank, sagte Valerie später) nicht auf den Kopf, sondern auf die Hand, die er abwehrend erhoben hatte, während er sich duckte. Er prallte heftig gegen sein Auto. Dann raste der Fahrer davon. Xavier glaubte in den explodierenden Schmerzen Johlen und Gelächter zu hören.

Das sagte er kurz darauf der Polizei, bevor Valerie ihn in die Notaufnahme brachte. Die Cops hörten sich seine Aussage ohne Mitgefühl an und sagten, sie würden nach einem grauen Lieferwagen Ausschau halten, aber von denen gäbe es viele, und er hätte sich besser das Kfz-Kennzeichen gemerkt, und es wäre jetzt schlauer, drinnen zu bleiben, wenn er nicht noch mehr Ärger wolle. Dann sagte Valerie, das sei *furchterregend*, ob ihnen das nicht klar wäre, dies wäre ein gutes Viertel, verdammt, so etwas passiert hier nicht. Xavier hörte sie kaum; seine linke Hand war, obwohl er sie in einer Schüssel mit Eiswasser ließ, so geschwollen, dass sie kaum noch zu erkennen war. Es war eine Ballonhand, eine Comic-Hand, eine Hand mit Fingern, die nicht funktionierten. Für den Moment war Xavier zu benommen, um zu weinen.

Eine menschliche Hand hat neunzehn Knochen. Sieben waren in Xaviers Fall gebrochen. Die Sehnen waren subluxiert und gezerrt und an drei Stellen gerissen. Der Arzt in der Notaufnahme, ein Schwarzer, dem es, anders als Xavier, gelungen war, keinem Soziopathen in die Quere zu kommen, der sein Leben aus der Bahn brachte, hielt die Verletzungen in einem Bericht fest und sagte: »Sie haben Glück gehabt, mein Freund. Das hätte sehr viel schlimmer ausgehen können für Sie.« Der Unfallchirurg, ein Weißer, dessen Benehmen etwas Zuckerguss hätte gebrauchen können, sagte: »Professioneller Gitarrenspieler? *Hmhm*. Völlig egal, wer Sie operiert, Wunder kann keiner von uns vollbringen.«

45

Aber vielleicht, ganz vielleicht, war Xaviers Pechsträhne auch vorbei.

Zwei Tage später sagte Wilson Everly am Telefon zu Valerie: »Dafür sollten Sie sich hinsetzen.«

Sie stand in ihrer Küche und sah durch das Fenster auf ihren Baum. »Was ist los?«

»Ich habe mit Whitmans Anwalt gesprochen, hab in dieser Sekunde aufgelegt. Sie bieten Ihnen an, die Vorwürfe gegen Ihren Sohn fallen zu lassen, wenn Sie Ihre Klage zurückziehen.«

Valerie erstarrte. »Bitte was? Ich lasse meine Klage fallen und plötzlich ist Zay frei?«

»Das behaupten sie. Ein ganz klarer Erpressungsversuch.«

»Tun Sie's.«

»Ich verstehe Ihren Impuls. Aber genau genommen haben die diese Möglichkeit gar nicht. Der Staatsanwalt ist der Einzige, der das Verfahren einstellen kann.«

»Was wollen Sie damit sagen? Halten Sie es für einen Trick? Ich lasse meine Klage fallen, und die lachen sich kaputt?«

»Nein … Nein, ich würde durchaus annehmen, dass Brad Whitman das mit dem Staatsanwalt abgesprochen hat, deshalb ist er sicher, alles in seinem Sinne regeln zu können. Könnte die ganze Zeit schon sein Plan gewesen sein. Falls das so ist, könnten wir es melden.«

»Und dann versuchen, den ganzen Mist zu beweisen, während Zays Verfahren läuft?« Sie umklammerte das Telefon so fest, dass sie fürchtete, es jeden Moment zu zerbrechen. Sie sagte: »Nein. Mir ist egal, ob das Erpressung ist. Tun Sie's.«

»Ms. Alston-Holt, als gesetzestreuer Anwalt verletzt das empfindlich mei…«

»Mir egal, verdammt! Befassen Sie sich damit, wenn Xavier freigesprochen wurde.«

Everly sagte: »In Ordnung, ich verstehe, und ich will einem guten Ausgang für ihn nicht im Weg stehen. Wir können unter Vorbehalt zustimmen und erst etwas unternehmen, wenn wir wegen der Strafsache eine Bestätigung haben. Mir gefällt das nicht«, wiederholte er. »Das ist, als würden sich zwei Spione in irgendeinem Hinterzimmer einigen.«

Valerie musste sich zusammenreißen, um sich nicht zusammenzukrümmen, sie war kurz davor, loszuweinen. »Ist doch egal. *Tun Sie's.* Bereiten Sie diesem Albtraum ein Ende.«

»Ja, Ma'am. Und bitte grüßen Sie Ihren Sohn. Ich kann mir kaum vorstellen, was er durchmacht.«

»Danke«, sagte Valerie heiser, so heftig war ihre körperliche Reaktion auf seine Worte.

Nach dem Telefonat sammelte sie sich und ging in Xaviers Zimmer. Seine Gitarren standen in einer Reihe, er lag auf dem Bett, die linke Hand in einer Schiene, die sie völlig unbeweglich machte, solange er auf die Operation wartete, die ungefähr vierzig Prozent der Bewegungsfähigkeit der Hand wiederherzustellen versuchen würde. Es hatte all ihrer Fähigkeiten bedurft, um Zay zu beruhigen, ihm zuzureden, dass die Ärzte es auch nicht immer wussten, dass er durchaus mit Zeit und Physiotherapie die volle Funktionsfähigkeit seiner Hand zurückerlangen könnte. Sie glaubte es selbst nicht, aber es war notwendig, dass er daran glaubte, wenigstens fürs Erste.

Neben ihm auf dem Bett lagen seine Kopfhörer. Sein Handy lag auf dem Boden – aus Versehen fallen gelassen oder absichtlich? Sie fragte nicht. Seit dem Vorfall vor der Tür hatte sie ihn so gut wie gar nichts gefragt, in der Hoffnung, dass Zeit und Schmerzmittel und Freundlichkeit alles waren, was er brauchte, um über das Schlimmste hinwegzukommen. Von der Vorstellung, dass sie ihm jetzt die Nachricht von seiner Erlösung bringen konnte, wurde ihr beinahe schwindelig.

»Ich habe gerade einen bizarren Anruf bekommen«, sagte sie und berichtete so ruhig wie möglich, was Everly ihr erzählt hatte. Dann sagte sie: »Das ist eine wirklich vielversprechende Entwicklung – und der Beweis, dass Brad Whitman ein wirklich widerliches Exemplar der menschlichen Spezies ist. Erst macht er dich fertig, macht dir ohne Ende Ärger, und jetzt will er dein Retter sein.«

Xavier sagte: »Scheiß auf ihn. Der Schaden ist ja längst angerichtet.«

Er meinte sein Stipendium, seinen Job, seinen Ruf, seine Hand, seine berufliche Zukunft. Und wahrscheinlich auch Juniper. Juniper, die nichts unternommen hatte, um ihn zu sehen oder Kontakt zu ihm aufzunehmen oder die Dinge geradezurücken.

Valerie sagte: »Das stimmt nicht. Du bist nicht im Gefängnis. Du wirst nicht ins Gefängnis müssen.«

»Ich werde aber auch nicht zur Uni gehen. Ich werde keinen Beruf erlernen. Wahrscheinlich finde ich nicht mal einen neuen Job.«

»Die Klage wird fallen gelassen, mein Schatz.«

»Aber dass ich in Haft war, bleibt in meiner Akte.«

»Wir können versuchen, das löschen zu lassen.«

»Und die ganzen Berichte in den Medien, können wir die auch löschen lassen? Und was ist mit den Nachbarn, die mich meiden oder Angst vor mir haben oder mich ansehen, als wäre ich Dreck? Können wir die reaktionären Weißen davon abbringen, mich umbringen zu wollen?«

Sie hätte heulen wollen bei seinen Worten. Aber sie musste positiv und optimistisch bleiben, mit gutem Beispiel vorangehen, nicht nur, damit er es sah, sondern auch, damit er es fühlte und ihr folgte.

Sie sagte: »Nach einiger Zeit wird das alles verschwinden.«

Er drehte das Gesicht zur Wand. »Nach wie viel Zeit?«, sagte er dumpf. »Und was soll ich bis dahin machen?«

»Komm, Zay. Jetzt wird alles besser.«

»Wird es den Baum retten? Nein. Werde ich je wieder Gitarre spielen? Nein. Bringt es Juniper zurück?« Da war es, laut ausgesprochen. Er sagte: »Nein, tut es nicht.«

Valerie hob an zu sagen: »Warum willst du sie überhaupt –«,

unterbrach sich dann aber. »Tut mir leid. Das war dumm und falsch, und ich weiß, dass du gerade jede Art von Schmerzen leidest. Hast du eigentlich deine Vier-Uhr-Tablette genommen?«

Er schüttelte den Kopf.

»Ich hol sie dir, und Apfelsaft. Für den Anfang.«

Er wandte ihr das Gesicht zu. »Ja, gut. Danke. Ich muss da drüber wegkommen. Das ist eine gute Nachricht – für mich jedenfalls.«

»Was für dich gut ist, ist auch gut für mich. Einen Baum kann ich schließlich neu pflanzen. Aber du bist mein einziger Sohn.«

»Hey«, sagte Xavier, als sie auf die Tür zuging. Er setzte sich aufrecht hin. »Könntest du mir das Handy geben? Ich ruf Harrington an und erzähl ihm, was los ist.«

Valerie konnte ein erleichtertes Lächeln nicht unterdrücken, als sie das Handy vom Boden aufhob und ihm gab. »Ich nehme an, Mr. Everly wird ihn auch anrufen, aber er wird sich bestimmt freuen, es auch von dir zu hören.«

Brad war im Maserati auf dem Rückweg von der Arbeit, im strömenden Regen, als er seinen Freund endlich erreichte. »Hey, Tony, du weißt, wie sehr ich es schätze, dass du dich in dieser Vergewaltigungssache so für mich starkgemacht hast. Ich hab da irgendwie nicht klar gesehen, ich war so erschüttert.«

»Ich freu mich, einem Freund helfen zu können, wenn ich kann«, sagte Tony.

»Gut, schön. Also, Folgendes bräuchte ich jetzt von dir. Ich arbeite an einem Deal, um den ganzen Ärger loszuwerden, den mir dieser sterbende Baum von der Mutter eingebrockt hat. Du musst einfach nur die Klage gegen den Jungen fallen lassen. Ich denk, der hat seine Lektion gelernt, meinst du nicht?«

»Du meinst, ich soll das Verfahren einstellen?«

»Ja. Es besteht eigentlich keine Notwendigkeit, das weiter zu verfolgen. Vergewaltigung, wenn man sowieso miteinander ausgeht – gibt es das überhaupt? Sicher, am Anfang war ich ganz wild darauf. Aber Juniper geht's jetzt gut. Sie ist mit ihrer Mama und ihren Großeltern zusammen, kommt ein bisschen raus. Alles ist gut. Dem Jungen haben wir einen Schrecken eingejagt, und es hat ja auch echte Konsequenzen – der ist verbrannt, keine Frage.«

Über die Windschutzscheibe und die Seitenfenster rann das Regenwasser. Die Scheibenwischer glitten vor und zurück über das polierte Glas. Er war ein Mann in einer Maserati-Anzeige, Industriekapitän, Kapitän des Universums. Nein, nicht Kapitän, König.

»Der Junge hat dich angegriffen«, sagte Tony. »Er hat Juniper mit einem beeindruckenden Messer bedroht, sie betrunken gemacht, sie in eine dunkle Hütte gezerrt – er muss entweder ein Schuldeingeständnis ablegen oder vor eine Jury.«

Brad, der immer noch von seinem Plan überzeugt war, sagte: »Leg mal für einen Moment den Staatsanwalt ab und sieh es dir so an. Wenn du ihn freilässt, spart das Kevin und mir und der Stadt eine halbe Million Dollar, und da sind die Anwalts- und Verfahrenskosten noch nicht drin.«

Einen Moment lang herrschte Stille, sodass Brad schon auf das Display seines Wagens sah, weil er dachte, die Leitung wäre zusammengebrochen. War sie nicht.

Dann sagte Tony: »Wie bin ich Oberstaatsanwalt geworden?«

Brad schaltete zurück, weil er um eine Kurve fuhr. »Wie meinst du das? Du warst ein verdammt guter Staatsanwalt und genauso gut darin, dich beliebt zu machen. Die Wähler lieben dich.«

»Stimmt. Und jetzt überleg mal: Ich habe hier einen Schwarzen, dem Entführung vorgeworfen wird und die Vergewaltigung eines minderjährigen weißen christlichen Mädchens – das dazu auch noch Jungfrau ist. Die Öffentlichkeit betrachtet den Mann als Bedrohung für jedes weiße Mädchen da draußen. Wenn ich ihn laufen lasse, bricht die Hölle los.«

»Nein – du sagst einfach, es hätte neue Erkenntnisse gegeben und *er war es gar nicht,* es war ein anderer, und einen Unschuldigen wirst du keine Minute länger festhalten. Die Schwarzen werden dich dafür lieben. Ich mache auch eine Aussage, ich sage, ich hab einen Fehler gemacht, als ich dachte, ich hätte ihn identifiziert.«

»Hast du aber nicht, oder? Du willst mir damit doch nicht sagen, dass du irgendwas davon nur erfunden hast. Denn wenn du glaubst, du könntest –«

»Himmel, nein, ich würd dich nie so ausnutzen – aber wenn *ich* kein Interesse daran habe, dass er noch weiter bestraft wird, kannst du –«

»Brad, ich mag dich«, sagte Tony. »Du schummelst nicht beim Golf. Du hast mich bei meiner Kampagne unterstützt. Wir können zusammen lachen. Du bist ein solider Bürger. Aber du wirst mein Amt *nicht* benutzen, um mit dieser Frau, die dich verklagt hat, Schach zu spielen, und auch mit niemand anderem. Habe ich mich klar ausgedrückt? Ich bin nicht dein Bauer.«

»Gott, natürlich nicht. Ich dachte nur, da wir Freunde sind –«

»Die Polizei hat mir deine Aussage vorgelegt, ich habe meine Einschätzung abgegeben – schnell, worum du mich gebeten hattest – und habe aufgrund dieser Informationen Anklage erhoben. Ich glaube immer noch, dass diese Anklage angebracht ist, und ich werde von den richtigen Leuten viel Anerkennung dafür bekommen, in dieser Sache auf der Gewinnerseite zu stehen. Du wirst deinen Fall irgendwie anders lösen müssen.«

»Ja, klar, okay«, sagte Brad. »Kein Problem. Danke.«

Als er aufgelegt hatte, machte er an der nächsten Ecke kehrt und fuhr zurück auf den Highway, um den Wagen durch die Gänge zu jagen, seinen Frust rauszulassen und zu überlegen, ob ihm eine andere Möglichkeit einfiel, diese verdammte Katze zu häuten. Zur Hölle mit Tony. Mal sehen, ob er ihn bei der Kampagne zur Wiederwahl noch unterstützen würde. Der alte Brad Whitman schätzte es nicht, wenn man ihn als Dummkopf hinstellte.

46

Die schlechte Nachricht wurde Xavier von Carl Harrington überbracht.

Xavier saß am Küchentisch und schlug potenzielle Unis nach, an denen er sich noch einschreiben konnte, dabei schrieb er sich mit Valerie Nachrichten wegen ihrer Wochenendpläne. Sie und Chris hatten vor, morgen zur Hochzeit seiner Tochter in Chicago zu fahren, sie hatten einen Kurzurlaub daraus machen wollen, aber jetzt, in der Mall, wo sie sich in letzter Minute ein Kleid kaufte, schwankte sie.

Das ist doch blöd. Ich sollte einfach absagen.

Absagen wäre blöd. Er tippte langsam, mit dem Zeigefinger. *Ich komm schon klar.*

Ich hasse diese Kleider alle.

Such dir einfach eins aus.

Bist du sicher, dass du mit der Schiene klarkommst?

Ich muss ja nicht duschen, bis du wieder da bist.

Das Letzte war ein Witz. Er kam mit der Schiene klar. Er kam mit allem Möglichen klar, weil das Ende des Albtraums jetzt (glaubte er) absehbar war. Er würde nicht sagen, seine Zukunft sähe rosig aus; dafür hatte er viel zu viel verloren. Aber es war wieder Licht, wo vorher nie wieder welches zu sein schien.

Das dachte er, als sein Handy klingelte.

Wir möchten die Geschichte hier anhalten. Wir wollen ihm zurufen: *Geh nicht ans Telefon, Xavier,* so wie man es tut, wenn man einen Horrorfilm sieht. Guck nicht nach, was das für ein Geräusch ist im Keller; das kann nichts Gutes bedeuten. Lauf.

Aber sie gucken immer, was das für ein Geräusch ist. Sie gehen immer ans Telefon. Es ist, als wäre es vom Schicksal so bestimmt. Die Menschen können nicht wider ihre Natur handeln; wenn sie es könnten, würden sie schließlich nicht immer wieder in dieses Chaos geraten, in dem sie stecken, richtig?

(Falsch.)

»Hey, Carl«, meldete sich Xavier. »Was gibt's?«

»Ich hab bis morgen keinen freien Termin und kann dich leider nicht besuchen, tut mir also leid, dass ich das am Telefon machen muss, aber es kann nicht warten: Ich habe mit dem Büro des Oberstaatsanwalts geredet und Whitman konnte sich nicht durchsetzen. Ich weiß nicht, ob das von Anfang an ein Fake-Versprechen war, ob er es zu früh gemacht hat oder ob der Oberstaatsanwalt seine Meinung geändert hat oder was auch immer. Ich hab keine klare Antwort bekommen. Spielt auch keine Rolle. Wir stehen wieder da, wo wir vorher standen.«

Xaviers Herz setzte aus, wurde zu Stein, sank ihm in die Magengrube. »Aber wie konnte er das anbieten, wenn er –«

»Darauf würd ich kein Gehirnschmalz verwenden. Tu, was du tun musst, um eine Entscheidung zu treffen: Schuldbekenntnis, wenn möglich, oder Prozess, denn falls es zum Prozess kommt, muss ich anfangen, den vorzubereiten.«

Nein.

Xavier saß in einem Loch. Schwarz. Dunkel. Tief. Kalt. Die Wände waren dicht um ihn herum, quetschten ihn ein, drückten den Atem aus seinem Körper.

»Hast du gehört?«, sagte Harrington.

Schuldbekenntnis? *Nein.* Nein. Wenn man sich schuldig bekannte, obwohl man es nicht war, gab man alles von sich weg, was zählte. Stolz. Integrität. *Man gab seine Freiheit weg.* Übergab sie einfach, als bedeute sie einem nichts, als verdienten sie sie, als wäre es in Ordnung, Ketten zu tragen wie ein gefährliches Tier. In Ordnung, hinter Eisenstäben zu leben und seine drei mal drei Meter mit einem Mann zu teilen, den man nicht kannte und auch nicht kennen wollte. In Ordnung, ein Strafregister zu haben, das einem für den Rest des Lebens im Nacken saß, falls sie einen je wieder rausließen. Bekennt man sich schuldig, obwohl man es nicht ist, sagt man: *Hier, nehmt meine Selbstachtung, ich habe sowieso keine Verwendung mehr dafür.*

Bekennt man sich schuldig, wenn man unschuldig ist, lässt man Falsch die Schlacht gegen Richtig gewinnen.

Nein.

Ein Prozess? Schwarze Männer gewannen nie, wenn die Dinge so lagen wie hier. Ein Prozess hieße, aus etwas Überflüssigem ein Spektakel zu machen. Es würde schlaflose Wochen bedeuten, jeden Tag fertig mit den Nerven, jeden Tag würden die Hoffnung und die Angst ihm den Magen umdrehen (und seiner Mom), während der Oberstaatsanwalt in Pressekonferenzen verkündete, dass man bei »Jungs wie Xavier« ein Exempel statuieren müsse, weil sonst eine »nationale Krise« ausbreche. Es bedeutete, dass viele Tausende von Dollar dafür aufgewendet würden, dass er sich in einem Gerichtssaal ausfragen und diffamieren ließ, sich Lügen anhörte, während Wahrheiten ignoriert wurden; es bedeutete, dass er bei lebendigem Leib seziert würde, zum Vergnügen reicher weißer Männer, für die es noch vor wenigen Jahrzehnten Unterhaltung gewesen wäre, ihn hängen zu sehen.

Nein.

»Xavier?«, fragte Carl Harrington.

»Ja. Ja, ich hab Sie gehört.«

»Die Anhörung ist Dienstag. Ich brauche bis Montagmorgen eine Antwort.«

Xavier brachte sich mit Mühe dazu zu sagen: »Verstanden.«

»Ich muss jetzt los. Kannst du Everly anrufen? Tut mir leid, mein Freund.«

»Sicher.«

»Wir kriegen das schon hin.«

Xavier drückte auf *Beenden.*

* * *

Wir erklären unser Recht auf dieser Erde, ein menschliches Wesen zu sein, als solches respektiert zu werden, und die Rechte eines menschlichen Wesens in dieser Gesellschaft zu besitzen, auf dieser

Erde, an diesem Tag, das werden wir durchsetzen – mit allen nötigen Mitteln, sagte Malcolm X.

Xavier schlug das Buch zu und schob es wieder an seinen Platz im Bücherregal. Er ging zu seinem Computer und öffnete eine YouTube-Seite, die er sich gebookmarkt hatte.

Wir alle sind, unabhängig von unserer Hautfarbe, moralisch verpflichtet einzufordern, dass alle Frauen und Männer nach dem Gesetz gleich und gerecht behandelt werden. Wo die gesetzlichen Strukturen versagen, sind wir moralisch verpflichtet, mit allen uns verfügbaren Mitteln sicherzustellen, dass die Ungerechtigkeit nicht bestehen bleibt, sagte Tom Holt-Alston.

***

Als Valerie nach Hause kam, saß Xavier wieder am Küchentisch. Er hatte Everly nicht angerufen, und er tat, als hätte Harrington ihn nicht angerufen. Er hatte Zeit gehabt, über alles nachzudenken. Er würde Harrington nicht mehr brauchen.

Er sagte zu seiner Mutter: »Na, hast du ein Kleid gefunden?«

Sie stellte eine Tüte auf den Tisch. »Ja, aber ich glaube wirklich, es wäre besser, wenn –«

»Du hast die Reise seit Monaten geplant«, sagte Xavier. »Fahr. Ich brauche keinen Babysitter, du brauchst meinetwegen nicht hierzubleiben.«

»Was machst du denn das ganze Wochenende?«

»Lesen. Was gucken. Das Gleiche, wie wenn du da bist. Also fahr einfach, okay? Dass du jede Sekunde auf mich aufpasst, wird langsam langweilig.«

»Zay –«

»Es ist beleidigend, wenn du die Wahrheit wissen willst. Ich bin doch nicht mehr vierzehn.«

»Du hast recht«, sagte sie. »Es tut mir leid. Ich bin jetzt einfach seit achtzehn Jahren deine Mutter, und da den Schalter umzulegen ist nicht so einfach. Aber du hast recht. Ich fahre mit Chris mit. Ich werde eine schöne Zeit haben. Dir wird es hier gut gehen. Und Montagabend bin ich wieder zu Hause. Alles gut.«

Xavier nickte, als wäre er zufrieden. Er war es nicht, aber er würde es sein, wenn er so fest zu seinen Überzeugungen würde stehen können wie so viele Männer und Frauen vor ihm, darunter auch seine Eltern. Er sah jetzt nur noch einen Weg, die Genugtuung zu erlangen, die er brauchte.

47

Wochenlang wie unter dem Mikroskop von ihrer Familie beobachtet zu werden, hatte Juniper so zermürbt, dass sie sich fühlte, als wäre nicht mehr viel von ihr übrig. Sie aß wenig und schlief noch weniger. Was war mit Xavier? Wie war seine Befragung durch die Polizei gelaufen? Hatte er ihren Brief bekommen? Hatte er versucht, sich bei ihr zu melden – oder war er entschlossen, sich nie wieder mit ihr abzugeben? Sie stellte sich vor, wie er sich sagte: *Vergiss sie, sie bringt nur Ärger.* Sie stellte sich vor, dass er froh war, sie los zu sein.

Die Erwachsenen waren streng mit ihr gewesen (auch Julia und Lottie, die zwei Wochen lang geblieben waren, jetzt aber wegen Lotties Arztterminen nach Hause gemusst hatten). Sie hatten ihr verboten, das Telefon zu benutzen, und genau überwacht, was sie tat. Wovor hatten sie Angst? Dachten sie, sie plante, heimlich mit Zay abzuhauen, nach Montana oder irgendwohin, wo sie ins Hinterland verschwinden könnten, auf Nimmerwiedersehen?

Als ob.

Wenn's doch nur so wär.

Niemand erzählte ihr irgendwas, abgesehen davon, wie gut es für sie sei, hier in der Natur zu sein, fern von all den Belastungen zu Hause. Wandern. Frische Luft. Wasserfälle. Vögel. Bären. »Du hast viel durchgemacht. Du brauchst Ruhe und Erholung.« Außer einmal, da hatte ihre Mutter gesagt: »Erzähl mir nichts von Liebe. Er liebt dich nicht wirklich, er hat dich *benutzt,* Juni. Was auch immer jetzt mit ihm geschieht, er hat es verdient.«

Ihr war also nichts anderes übrig geblieben, als sie zu täuschen. Von kabellosem Internetzugang konnte man hier draußen nur träumen, das Haus lag in einem Tal, und so was wie Zivilisation begann erst im Umkreis von acht Meilen. Allerdings war an dem alten Computer in der Nische neben der Küche ein Modem, Juniper hatte sich also gegen Ende der ersten Woche mitten in der Nacht nach unten geschlichen und versucht, online zu gehen, war aber nicht über die Passwort-Maske hinausgekommen und rausgeschmissen worden. Als sie am nächsten Morgen zum Frühstück runterkam, hielten ihr alle Vorträge – darüber, dass das Eigentum anderer zu respektieren sei, darüber, sie getäuscht zu haben und die Wahrheit über sich und Xavier akzeptieren zu müssen. Sie wollten alle nur das Beste für sie, konnte sie das nicht verstehen?

»Das Beste wäre, wenn ihr mir einfach sagt, wie es Xavier geht!«

»Sagt es ihr doch«, sagte Lily vom Tisch aus, an dem sie Froot Loops aus der Packung aß.

»Es geht ihm gut«, sagte Julia. »Er ist zu Hause und kümmert sich um seine Angelegenheiten.«

»*Mom*. Aber ist er in Schwierigkeiten?«

»Die Justiz kümmert sich darum.«

»Und das heißt?«

Lily fragte: »Ja, was heißt das?«

»Schatz«, sagte ihr Großvater zu Juniper »es ist schwer zu akzeptieren, dass es verdorbene Menschen gibt, die bereit sind, andere zu ihrem eigenen Besten zu missbrauchen. Wir verstehen, wie dir zumute sein muss. Die Wahrheit ist hässlich. Wir wünschten, wir hätten dich davor schützen können.«

»Wir können dich davor schützen, deine Lage noch zu verschlechtern«, sagte Julia. »Wir *schützen* dich davor.«

»Wir sind also hier versammelt aus reiner, glorioser Liebe zu mir und meinem Wohlergehen«, sagte Juniper. »Toll.«

»Ich hab dich lieb«, sagte Lily.

Julia sagte: »Eines Tages wirst du uns dankb…«

»Spar's dir«, unterbrach Juniper sie und verließ die Küche durch die Hintertür.

Aber heute würde sie sich eine Pause verschaffen.

***

»Sicher, dass du nicht mit uns ins Dollywood willst?«, fragte Katie Whitman, Junipers Großmutter, an diesem ersten Morgen, nachdem Julia und Lottie wieder zu Hause waren. »Wir fahren in den Wasserpark. Lily fände es schön, wenn du mitkommst.«

»Nein, danke«, sagte Juniper. Sie war während dieses Besuchs schon einmal da gewesen und brauchte etwas Zeit für sich. Das einzig Gute daran, hier zu sein, war die Zeit allein draußen im Wald und auf den Feldern.

Katie sagte: »Was willst du mit dem Tag anfangen?«

»Das Übliche, schätze ich. Grandpa helfen, wenn er Hilfe braucht. Ein bisschen spazieren gehen. Ich hab diese Waldveilchen immer noch nicht gefunden, die in meinem Führer beschrieben sind.«

»Er hat am Nachmittag einen Zahnarzttermin – Wurzelbehandlung, der Arme. Du wirst ihn begleiten müssen.«

»Das ist okay«, sagte Juniper, obwohl sie das lächerlich fand. Aber dann fiel ihr etwas anderes ein. »Überhaupt kein Problem. Ich kann ja lesen, während er beim Arzt ist.«

»Danke.«

Katie sah sie mitfühlend an. »Halt durch, Mädchen. Nicht mehr lange, und alles wird wieder normal.«

»Ja, bestimmt«, sagte Juniper.

Normal war gerade das Letzte, was sie wollte.

***

»Ist es in Ordnung, wenn du wartest?«, fragte ihr Großvater, als sein Name aufgerufen wurde. Juniper hielt das Buch hoch, das sie mitgebracht hatte. »Gut«, sagte er. »Es wird nicht allzu lange dauern. Höchstens anderthalb Stunden.«

Sie blieb mit ihrem Buch sitzen und ließ ungefähr fünf Minuten vergehen, dann stand sie auf und sagte zur Sprechstundenhilfe: »Ich müsste mal zur Toilette.« Sie drückte eine Hand auf ihren Bauch und verzog unbehaglich das Gesicht.

»Na klar. Durch die Tür dort, um die Ecke, dann ist es im Flur rechts. Brauchst du irgendwas?«

Juniper lächelte bemitleidenswert. »Nein, danke. Hab wahrscheinlich nur was Falsches gegessen.«

Sie verließ die Praxis und dann das Gebäude und trat auf die Straße. Die Bibliothek war gleich die Straße runter, nur ein kurzer Spaziergang bis zu dem Ort, an dem sie endlich ein paar Informationen bekommen würde.

Im Inneren der Bibliothek gab es einen freien Computerplatz, an den sie sich setzte und nach »Xavier Alston-Holt« suchte. Beim Anblick der Ergebnisse erblasste sie.

Sie klickte und las, klickte und las, und ihre Bauchschmerzen wurden langsam real.

Er war wegen Körperverletzung, Entführung und Vergewaltigung angeklagt. Und die öffentliche Meinung hatte ihn schon verurteilt und war bereit, ihn hängen zu sehen.

Tatsächlich war er es, der angegriffen und verletzt worden war. »Noch ein Junge«, hieß es in einem Artikel, aber trotzdem ein Straftäter – die Öffentlichkeit müsse sich jedoch wegen weiterer Vorfälle keine Sorgen machen.

Tony Evans, der Staatsanwalt, wurde mit den Worten zitiert: »Der Staat wird alles in seiner Macht Stehende für die junge Dame tun, die hier zum Opfer wurde, und sicherzustellen, dass der Gerechtigkeit Genüge getan wird.«

Ein Foto von Xavier während der Verhandlung über die Kaution: der zu kleine orangefarbene Overall. Die Fußfesseln. Sein Gesichtsausdruck erschöpft und entsetzt. Ihm standen fünfundzwanzig Jahre Gefängnis bevor, möglicherweise mehr. Und lebenslänglich der Status als Sexualstraftäter.

Juniper starrte auf den Bildschirm. Kein Wunder, dass sie sie eingesperrt hatten. Sie alle wollten, dass er ins Gefängnis kam. Brad, ihre Mutter, Lottie, die Whitman-Großeltern – *alle*. Sie hielten ihn für Abschaum, und sie für – was? Eine kostbare kleine Puppe, einen Engel, *Junipur*. Undenkbar, dass sie, in ihrem reinen Zustand, verstand, was für ein Typ Xavier wirklich war.

Besser, sie beschützten sie vor ihrer weichen Natur, hielten sie isoliert. Wahrscheinlich planten sie, sie so lange dortzubehalten, wie es dauerte, bis Xavier weggesperrt war. Sie waren ihrem Wunschdenken so verfallen, dass sie ihn für *Jahrzehnte* ins Gefängnis gehen lassen würden.

»Das darf nicht wahr sein«, murmelte sie fassungslos.

Eine Frau auf dem Platz neben ihr sagte: »Was? Ist Ihrer auch so langsam? Wir brauchen hier schnelleres Internet. Ich zahl schließlich Steuern.«

»Genau«, antwortete Juniper, während sie überlegte, was als Nächstes zu tun war. Einen Moment später suchte sie eine Telefonnummer raus, schrieb sie ab und ging wieder zum Empfang. »Gibt es hier ein Telefon, das ich benutzen kann?«

Der Bibliothekar sah sie skeptisch an. »Haben Sie kein Handy?«

»Das ist kaputt. Bitte, es ist ein Notfall.«

»Ein Notrufnotfall?«, fragte er und streckte den Arm nach einem Telefon aus.

Juniper schüttelte den Kopf. »Nicht so ein Notfall. Ein guter Freund ist in ernsthaften Schwierigkeiten, und das muss ich jemandem sagen.«

»Ah. Hier drin«, sagte er, führte Juniper in ein kleines, verglastes Büro, ließ sie dort allein und schloss die Tür hinter sich.

Ihre Hände zitterten, als sie die Nummer des Staatsanwalts wählte. Als eine Angestellte sich meldete, sagte sie: »Könnte ich bitte mit Mr. Evans sprechen? Mein Name ist Juniper Whitman. Er kennt mich. Es ist dringend.«

»Miss Whitman, es tut mir leid, Mr. Evans ist gerade nicht zu sprechen und wird den ganzen Nachmittag im Gericht sein. Kann ich Ihre Nummer notieren? Dann ruft er Sie morgen zurück.«

»Wo ist er denn? Kann ich ihn auf dem Handy erreichen?«

»Nein, wie gesagt, er muss ins Gericht –«

»Aber wo ist er *jetzt?* Kann er nicht vielleicht ganz kurz sprechen? Er kann mich nicht zurückrufen, ich habe kein Telefon, in ungefähr drei Minuten schon nicht mehr. Das ist wirklich kein Witz. Es ist ein Notfall.«

»Warten Sie einen Moment, ja?«

Der Moment dauerte eine Minute, dauerte zwei Minuten. Sie kritzelte etwas an den Rand der Schreibtischunterlage, ein Kalender, eingerahmt von Anzeigen lokaler Firmen. Der Bibliothekar am Empfang sah Juniper mit hochgezogenen Augenbrauen an. »Alles gut«, formte sie mit den Lippen und lächelte beruhigend.

»Juniper?«, fragte eine Stimme in der Leitung. »Tony Evans. Was ist los? Alles in Ordnung?«

»Sie müssen das stoppen«, brach es aus ihr heraus, »die Sache mit Xavier, die Klage. Es stimmt alles nicht. Er hat mich nicht entführt und auch nicht vergewaltigt, okay? Ich hab allen gesagt, so ist es nicht gewesen, aber offenbar glaubt ihr mir alle nicht. Ich meine, ja, er und Brad haben sich geprügelt, aber das war keine große Sache, Brad ist nichts passiert. Ich bin nicht vergewaltigt worden. Das war vollkommen einvernehmlich. Sie müssen ihn laufen lassen, okay?«

»Na, na, jetzt mal langsam. Du klingst sehr aufgebracht.«

»Das bin ich auch! Das ist alles vollkommen falsch. Ich hab gerade herausgefunden, dass – das ist alles *völlig* außer Kontrolle geraten. Ich dachte, wenn ich sage, es war keine Vergewaltigung, dann würde nichts Schlimmes –«

»Hat Brad dich dazu angestiftet?«

»Was? Nein. Ich hab ihn gar nicht gesehen, seit –«

»Brad hat dir nicht irgendwas angeboten, wenn du diesen Anruf machst? Irgendeinen Anreiz? Vielleicht eine Reise nach Paris? Da wollen heute doch alle Mädchen hin. Für ihn ein kleiner Preis, verglichen mit den hundert Riesen, die er spart.«

Juniper runzelte irritiert die Stirn. »Ich verstehe überhaupt nicht, wovon Sie reden. Ein Anreiz? Wieso –?«

»Dann der Angeklagte. Er hat dich aufgespürt und bedrängt oder bedroht dich. Bist du gerade in Gefahr?«

»*Nein,* mir geht es gut –«

»Das klingt sehr nach Brad, das muss ich schon sagen – und wenn es so sein sollte, dann sag es mir besser jetzt. Du bekommst keinen Ärger, das verspreche ich. Dafür sorge ich.«

»Brad hat nichts damit zu tun, dass ich anrufe. Ich sage, dass Zay unschuldig ist, okay? *Ich* sage das. Ich, das angebliche Opfer, sage das zu Ihnen direkt.«

»Ja, das höre ich. Ich versuche nur herauszufinden, warum du das sagst.«

»Das habe ich doch gerade erklärt! Er ist unschuldig.«

»Okay, fassen wir mal zusammen«, sagte Tony. »Du beschließt heute plötzlich, dass du mich anrufen und mir erklären musst, dass der Junge sich nichts zuschulden kommen lassen hat, und ich soll davon ausgehen, dass du das ganz von alleine tust.«

»*Ja.*«

»Und du schwebst aktuell nicht in Gefahr.«

»Nein, überhaupt nicht. Ich hätte ja eher angerufen, aber ich wusste nicht – ich meine, mir hat niemand irgendwas gesagt. Also können Sie ihn jetzt gehen lassen?«

»Dir wurde keine Gegenleistung angeboten und auch nichts angedroht, von niemandem.«

»So ist es, ja, mein Gott. Lassen Sie die Klage *jetzt* fallen?«

»Also gut, Juniper, ich bin zwar skeptisch, aber nehmen wir im Dienste der Sache mal an, das geht wirklich von dir aus. Folgende Situation: Du bist ein siebzehnjähriges Mädchen, das etwas Erschütterndes erlebt hat. Dieses Erlebnis wurde bezeugt von deinem Stiefvater, der eingegriffen und es beendet hat und –«

»Nein, ich versuche ja gerade zu sagen –«

»Moment, lass mich ausreden. Was auch immer dich heute treibt – und ich nehme dich jetzt beim Wort und gehe davon aus, dass du nicht genötigt wurdest –, die Situation bleibt dieselbe wie an dem Tag deiner Aussage, und es ist die Pflicht des Staates, dem nachzugehen. Ich will nicht herablassend sein, wenn ich das jetzt sage, aber du bist noch ein Kind, vor dem

Gesetz bist du minderjährig. Es gibt gute Gründe dafür, dass Minderjährige nicht wählen dürfen; du bist da zu kurzsichtig – anders kann es auch nicht sein, das ist nicht deine Schuld. Und ich sage, auch hierbei ist deine Sichtweise kurzsichtig. Ich hatte schon mit üblen Typen zu tun, da warst du noch gar nicht geboren. Schau, Brad will, dass ich die Dinge in *seinem* Sinne beeinflusse, und du willst, dass ich den ganzen Ärger verschwinden lasse – ich verstehe natürlich, dass das unschön ist und du dir wegen Mr. Ach-so-nett Sorgen machst, aber sobald du alles einordnen kannst, wirst du auch nicht wollen, dass er dasselbe noch anderen Mädchen antut, genauso wenig wie ich.«

Der paternalistische Ton nervte, aber in der Annahme, auch über etwas Macht zu verfügen, sagte Juniper: »Bei allem Respekt, Mr. Evans, Sie haben das vollkommen falsch verstanden. Ich werde dabei nicht mitmachen, und dazu kann mich auch niemand zwingen – ohne mich gibt es überhaupt keinen Fall.«

»Nun, also, so ist es tatsächlich nicht. Dass du es anders siehst, verleiht meiner Theorie sogar noch mehr Gewicht, so ist das. Wie ich Brad schon sagte: Ich gehe von der Beweislage aus, und ich erledige die Aufgabe, für die ich von den Bürgern gewählt wurde.«

Juniper hätte am liebsten geschrien. Wie unfassbar glatt er war. Wie selbstgerecht.

Unter Tränen sagte sie: »Ich bin doch kein Volltrottel, der nicht weiß, was in seinem eigenen Kopf passiert. *Ich* war doch die in der Beziehung. Ich *weiß*, ob ich manipuliert wurde. Xavier hat nichts falsch gemacht.«

»Dann hat er von den Geschworenen auch nichts zu befürchten, dann bin ich es, der zu Kreuze kriechen muss. Verstehst du, Mädchen? So, jetzt weine nicht. So läuft das mit der Jusitz in unserem Land. Wenn er vor Gericht steht, wird er auf Grundlage der Beweise und der Gesetze unseres Landes ein gerechtes Verfahren bekommen. Ich kann dir aber einen Rechtsberater empfehlen, der dir mit dieser schwierigen Situation hilft – meine Sekretärin wird sich deshalb bei deiner Mutter melden. Tut mir leid, aber ich hab es eilig. Kommst du zurecht? Brauchst du jetzt im Moment Hilfe? Ich kann jemand anders ans Telefon holen –«

»Nein«, sagte Juniper. Sie knallte das Telefon auf die Station und wollte das Büro gerade verlassen, als ihr eine Anzeige von der Schreibtischunterlage wieder einfiel: Tims Taxi. Sie überlegte kurz und wählte dann die Nummer.

Als sie auflegte und sich zum Gehen wandte, bemerkte sie, dass sich am Empfang eine kleine Menschenmenge versammelt hatte und sie betroffen ansah. Offenbar war sie laut geworden. Sie verließ das kleine Büro, sagte: »Sorry, mir geht's gut, keine Sorge«, und als sie auf der Straße war, ging sie nicht in Richtung Zahnarztpraxis, sondern zur nächsten Ecke, wo sie ein Taxi nach Knoxville nahm, zum nächsten Greyhound-Busbahnhof. Sie hatte vielleicht kein Handy und kein Auto und auch keinen einzigen Menschen, der ihr half, aber sie hatte die Kreditkarte, die ihre Mutter ihr vor langer Zeit für Notfälle gegeben hatte, und das war ein Anfang. Sie musste Xavier sehen. Sie würde nach Hause fahren.

Der Taxifahrer sagte, er könnte sie zwar nach Knoxville bringen, aber wenn sie dort in einen Bus steigen wollte, würde sie heute kein Glück mehr haben. »Der nächste fährt erst morgen früh, halb sieben.«

»Im Ernst?« Juniper schloss kurz die Augen und überlegte. Dann sagte sie: »Na gut. Dann eben zu einem Hotel in der Nähe des Busbahnhofs.«

Als sie später dort ankam und eingecheckt hatte, erledigte sie mit dem Zimmertelefon den notwendigen Anruf bei ihrer Mutter, die sie als Erstes anfuhr, weil sie ihren Großeltern Sorge bereitet hatte und es so rücksichtslos von ihr wäre, einfach abzuhauen, am besten sie mache direkt kehrt und komme zurück.

»Okay«, unterbrach Juniper Julia, *»hör mir mal zu,* ja?« Sie berichtete von ihrem Gespräch mit Tony Evans und sagte dann: »Was auch immer du über Xavier denkst, lass das mal für einen Moment beiseite. Brad hat irgendwas Dubioses gemacht – ich weiß nicht genau, was, aber vielleicht kannst du das rausfinden?«

Juniper versuchte immer noch, sich einen Reim auf alles zu machen: dass Brad im Park aufgetaucht war; seine Reaktion, als er sie erwischte; dass er darauf bestanden hatte, die Polizei zu rufen, und dann darauf, sie aus der Stadt zu schaffen … und jetzt dachte Tony Evans, Brad wollte, dass sie in seinem Sinne intervenierte? Das konnte nur heißen, dass Brad für sich einen großen Vorteil darin sah, wenn die Klage fallen gelassen wurde. Vielleicht hatte er darauf schon die ganze Zeit spekuliert, von dem Moment an, als er sie erwischt hatte.

»Warte«, sagte Juniper. »Ich glaube … Mal gucken, ob er dir das erzählt. Ich glaube, er will irgendeinen Deal mit Xaviers Mom aushandeln. Seit sie ihn verklagt hat.«

Julia sagte: »Aber wie soll das denn funktionieren?«

»Ich weiß es nicht. Aber ich wette, er will sie dazu bringen, die Klage fallen zu lassen, indem er ihr im Gegenzug diesen riesigen ›Gefallen‹ tut, schließlich ist Tony ja sein Freund.«

Brad versuchte als Held dazustehen, dabei war er derjenige, der den ganzen Ärger verursacht hatte.

Sie wünschte, er hätte Erfolg damit gehabt.

»Ich kann mir nicht vorstellen …«, sagte Julia. »Ich rede mit ihm. Aber fahr wieder zu deinen Großeltern, während ich versuche, das rauszukriegen.«

»Nein, das mache ich nicht.«

»Juniper, ich weiß, du bist aufgebracht, aber ich will nicht, dass du allein mit dem Bus reist –«

»Pech. Ich lass mich von euch nicht mehr so behandeln. Ihr seid Rassisten, allesamt. Ihr seid bereit, einen Unschuldigen ins Gefängnis zu bringen. Warum sollte ich auf euch hören?«

Julia antwortete nicht sofort. Juniper wartete, und als ihre Mutter endlich etwas sagte, war es: »Es liegt nicht daran, dass ich eine Rassistin wäre. Ich bin deine Mutter. Und solange du –«

Juniper legte auf.

Jetzt, wo sie ein Telefon zur Verfügung hatte, konnte sie Pepper anrufen. Und Xavier. Nur dass sie die Telefonnummern nicht hatte, und selbst wenn sie die von Xavier gehabt hätte, hätte sie nur zu hören bekommen, dass seine alte Nummer nicht mehr erreichbar war.

Morgen. Morgen würde sie sich auf den stundenlangen Heimweg machen und ihrer Mutter dann alles erzählen – wie Brad mit seinem Kuss und seiner Lust sowohl Julia,als auch sie hintergangen hatte. Dass sie mit ihrer Seite der Geschichte an die Öffentlichkeit gehen würde, egal was Brad – oder Julia oder Tony Evans oder sonst jemand – sagte oder tat; darauf musste Julia sich vorbereiten.

Juniper würde sich von Pepper helfen lassen – sie würde jetzt sofort runtergehen ins Hotel, in die Büroräume für Gäste, und Pepper über ihre Schulaccounts eine E-Mail schreiben, damit sie loslegen konnten. Sie konnten die Erwachsenen über die sozialen Medien vollständig umgehen, die Sache publik machen und Tony Evans auf die Weise unter Druck setzen. Ob das funktionieren würde? *Irgendeine* Wirkung *musste* es doch haben, oder?

Morgen würde sie Xavier sehen.

Morgen war noch so weit weg.

Sie fand die Büroräume, schrieb die E-Mail, sagte Pepper, sie solle sie im Hotel anrufen, falls sie die Mail noch rechtzeitig las; kaufte Joghurt und eine Tüte Chips und eine Flasche Kakao und noch eine Packung Studentenfutter für die Fahrt morgen. Dann kehrte sie erschöpft und schweren Herzens in ihr Zimmer zurück, duschte und wühlte sich unter die Decke, um zehn unruhige Stunden lang zu schlafen, ihre Träume eine Mischung aus durchkreuzten Bemühungen, vereitelten Versuchen und einem Auftritt in der Sonntagsschule, bei dem sie auf der Bühne stand und gerade anfangen wollte zu singen, als sie sich vor allen anderen in die Hose machte.

Es war Rosa Morton, die achtzigjährige Nachbarin der Whitmans, die uns erzählte, dass die Whitmans an diesem Abend stritten. Sie war im Garten und goss ihre Tomatenpflanzen, weil das Gewitter, das sich den ganzen Tag lang zusammengebraut hatte, am Ende nur wenige Tropfen brachte. Die Whitmans waren in ihrer Garage, wo Brad damit beschäftigt war, seinen auffälligen Wagen zu wachsen. »Ich hatte keine zehn Minuten zuvor mit ihm darüber geredet«, sagte Rosa. »Dass er das gerne selbst macht, wenn er Zeit hat – er hat darüber gewitzelt, sich mit derselben liebevollen Zuwendung um ein Auto zu kümmern, wie eine Frau sie verdient.«

Rosa konnte wegen der Musik, die Brad da draußen hörte, nicht alles verstehen, was Julia und er zueinander sagten, aber ihr war klar, dass es *wirklich um etwas ging.*

Wie sich zeigte, begriff Julia Whitman, die sich über das volle Ausmaß von Brads Täuschungen noch nicht im Klaren war, genug, um nicht erfreut zu sein, dass ihr Mann mit dem Wohlergehen ihrer Tochter spielte und versuchte, die Situation zu seinem Vorteil zu nutzen, indem er Valerie Alston-Holt unter Druck setzte. Sie wusste nicht mehr, was sie über Xavier denken sollte; vielleicht war er doch nicht der durchtriebene Typ, für den sie ihn so selbstverständlich gehalten hatten.

Vielleicht war Brad der Durchtriebene. Vielleicht war *sie* diejenige, die manipuliert wurde.

Julia wehrte den Gedanken noch im Anflug ab, lehnte ihn ab. So schlimm konnte Brad nicht sein, denn wenn er so ein Mensch wäre, was wäre dann sie?

48

Zur selben Zeit, als Juniper mit Julia telefonierte, lief Xavier durch ein früheres Zigarrenlager. In dem Gebäude befanden sich jetzt lange Reihen von Kabinen, begrenzt durch Tische, auf denen alle Arten von Feuerwaffen und Klingen wie Süßigkeiten ausgelegt waren für paranoide Hausbesitzer, für schutzbedürftige Landbesitzer, für Gewaltjunkies, die gern sammelten und so taten, als ob. Auch vernünftige Menschen kaufen Waffen; das ist uns klar. Diese Ausstellungen ziehen jedoch keine gewöhnlichen Wochenendjäger an oder Menschen, die sich einfach nur schützen wollen und bereit sind, die notwendigen Schritte zu tun und Trainingsstunden zu nehmen, um ein verantwortungsvoller Waffenbesitzer zu sein. Manche Leute, die zu Waffenausstellungen gehen, sind wütend. Manche haben die Hoffnung verloren. Sie fühlen sich machtlos, hilflos und wollen in Ordnung bringen, was auch immer sie kaputtgemacht hat. In manchen brennt ein Feuer, sie haben eine Mission zu erfüllen.

Xavier, der sich hier weder besonders eingeschüchtert, noch besonders wohlfühlte, ging mehr als zwanzig Minuten durch die Gänge und grübelte über seine Pläne nach. Er wusste, er musste es tun, und zwar so, jetzt, weil er später keine Gelegen heit mehr haben würde. Trotzdem fühlte er sich nun, da er hier war, nervös und am falschen Ort. Auffällig.

Schließlich trat er an einen der Tische heran und fragte den jungen Mann, der dort Stellung bezogen hatte: »Also, wie läuft das, wenn ich Ihnen eine Waffe abkaufen will?«

»Handfeuerwaffe oder Langwaffe?«

»Gibt's da einen Unterschied? Nicht bei den Waffen, natürlich. Dabei, wie es läuft, wenn ich eine kaufen will.«

Der Mann schien sich Mühe zu geben, um nicht zu grinsen. »Wenn du eine Handfeuerwaffe kaufen willst, brauche ich den Schein und deinen Ausweis.«

»Und für die andere nicht?«, fragte Xavier, und der Mann nickte. »Okay, dann will ich so eine.«

»Tja, also, die liegen direkt vor dir.«

Xavier griff mit seiner guten Hand nach einem kleinen Gewehr. »Wie viel kostet das?«

»Das hier? Das ist ein Ruger Mini-14, halbautomatisch. Dazu gehört ein Kastenmagazin mit zwanzig oder fünf Schuss, wobei es natürlich keine vernünftige Antwort auf die Frage gibt, warum man fünf nehmen sollte, wenn man auch zwanzig haben kann. Wenn es mehr als zwanzig sein sollen, dann wär das hier der große Bruder –«

»Nein, zwanzig ist gut. Wie viel?«

»Eins fünf.« Der Mann sah ihn mit zusammengekniffenen Augen an. »Sag mal, kann es sein, dass ich dich aus den Nachrichten kenne?«

Xaviers Puls begann zu rasen. »Aus den Nachrichten?«, fragte er so leichthin, wie es ihm möglich war. »In welchem Zusammenhang?«

»Äh, keine Ahnung, hast du vielleicht ein ertrinkendes Kind gerettet? Wohl nicht, sonst hättest du ja gleich gesagt: *Ja, genau, das war ich.*«

»Nee, genau. Muss jemand gewesen sein, der mir ähnlich sieht. Eins fünf, hast du gesagt? Ist die Munition da schon mit drin?«

»Nein, die kommt noch dazu. Wie viel willst du?«

»Ein … eine Packung?«

»Eine Packung .223 Remingtons. Alles klar.«

»Geht das mit Kreditkarte?«

»Geld ist Geld.«

Xavier bat nicht um eine Einführung, wie man das Gewehr lud und damit schoss. Dafür gab es das Internet.

49

Brad verließ sein großes, leuchtend weißes Haus zur üblichen Zeit. Rückwärts fuhr er mit dem Maserati aus der Garage und auf die Straße, noch bevor die Sonne über die Baumspitzen guckte.

Der Motor schnurrte wie ein Kätzchen, während er durch das Viertel rollte. So früh am Morgen war auf den Straßen noch kein Verkehr und auch auf dem Highway waren nur wenige Autos unterwegs. Das verschaffte ihm Gelegenheit, die Gänge voll auszufahren. Er genoss das Aufheulen des Motors, es klang zugleich gefährlich und kontrolliert. Genau wie er, wie er gern dachte.

Manchmal kam natürlich auch ihm was in die Quere. Das lag in der Natur der Sache, wenn man Risiken einging. Zum Beispiel hatte Tony ihn auflaufen lassen, sodass er vor seinem Anwalt und denen von Valerie Alston-Holt und dem Jungen blöd dastand; die hielten ihn jetzt sicher alle für einen Idioten. Aber das Spiel war noch nicht vorbei. Er suchte noch nach einer neuen Vorgehensweise. Er würde sich eine neue Strategie überlegen. Wie immer.

Dass Julia schlecht auf ihn zu sprechen war – das gehörte dazu. Solche Kollateralschäden ließen sich nicht vermeiden. Tatsächlich war er überrascht, wie lange sie seine Geschichte geglaubt hatte und wie leicht das gewesen war. Sie würde sich schon beruhigen, wenn Juniper erst wieder zu Hause war. Für ihr Mutter-Tochter-Verhältnis würde das Missgeschick nur gut sein, und über kurz oder lang würde sich das Ganze in Wohlgefallen auflösen. Julia würde die Hand, die sie fütterte, nicht zu heftig beißen.

Das war es, worüber Brad nachdachte, als er rückwärts auf seinen Parkplatz bei Whitman HLK fuhr und aus dem Wagen stieg. Ihm ging es immer nur um das Spiel, das er gerade spielte.

Wie er diesmal bekäme, was er wollte. Wie er jedes Mal bekam, was er wollte.

Den jungen Mann, der auf der anderen Straßenseite parkte, bemerkte er nicht.

* * *

Stellen wir uns Xavier vor, wie er dort steht und durch das Visier des Gewehrs sieht, das auf dem Dach seines alten Honda aufliegt, um es ruhiger halten zu können. Seine geschiente linke Hand schreit vor Schmerz. Sein rechter Zeigefinger ist am Abzug. Sein Auge am Visier. Er beobachtet, wie Brad die glänzende Tür des Maserati öffnet und sich daranmacht auszusteigen.

Er ist nicht froh, hier zu sein. Freude bereitet ihm dran nichts. Aber er steht mit dem Rücken zur Wand, und Brad Whitman ist derjenige, der ihn dort hingedrängt hat, der ihn einem System ausgesetzt hat, das sich schon entschieden hat, und nur tut, als ginge es erst mal davon aus, es mit einem Unschuldigen zu tun zu haben.

Junge Männer, die das Verbrechen, für das sie ins Gefängnis gesteckt werden, nicht begangen haben, sind eine besonders verfluchte Untergruppe. Sie sind zu jung, um vom Leben abgestumpft und abgehärtet zu sein. Sie haben keine Überlebenstechniken entwickelt, während ihre Gefängnisgenossen tatsächlich Kriminelle sind. Sie verlieren ihren Glauben an Autoritätsfiguren. Sie verlieren ihren Glauben. Ungerechtigkeit hat sie niedergeknüppelt, und sie sind entmutigt liegen geblieben. Die hart gewordenen Männer bringen ihnen keinen Respekt entgegen, sondern wollen, dass sie aufhören darüber zu jammern, dass sie unschuldig sind, sie verachten sie dafür, nicht Manns genug zu sein, um getan zu haben, was sie nicht getan haben. Wenn man schon ins Gefängnis geht, dann aus einem Grund.

Xavier allerdings wird nicht ins Gefängnis gehen. Er hat es genau durchdacht – natürlich hat er das, sonst stünde er nicht hier, den Finger an dem stahlkalten Abzug, mit der panischen Zuversicht eines neuen Soldaten. Eingesperrt zu sein würde er nicht mal überleben, wenn er schuldig wäre. Die kleine Gemeinschaftszelle, in der man keine Privatsphäre hat, für nichts, nicht mal, um nachzudenken. Keine Musik machen zu können – allein das würde ihn umbringen, bringt ihn bereits um, wenn nicht ihn, dann seinen Geist.

Und nie vollständige Dunkelheit für erholsamen Schlaf. Nie Stille. Der ständige Ansturm grober Gespräche. Die Körperausdünstungen. Die Putzmittelgerüche. Die Unmöglichkeit zu essen, wenn einem danach ist, sich sein eigenes Essen zuzubereiten, eine Kleinigkeit zu essen, sich Tacos zu holen. Die Unmöglichkeit, *irgendwohin* zu gehen, sich mit Freunden zu treffen, die Sonne auf- oder untergehen zu sehen. Die Eintönigkeit all dessen. Die Sinnlosigkeit, Jahr um Jahr um Jahr Kleidung zu waschen und Böden zu schrubben und Geschirr abzuwaschen – sinnlos, nicht weil es nicht getan werden müsste, sondern weil es zu nichts führt, wie es zu etwas führen würde, wäre es seine Arbeit, draußen, könnte er nach der Arbeit nach Hause fahren zu einem Mädchen, das er liebt.

Die Hoffnung hat er nicht mehr. Soweit er sehen kann, betreibt Juniper Schadensbegrenzung. Für sie ist die Situation hässlich, das weiß er. Er erwartet nicht von ihr, über das hinaus, was sie schon getan hat, für ihn den Hals zu riskieren. Vielleicht hatte es Konsequenzen, die sie sich nicht in der Lage sah zu tragen.

Obwohl er es sich wünscht, selbst wenn es nichts ändern würde.

Aber selbst wenn sie ihn noch liebte, was könnte er ihr je Gutes bringen? Er bringt niemandem Gutes, nicht mal sich selbst.

Xavier richtet das Gewehr aus.

Der erste Schuss trifft den Maserati, zerschmettert die Windschutzscheibe. Der zweite trifft die Motorhaube. Der dritte trifft Brad Whitman an der Schulter, sodass er zur Seite taumelt. Der vierte – ein Glückstreffer, schließlich hat der Schütze keine Übung und guckt einfach durch den Sucher und zieht am Abzug – dringt in Brads Rücken ein und durchdringt seine Aorta, trennt sie auf dem Weg nach draußen mittendurch.

Um diese frühe Zeit ist im Industriegebiet sonst niemand unterwegs. Ein paar Leute, die einiges entfernt sind, hören die Schüsse. Niemand ist so nah, dass er um seine Sicherheit fürchtete. Sie hören die Schüsse und warten ab. Als weiter nichts zu hören ist, machen sie mit dem weiter, was sie vorher getan haben, zuversichtlich, dass jemand, der näher dran ist, regeln wird, was auch immer da zu regeln ist. Kein Grund, sich einzumischen.

Xavier beobachtet Brad mehrere Minuten lang, um sicherzustellen, dass er getan hat, was er tun wollte. Sein Herzschlag rauscht in seinen Ohren. Etwas zu *planen* ist das eine, es zu *tun* etwas anderes, und es hat weniger miteinander zu tun, als er dachte. Es zu tun ist unglaublich befriedigend. So schrecklich wunderbar. Der Lärm in seinen Ohren ist der Rhythmus eines Orchesters, das eine schöne, tragische Arie begleitet, das Lied eine Klage darüber, dass es nicht hätte geschehen müssen, und doch ist es geschehen.

Als er sich seiner Sache sicher ist, legt Xavier das Gewehr in den Kofferraum und steigt in seinen Wagen. Er fährt davon, ohne die vorgeschriebene Höchstgeschwindigkeit zu übertreten, während Brad neben dem 160 000-Dollar-Sportwagen liegt und blutet – nicht so stark, wie man denken würde allerdings, denn wenn die Hauptarterie durchschlagen wird, die das Blut heraustransportiert, sammelt sich das Blut, das das Herz in seinen letzten vergeblichen Zuckungen in diese Arterie pumpt, in der Brusthöhle, wo viel Platz dafür ist.

Ist Brad Whitman zu diesem Zeitpunkt tot? Sehr wahrscheinlich, und wenn nicht, wird er es mit Sicherheit sein, wenn seine Angestellte Brenda um sieben Uhr kommt und ihn findet.

Er wird eine Minute lang, vielleicht auch etwas mehr, quälende Schmerzen empfunden haben, während er die furchtbare Tatsache realisierte, dass er irgendwie überlistet wurde und dies sein schmachvolles Ende ist. Hofft Xavier.

***

Aber nein, so ist es nicht passiert. Als Xavier noch in seinem Wagen saß und Brad beobachtete, durchdachte er den ganzen Plan weiter, dachte ihn *ganz bis zu Ende,* sah sich selbst so, wie die Nachrichtensendungen ihn darstellen würden, nachdem er es getan hätte: ein weiterer schwarzer Vergewaltiger-Mörder-Gangster, der tat, was diese Gangster eben taten, weiter nichts.

Sie würden nicht sagen: *Er war ein junger Mann, der mit dem Rücken zur Wand stand, ein Produkt unserer institutionellen und kulturellen Ungerechtigkeit, der nichts wollte als wahre Gerechtigkeit, wo sonst niemals welche sein würde.*

Das war die Fantasie, die er pflegte, aber wenn er Brad Whitman erledigte, schuf er genau die Version seiner selbst, an die alle so unbedingt glauben wollten. Seine Gründe würden gar keine Rolle spielen. Es würde keine Rolle spielen, dass ihr Verhalten ihn erst dazu gebracht hatte. Alles, was man hören, alles, was man sagen würde, wäre *Mörder*.

Und das wäre er.

Er startete den Motor und fuhr in Richtung seines anderen Ziels, während im Industriegebiet Brad in sein Büro ging.

Als Xavier an einer leeren Kreuzung zum Stehen kam, fiel ihm etwas am unteren Rand der Windschutzscheibe ins Auge. Eine Plastiktüte, die halb unter der Motorhaube klemmte, halb von heruntergefallenen Kiefernnadeln verdeckt. Er stieg aus, griff nach der Tüte und zog einen gefalteten Zettel hervor.

Zay, ich bin nach dem Park endlich wieder zu Hause und jetzt schicken meine Eltern mich nach Tennessee ins Haus meiner Großeltern. Ich habe weder mein Handy noch einen Computer, mehr als diesen Zettel kann ich dir also nicht schreiben. Sie

versuchen mir einzureden, dass du mich manipuliert und mich zu allem gezwungen hast und dass das heute praktisch eine Vergewaltigung war. Ich kann das einfach nicht für wahr halten. Ich will es nicht glauben. Ich will glauben, dass du mich liebst, auch wenn du es so nie gesagt hast. Wenn du es tust, sollst du wissen, dass ich dich auch liebe und dass all dies sich irgendwie als schlechter Traum erweisen wird, den wir hinter uns lassen werden. Eine Geschichte, die wir uns erzählen, wenn wir im Imbisswagen nach San Francisco sitzen, okay? Ich liebe den Zay, den ich gesehen habe, und mehr kann ich wohl nicht sagen, bis ich dich wiedersehe.
Juniper

Okay. Das erklärte einiges.

Junipers Worte wärmten Xavier, während er bei vorgeschriebener Höchstgeschwindigkeit den Rest des Weges zum Nationalpark fuhr, wie geplant. Diese Worte verliehen ihm Ruhe und Kraft. Sogar ein gewisses Maß an Glück. Sie liebte ihn. Sie hatte ihm kein Unrecht getan.

* * *

Im Park wimmelte es am frühen Morgen von Rehen und Vögeln und Waschbären und Füchsen, manche Wesen wachten auf, andere beendeten ihre durchwachten Nächte, indem sie ihren Bau oder ihr Nest oder das schattige Unterholz aufsuchten und Schnabel und Augen unter den Flügel steckten. Von den Blättern tropfte die Feuchtigkeit der Nacht, und wo das Sonnenlicht sie erwischte, wurden aus den Tropfen fallende Diamanten. Es war ein Ort des Friedens und der Schönheit. Der Gelassenheit und Ruhe.

Xavier fuhr auf den Parkplatz und hielt an derselben Stelle wie beim letzten Mal, als er hier gewesen war. Er schluckte eine Vicodin, nahm das Gewehr, sein Handy und ein Notizbuch mit in die Hütte und setzte sich auf den Boden, dorthin, wo Juniper und er an jenem Tag die Decke ausgebreitet hatten.

Wo war die Decke abgeblieben? In Junipers Land Rover? Bei den Beweismitteln der Polizei, zusammen mit seinem Messer und der Weinflasche?

Beweismittel.

Es war also ein Verbrechen gewesen, na gut.

Der Holzboden war von all den Besuchern, die hier im Laufe der Jahre gepicknickt und übernachtet hatten, kühl und glatt geworden. Xavier strich mit den Händen über das Holz und dachte daran, wie er und Juniper hier gegessen und gelacht hatten, beide ein bisschen benebelt vom Wein und von der Erwartung des Kommenden.

Er dachte daran, dass sie geglaubt hatten, über ihre Zukunft genau Bescheid zu wissen, als müsste nur Zeit vergehen, und sie träte ein.

Er dachte daran, wie Juniper ihn zu sich nach unten gezogen hatte. Wie nervös er gewesen war, damit es für sie eine schöne Erfahrung wurde. Wie ungeschickt sie gewesen waren und wie wunderschön es trotzdem irgendwie gewesen war, als sie eins geworden waren. Wie er ihr in die Augen gesehen hatte und … *alles* gefühlt hatte.

Dieser Moment. Das war der, der sich ihm einbrannte.

50

Die Polizisten fanden Xaviers Brief in der Hütte, zusammen mit einer Beschreibung, wo seine Leiche zu finden wäre. Neben dem Brief lag sein Handy. Eine PIN-Nummer brauchte man nicht, die hatte er ausgestellt, um es für Valerie leichter zu machen, die Videobotschaft zu sehen, die er aufgenommen hatte, zusammen mit einem kurzen Song, den er vor ungefähr einem Monat für sie komponiert und aufgenommen hatte, eigentlich für eine Montage, die er ihr hatte schenken wollen, wenn er nach San Francisco zog.

In der Videobotschaft, aufgenommen in der Hütte, in die durch ein Fenster das Sonnenlicht fiel, das ihn in vollen Farben ausmalte, sah er in die Kamera und sagte: »Alle deine Helden, die auch meine sind, sind Menschen, die sich auf die ein oder andere Weise für etwas Wichtiges geopfert haben – einige haben ihr Leben gegeben, aber nicht, weil sie es *gewollt* hätten, oder? Sondern weil sie nicht damit leben konnten, wie es war. Das bin ich. Für mich gibt es keinen Ausweg, Mama. Keine lebenswerte Zukunft. Lebendig bin ich für alle nutzlos, inklusive mir. Ich habe nichts zu bieten, niemandem. Das verstehst du, oder?

Ich weiß, du wirst wütend sein und erschüttert und traurig und panisch, alles. Aber anschließend sei stolz auf mich, weil ich nicht klein beigegeben habe. Mach es öffentlich, damit alle wissen, wie beschissen die Dinge liegen und dass die falschen Leute zu viel Macht haben, und deshalb ist das passiert, und es sollte nie wieder passieren, niemandem.

Ich hab dich jedenfalls sehr lieb.« Seine Augen waren feucht, und seine Stimme brach ein bisschen. »Du bist eine großartige Mutter. Ich glaube – also, ich hoffe jedenfalls –, dass wir uns im Himmel wiedersehen. Aber erst, wenn noch viel Zeit vergangen ist, okay? Eins noch: Ich habe keine Angst. Es wird eine *Erleich-*

terung sein.« Er sah für einen Augenblick weg. »Dad wartet auf mich, und er wird sicher sagen: ›Hey, endlich kann ich ein bisschen Zeit mit meinem Jungen verbringen!‹« Xavier lächelte.

Dann sagte er: »Sag Juniper, dass ich sie auch liebe. Wir sehen uns.« Und damit endete die Aufnahme.

Ebenfalls für Juniper war ein Haiku in einem verschlossenen Umschlag, den Valerie ihr geben sollte, sobald sie das persönlich tun konnte.

Das Gewehr war zwischen zwei Findlingen am Flussufer verkeilt. Seine Leiche wurde wegen der starken Strömung ein Stück flussabwärts gefunden. Der Gerichtsmediziner sagte Valerie, sie hätten ihn anhand seiner Fingerabdrücke identifizieren können, und empfahl ihr dringend, seine sterblichen Überreste nicht noch mal zu sehen. Ein Rat, den sie annahm.

51

Der Tag der Beerdigung kam zur selben Zeit wie die aggressive Sommerhitze. Zu Beginn ein klarer Himmel (Carolina Blau). Um ein Uhr mittags, als der Gottesdienst am Grab beginnen sollte, eine Luftfeuchtigkeit von siebzig Prozent. Wolkenbildung, wie zu erwarten war. Später Gewitter? Vielleicht. Wir wussten, dass wir in unseren schwarzen Kleidern und Hosenanzügen stark schwitzen würden, wenn wir unser Beileid bekundeten. Ein kleines Opfer. Winzig. Bei einer derartigen Beerdigung *sollte* man sich auch unwohl fühlen, sagten einige von uns.

In einem der Autos kam es auf dem Weg zum Friedhof zu einer Diskussion: Brachte Valerie vielleicht Unglück? Sie hatte ihren Mann verloren, und nun hatte sie ihren Sohn verloren. Sollte Chris Johnson sich Sorgen machen? (An dieser Stelle sollte erwähnt werden, dass in diesem Land nur weiße Männer die Chance auf ein sorgenfreies Leben haben und deshalb die Einzigen sind, die so was sagen.)

In einem anderen Auto sprach niemand ein Wort.

Der Friedhof war weitläufig. Hügel. Riesige Eichen. Am Grab bot ein himmelblauer Baldachin mehreren Stuhlreihen Schatten. Wir kamen alle, folgten einander und den mit ALSTON-HOLT beschrifteten Schildern und Pfeilen über das Gelände, dorthin, wo auch Tom begraben lag. Alle, bis auf Brad Whitman.

Julia, die von ihm angewidert war und der ihre eigenen Fehlentscheidungen und Versäumnisse zu schaffen machten, hatte in Anwesenheit der Mädchen im Wohnzimmer gestanden und Brad gesagt, dass er es nicht verdiente, weiterhin Teil ihres Lebens zu sein und dass sie etwas Besseres verdienten als ihn. Sie sagte ihm, er sollte das Nötigste packen und gehen. Jemand sagte, er hätte gehört, dass er während der Beerdigung golfen war;

wir hoffen, das stimmt nicht, halten es aber durchaus für möglich.

Es waren auch Reporter mit ihren Kameraleuten anwesend, die jedoch respektvoll Abstand hielten. Sie hatten Peppers viral gegangenes Video darüber gesehen, was der Staatsanwalt und Brad ihrer Freundin und ihrem Freund angetan hatten (gedreht, ehe die furchtbare Nachricht kam).

Valerie und Chris saßen unter dem Baldachin, zusammen mit zahlreichen Familienmitgliedern. Auch Toms Mutter war gekommen. Ihr blasses Gesicht fiel auf, dort unter der Überdachung, und erinnerte uns und auch die Reporter daran, dass Xavier nicht nur das eine gewesen war.

Gedämpftes Stimmengewirr kam auf und machte auch diejenigen, die es noch nicht gemerkt hatten, darauf aufmerksam, dass sich Juniper und Julia Whitman näherten. Was Valerie wohl darüber dachte? Inzwischen wussten alle, dass Juniper das Mädchen war, das in die Geschichte verwickelt und angeblich vergewaltigt worden war. Wir kannten bloß die Einzelheiten dieser Verwicklungen noch nicht.

Juniper ging zu Valerie, und Valerie stand auf. Hatten sie zuvor schon miteinander gesprochen? Juniper hielt den Blick gesenkt. Ihre Schultern zitterten. Valerie berührte Juniper mit der einen Hand und wischte sich mit der anderen über die Augen. Sie redeten kurz miteinander, dann ging Juniper zu Julia und stellte sich neben sie.

Als die Menschenmenge ungefähr ihre endgültige Größe erreicht hatte (mehrere Hundert Menschen, weiße, schwarze, Fremde, Freunde, Aktivisten, alles), stieg die Ministerin, eine würdevolle Frau mit grauen Dreadlocks und tiefbrauner, faltiger Haut, auf eine gestrichene Holztribüne und sprach klar und deutlich zur Menge: »Herzlich willkommen. Machen wir dies zu seinem Anfang.«

Machen wir dies zu einem Anfang.

Es waren nur Worte, so wie diese Geschichte nur aus Worten

besteht. Aber Worte sind das, womit wir Menschen kommunizieren, fast seit Anbeginn der Zeit. Was hat für die Menschheit größere Bedeutung als Worte? Ohne den Aufruf zu handeln, verändert sich selten etwas.

Machen wir dies zu einem Anfang, bitte, gemeinsam, trotz unserer Unterschiede, denn ohne *Anfang* gibt es kein *Ende*.

EPILOG

Als Julia Whitman von Juniper von dem unerwünschten Kuss hörte, war eine ihrer ersten Reaktionen, das Porträt von dem Keuschheitsball in den Müll zu werfen. Es mit Rahmen und allem hineinzustopfen. Ihr Hochzeitsfoto flog gleich hinterher.

Die Vorstellung, in Colorado zu leben, hatte Julia schon immer gefallen, irgendwo in den Bergen oder mit Blick auf die Berge. Lottie sagte, ohne die ganze Feuchtigkeit könne man besser atmen, also beauftragte Julia, nachdem ihr Anwalt sich um die eheliche Trennung und die Sorgerechtsregelung gekümmert hatte, ein Umzugsunternehmen und zog mit Lottie und Lily nach Lakewood, einen Vorort von Denver. In Lakewood machte sie eine Ausbildung zur Yoga-Lehrerin, in der Hoffnung, inneren Frieden und Zuversicht zu finden und anderen dabei helfen zu können, dies ebenfalls zu tun. Stabilität. Ausgeglichenheit. Flexibilität. Auch Versöhnung war ein Thema, an dem sie arbeiten wollte. Es war ein Prozess.

Brad musste ihr die Hälfte seines Eigenkapitals überschreiben und dafür seinen Besitz beleihen – ein Kredit, den er kaum würde zurückzahlen können, nachdem die Neuigkeiten die Runde gemacht hatten. Denn wenig überraschend wollten danach deutlich weniger Menschen mit Whitman HLK Geschäfte machen als vorher. Er musste praktisch alles verkaufen. Aber er ging davon aus, dass eine Insolvenz und ein neuer Standort reinen Tisch machen würden. Männer wie er blieben nicht lange am Boden, wie Unkraut.

***

Nach ein paar sehr dunklen Tagen, an denen Juniper überlegte, Xaviers Beispiel zu folgen, wurde ihr klar, dass sie seinen *Absichten* folgen musste. Sie entschied sich, die Schule in Westover in Connecticut zu beenden, einem Internat, das ein guter Ausgangspunkt für ihre neuen Zukunftspläne sein würde. Im nächsten Herbst würde sie anfangen, an der Columbia Universität Soziologie und Politik zu studieren.

Die acht Monate, die ihr früheres Leben nun zurücklag, lassen es fast so erscheinen, als wäre nichts von dem, was im letzten Jahr geschehen war, wirklich passiert. Als wäre Xavier eine Traumerscheinung. Als wäre Brad eine Figur aus irgendeiner Geschichte von Aischylos, die sie in der Schule gelesen hatten.

Ab und zu geht sie zur Kirche, mehr als Suchende denn als Gläubige. Skeptizismus war angebracht, wie sie fand. Einmal pro Woche ruft sie zu Hause an – im neuen Zuhause in Colorado. Lily hat wieder angefangen, Klopf-klopf-Witze zu machen. Ein Fortschritt.

Xavier *ist* eine Traumerscheinung. Sie sieht ihn oft. Sie reden. Er spielt ihr Songs vor. Sein Haiku klebt an ihrem Spiegel im Studentenwohnheim.

Heute denkt Juniper an Valerie. Vielleicht ruft sie sie bald mal an und erzählt ihr von ihrem Studium, von den Seminaren, die sie besucht, von ihrem Ziel, Verteidigungsanwältin zu werden und dann Staatsanwältin. Vielleicht erzählt sie Valerie die Geschichte, die Xavier ihr erzählt hat, von dem Tag, an dem er und Valerie ihre Mutter besucht haben, dass es ein bester Tag war. Vielleicht erzählt sie ihr von den Träumen.

Vielleicht geht Valerie ja ans Telefon.

* * *

Valerie fand in Virginia ein Bauernhaus zur Miete und zog im August letzten Jahres dort ein. Den Verkauf ihres Hauses vertraute sie Ellen und einem Makler an. Auf der Holzveranda jenes Bauernhauses war sie an dem Tag, als ein Paar ihr Haus in Oak Knoll bezog, und an dem Tag, als ein Team anrückte, um die schöne alte Eiche zu zerlegen, ging sie mit Chris eine gewundene Landstraße entlang.

Im Dezember darauf kaufte sie das Haus samt acht Hektar Land, der Großteil davon Weiden und Wiesen. Über den Winter las und schrieb sie und legte Holzscheite ins Feuer und trank Bourbon und adoptierte eine Hündin, einen Mischling, in dem vor allem Catahoula Leopard steckte. Sie nannte sie Grace.

An einem ungemütlichen Februartag ging Valerie über die lange Kiesauffahrt zu ihrem Briefkasten. Der schwere Himmel spuckte Schnee und eiskalte Regentropfen. Sie öffnete den Briefkasten und fand genau einen Umschlag vor, von Wilson Everly, Rechtsanwalt.

Unsere Vereinbarung respektierend, in Ihrem Interesse zu handeln und Sie nicht zu kontaktieren, bis ich von Ihnen höre – melde ich mich doch mit dieser Nachricht, mit der ich Sie darüber informiere, dass wir eine Summe auf das Konto überwiesen haben, das Sie mir nannten, als wir Klage einreichten. Der Prozess endete letzten Monat mit der Vereinbarung, dass KDC und Whitman insgesamt 335.000 Dollar zahlen, zuzüglich Ihrer Auslagen.

Ich hoffe, die Zeit legt tröstend ihre Arme um Sie. Wir schließen Sie in unsere Gebete ein.

Mit Grace zu ihren Füßen breitete Valerie große weiße Packpapierbögen aus und zeichnete eine Karte der Wiese, die sie vom Haus aus sah, ein breites, langes, abschüssiges Feld, das erst grün, dann gold und nun braun war, aber wieder grün werden würde. Auf dieser Wiese würde sie eine Eiche für jedes von Xaviers Lebensjahren pflanzen.

Und jetzt ist Frühling geworden, und mit ihm kommt eine Gruppe von Studierenden, die sich freiwillig zum Graben und Pflanzen gemeldet haben. An diesem klaren sonnigen Morgen kommt der Laster mit den Bäumen, hoch und gerade und bereit, wie Xavier es gewesen war.

Ein großes Herz macht noch keinen guten Mann – oder doch?

JULIETTA HENDERSON

DIE BESTEN FEHLER MEINES LEBENS

ROMAN

Danny Mulberry hat zwar ein großes Herz – aber auch ein fast ebenso großes Talent, Verantwortung aus dem Weg zu gehen. Jedenfalls, bis seine Eskapaden und ein seltsames Graffito dazu führen, dass er als spiritueller Guru in der Zeitung landet.

Kurz darauf steht nämlich nicht nur Dannys 15-jährige Nichte Wolfie vor der Tür und besteht darauf, mit ihrer Mutter bei ihm einzuziehen. Danny erhält außerdem stapelweise Post von verlorenen Seelen, die seinen Rat suchen. Plötzlich kann er sich kaum retten vor Verantwortung als Onkel, Bruder und Guru aus Versehen. Eigentlich ist sein neues Leben gar nicht so schlecht – wären da nicht die Wunden der Vergangenheit …

Mit viel Gefühl für ihre Figuren hat Julietta Henderson einen ebenso berührenden wie humorvollen Roman geschrieben, der noch lange im Gedächtnis bleiben wird.

DROEMER